KB119764

핵가족

핵가족

한요셉 장편소설 · 박지선 옮김

Nuclear Family

위즈덤하우스

| 일러두기 |

1. 본문의 각주는 모두 옮긴이가 독자의 이해를 돕기 위해 붙인 것이다.

2. 인명, 지명 등의 외래어 표기는 국립국어원에서 제시하는 외래어표기법을 따랐으나,
   고유명사로 쓰이거나 이미 용례가 굳어진 경우는 예외를 두었다.

3. 원서에서 강조를 나타내는 부분은 이탤릭체를 적용하였다.

4. 원서에서 한국어를 음차한 곳은 고딕체로 표기하였다.

나의 누이 줄리에게

차례

우리가 볼 수도 느낄 수도 없는 선으로, 두 걸음이면 건너갈 수 있는 선으로 내 나라의 몸통이 둘로 잘렸다는 것이, 남과 북으로 나뉘었다는 것이 나는 여전히 실감 나지 않는다. 나는 꿈에서 항상 산 자와 죽은 자 수천이 한반도 머리끝과 발끝에서 저마다 시작된 줄에 길게 늘어서 있는 장면을 본다. 이 땅의 배꼽에 도착하면 되돌아가야 한다는 것을 모른 채. 고향으로 돌아갈 수 없다는 것을 모른 채. 영원히 길을 잃었다는 것을 모른 채.

— 노라 옥자 켈러, 《종군위안부》

1부

태 우

태우는 도라전망대의 단에 올라가 죽 늘어선 쌍안경 뒤에 섰다. 그에게 신경 쓰는 사람은 아무도 없다. 그는 오래전에 죽었으니까. 이제 윤곽만 남아 몸의 형체를 알아볼 수 없었고 시간이 지남에 따라 혼이 시들어가듯이 몸도 사라져버렸다. 살아 있는 친척을 찾을 때까지 이 정도로밖에 존재할 수 없었다. 태우 바로 아래에 서서 그의 다리 사이에 놓인 쌍안경을 보던 백인 관광객이 북한의 선전 마을을 발견하고 탄성을 지른다. 태우는 관광객의 머리에 발을 휘두른다. 그는 DMZ에 찾아오는 사람들이 싫다. 세계 곳곳에서 찾아와 북한과 이렇게 가까이 있다는 사실에 천박한 스릴을 느끼는 사람들이 싫다. 태우도 북한과 가까이 있다. 하지만 아무리 노력해도 DMZ를 통과할 수는 없었다.

사망 당시, 태우는 일하던 부스 안 의자에서 떨어진 뒤 숨을 헐 떡이며 가슴을 움켜쥔 채 육신 밖에서 깨어났다. 생의 마지막 몇 년 동안 그는 인근의 초대형 교회에서 주차 요원으로 일했다. 교회를 찾는 사람들은 천국 입장권을 손에 넣기 위해, 주차장에서 나가기 위해 매주 돈을 냈다. 태우의 몸이 주차장 진입 차단기 위로 풀썩 쓰러졌다. 가장 가까이에 있던 운전자는 태우가 잠들었다고 생각했는지 그를 향해 소리를 질렀고, 그러는 사이에 뒤에서 기다리던 운전자들은 멈춰 선 차를 향해 경적을 울렸다. 잠깐이지만 죽는 과정은 괴로웠다. 태우는 새로워진 자신의 형상을 원래의 육신에 끼워 넣으려 애썼다. 머리를 찰싹 때렸는데 손이 그대로 통과했다. 이보다 더 좋을 수는 없었다.

   태우는 부스에서 빠져나와 주차장 차단기 막대를 통과해서 걸었다. 이렇게 하면 북쪽의 고향으로 걸어갈 수 있을 거라고 생각했지만, DMZ에 첫발을 내딛자마자 잘못된 생각이라는 걸 알게 되었다.

   국경에 이르자 그의 얼굴이 보이지 않는 벽에 부딪쳤다.

달려 나가 그 벽을 통과할 수 있으리라고 생각했기 때문에 두 번째로 시도할 때에는 가속도가 붙도록 거리를 충분히 두었다.

하지만 벽과 충돌하자 어떤 힘이 그를 튕겨냈는데, 그가 더 빨리 달리려고 할 때마다 뒤로 더 멀리 날려 보내는 폭발적인 힘이었다. 벽은 태우가 돌격할 때마다 폭발하기를 기다렸다는 듯이, DMZ 양쪽에 여기저기 흩어져 묻혀 있는 수많은 지뢰와 발견되기를 기다리는 불발탄들이 터지기라도 하듯이, 폭격을 퍼부었다.

~

태우는 벽을, 눈에 보이지는 않고 만져지기만 하는 벽을 두드리며 흐느꼈다. 벽은 그가 두드릴 때마다 진동했고, 전기가 오르는 듯한 느낌이 물결처럼 번져 벽과 태우를 뜨겁고 얼얼하게 만들었다. 이 화끈거리는 느낌은 사라지지 않고 있다가 다시 벽에서 태우에게 퍼져나갔다. 벽은 덤불을 몽땅 태우고 잠잠해진 불길 때문에 계속 뜨거웠는데, 상대방이 위협이 될 만한 행동을 하지 못하도록 남북 양쪽에서 지른 불이었다.

이 벽이 매우 탄탄하다는 것을 모르면 엄청난 해를 입을 것이다.

태우는 아주 오래전에 남겨두고 온 가족들도 이런 시도를 한 적이 있는지, 가족들이 그를 찾으려고 그때 그가 서 있던 곳 가까이까지 내려온 적이 있는지 궁금했다. 태우는 가족들이 자신을 잊은 지 오래라는 것을 알았고 그게 당연하다고 생각했다.

그렇다고 해서 벽에 부딪치기를 단념하지는 않았다. 태우는 어쨌든 지금쯤이면 가족들이 모두 죽었을 거라고 생각했고, 혹시 살아 있다면 그들이 살아온 흔적을 찾으며 시간을 보내는 것 정도는 할 수 있으리라고 생각했다.

그의 첫 아내. 그의 아들.

하지만 태우는 기운이 약했다. 남한의 혼령들은 대부분 자손들에게 잘 대접받고 잊히지 않기 때문에 기운이 강했고, 물리적인 세계와 교류할 수 있었다. 해마다 제사를 지내는 자손들을 보호할 수도 있었다. 남쪽에 사느라 가족들과 멀어진 태우는 보이지 않는 벽에 익숙해지기 위해 DMZ를 따라 떠돌며 대부분의 시간을 보냈다. 특정 각도에서 빛을 비추면 벽은 아주 흐릿한 파란색으로 빛났다. 자신이 계산한 벽의 가장 높은 지점을 넘어 날아가는 새를 보았다고 확신한 날, 태우는 새로운 친구 영식에게 잠시 함께 여행을 떠나자고 제안했다. 남한 출신인 영식은 자기 집에서 자연사했다. 태우의 굳은 의지에 감동한 영식은 벽과 벽의 경계선에 대한 태우의 이론을 기꺼이 받아주었다. 태양을 등진 새는 시커먼 그림자로 보였다.

그 새는 두루미 같기도 하고 삼족오三足烏 같기도 했다.

⁓

영식이 돌을 집어 들었다. 땅에서 들려 올라가는 돌을 보자 태우는 눈이 휘둥그레졌다. 영식은 포환을 던질 때처럼 돌을 최대한 높이 던지기 위해 자세를 잡았다.

돌은 두 사람의 머리 위를 간신히 넘겼을 뿐 땅에 툭 떨어졌고 태우의 심장도 함께 쿵 떨어졌다.

⁓

몇 년 동안 입구를 찾으려고 애쓴 끝에, 몇 년 동안 혼령들, 그러니까 그처럼 고향으로 돌아가고 싶어 하는 북한 출신 혼령들과 북한의 친척들을 돕고 싶어 하는 남한 출신 혼령들을 더 많이 설득한 끝에, 태우는 DMZ에서 똑같이 해소되지 않는 허기를 느끼는 다양한 연령대의 죽은 자들을 많이 모아들였다. 이들 중에는 부모나 배우자를 잃은 사람도, 혈혈단신인 사람도 있었다. 일본어를 말하는 사람도 있었고 목숨을 걸고 항거한 사람도 있었다. 텔레비전 방송에 출연해 자신들의 바람을 알리고 오래전에 헤어진 친척을 찾으려 했던 이산가족들, 금강산에서 북한과 남한의 이산가족들이 상봉할 때 참여하지 못했던 노인들, 벽에 손을 대고 고통을 견디고자 서로 용기를 북돋우던 아이들도 있었다. 이들 모두에게는 끝까지 버텨야 할 이유가 있었고, 다른 사람들처럼 결국 잊히기 전에 보고 싶은 얼굴이 있었다. 혼령들은 태우 주변에 모여들어 자기들끼리 속삭이며 고개를 끄덕였다. 죽어서 혼령이 되었는데도 이들의 삶에서 벌어진 전쟁이 끝나려면 아직 멀었다.

태우는 이 벽이 우리를 막지 못할 것이라고 외쳤다. 우리는 방법을 찾아낼 것이라고.

태우를 올려다보는 혼령들의 얼굴이 희망으로 빛났다. 태우가 DMZ를 넘어가겠다고 약속할 때, 햇살이 비쳐 모여 있던 그들을 투과했다. 연설 끝 무렵, 태우는 그 방법을 설명했고 영식은 꿋꿋하게 서서 그를 높이 들어 올렸다.

이들은 최대한 높아져야 했다. 그래서 탑을 만들었다.

혼령들은 서로의 어깨에 올라탔고, 처음에는 비틀거렸지만 균형을 찾았다. 맨 아래에 다섯이 원형으로 몸을 웅크렸고 이들의 어깨에 다섯이 올라탔다. 그리고 그 위에 또 다섯이 올라타는 식이었다. 여자들은 이 광경을 지켜보러 와서 어떻게 하면 탑을 높이 쌓을 수 있을까 곰곰이 생각했다. 태우의 확신에 감탄한 이들은 농담 삼아 그를 '바보 왕King Fool'이라고 불렀는데, 가장 바보 같은 혼령인 바보 왕의 지시에 따라 고군분투하는 남자들을 보며 웃음을 터뜨렸다.

이게 소용이 있을 거라고 생각한 사람은 아무도 없었지만 동시에 이들은 기적을, 할 수 있다는 신호를 바랐다. 태우는 죽은 자들의 탑 꼭대기를 향해 올랐고, 이들은 태우가 어깨를 밟을 때마다 끙 하고 앓는 소리를 냈다. 죽은 자들의 탑은 왜 탑을 오르는 사람이 자신이 아니냐면서 혼잣말로 중얼거리거나 욕을 했다. 태우가 시범을 보이고 성공이 입증되면 한 사람씩 그의 뒤를 따르기로 약속했는데도.

태우는 탑 꼭대기에 다다랐는데, 백두산이나 금강산에 비하면 보잘것없는 크기였다. 먼 북녘 땅만 보였기 때문에 어디에서 사랑하는 사람들을 찾아야 할까 생각했다. 그는 영식의 어깨를 밟고 서서 균형을 잡았다. 영식은 처음부터 태우 곁에 붙어 있었고, 맨 처음 시도할 때부터 무릎을 꿇고 친구를 도왔다. 그때는 태우가 영식을 통과해 바로 떨어질 것이라고 생각했지만 태우가 몸을 들어 올려 두 사람의 키만큼 높이 서자 그들은 어린아이들처럼 웃으며 뛰어다녔다.

그는 반대쪽으로 뛰어올라야 했다. 바람이 그를 향해 윙윙 소리를 내며 불어왔지만 그의 결심을 흔들지는 못했다. 태우는 앞을 향해 도약했다. 탑 전체가 뒤로 넘어가자 죽은 자들은 넘어져서 겹겹이 땅에 쌓였고 욕을 퍼부었다.

잠시나마 태우는 성공한 줄 알았다. 그러기를 바랐다.

그는 벽에 부딪쳤고 우당탕탕 큰 소리를 내며 아래로 떨어졌다.

~

뜀뛰기 축제Jumping Festival로 알려진 이 행사는 해마다 열렸다. 태우는 탑이 더 높아야 한다고 확신했다.

죽은 자들은 이 묘기를 보기 위해 모여들었고 탑이 얼마나 높고 넓어졌는지 감탄했으며, 태우가 장거리 등반을 시작하자 구경꾼들은 기대감에 몸을 앞으로 숙였다. 죽은 자들이 많이 넘어질수록 축제 구경꾼들은 바보 같은 계획이라며 짜증을 냈고, 탑은 점점 낮아지더니 결국 태우의 가장 친한 친구마저도 그에게 돌을 던지려다가 손에서 돌이 미끄러져 나가자 고개를 저으며 떠나버렸다.

죽은 자들은 살아 있는 사람들에게, 그리고 서로에게 뼛속까지 잊히고 나면 기운이 차츰 약해져서 죽어가는 과정을 마치고 완전히 죽은 상태가 되었다. 그들은 죽은 자들끼리 서로 기억하기를 바라며 각자 자기 이야기를 할 수 있도록 모임을 열고자 했다. 모든 이야기가 친숙하게 느껴졌고 가족과 관련되어 있었다. 모두가 잊힌 것은 아니었기에 모든 사람이 벽을 넘어야 하는 것은 아니었다. 이들은 벽을 더 튼튼하게 할 뿐이었다. 산 자들이 노랑, 빨강, 분홍 리본에 사랑하는 사람의 이름을 적어서 임진각의 울타리에 추억을 묶으면, 그 리본이 커튼 같은 벽을 만든다. 그리고 그 커튼 같은 리본 벽은 언젠가 활짝 열릴 것이다. 리본은 죽은 자들에게 희망을, 마침내 평화가 펼쳐지고 구름처럼 드리워진 철조망이 갈라지는 것을 보게 되리라는 희망을 주었다. 지금 리본이 할 수 있는 일은 벽을 찔러 구멍을 내는 정도였고, 산 자들이 일그러진 얼굴로 철책을 부여잡는 것도 마찬가지였다. 이것은 죽은 자들에게 벽에 한계가 있다고 믿는 바보 왕이 옳을지도 모른다는 것을 보여주기에 충분했다.

문제는 태우가 남쪽에서 죽었다는 것이다. 산 자들의 정치와 죽

은 자들의 법에 따르면, 그는 북쪽에서 죽을 수 없었고 고향에 돌아
갈 수 없었다.

　　그는 새가 아니었으므로.

그 레 이 스

그레이스 조는 제이컵의 여동생으로 네 살 차이 나는 스물한 살이었고, 처음에는 뉴스에 나온 오빠를 알아보지 못했다. 제이컵이 한국에서 영어를 가르치겠다며 하와이를 떠났을 때, 가족들은 그를 자랑스러워했다. 그가 DMZ를 건너려고 하다가 자갈밭에서 미끄러져 엎어졌다는 소식을 듣기 전까지는. 이 장면을 두 눈으로 직접 보았음에도, 조씨 가족은 제이컵이 무엇에 씌었기 때문에 모두에게 해가 될 수 있는 어리석은 짓을 했다는 것을 알지 못했다.

그레이스 조는 조씨네 델리카트슨 Cho's Delicatessen 계산대 뒤에 앉아서 안경을 닦고 있었다. 점심시간이 지난 뒤였는데, 그 시간에 그녀는 알토이즈 민트 사탕 통에 숨겨둔 마리화나를 피웠다. 가게 뒤쪽의 대형 쓰레기통 뒤에서 아주 잠깐 약 기운이 올랐다. 식료품 가

23

게의 홍보용 풍선처럼 머리가 몇십 센티미터가량 위로 뜬 기분을 느끼기에는 충분했다. 그레이스는 6개월 전에 오빠가 남한으로 떠난 뒤로 그와 거의 연락을 하지 않았다. 여름이 절반쯤 지났고 그동안 부모님 가게에서 일하면서 독립할 돈을 모으는 데 대부분의 시간을 썼다. 지폐는 이미 다 세어서 가장 빳빳한 지폐가 현금 출납기 맨 아래에 있도록 정리해놓았다. 무릎 뒤의 끈적임과 번들거리는 얼굴에서 들끓는 기름기를 생각하지 않으려고 일상적으로 하는 일이었다. 그녀의 안경은 아무리 여러 번 닦아도 얼룩이 생기고 미끄러졌다. 지난주에 에어컨이 연기를 내뿜으며 폭발한 뒤로 많은 것들이 하기 힘들어졌다.

약 기운이 약간 도는 것은 도움이 되었지만 그 정도로는 충분하지 않았다. 그레이스는 일터를 박차고 나가 코스모 세차장이나 샘스 클럽의 농산물 코너를 뛰어다닐까 생각했다. 그녀는 계산대 밑에서 덜걱거리는 토트백을 발로 찼다. 그리고 눈물이 찔끔 날 정도로 크게 하품을 했다. 최 박사는 그녀가 배터리 같다고 말했지만, 그가 늘어놓은 장황한 이야기는 왜 그레이스가 무거운 망토로 온몸을 휘감은 것처럼 느끼는지, 움직일 때마다 그 망토가 뒤엉키는 것처럼 느끼는지 온전히 설명하지 못했다. 망토는 언제라도 끈적끈적한 물질로 변해서 그레이스의 얼굴에 스며들 것 같았다. 그런 느낌이 들 때면 그레이스의 눈구멍은 요동치며 아프다는 신호를 급류처럼 아래로 쏟아냈고, 목에 날카롭게 찌르는 통증이 느껴졌다.

아침에 양치질을 할 때 반사적으로 구역질이 나고 위장이 거대한 종처럼 울리기도 했다. 식당과 학교 뉴스룸을 오갈 때에도 밧줄에 묶여 끌려다니며 쥐어 짜이고 비틀리는 것 같았다. 이런 배터리로 무엇을 한단 말인가?

최 박사는 충전해야 한다고 했다. 그는 그레이스에게 운동하고 카페인 섭취를 줄이라고 하면서 설트랄린, 알프라졸람, 졸피뎀을 처방해주었다. 그레이스는 어떻게 해야 목적을 달성할 만큼 약을 받을 수 있는지 몰랐고, 어떤 속임수를 써야 1회 복용량을 세상에서 사라질 수 있도록 한 손 가득한 분량으로 늘릴 수 있는지도 몰랐다. 이럴 바에야 아예 하나도 안 먹는 게 나을 것 같았다. 그레이스는 짜증 나기 직전이었지만 마리화나를 함께 피우는 친구 데이비드에게 문자메시지를 보내야 했다. 실은 데이비드에게 아직 마리화나를 구하지 못했냐고 이미 물어봤다. 그녀는 데이비드를 통해 무허가로 마리화나를 구했는데, 그가 캘리포니아주에서 마리화나를 공급하는 핵심 공급책 밑에서 일하는 사람을 알고 있었기 때문이다. 아무래도 건조한 여름이었고, 무엇보다 그레이스가 의료 목적의 마리화나 사용을 허가하는 카드를 받는 데 실패한 터라 구하기가 힘들었다.

그레이스는 서성대다가 반찬 코너 아래를 닦는 행주를 집어 들었다. 반찬이 담긴 용기를 차갑게 유지하려고 놓아둔 얼음이 녹아서 행주가 젖어 있었다. 엄마는 남은 반찬을 뒤적거려서 용기 안에

고루 펼쳐놓으라고 몇 번이나 이야기했다. 제공하는 반찬은 풍성해 보여야 했다. 한번은 그레이스가 의자를 가져오다가 "가이*는 네가 게을러 보이는 걸 원치 않을 텐데"라는 엄마의 말을 똑똑히 들었다. 조씨네 델리가 푸드네트워크 채널에 데뷔한 2010년 이듬해는 손님들이 가게 문 밖까지 줄을 서는 찬란한 시기였다. 사람들은 조씨네 델리에서 식사하고 엄마와 이야기를 나누려고 블록을 빙 돌아 줄을 서서 기다렸다. 하지만 이제 그레이스는 테이블 여기저기에서 통통 튀는 엄마의 웃음소리를 들어본 지 오래였다. 집에서 엄마가 등이 아프다고 신음하는 소리나 다른 이야기를 하는 것을 들은 지도 꽤 되었다. 요즘 그레이스가 매일 듣는 소리는 스티로폼이 삐걱대는 소리와 갈비뼈를 빨아 먹는 소리, 그리고 사람들이 기분 내키는 대로 떠들어대며 무슨 반찬을 원하는지 말하는 소리였다. 식당은 그레이스가 적응하고 처리할 수 있는 것보다 더 시끄러웠고, 계산대에서 일한다고 해서 그녀가 가장 싫어하는 소리를 피할 수는 없었다. 마카로니샐러드를 퍼 담을 때 나는 찰박거리는 소리를 들으면 머릿속에서 뇌가 빠져나가는 것 같았고 한 시간 더 일해야 한다는 생각에 잠식당하는 것 같았다.

마이크에서 더 이상 주문이 들려오지 않자 아빠가 주방에서 홀로 나왔다. 아빠는 선캡을 거꾸로 쓰고 공기가 잘 통하는 연두색 폴

● 푸드네트워크 채널의 음식점 소개 프로그램 진행자 가이 피에리 Guy Fieri.

로셔츠를 입었는데, 티셔츠가 아빠의 겨드랑이 땀을 견뎌내지 못했다. 그레이스가 잘하고 있는지 확인한다는 것은 대개 나이 든 한국 부모가 그러하듯 자기 생각이 모두에게 들리게끔 큰 소리로 혼잣말한다는 뜻이었다. 그레이스는 아빠가 말을 꺼내기 전에 선수 쳤다.

"아빠, 그거 아세요?"

"그게 무슨 말이야?"

"에어컨이 아직도 고장이에요." 창문을 모두 열어두었지만 바람이라고는 케아오모쿠 스트리트를 연거푸 질주하는 자동차에서 불어오는 열기뿐이었다. 식당은 스트립쇼 클럽과 반대쪽 끝에 있는 알라모아나 센터 사이 어딘가에 자리 잡고 있었고, 블록은 저마다 타겟, 월그린스, 월마트로 터져나갈 것 같았다. 조씨네 델리가 처음 문을 열었을 때부터 길 건너 맞은편에는 맥도날드가 있었다. 장사가 안 되는 날이면 언제나 욕을 먹는 이 라이벌 매장은 그레이스가 종종 아이스크림콘을 먹으러 몰래 가는 곳이다. 스트립쇼 클럽 바로 맞은편에 도미노 피자가 문을 열자 그레이스는 이제 이 식당은 끝장났다고 생각했다. 지금 이대로라면 그녀의 가족은 겨우 빚지지 않는 수준을 유지할 것이다. 그냥 그렇고 그런 평범한 프랜차이즈 식당. 부모님은 한때 그녀가 생각했던 것 같은 거인이 아니었다.

아빠는 찰싹 때려서 파리를 잡듯이 그녀의 말에 날카롭게 대꾸했다. 실제로 열린 창문을 통해 파리 떼가 들어오고 있었다. "내일 친구가 올 거야. 걱정하지 말거라."

그레이스는 부모님이 서투른 피진어pidgin•로 원하는 바를 시끄럽게 떠들 수 있는 모든 사람을 친구라고 여기는 것을 알게 되자, 이 친구라는 사람들이 정말 친구가 맞는지 의심스러워졌다.

"어떻게 너희 학교 신문에 우리 식당에 대한 기사를 안 쓸 수가 있어? 너도 알다시피 우린 대학생 손님도 좋은데." 아빠는 매년 흘러들어오는 일본 관광객들의 돈으로 대박을 터뜨리겠다는 원대한 계획을 세웠는데, 이 시장은 일본 잡지에서 식당을 다루지 않는 한 두드릴 수 없는 곳이었다. 아빠에게는 어떻게든 그레이스의 대학 신문에 특집 기사를 싣는 것이 한 걸음 앞으로 나아가는 길이었다. "난 네가 편집자인 줄 알았어."

"맞아요. 하지만 전에도 말씀 드렸잖아요, 아빠. 이해관계가 충돌한다고요."

"하고 싶은 것도 못 하면서 왜 거기에서 일하는 거야?"

"우리 식당 기사를 쓰고 싶다고 한 적 없어요. 그건 아빠가 원하는 거죠."

"은혜야, 네 엄마를 위해서라도 해주렴. 엄마가 정말 좋아할 거야."

"전 미치게 덥지만 않으면 좋겠는데요."

"아이구, 좀 참아라." 아빠는 허리를 비틀며 식당을 훑어보았는

• 서로 다른 언어를 쓰는 사람들이 의사소통을 하는 과정에서 자연스레 생겨난 혼성어.

데, 점심시간에 손님이 몰려오기 전이나 골프 스윙을 연습하기 전에 이렇게 몸을 풀었다. 그는 팔뚝으로 이마의 땀을 닦았다. 그리고 히죽 웃으며 주먹을 내밀었다. 초등학교 때, 엄마가 수업을 마친 그레이스를 식당으로 데려와 숙제를 하라고 할 때면 아빠는 주방에서 나와 수건에 손을 닦으며 이렇게 인사했다. 그러면 그레이스는 아빠가 텔레비전에서 처음 본 뒤로 그들의 일상이 된 주먹 인사를 하며 그날 일이 어땠는지 물었다.

"장사가……."

그레이스는 코웃음을 치며 축 처진 손을 들어 올렸다. "잘되고 있잖아요."

때마침 점심시간이 되어 손님이 몰려왔고, 그레이스는 큰 소리로 외치며 여러 주문을 연달아 처리했다. 이따금 찾아와 그레이스에게 자기 아버지가 한국전쟁에 참전했다거나, 그레이스가 예뻐서 자기 딸이 듣는 케이팝 아이돌 멤버가 되기에 손색이 없다거나 하는 말을 하는 관광객들을 제외하면 점심시간에 오는 손님들은 모두 단골이었다. 그레이스의 부모는 단골손님들을 가족처럼 대해야 한다고 자주 잔소리했다. 그중 한 사람은 곰돌이 푸 같은 모습으로 방금 식당에 들어온, 피부가 육포 같은 동네 일본 남자 손님이었다. 그레이스는 그의 이름이 생각나지 않았다. 그래서 기억나지 않는다는 사실을 확실히 들키지 않을 만한 최후의 수단을 동원했다.

"오, 아저씨, 오랜만에 오셨네요." 그레이스는 자기도 모르게 피진어로 말하고는 놀라서 움찔했다. "어떻게 지내셨어요?"

"잘 지냈지." 아저씨는 계산대로 다가오며 눈을 가늘게 뜨고 그레이스를 보았다. "조 아줌마는 안 계셔?"

"엄마는 등을 다치신 뒤로 자주 안 나오세요." 그레이스는 머리카락을 단발로 자르고 파마를 한 엄마를 보고 넘어져서 등을 다치리라는 걸 알았어야 했다. 이것은 그레이스도 피할 수 없는 운명이었다. 제이컵에게 탈모가 운명이듯이. 엄마는 스티로폼 테이크아웃 용기를 금지하려는 법안에 항의하는 전단지를 붙이려고 조씨네 델리 2호점과 3호점에 가는 길이었다. 용기에는 "플레이트 런치plate lunch•는 플레이트에"라는 문구가 박혀 있었다. 엄마는 비닐 랩 한 조각이라도 재사용하고 그레이스의 스타벅스 벤티 컵을 씻어서 몇 달이나 계속 썼다. 식당이나 포틀럭 파티에도 밀폐용기를 가져가는 엄마였기에, 그레이스는 엄마가 아끼는 데 익숙하다는 것을 알고 있었다. 살점이 달라붙은 먹다 남은 갈비뼈와 남긴 밥이 잔뜩 담긴 거대한 스티로폼 바위 같은 쓰레기 더미를 치울 때마다 엄마가 짓는 표정에서도 이 사실을 알 수 있었다. 그럼에도 엄마는 사람들이 좋아하는 쪽을 택하는 편이 낫다고 생각했다. 엄마는 전단지를 손에 구겨 쥔 채 신발장을 넘어뜨리며 복도에 쓰러졌다.

"아, 이런! 잠깐, 쓰러진 사람이 네 어머니였어? 안타까운 소식이

• 밥과 메인 요리와 반찬 두 가지를 한 그릇에 담은 도시락 형태의 하와이 음식.

군. 우리 세대는 이미 너무 늦었어. 그런데 너 어느 고등학교 다니니?"

"졸업했어요."

"진짜?" 아저씨는 그레이스의 대답이 그가 알아야 하는 전부라도 된다는 듯이 기다렸다.

"루스벨트요. 지금 하와이대 마지막 학기예요."

"잠깐만." 그는 가슴 아래에서 두 손을 모아 쥐며 말했다. "그레이스 네가? 난 네가 고등학생인 줄 알았다." 아저씨는 그녀를 아래위로 훑어보았다. "이제 다 컸구나."

"오늘은 뭘 주문하시겠어요?"

손님들은 대개 사이드 메뉴를 고른 뒤에 번호표를 뽑고 앉아서 기다렸다. 아저씨는 육전과 갈비 콤보에 만두를 추가 주문한 뒤에 계속 이야기를 했다. 조씨네 음식은 정말 맛있고, 아주 _오노ono_하다는 둥 _입을 압도한다는_ 둥.* 그레이스는 예의를 차리기 위해 억지로 웃었다. 주문한 음식이 나오자 그녀는 젓가락과 포크 중 무엇이 필요한지 굳이 묻지 않고 둘 다 봉투에 넣었다. 다음 주문을 계산하던 그레이스는 그가 문밖으로 나가다가 고개를 돌려 한 번 더 그녀를 보았다는 것을 알아차렸다.

그레이스는 주저앉아서 계산대 뒤에 숨고 싶었다. 그녀가 하루

---

* 두 표현 모두 '맛있다'는 뜻.

를 견디는 데 도움을 주는 사소한 행동이 있는데, 포장한 플레이트에 냅킨을 너무 많이 넣는다든지 손님이 끈을 잘라야 할 정도로 비닐봉지를 아주 꽉 묶어서 화장실 쓰레기봉투로 재활용하지 못하게 한다든지 하는 일이었다. 물론 아빠가 알면 엄청나게 화를 낼 테지만. 부모님이 태권도는 남자아이들만 배우는 것이라고 생각하지 않았다면, 그레이스는 3학년 때 노란 띠를 딴 이후로 태권도장에 가지 않은 오빠와 달리 태권도를 그만두지 않았을 것이다. 계산대를 훌쩍 뛰어넘어 한 발 돌려차기로 사람 얼굴을 나무 판처럼 반으로 쪼갤 수 있도록 계속 연습했을 것이다. 그녀가 적극적으로 나서서 준비하는 사람이었다면 식당의 지저분한 바닥을 대걸레로 닦았을 것이다. 생각해보니 그레이스는 어린 시절에 식당 바닥을 기어다니면서 식탁을 섬이라고 상상하며 이리저리 옮겨 다녔다. 섬을 계속 점유하려면 식탁을 옮겨갈 때마다 과제를 수행해야 했다. 한번은 몰래 빼온 나무젓가락을 모아서 풀을 떡칠해 배를 만든 다음 욕조에 띄워보았다. 쓸데없지만 좋아하는 물건을 넣어두려고 얼음과자 막대로 집을 만들기도 했는데, 그때는 풀을 더 많이 썼다. 배는 탈출구와 마찬가지였는데, 안타깝게도 그렇게 만든 배들은 가라앉았다. 그레이스가 대학원 이야기를 처음 꺼냈을 때 엄마는 왜 그렇게 간절히 떠나고 싶어 하는지 물었다. 비록 식당에 함께 있는 것이기는 하지만 왜 부모님과 시간을 보내는 걸 좋아하지 않느냐고, 그리고 그들이 얼마나 더 살지 누가 알겠느냐고, 왜 엄마 조개clam가 자식들을 혼내는지 아느냐고도 했다.

그건 자식들이 '조개류shellfish'가 되려고 했기 때문이었다.● 예전에는 이 농담을 들으면 줄줄이 웃음을 터뜨렸지만 이젠 농담도 낡아버렸다.

그레이스는 그 자리에 서서 텔레비전에 그들의 식당을 다룬 방송분이 또다시 반복 재생되는 동안 딴생각을 했다. 남은 업무 시간은 느리게 흘러갔다. 2인분에 맞먹는 1인분이 들어가는 플레이트가 여기저기 널려 있었다. 자외선 차단제나 짠 내를 물씬 풍기며 들이닥친 친구들과 커플들 무리는 대개 따로 주문하고 카드로 계산했는데, 이 때문에 하루가 더 느리게 갔다. *영수증 드릴까요?* 대부분은 구긴 번호표와 함께 영수증을 버렸다. 그레이스는 계산대에서 나와 텔레비전을 껐다.

아빠가 손을 닦으며 주방에서 나왔다. "엄마한테 전화 좀 해봐라."

"직접 하지 그러세요?"

"내 휴대폰이 어디 있는지 모르겠어."

"닭다리 양념할 때 실수로 같이 버무리신 거 아니에요?"

"또 시작이구나. 말도 안 되는 소리."

● 'Shellfish'의 발음이, '이기적인'을 뜻하는 'Selfish'와 비슷한 것을 이용한 농담.

"아직 살릴 수 있을지도 몰라요."

"엄마한테 프라이드치킨 포장해서 저녁으로 먹으면 어떨지 전화해봐. 맥주가 아직 있나 모르겠네."

그레이스는 놀라서 헉 하며 황급히 휴대폰을 꺼냈다. 다른 사람도 아니고 부모님이 식사를 포장 주문하는 일은 드물었기 때문이다. 하지만 배터리가 없었다. 그녀는 식당에 놔둔 충전기를 찾은 다음 다시 휴대폰을 켰다. 읽지 않은 문자메시지, 링크, 데이비드에게 온 음성메시지, 전혀 소식을 알고 싶지 않은 이런저런 사람들이 다양한 게시물과 댓글에 그레이스를 태그했다는 알림이 잔뜩 와 있었다.

아빠는 계속 바닥을 쓸면서, 마음이 얼마나 아픈지를 노래한 한국 트로트를 부르며 엉덩이를 흔들었다. 잠깐씩 멈춰 서서 빗자루를 마이크로 삼았다.

한국 남성이 DMZ 관광 중 월북을 시도했다. 최근 업데이트된 기사에서는 그 남성이 미국 시민권자이고 한국계 미국인이라고 했다.

그레이스는 한국계 미국인이 한둘이냐고 혼잣말을 했다.

그리고 한국인이라고 해서 다 비슷하게 생긴 건 아니라고 중얼거렸다.

하지만 영상을 보니 의심할 여지도 없이 그였다.

한때 빌 클린턴은 DMZ를 세상에서 가장 위험한 곳이라고 했다. 그곳은 관광 명소이기도 했다. 귀신의 집을 지나가는 것 같았다. 무서움을 느낄 정도로 가까이 가지만 실제로 다칠 정도로 가까이 가지는 못하니까. 사람들은 그곳에 가서 맞은편을 엿보거나 안전모를 쓰고 제3땅굴을 탐방한다. 아마 땅굴은 훨씬 많을 것이다. DMZ는 스릴 넘치는 놀이기구였다. 이곳이 만족스럽지 않다면 평화랜드라는 곳도 있다. 실제 놀이공원인 이곳에 다녀온 다음, 라이방 선글라스를 낀 남한 군인들과 셀피를 찍을 수 있다. 고등학교를 갓 졸업한 이 군인들은 영국 여왕을 모시는 근위병 같은 인상을 주려고 최선을 다한다. 영상은 공동경비구역을 가로질러 누군가가 소리치는 방향으로 향했는데, 그곳에 그가 있었다. 경비병들을 지나 돌격하는 제이컵의 흐릿한 모습이 보였다. 그는 경비병 몇을 팔꿈치로 내리찍으려 하고 있었다. 그는 자갈밭으로 갔다가 발을 헛디디는 바람에, 남북을 가르는 경계석 바로 위에 넘어져 바닥에 얼굴을 부딪쳤다. 멀리서 누군가가 소리를 쳤다. 군인 한 사람이 이 장면을 손으로 가리며 휴대폰을 압수하려고 했고, 잠시 후 양쪽에서 경계 태세를 알리는 총소리가 들리자 방문객들이 비명을 질렀다.

그레이스는 아빠가 빗자루질 하는 길목에 휴대폰을 떨어뜨렸다. 손에서 땀이 났다. 오빠 제이컵은 이미 다양한 이름으로 불리고 있었다. 납작한 얼굴, 팬으로 누른 얼굴, 팬케이크 같은 얼굴 등 대부분은 얼굴이라는 말 앞에 수식어를 붙인 명칭이었고, 예외로 찌그러진 우체통이나 페이스북 중독자 같은 것도 있었다. 삽으로 맞은 것 같다는 말도 있었다. 그리고 프라이팬을 위쪽으로 휙휙 튕기는 그림, 성의 도개교나 배달 트럭의 화물 적재용 경사면이 너무 빨리 내려간 그림, 하늘에서 피아노가 떨어지는 그림 등이 태그되어 있었다. 그레이스는 이 모든 것이 앞으로 일어날 일을 예언하는 것만 같아서 손으로 얼굴을 가렸다.

"빌어먹을 등신." 그레이스가 말했다.

아빠는 노래를 멈추고 허리를 숙여 그레이스의 휴대폰을 집어 들었다. "케이스 사야겠다."

그레이스는 다급히 텔레비전으로 가서 뉴스를 틀었다. "이미 망가졌던 거예요."

"아이, 참!" 아빠는 화면 아래쪽에 나오는 헤드라인을 읽었다. "어떤 바보 같은 놈이 저런 짓을 한대? 어머!" 그는 그레이스를 향해 돌아서서 그녀의 어깨를 잡았다. 그레이스는 창백한 얼굴로 떨다가 무릎을 꿇고 주저앉았다. 목이 메고 호흡이 가빠지자 아빠는 그녀의 등에 손을 얹었다. "괜찮니? 혹시 이번에도 또……."

그때 뉴스가 아빠의 시선을 사로잡았다. 오후 이른 시간에 영상이 유출되었기 때문에 이제 그 남자는 스물다섯 살의 '제이컵 조'로 신원이 확인되었고, 현재 총상을 입은 채로 대한민국 군과 미군의 보호하에 병원으로 이송되었다. 그리고 총격과 조 씨의 월북 시도 이유를 합동 조사 중이었다.

아빠는 몇 번이나 고개를 저었다. 그레이스는 그 영상을 다시 보고 싶지 않았다. 그녀는 아빠가 무슨 말이라도 하기를 기다렸다.

그녀는 계속 이 일이 진짜라고 말했지만, 아빠는 손으로 얼굴을 감싼 채 손가락 사이로 낮게 읊조릴 뿐이었다. "저건 내 아들이 아니야."

조씨 네

제이컵이 남한으로 가서 영어를 가르치기로 했다고 가족에게 말했을 때 그의 부모는 누구보다 열광했다. 아들은 대학을 졸업한 지 1년이 되도록 제대로 된 일자리도 구하지 않았고 여자 친구도 없었다. 그들은 종종 제이컵에게 남한으로 가면 모든 면에서 전망이 더 좋을 거라고 말하며 호소했다. 제이컵은 애당초 부모님이 한국을 떠나지 않았더라면 스스로가 지금 어떤 사람이 되었을지 궁금했다.

그는 조씨네 델리에서 일하는 것 외에 아빠의 형인 '삼촌'과 함께 힐튼 호텔에서 일했다. 그곳에서 제이컵은 테이블을 치웠는데, 묵직한 쟁반을 머리 위로 높이 들어 올린 채 균형을 유지하면서 식사하는 손님들 뒤를 누비는 동안, 쌓여 있는 접시들이 쨍그랑거리고 미끄러지는 소리와 컵에 넣은 식사 도구가 달그락거리는 소리가 너무 지긋지긋해서 매번 쟁반을 떨어뜨릴까 고민했다. 그는 가끔 아빠와 함께 한식 플레이트 런치를 파는 다른 식당에 첩자 노릇을 하러 가기도 했다. 아빠는 제이컵이 델리시비비큐Delish BBQ, 여미스Yummy's, 지나스Gina's 같은 곳에 한 달에 한 번씩 가서 경쟁 식당의 메뉴 시식과 평가를 도와줬으면 했다. 그래야 전체 메뉴를 적어도 한 번씩은 주문할 수 있었기 때문이다. 아빠는 매번 싸구려 선글라스와 야구 모자를 썼는데, 그럼에도 제이컵은 경쟁 식당에서 그들을 알아보았다고 확신했다.

그레이스는 제이컵의 자리를 메꾸며 무기한으로 일하게 생겼다. 그녀는 오빠가 떠나는 일에 대해 미리 들은 바가 전혀 없었다. 지나치게 뻐기면서 그녀와 한국말을 연습하던 오빠를 보며 얼마나 오래가려나 싶었다. 그레이스는 한국어가 유창했는데, 자라는 동안 부모님이 제이컵을 귀찮게 하고 싶지 않다는 이유로 영어를 써야하는 모든 일에 그녀를 수행원으로 썼기 때문이다. 지금도 그레이스는 부모님에게 이야기를 확실히 전달하고 싶을 때에는 한국말로 했다. 엄마는 한국으로 가겠다는 제이컵의 말에 그게 마치 자신의 의견인 양 박수를 쳤다. 엄마의 건강하고 키 큰 아들 제이컵은 그녀의 대리인이자 그들이 잘 살고 있다는 것을 나타내는 살아 있는 증거였다. 제이컵은 한국에 가서 외할머니인 정 할머니와 엄마의 언니인 정 이모도 만날 수 있었다. 나중에 조씨 가족들이 할아버지 댁을 찾아가서 제이컵이 떠난다는 이야기를 꺼내자, 조 할아버지는 빨갱이들이 언제 무슨 짓을 할지 모른다는 둥 서울과 DMZ의 거리가 60킬로미터 정도밖에 안 되기 때문에 공격당하면 제이컵은 속수무책일 거라는 둥 횡설수설했다.

"네 한국어 실력이 아주 좋아지겠어!" 엄마는 손뼉을 쳤다. "우리랑 얘기 많이 하던 예전의 네 동생처럼 말이야."

"와."

"우리 아들은 정말 유명해질 거야." 아빠는 허공에 대고 큰 소리로 말했다. "네겐 그런 매력이 있지. 거기선 그게 좋은 직업이야." 아빠는 제이컵을 칭찬하면서 은근슬쩍 자기 이야기를 했는데, 결국 젊었을 때 삼촌보다 축구도 잘하고 육상 대회에서 1등으로 달렸다는 이야기로 빠졌다. 가족들이 아이들을 보며 누가 누구를 가장 많이 닮았나 놀이를 할 때마다 엄마는 잠시 머뭇거리다가 제이컵이 자기 아버지를 닮았다고 말했다. (그레이스와 제이컵 둘 다 아빠의 눈썹과 긴 팔다리를 닮았고, 제이컵은 엄마의 눈을, 그레이스는 조 할머니의 입술과 엄마의 곱슬머리를 닮았다.) 조 할머니는 그렇지 않다면서 제이컵이 외가 쪽보다는 조 할아버지를 더 닮았다고 말했다. 그레이스는 그 어떤 의견에도 동의하지 않은 채 자기는 그냥 자기 자신이고 아무도 닮지 않았다고 강조하며, 누가 봐도 제이컵의 여동생이었음에도 그와 비교당하면 재빨리 부정했다. (물론 제이컵보다 훨씬 나은 버전이었다.)

그들의 부모는 서로를 향해 고개를 끄덕였다. 아빠는 제이컵의 어깨에 손을 턱 얹고 어깨를 주무르기 시작했다. 제이컵은 아버지의 손길이 닿자 움찔했다. 그는 겁이 났기 때문에 내심 누군가가 다시 생각해볼 이유를 소리 높여 말해주기를 바랐다.

"어디서 살 거야? 이모 집에서 지내고 싶으면 내가 물어볼까?"

"네 또래를 많이 만나게 될 수도 있어. 괜찮은 여자애들 말이야."

그레이스는 코웃음을 쳤다. 부모님은 오빠에게 어떤 유형의 여자에게 관심이 있는지 자주 물었다. 그들은 기대감에 부풀어 제이컵이 '한국 여자'라고 대답하는 순간 당장 벌떡 일어나 파티라도 열어줄 기세였다. 어느 날 저녁, 제이컵이 많은 시간을 함께 보내는 친한 친구를 저녁 식사에 초대하자 부모님은 안절부절못하며 이런 저런 추측을 했으나, 현관문 앞에 나타난 사람은 카이였다. 물론 부모님은 제이컵이 카이를 초대했다는 사실을 깊이 생각해보지 않았지만, 그레이스는 오빠의 이런 면을 이미 알고 있었다.

"생각해봐, 자기야." 아빠가 말을 이었다. "당신이! 할머니가 되는 거야!"

엄마는 그레이스를 보며 제이컵이 집에 없으면 너무 지루할 것 같아서 걱정된다고, 어떻게 지내야 할지 모르겠다고 했다. "심심하겠다." 엄마는 장난스레 얼굴을 찡그리며 말했다.

그레이스는 구부정하게 앉아서 자기 무릎을 멍하니 바라보았다. 제이컵이 무슨 말을 하려고 했다. 그레이스가 테이블 다리를 톡톡 치며 발을 떨고 있다는 걸 알아챈 사람은 제이컵뿐이었다. 엄마는 제이컵 소식에 정신이 팔리지 않았더라면 분명 무릎을 찰싹 때리며 복 달아나니 다리 떨지 말라고 했을 것이다. 제이컵은 가족들에게 둘러싸여 있을 때 특유의 편안함을 느꼈지만 그게 전부였다. 그들의 자녀로서 제이컵은 언제나 식당의 투자에 대한 수익이었다. 부모님은 조씨네 델리를 엘앤엘L&L*에 버금가는 식당으로 키운 다음, 해외로 눈을 돌리고 대로변 쇼핑센터의 주차장을 몽땅 접수할 때까지 모든 쇼핑센터에 입점해 성취가 한눈에 보이는 유산을 남기고 싶어 했다. 그리고 그렇게 이름이 전해지기를 원했다. 제이컵은 부모가 설정한 세계에 갇혀 있었다. 그의 여동생은 돌봄이 필요한 나이가 훌쩍 지났다. 그레이스는 낡은 코롤라의 열쇠를 달라고 했지만, 제이컵은 자신이 데려다주고 그레이스가 술을 마시면 다시 데리러 가겠다고 했다. 하지만 그는 나중에야 그레이스를 볼 수 있었는데, 새벽 3시에 신라면을 먹으려고 물을 끓이던 그녀는 제이컵을 보자 꺼지라고 했다. 그레이스를 그냥 놔두는 편이 나았다.

"아니요, 전 괜찮을 거예요." 그레이스는 휴대폰에서 눈을 떼지 않고 말했다. "사실 이탈리아로 가서 이탈리아 남자랑 결혼할까 생각 중이에요."

"은혜야." 엄마는 놀라서 헉 소리를 냈다. "그게 무슨 소리야?"

그레이스는 어깨를 으쓱했다. "농담이에요."

---

* 바비큐 플레이트 런치를 판매하는 하와이의 프랜차이즈 식당.

"엄마 안 웃었어. 농담이 아닌 것 같은데."

그레이스는 자리에서 일어나 나갔다. 엄마는 그녀를 부르며 저녁 식사에 거의 손도 대지 않았다고 말했다. 엄마는 식사를 할 때마다 자식이 너무 마르고 안 먹는다고 생각하거나 너무 살이 찌고 자주, 잘 먹는다고 생각하거나 둘 중 하나였다. 사실 그레이스는 퍼준 밥과 된장찌개를 다 먹었다. 솔직히 남매는 된장찌개를 별로 좋아하지 않았고 어릴 때는 '똥 수프'라고 불렀다. 제이컵과 그레이스는 서로 이렇게 말했다. *"찌개를 꾹 참고 먹어야 해."* 그들은 엄마가 만들어내는 똥 덩어리를 참아내야 했다. 그레이스의 방 문이 쾅 닫히는 소리가 들렸다.

제이컵은 식탁 치우는 일을 돕고 아빠가 어깨를 두드리는 어색함을 좀 더 견딘 뒤에 복도에서 그레이스를 마주쳤다. 그는 걸음을 멈추고 화장실로 가는 그녀의 길목을 막아섰다.

"괜찮냐?"

"괜찮아." 그레이스가 팔짱을 끼며 대답했다. 그녀는 두꺼비집을 덮어놓은, 조 할머니가 교회에서 받아온 달력 옆쪽 벽에 기댔다. 그레이스는 그들을 한데 묶고 있는 남매라는 관계를 덜 의식하기 시작했다. 제이컵은 단순히 그녀의 오빠가 아니었고 그레이스 역시 단순히 그의 여동생이 아니었다. 이는 곧, 그레이스가 제이컵을 더 이상 존경하거나 좋아할 필요가 없다는 뜻이었다. 그들은 가까운 사이가 될 필요가 없었다.

"그래." 제이컵이 무슨 말을 하든 달라질 건 없었다. "그냥 확인 차 물어봤어."

"오빠는?"

"확인하는 거야?"

"괜찮으냐고."

"어, 응. 괜찮아."

"안 괜찮아 보이는데."

"너도 마찬가지야."

대개 이들은 이런 식으로 꼭 필요한 말만 했다. 두 사람의 방은 아직 아주 멀리 떨어지지는 않았지만 그 거리는 점점 멀어졌고, 멀어진 상태로 자리 잡아 복도 넓이만큼의 영구적인 균열이 생겼다. 해가 갈수록 둘 다 자신의 세계에서 숨느라, 또 자신의 세계를 찾느라 방에 머무는 시간이 길어졌다. 그 세계에는 서로가 없었다. 하지만 그들은 아무리 멀리 떨어져 있어도 부모님 때문에, 늘 똑같이 반복되는 우리 가족이라는 말 때문에 곧바로 다시 가까워졌다. 언제나 우리, 우리 가족이었다.

"그래……. 한국 간다고?"

"좀 떨리네."

"나한테는 미리 말하지."

제이컵은 한숨을 쉬고 고개를 숙였다. 자기 발과 그레이스의 발이 똑같이 생겼다는 사실을 잊고 있었다. 둘 다 엄지발가락이 나머지 발가락보다 짧았고 그 넷은 길이가 똑같았다. 제이컵은 그레이스가 초능력이 있다고 우기면서 그를 한 대 치려고 양말을 신고 카펫 위를 돌아다니다가 제풀에 넘어진 일이 떠올랐다.

"그러게." 제이컵이 말했다.

"이유를 물어봐도 돼?"

"왜 내가 진작 말하지 않았는지?"

"왜 한국이냐고. 왜 지금이고."

"지금이 딱인 것 같아서."

"내가 모른다고 생각하는구나." 그레이스는 부모님이 KBS 뉴스를 보고 있는 거실 쪽을 턱으로 가리켰다. "다들 모른다고 생각하는구나. 근데 우린 다 알아."

"그레이스, 난……."

"그래, 타이밍 좋네. 부모님도 둘에 대해 알아. 오빠가 그 남자랑 얼마나 많은 시간을 보냈는지. 그런데도 갑자기 떠나는 거라고?"

제이컵은 당황해서 목이 뜨거워졌고, 당혹감이 얼굴로 밀려 올라왔다.

"하긴, 오빤 그런 거 잘하니까." 그레이스는 이렇게 말하고 가버렸다.

잠시 후에 이 순간을 생각한 제이컵은 그레이스에게 기다리라고 말하지 않은 게 후회스러웠다. 그래야 설명할 수 있었다. 가족이 카이무키|Kaimukī의 콘도로 이사 갔을 때 그레이스는 자기 방이 생겨

서 정말 신나 했다. 당시 그레이스는 중학교에 입학했고 제이컵은 고등학교 2학년이었다. 그 집을 미리 둘러보러 갔을 때 그레이스는 자기가 고른 방에서 펄쩍펄쩍 뛰면서 돌아다녔지만, 이사하고 나서는 제이컵의 방에서 주로 시간을 보냈고 제이컵의 침대 아래에 담요를 갖다 놓고 그 위에서 잠들었다. 한동안 제이컵은 이런 그레이스를 그냥 내버려두었다. 그레이스는 혼자 자는 걸 무서워했다. 제이컵은 잔다고 말하자마자 곯아떨어질 수 있는 그레이스가 부러웠다. 맨 처음 제이컵이 그레이스를 제 방으로 데려다주었을 때, 그레이스는 잠시 동안 그가 누구인지 알아보지 못하고 잡은 팔을 놓으라며 몸부림쳤다.

아 빠

　아빠는 오래전부터 자기 아들이 별나다고 생각했다. 제이컵은
종종 담요 밑이나 미닫이 옷장 문 뒤에 숨었다. 따뜻한 세탁물 더미
위나. 잘 숨는 사람이라면 누구나 조용히 있는 것이 보이지 않는 것
과 같다는 걸 알았다. 제이컵은 부모님이 자기 이름을 부르는 소리
와 그를 찾았을 때 웃는 소리 모두 듣기 좋아했다. 그는 계속 사라
진 상태로 있기보다는 문 뒤나 옷장이나 의류 매장의 옷걸이에 걸
린, 숲과 같은 옷들 틈에서 튀어나오는 등 몰래 다가가서 모습을 드
러내고 싶어 했다. 숨어 있지 않을 때에는 누가 먼저 말을 걸지 않
으면 먼저 대화를 시작하거나 대화에 끼는 법이 없었기 때문에 아
빠는 아들이 단순히 부끄러워서 그러는 게 아니면 어쩌나 걱정했
다. 제이컵은 가족들에게 한국어로 말하는 일이 거의 없었다. 가족

들은 할아버지가 제이컵에게 영어로만 말해서 그렇다고 탓했다. 제이컵은 부모님이 말하는 영어 단어나 구문을 정확하게 고쳐서 알려주었는데, 그러면서 언제나 머릿속으로 몇 번 고쳤는지 세었다.

아빠는 1990년대 초반에 온 가족을 데리고 하와이로 이주한 자기 아버지의 말에 충실히 귀 기울였다. 조 할머니와 할아버지는 원래 요리사였는데, 조 할아버지는 요리는 많이 하지 않고 맥주 캔을 들고 뻐기고 다니면서 조 할머니에게 조리법을 지적했다. 어느 날에는 그가 제이컵에게 나쁜 영향을 미친다는 할머니의 말을 듣고 그녀를 밀쳐서 바닥에 넘어뜨리기까지 했다. 할머니는 파티용 드레스 가게에서 만난 '언니'이자 같은 교회에 다니는 비비안과 함께 재봉사로 일하는 편이 낫겠다면서 식당을 그만뒀다. 조 할아버지는 아들과 며느리에게 가게를 물려주어 사장 겸 요리사로 일하게 한 다음, 그 수입으로 먹고살고 싶어 했다. 조 할아버지는 하와이가 모든 사람이 더 나은 삶을 살 수 있는 곳이라고, 전망이 더 좋은 곳이라고 주장했다. 그에게 하와이란 누구든 그를 대신해 생계를 꾸려나갈 수 있는 곳이자, 그저 식당에 출근 도장만 찍고 매일 술을 마시며 아들과 며느리에게 지적질만 하면 되는 그런 곳이었다. 맨 처음 심장마비로 발작을 일으켜 겁을 먹기 전까지는 그랬다. 이런 할아버지였지만 적어도 제이컵은 영어라도 배울 수 있었다.

그의 부모는 제이컵이 영어만 사용하는 대가로 한국과 멀어질 줄은 몰랐다. 그가 한국과 멀어졌다는 것은 혀를 통해, 즉 그가 먹고 말하는 것을 통해 가족에게 분명하게 알려졌다. 그들은 토요일마다 조 할머니 교회에서 열리는 한국어 학교에 제이컵을 보내거나 일하는 동안 조부모가 그를 돌보도록 해서 이 상황을 바로잡고자 했다. 그들이 데리러 갈 때마다 제이컵은 점점 더 말이 없어졌다. 아빠는 이런 현상이 제이컵이 예정일보다 일찍 태어나는 바람에 인큐베이터에서 몇 달을 보내고 집에 데려온 것과 관련 있다는 이론을 세웠다. 인큐베이터라는 상자가 너무 안전하게 지켜준 나머지 제이컵은 그곳을 떠나고 싶어 하지 않는 것 같다는 것이다.

처음에 아빠는 제이컵이 남한으로 가고 싶어 한다는 소식에 기뻐했다. 그의 아들은 가족 중 가장 먼저 고국으로 돌아간 사람이 될 테고, 그곳에서 많은 돈을 벌어들일 것이다. 그리고 다시 하와이로 돌아오면, 남한에서 일했던 학원의 분점을 내서 자기 학원을 시작할 수 있을 것이다. 하와이에 오고 싶어 하는 학생들을 대상으로 프로그램을 확장해 돈을 제대로 벌 수 있을지도 모르고, 그러면 그의 신용 점수가 올라갈 것이다. 이는 마침내 아빠가 하와이 카이Kai의 동쪽 끝에 있는 조용한 부자 동네에 아들 이름으로 집을 구입할 수 있다는 뜻이었다. 아빠는 더 일찍 그곳으로 이사 갈 돈이 없었음을 아쉬워했다. 콘도에 불이 났을 때와 콘도가 무너질 뻔했을 때는 특히 더했다. 아빠는 엘리베이터가 고장 나기라도 하면 엄마가 14층에서 급히 뛰어내려가지 못할 거라고 생각했다.

아무도 구입하지 못할 만큼 비싼 카카아코의 집이나 전화선이 하늘을 가르는 거리에서 불꽃놀이가 벌어지는 동네는 잊어버려야 했다. 또다시 좁아터진 아파트 단지로 가서 천장에서 쿵쿵 울리는 발소리를 들어야 했다. 또다시 텔레비전 소리가 너무 크게 들리는 곳으로, 헬리콥터와 사이렌 소리가 들리는 곳으로 가야 했다. 이웃집이 시야를 막는 그런 곳으로. 스카이라인을 전체적으로 조망할 수 있을 정도로 멀리 떨어져 사는 것이 나은 이 괴물 같은 도시는 밤이 되면 붉은 눈을 깜빡이며 비행기에게 경고를 보낸다. 이 도시의 중심부에서 빠져나갈 형편이 되는 사람은 누구일까? 군인들을, 하늘을 날지 않을 때는 대부분 얼이 빠져 있고 와이키키에서 말썽을 일으켜 뉴스에 등장하는 군인들을 보지 않을 형편이 되는 사람은 누구란 말인가?

아빠는 몇 시간씩 교통 정체에 시달리더라도 주택을 갖고 싶어 했다. 그래서 그가 죽고 아내도 죽고 나면 뭔가를, 자식들이 집이라고 부를 만한 곳을 남기고 싶어 했다. 그들에게 언제든 돌아갈 곳을 만들어주고 싶어 했다. 아빠가 자식들을 데리고 알라와이 골프 연습장에 갈 때마다 되풀이했던 이야기처럼, 중요한 것은 힘이나 골프공을 얼마나 멀리까지 칠 수 있는지가 아니라 어디를 착지 지점으로 삼느냐였다.

이제 그의 아들은 집의 모든 곳에 존재하는 동시에 어디에도 없었다. 아빠는 제이컵이 언제 돌아올지 몰랐다. 그에게 전화를 걸어 보았으나 받지 않았다. 20년 만에 처음으로 아빠는 식당 입구로 가서 문을 일찍 닫는다는 것을 알리기 위해 푯말을 뒤집고 문을 잠갔다. 아빠는 빈 식당에, 아무런 소동도 없는 주방에 서 있던 시절로, 손을 씻고 얼굴에 물을 끼얹고 한때는 풍성했던 머리카락을 매만지며 일이 시작되기를 기다리던 시절로 돌아갔다.

손님 한 사람이 들어오려고 하면서 아빠를 향해 손을 흔들었다. 그는 식당 문을 두드렸다.

"저기요! 9시까지 영업하지 않나요?"

"죄송합니다. 오늘은 아니에요. 문 닫아야 해요."

"아저씨, 저 항상 이 시간에 오는데요, 이렇게 일찍 닫으신 적 없잖아요."

"죄송하지만 재료가 다 떨어졌어요. 손님이 많았거든요."

아빠는 돌아서더니 다시 그레이스 옆에 서서 텔레비전을 보았다. 그리고 고개를 저었다. 말도 안 돼. 번개 같은 통증에 가슴이 쪼개지는 것 같았다.

저건 내 아들이 아니야. 아빠는 어느 날 저녁에 그랬듯이 사실을 부정했다. 그날 그는 어릴 적 친구와 함께 있는 제이컵을 보고 깜짝 놀랐다. 텔레비전 화면이 파랗게 될 때까지 밤새도록 기다렸지만 제이컵은 집에 오지 않았다.

아빠는 어머니가 이럴 때 하라고 가르쳐준 대로 두 손을 모으고 기도했다. 하나님, 제발 저 사람은 제 아들이 아니라고 말해주세요. 그레이스는 호흡을 가다듬고 일어났다. 잠시 후 그녀는 닭날개구이를 포장해 와야겠다고 말했다.

가이

손님들이 그레이스의 얼굴 외에 가장 자주 보는 얼굴은 그녀 뒤에 붙어 있는 포스터 속 인물로, 요리계의 사이비 교주 같은 사람이었다. 방송 오프닝 영상을 보면, 그가 타고 있던 카마로가 푸드네트워크 로고와 충돌하면서 데칼코마니 같은 불길이 치솟고, 그 불길 속에서 그가 일어난다. 그리고 수많은 미국 텔레비전이 전기를 일으켜 번개가 치고, 번개에 맞은 그는 고통을 일깨워주려는 듯 주황색으로 계속 빛난다. 그는 유명세라는 저주에 걸려 게걸스러운 먹방의 길을 떠나게 된다. 끊임없이 배고프고 만족할 줄 모르는 미국인들을 위해 만든 짓궂은 음식을 견디며 먹고 또 먹고 우스갯소리를 하는 것은 형벌인 동시에 사면이다. 그가 한 입 먹을 수 있기를 간절히 바라는, 미국인들이 마음heart을 다해 사랑하는 그 음식은 그들의 심장 heart을 대가로 한다. 이렇게 갑자기 인지도가 높아진 식당은 손님이 많아지기 때문에 그는 늘 말로 떠들어낼 뿐 다시 갈 수는 없다. 물론 식당 메뉴가 플레이버타운 Flavortown●에 입점하게 되면 잠시나마 먹어볼 수 있기는 하다.

방송에서는 이야기하는 손님들을 강조해서 보여주는데, 저마다 요리에 사랑이 얼마나 들어갔는지를 자기 방식으로 말한다. 조 아줌마는 이렇다는 둥 저렇다는 둥 해변에 갔다가 들르기에 정말 완벽한 장소라는 둥 조 아줌마는 모든 사람을 가족처럼 대한다는 둥. 그리고 최후의 일격으로 토요타 타코마를 천 대는 팔아치울 것 같은 얼굴이 등장해서 이렇게 말한다.

"조 아줌마는 하와이에서 가장 맛있는 한식을 차려냅니다."

처음에 아빠는 쿠키 영상에서 시청자들이나 호놀룰루의 경쟁 한식당들을 위해 조씨네 델리의 조리법을 낱낱이 공개하지 않을까 의심하면서 방송 출연을 탐탁지 않아 했다. 하지만 가이의 어깨를 찰싹 때리고, 가이가 농담한 다음에 무릎 꿇는 시늉을 한 건 아빠가 직접 낸 아이디어였다고 봐도 무방하다.

방송에 등장한 그레이스의 부모는 지금보다 훨씬 어렸다. 아빠는 어깨가 구부정하지 않았다. 엄마는 어깨 길이의 머리카락을 말아 올리고 허리에 앞치마를 두른 채 크록스를 신고 이리저리 돌아

● 가이 피에리가 운영하는 식당.

다녔다. 엄마는 촬영용으로 쓴 하늘색 머릿수건을 그 뒤로도 계속 쓰고 있다. 제이컵은 손님들이 반찬 더는 걸 돕고 있었고 그 위로 한국에서는 모든 음식을 조금씩 먹어볼 수 있도록 식탁을 차린다는 가이의 해설이 들렸다. 반찬은 주로 채소로 만든 음식이었다. 한편 플레이트 런치는 일본인들이 하와이 사탕수수 농장에 가져간 도시락(벤토)에서 유래했고, 이것이 발전해 누구나 좋아하는 음식인 플레이트 런치가 되었다. 조씨네 델리에서는 밥과 고기로 만든 메인 요리를 제공했고 여기에 그레이스가 콩나물무침, 참기름과 소금에 무친 시금치나물, 달걀말이, 아무도 제대로 발음하지 못하는 잡채를 냈다.

가이는 코스트코에서 시식할 때처럼 조씨네 델리를 돌아다녔고 그동안 제이컵은 그가 반찬 고르는 것을 도와주었다. 음식 준비 과정 촬영을 마치고 아빠가 가이의 접시에 구운 갈비와 육전을 올리자 가이는 푸짐한 양에 감탄하며, 배가 부를 테니 이따가 주차장에 있는 자기 차에서 한숨 자야겠다고 농담했다. 그는 육전을 간장에 찍어서 한 입 먹고는 포크로 잡채, 마카로니샐러드, 김치를 조금씩 찍어서 입에 넣었다. 그러더니 먹다 말고 아빠를 바라보았다.

이리 오세요. 한번 안아볼게요. 이 순간이 오기 전까지 아빠가 그렇게까지 환하게 웃을 수 있다는 것을 몰랐던 그레이스는 늘 그러듯이 질색하며 움찔했다. 가이는 조씨네 남자들을 모두 한 번씩 안았다. 이 포옹으로 마침내 아빠가 미국 사회에 포용되었음을 쉽게

이해할 수 있었다. 비록 포옹해준 사람이 미국 식당을 떠도는 괴물이기는 했지만. 거기서 끝이 아니었다. 가이는 온 가족을 포옹해야겠다고 선언했다. 그는 계속 먹으면서 "모든 맛이 한데 어울리면서 감칠맛이 폭발하네요. 이 쪽갈비는 소고기 사탕 같아요"라고 말했다. 그레이스는 그 말이 무슨 뜻인지 알지 못했지만 '굉장히 맛있다'는 표현으로도 만족하지 못한 백인들이 남발하는 말이라는 것은 알 수 있었다.

지금까지 가이가 방문했던 다른 식당들은 그의 얼굴을 그라피티 스텐실로 그려 넣고 그가 다녀갔음을 알리는 문구를 넣었다. 그레이스의 부모는 사진을 액자에 넣어 걸어두는 방식을 택했다. 가이의 서명이 불에 탄 흔적처럼 새겨진 사진이었다. 방송이 나간 뒤로 장사가 잘되고 그 후로도 손님들이 꾸준히 찾게 되자, 엄마는 가이가 먹고 싶은 걸 전부 손가락으로 집어 들었다고 가족들에게 재빨리 고자질했다. 게다가 음식값도 치르지 않았다고.

마지막으로 온 가족이 모였을 때, 그들은 상에 둘러앉아 배를 우적우적 먹고 마른오징어를 씹으며 보리차를 마셨다. 하와이에 사는 가족이 모두 모여 들썩거리며 다리를 올리고 소파 안쪽으로 손을 넣어 리모컨을 찾는 모습은 삼성 평면 스크린에 회색 덩어리로 비춰졌다. 아빠는 모인 가족들에게 그들이 이렇게까지 성공했다면서 일장 연설을 늘어놓고는 방송을 틀었다.

그레이스

그레이스가 김 한 봉지를, 그것도 한 장씩이 아니라 뭉텅이로 다 먹어버려서 소금기에 입술 안쪽의 구내염 난 곳이 따끔따끔하는 동안 그녀의 부모는 알아들을 수 없는 말을 빠르게 지껄였다. 그레이스는 배를 움켜쥐었다. 스트레스 때문에 하루에 귤을 한 봉지씩 먹는 바람에 별 모양으로 벗겨낸 껍질이 말라비틀어진 채 남아 있었고 다이어트용 진저에일과 아빠가 숨겨둔 하이트 맥주 빈 캔이 책상에 쌓여 탑을 이루었다. 그녀가 먹은 것이라고는 미끈거리는, 미역국이라고 불리는 해조류로 끓인 늪 같은 수프 한 숟가락뿐이었다. 가족들은 돈을 아끼려고 저녁 식사로 수프 같은 국물과 쌀밥을 주로 먹었다. 하지만 그레이스는 잇몸에서 피가 나도록 치실을 써도 좋으니 스테이크나 전자레인지에 데워 먹는 립 같은 걸 먹고 싶었다. 조 할아버지는 할머니가 뭐라고 하든 신경 쓰지 않고 이런 음식들을 오븐에 던져 넣었고, 조 할머니는 그레이스가 차라리 삶은 달걀이나 고구마를 먹기를 바랐다. 물론 그레이스는 오빠와 함께 조부모님 집에 맡겨졌을 때 가끔 밤에 둘이 함께 먹던, 녹인 버터에 찍은 킹크랩 다리살도 먹고 싶었다.

오빠 이야기는 끝없이 이어졌다. 엄마는 밥을 먹지 않은 그레이스에게 인상을 쓰면서 식탁을 치운 뒤에 가족회의를 소집했다. 울고 난 엄마의 얼굴은 푸석푸석했다. 엄마는 흰색 잠옷과 분홍색 카디건을 입고 얼굴에 파란색 젤 마스크를 붙인 채 거실을 서성대다가 그레이스 때문에 이런 일이 생겼다고 나지막이 투덜대면서 허리를 팡팡 두드렸다. 아들이 총에 맞았다. 다행히 생명에는 지장이 없었다. 어느 쪽에서 발포했는지, 제이컵이 어느 부위에 총을 맞았는지는 아직 보도되지 않았다. 북한은 이 사건이 미국의 도발 행위라면서 책임을 부인했고, 전문가들은 누가 한국전쟁을 일으켰는지 역사가 증명했듯 북한이 발포했다고 주장했다. 세상은 제이컵을 의심했다. 그가 첩보 요원이나 스턴트맨일지도 모른다면서.

그레이스는 앞에 놓인 벨벳 쿠션을 꽉 끌어안고 쿠션 눈이 달려 있었던 부분을 찔렀다. 아빠는 제이컵이 입던 낡은 스웨터를 입고 팔짱을 낀 채 가죽이 너덜너덜한 리클라이너에 앉아 있었다. 엄마는 제이컵이 떠난 주에 그레이스가 양쪽 옆머리를 밀어버린 이후로 가장 불안해하고 있었다. 그레이스는 그 머리를 아직도 하고 있어서 엄마를 실망시켰다.

"자기야, 자기도 그렇게 생각하지 않아? 제이컵이 거기 가려고 한 이유를 그레이스가 알아냈다면 설득해서 말릴 수 있었을 거 아 니야."

"흠, 그런가." 아빠가 말했다. "그야 모르지."

"이런 얘기 해봤자 다 소용없어."

그들은 몇 주째 이런 대화를 이어갔다. 변호사나 대사관에 대한 이야기와 엄마가 25년 전에 남한을 떠난 뒤로 만나지 못한 언니 정 이모가 최근 소식을 알려주면 좋겠다는 이야기를 하다가 그레이스 가 얼마나 잘못했는지에 대한 이야기로 저녁이 마무리되었다.

처음에는 해변 공원에서 가족 행사가 있거나 졸업 파티를 할 때 갈비를 포장해 가던 케오니 아저씨 같은 단골들이 찾아왔다. 리틀 리그에서 활동하는 아들들에게 주려고 바비큐치킨을 포장해 가던 린 아주머니도 왔다. 이들은 쉽게 다른 식당을 선택할 수 있었고, 길 아래쪽 식당 소라볼이 음식에 비해 비싼 값을 받는데도 불구하 고 조씨네 델리가 이 식당과 근처에 문을 연 한국 슈퍼마켓과 경쟁 하기는 어려웠다. 한국인이 운영하는 업체가 여기저기 많아서 흔 히 '코리아모쿠Koreamoku'라고 칭하는 이 동네에서 한때는 조씨네 델 리가 중심이었다. 아빠는 조씨네 델리 덕분에 이 동네가 호놀룰루 의 코리아타운으로 공식 지정될 수도 있다고 생각하며 무척 뿌듯해 했는데, 그 일은 결실을 맺지 못했다. 한국인 지역사회에 조씨네 델리는 동네 카페테리아 이상의 의미가 있었다. 바비큐치킨은 한국인들만 찾는 한식이 아니었고 육전도 마찬가지였다. 조씨네 델리에서 파는 음식은 독특하지 않고 친숙했다. 플레이트 런치에는 한 사람을 위해 준비된 상차림이 한꺼번에 담겨 있었고, 조씨네 델리의 반찬은 포틀럭 지옥이라고 할 수 있을 정도로 넉넉하게 끝없이 나왔다.

그 사건 이후로 단골들의 발길이 차츰 뜸해졌다. 건설 노동자들마저 오지 않았다. 평소에 그들은 형광 노란색 긴팔 옷을 입고 껄껄웃으며 들이닥쳐 아빠를 밀어내고 뭐든 운동경기를 볼 수 있는 채널로 돌렸다. 전화 주문이 약간 들어오기는 했지만 대부분은 장난전화거나 김정은이 그렇게 좋으면 북한으로 돌아가라고 그레이스와 가족들을 협박하는 전화였다. *그러고 싶어도 못 한다고, 멍청아.* 손님들은 계산을 하고 곧장 가게에서 나갔다. 필요 이상으로 오래 머무는 사람은 없었다.

그레이스는 밖으로 나가려고 일어났다. 부모님은 인정하지 않겠지만 다 끝장났다는 걸 알았다. 플레이트 런치를 파는 가게가 끓는 냄비에서 퍼 담은 그레이비소스처럼 구석구석 퍼져 있기 때문에 사람들에게는 다른 선택권이 있었다. 그레이스마저도 이 사태를 빨리 바로잡기 위해 개입하지 않을 수 없었다.

"어디 가려고? 이 시간에?"

그레이스는 아무 데도 가지 않는다는 대답 대신 입고 있던 옷을 가리켰다. 집에서 입는 트레이닝 바지와 중학교 때부터 입던 낡은 티셔츠였다. 엄마는 남자애처럼 헐렁한 옷과 청바지를 입는 그레이스의 옷차림을 두고 잔소리하며 그레이스에게 친구가 없는 이유가 여자처럼 보이지 않아서인 것 같다고 큰 소리로 말했다. 그레이스에게는 옷을 입고 자발적으로 밖에 나갔다는 사실 자체가 놀랄 일이었다.

"지금 생각해보니까요, 오빠가 북한 가까이까지 갔으니 저는 오빠의 도움을 받아서 북한에 진짜 갈 수 있을 것 같아요."

"딸." 아빠가 말했다. 아빠는 뉴스를 보고 그레이스가 공황 발작을 일으켰다는 사실을 엄마에게 말하지 않겠다고 다짐하며 인상을 썼다.

"평양이 꽤 근사하다던데요. 어쩌면 무용단 공연을 볼 수 있을지도 몰라요."

"딸, 엄마한테 왜 그렇게 버릇없이 구냐고 했잖니?"

엄마는 뭐라고 중얼거리더니 가버렸다. 그레이스는 난처한 듯 끙 소리를 내고 일어나서 숙면에 도움을 주는 허브차를 끓이러 주방으로 갔다. 엄마는 부항기 세트가 담긴 파란색 손가방을 들고 돌아왔다.

"은혜야, 엄마 좀 도와줘."

엄마는 좌골신경통 때문에 무척 힘들어했다. 양쪽 다리에 힘이 없었고 오랫동안 앉아 있거나 서 있을 수 없었다. 언제나 허리에 한 손을 얹고 절뚝거렸다. 가끔은 하반신 마비 증상이 나타났고 통증 때문에 찌릿찌릿하기도 했다. 엄마는 몸에서 나쁜 피를 빼내서 혈액순환이 잘 되도록 그레이스가 등에 부항기를 붙여주기를 바랐다. 엄마가 원하는 부위를 말하면 그레이스는 부항기 컵을 대고 손으로 펌프질해 피를 빨아들였다. 그레이스는 바늘이 달린 펜을 사용해 적갈색을 띤 나쁜 피가 컵에 모이도록 해야 했다. 피는 끈적끈적했는데, 흡혈귀가 아침형 인간이었다면 토스트에 발라 먹었을 것만 같았다. 그레이스는 컵마다 모인 피를 빼내고 엄마의 등을 닦은 다음 부항기 전체를 소독해야 했다. 그녀는 이 일을 하기 싫었다. 엄마는 제이컵에게는 절대 부탁하지 않았는데, 귀찮게 하고 싶지 않다는 게 그 이유였다.

"저 피곤해요." 그레이스가 말했다. "아빠한테 해달라고 하세요."

그레이스는 자기 방으로 갔다. 차를 흘리지 않으려고 조심하면서 문간에 기대 오른쪽 어깨를 쭉 폈다. 목과 팔의 통증이 점점 심해졌다. 그레이스는 팔다리가 찌릿한 갑작스러운 통증 때문에 매일 자다가 깼다. 부항기가 온몸에 페퍼로니 같은 얼룩을 남기지 않았더라면 직접 써보았을 것이다. 치우지 않고 점점 어질러진 그녀의 방은 갈수록 좁아졌다. 한쪽 구석에는 한 번도 사용하지 않은 낡은 가방들이 쌓여 있었다. 책꽂이 한쪽에는 고등학교 졸업식 때 받은 레이lei•가 여럿 걸려 있었고, 책꽂이에는 중고 서점에서 산 중고

• 하와이의 꽃과 잎으로 만든 화환.

책이 가득 쌓여 있었다. 바닥의 옷 무더기는 점점 커져서 옷을 찾으려면 파내야 할 지경이 되었다. 집에서 입거나 혼자 컨솔리데이티드 극장에 갈 때 말고는 입을 일이 없는 플란넬 재킷과 청재킷들도 있었는데, 더 이상 극장에 갈 일도 없었다.

그레이스는 컵에서 뱅뱅 도는 티백을 가만히 바라보았다. 부모님이 새로운 소식이 없는지 하도 물어보는 바람에 뉴스는 이미 모조리 읽어보았다. 그녀는 부모님을 도와 여기저기 목적 없이 전화 거는 데 지쳤다. 미 전역에 방송되는 뉴스는 제이컵이 남한에서 어떻게 구금되어 수감 생활을 하게 될지를 다루었다. 유엔군사령부는 남한 군대가 북한의 도발에 대비해 준비 태세를 갖추어야 한다는 성명을 발표했다. 민주 항쟁에 참여했던 그레이스의 삼촌은 광주 민주화 운동 이후 몇십 년 동안 정부가 학생들, 그리고 북한과 관계가 있다고 의심되는 모든 사람들을 고문한 이야기를 해주었다. 기사에서는 제이컵이 신체적, 정신적으로 불안정한 상태이고 추가 검사를 위해 입원해야 한다고만 짧게 언급했을 뿐이다. 그레이스가 저녁 식사 전에 이 소식을 알리자 엄마가 무릎을 꿇고 주저앉는 바람에 아빠와 그레이스 모두 놀랐다. 두 사람은 엄마가 이마를 찧기 전에 재빨리 잡았다.

그녀의 부모는 그레이스가 제이컵의 동생으로 살면서 남매간의 유대를 느끼기보다 짐을 함께 나누기를 바랐다. 그래서 그레이스는 제이컵과 함께 죄인이 되었고 그를 놀리는 밈을 볼 때마다 굴욕을 느꼈다. 그가 국경을 향해 달리는 순간을 포착한 GIF 이미지에는 다음과 같은 문구가 들어가 있었다.

여자친구가 부모님이 집에 없으니 '놀러 오라고' 했을 때.
맥도날드가 맥립 재출시를 발표했을 때.
레인지를 켜놓고 나온 걸 깨달았을 때.
골치 아픈 일에서 도망치는 나.
당신의 임무는 북한에 몰래 잠입해서 핵 프로그램을 해제하는 것입니다. 임무를 수락하겠습니까? "제가 할게요."

그레이스의 뇌는 스타디움에 줄줄이 설치된 평면 스크린처럼 작동했다. 화면에는 평소에 그녀가 서투르고 눈치 없이 행동해서 마구잡이로 닥치는 끔찍한 일들이 항상 재생되고 있었다. 그레이스는 인도와 도로 경계석에서 발을 헛디디거나 계단을 내려갈 때 멋지게 날아가는 독특한 취미가 있었다. 그리고 알 수 없는 곳에 부딪쳐 멍이 들기 일쑤였는데 주로 침대 프레임의 똑같은 모서리에 정강이를 부딪쳤다. 무슨 일이든 잘못될 수 있었다. 그런데 하필이면 가장 안 좋은 때에 조씨네 델리가 소개된 프로그램 〈트리플 D〉*의 오프닝에 나오는 기타 리프가 머릿속에서 쟁쟁 울렸다. 이번에는 소

● 〈다이너, 드라이브인, 다이브Diners, Drive-Ins, and Dives〉를 말한다.

리가 평소보다 컸고 모든 화면에 제이컵의 영상이 반복 재생되고 있었다. 그레이스는 가까스로 밖으로 나가 돌아다닐 때면 가끔 차에 뛰어들거나 높은 데서 뛰어내릴까 생각했고, 그러다가 누군가가 마리화나 피우는 냄새가 나면 경계가 풀려 미친 듯이 마리화나를 찾았다. 마리화나를 피우고 나면 죽고 싶다는 생각이 드는 즉시 실행에 옮겨야지만 자살할 수 있다는 걸 새삼 깨달았다.

게다가 부모님은 그녀가 죽는 것을 원치도, 죽게 내버려두지도 않을 것이다. 그녀가 팔을 하나 잃으면 부모님은 집게로 변신하는 인공 팔을 줄 사람들이었다. 엄마는 그레이스가 삼킨 최 박사의 약을 모두 토해내도록 미친 듯이 등을 때릴 테고 바닥에 쓰러지기 전에 그녀를 잡을 것이다. 그레이스를 구하기 위해 언제든 물에 뛰어들 것이고 그레이스가 거리로 뛰어들기 전에 머리카락을 잡아챌 것이며 자기 팔에서 피를 뽑아 직접 딸의 정맥으로 최대한 많은 피를 수혈할 것이다.

그레이스는 언제까지나 부모님과 함께 일할 수는 없었고 나이가 들어 가게를 물려받아 차기 '조 아줌마'가 될 생각도 없었다. 이뿐만 아니라 떠나지 않고 호놀룰루에 정착해 부모님의 바람대로 밀릴라니에 집을 사고 그곳에 가족들을 초대해 명절에 선물을 함께 열어보지도 않을 것이다. 그렇게 되면 그레이스는 평범한 외모의 아시아 남자와 결혼했을 텐데, 그 남자는 아마도 은행에 다니거나 적어도 충실하게 현금지급기 노릇을 할 수 있는 일을 할 것이다. 두 사람은 헐렁한 레인스푸너 하와이안 셔츠를 입고 연애 시절에 저녁을 먹으러 가던 일식당에 가서 평범한 이야기를 하며 교자와 기린 생맥주를 추가하고, 마침내 엄마가 그토록 바라던 손주를 낳게 될 것이다.

그레이스는 이러한 곤경을 뒤로하고 떠나려던 계획과 달리, 만화에 등장하는 애크미 로켓을 등에 묶고 최대한 멀리 갈 수 있는 대학원이라는 곳에 착륙했다. 그레이스는 엄마가 싱크대에서 컵을 쨍그랑거리는 소리를 들었다. 수납장이 쾅 닫히는 소리도 들렸다. 아빠는 KBS 뉴스를 크게 틀어놓고 그 한심한 녀석의 최신 소식을 뭐라도 알아내려고 기다렸다. 부모님은 기분이 안 좋을 때 확실히 표가 났다. 엄마는 어떻게 맡았는지 몰라도 점착 메모지를 구겨 만든 마리화나 필터가 들어 있는 민트 사탕 통과 이중으로 밀봉한 지퍼락에서 풍기는 냄새를 맡고는, 언제라도 소리 지를 수 있도록 진공청소기를 돌렸다.

그레이스는 차를 다 마셨고 애드빌도 충분히 먹었다. 보통 네댓 개 정도를 먹는데 이 정도면 그럭저럭 짧게 취한 기분을 느낄 수 있었다. 그리고 남한에서 이모가 보내준 오리털 이불 속으로 들어가 인스타그램에서 인플루언서들이 1리터짜리 음료수병과 식품용 유리병을 이용해 마리화나 피우는 영상을 보았다. 마지막으로 마리화나를 피운 지 일주일밖에 안 됐지만, 책상 뚜껑을 열고 그 아래에서 마커나 고무풀 냄새를 맡던 예전 습관에 비하면 많이 발전했다. 이러한 습관의 궤적은 마리화나 잎으로 만든 팔찌를 서랍 가득 넣어두는 짧은 광란의 시기에 정점을 찍은 다음, 미리 챙겨둔 사탕니 약을 먹는 정도로 서서히 내려갔다가 물 담뱃대로 연기를 자욱하게 내며 피우거나 데이비드의 차에서 창문을 닫아놓고 피우는 지금의 상태로 완만하게 접어들었다. 그레이스는 다른 사람과 함께 피우는 걸 더 좋아했는데, 이렇게 하면 언제나 좋은 핑곗거리가 생겼다. 마리화나를 피우되 진짜 약쟁이가 되지는 않고 숨겨두는 사람, 그레이스보다 마리화나가 더 필요해 보이는 사람을 아는 것만으로도 충분히 좋았다.

그레이스는 데이비드와 어울릴 때마다 마리화나를 피웠다. 앤절라도 마찬가지였다. 앤절라는 주차장에서 분홍색 아이스크림 색깔의 담뱃대를 이용했는데, 그녀는 그레이스가 잡힐까 봐 걱정하는데도 창문 틈으로 연기를 내뿜었다. 두 사람은 의자를 완전히 뒤로 젖힌 채 가까이 몸을 기대고 속삭였다. 자동차 컵받침에는 말라비틀어진 귤껍질이 있었고 대시보드에도 껍질 조각이 흩어져 있었다. 두 사람은 연못의 큰 물고기가 된 기분이라고 이야기했고 앤절라는 그들에게 하와이는 너무 작다고 그레이스를 설득했다. 앤절라는 하와이를 영영 떠나 독일로 유학 가기 전 그레이스에게 문자메시지를 보냈고, 그녀가 콜로라도주로 이주해 결혼하기 전에 그레이스에게 작별 인사를 했을 때 적어도 입맞춤 정도는 해주었어야 하지 않느냐고 했다. 입맞춤을 기다렸다가는 앤절라는 하와이를 떠나지

67

못하고 여행을 취소해야 했을지도 모른다. 그 말이 농담이었을지라도 그레이스의 마음은 똑같이 아팠을 것이다. 그때, 두 사람이 성격만 달랐을 뿐 한 몸처럼 지내던 시절에, 그레이스는 앤절라와 그녀의 일상에 얽혀 들고 싶다는 것 말고는 자신이 무엇을 원하는지 정확히 알지 못했다. 그레이스는 앤절라와 함께 유럽 배낭여행 계획을 세웠음에도, 그보다 훨씬 나중에 언제 한번 콜로라도주로 와서 같이 한 대 피우자고 초대하는 이메일을 받았음에도 답장하지 않았다.

앤절라는 한곳에 너무 오래 머물면 급이 떨어진다는 듯이 언제나 다른 사람을 낮추어서 자신을 높이는 식으로 말했다. 하지만 자기 방에 틀어박혀 아무도 못 들어오게 하고 스쿼티포티**Squatty Potty**•에 앉아서 다리가 저릴 때까지 마리화나를 피우는 사람들의 영상을 보는 것이 잘못은 아니다. 상관하지 않는 편이 낫다. 그레이스는 자신이 오빠를 닮았다고 생각했다. 오빠는 아무 일 없다고 늘 똑같은 변명을 할 때면 자기 안으로, 잘 다듬은 감정을 앞세워 남에게 보여주는 얼굴 뒤로 얼른 숨어버렸다. 그냥 피곤해서 그렇다면서.

그레이스는 마음에 품고 있는 것만으로도 자신을 상처 입히고 구멍 내는 뭔가를 숨긴다는 것이 무엇을 의미하는지 알았다. 스스로 동굴이 되어 그 안에서 서둘러 기어 나오지 않는 것이었다. 그

• 변기에 편안한 자세로 앉도록 도와주는 발 받침대.

동굴은 조용했고 때로 그레이스는 속삭이는 소리를 들었다. 의지할 사람은 그녀 자신뿐이라고. 어린 시절에는 뜨거운 물을 받은 욕조에 몸을 담근 채 숨죽이고 있었다. 바닥의 한 지점을 멍하니 바라보거나 제자리에서 빙빙 돌다가 어지러워지면 누워서 눈을 감고 카펫에 스노에인절을 만들기도 했다. 그때 조 할머니의 재봉틀이 윙윙 돌아가는 소리가 들렸고 제이컵은 친구 집에서 자고 온다고 없었고 조 할아버지는 친구들과 어딘가에서 술을 마시고 있거나 소파에 쓰러져 있었다. 부모님은 식당 문을 닫을 때까지 손님과 함께였다. 그레이스는 누군가와 함께하기를 기다렸고 현관문에서 누구를 발견해야 더 기쁠까 곰곰이 생각하다가, 혼자 생각에 빠져 있을 때가 더 나았다는 것이 기억났다. 기분이 아주 좋은 상태라고 해봤자 머릿속에서 빛이 번쩍이며 밝은 느낌이 들고 지직거리는 잡음이 들리는 정도였지만. 또다시 무너져 내려 피할 수 없이 망가지지 않으려면 뭐든 해야 했다. 그레이스는 밖에서 아빠가 엄마에게 말하는 소리를 들었다. 둘 다 그녀에게 들린다는 걸 알고서 하는 말이었다.

왜 그레이스는 굳이 아빠와 엄마보다 더 많이 애쓰지 않을까? 부모님은 그레이스가 수업을 들어야 한다는 것을 알고 있었다. 그레이스는 나가서 다 괜찮을 거라고 말하고 싶었다. 하지만 침대를 헤치고 나갈 수가 없었다.

엄마

엄마는 뜨거운 물로 부항기를 씻기 시작했다. 시어머니가 고무장갑을 끼면 접시에 좋지 않다고 우긴 뒤로는 고무장갑을 끼지 않았다. 그들은 아들의 상태를 묻는 전화에 일일이 응대할 수 없었다. 그와 동시에 그들이 친구라고 여겼던 사람들이 전화를 잘 받지 않았다. 엄마는 유니에게도 무시당했다. 엄마보다 어린 유니는 엄마를 언니로 여겼고, 히캄 공군기지에서 복무하는 남편 덕분에 넥스NEX● 를 이용할 수 있어서 엄마를 데리고 이곳으로 쇼핑하러 가기도 했다. 한때 가족으로 여겼던 그들은 문자메시지를 통해 미안하다는 말과 함께 바쁘다고 변명했다. 엄마가 로에스 스파에서 우연

● 미 해군이 운영하는 소매점.

히 그들을 보았는데도. 엄마는 아빠에게 왜 그레이스가 더 나서서 돕지 않는지 물었다. 공식적인 입장을 묻는 전화에 응대하는 일을 왜 더 많이 돕지 않는지. 여기저기 전화하는 일을 왜 돕지 않는지.

그것도 그레이스가 알지도 못하는 사람들에게.

아무나에게.

아무나 좋으니 아들에게 무슨 일이 일어났는지 알려줄 사람은 없는 걸까?

평소에 그레이스는 시키지 않아도 모든 일을 알아서 했다. 엄마가 부항 뜨는 걸 도와주는 일도 좋아했다. 남편은 그녀의 피를 손에 묻힐 생각도 못 했다.

식기 건조대에 고무장갑이 뒤집힌 채 걸려 있었다. 엄마는 예전에 그레이스가 고무장갑에 바람을 넣어 머리에 쓰고는 닭처럼 꼬꼬댁 울며 콘도를 돌아다니던 일이 생각나서 킥킥댔다.

자식들이 자라서 어른이 된 것이 얼마나 뿌듯한지 곱씹을 때 엄마가 자주 하는 말이 있었다. *애들을 보면 안 먹어도 배가 불러.* 엄마는 또 다른 자식 하나가 대학을 졸업하게 되어 뿌듯해했지만 그레이스의 앞날을 걱정했다. 딸은 글쓰기에 관심이 있었지만 이렇게 어리고 실전 경험이 없는 사람을 누가 채용할까? 속마음은 이랬지만 엄마는 그레이스의 일에 간섭하지는 않았다. 틀림없이 다들 이 가족에게 문제가 있다고 생각할 것이다. 제이컵은 누구를 닮았기에 그렇게 무모한 짓을 했을까? 다 부모 탓이었다. 혹시라도 제이컵이 뭔가 신호를 보낸 것이라면 앞으로 그레이스가 무슨 짓을 할지 알 수 없었다.

이 아이는 언제나 불안했다. 그녀의 아기. 엄마가 상상 속에서 태동을 느끼고 잠에서 깨 배에 손을 얹었던 밤들은 이제 다 지났다. 엄마가 미간을 찡그리고 그레이스를 내려다보면 그레이스도 똑같은 표정을 지어 보였다. 이 때문에 엄마는 그레이스의 얼굴에 지워지지 않는 주름이 생겨서 심술궂으면서도 호기심 많아 보이는 얼굴이 될까 봐 걱정했다. 그래서 주름을 없애려고 엄지손가락으로 열심히 문질렀다.

"우리 애기." 엄마는 이렇게 말했다. 우리 아가.

딸은 제 오빠와만 시간을 보내고 싶어 했다. 그레이스는 오빠를 늘 따라다녔는데, 제이컵이 화장실에서 나가라고 그레이스에게 소리 지르는 게 엄마에게 들릴 정도였다. 그레이스는 제이컵이 화장실에서 볼일을 보는 동안 욕조 끝에 걸터앉아서 물이 퐁당거리는 소리를 들으며 "우웩"이라고 말하고는 웃음을 터뜨렸다. 그레이스는 혼자 있기 싫어했다. 방문을 두드리고 문 아래로 쪽지를 밀어 넣기도 했고 그림을 넣기도 했다. 그레이스는 오빠의 옷을, 티셔츠와 헐렁한 청바지를 입고 돌아다니며 미라처럼 두 손을 올리고 얼굴을 찡그린 채 "봐, 이제 내가 오빠야"라고 말했다. 이 모습을 본 엄마는 아주 많이 웃었다. 그레이스는 오빠를 흉내 내지 않을 때도, 제이컵이 숙제를 마치고 부모가 할 수 없는 방식으로 그레이스를 돌보며 도와주고 나서 같이 편하게 쉬며 종일 텔레비전을 볼 때도 그의 티셔츠를 계속 입고 있었다. 제이컵이 퀴즈쇼 〈행운의 수레바퀴〉의 문구를 완성하거나 〈누가 백만장자가 되고 싶은가?〉 속 퀴즈의 정답을 어쩌다가 맞히면, 그레이스는 세상에서 가장 똑똑한 사람을 보듯이 그를 보았고, 엄마는 그가 뭘 맞혔는지 정확히 이해할 수 없었지만 그레이스와 같은 표정으로 그를 보았다.

엄마는 그레이스가 제이컵에게 퀴즈쇼에 나가서 돈을 많이 벌면 부모님이 둘을 조 할아버지와 할머니에게 맡기지 않을 것이라고 말하는 것을 우연히 들었다. 그레이스가 제이컵과 단둘이 남겨지는 걸 원치 않아서 한 말은 아니었다. 그레이스는 가족이 항상 함께 있기를 원했다. 아빠에게 형광 초록색 돼지저금통에 모은 돈을 주려고 한 적도 있었다. 어느 해인가 팔라마 슈퍼마켓에서 나눠 준 저금통 안에는 그레이스가 생일마다 받아 모아둔 지폐가 가득했다. 그레이스는 자기가 하루치 일당을 주면 일하러 갈 필요가 없지 않느냐고 아빠를 설득하려 했다. 그러고 나서 아빠의 한쪽 다리를 끌어안고 닻을 내리듯 체중을 실었고 아빠는 그레이스를 매단 채 문 쪽으로 걸어갔다. 아빠는 인상을 찡그리며 그레이스에게 그 돈은 잘 가지고 있으라고 말했다.

엄마는 부항기 컵을 하나하나 키친타월로 닦아서 치웠다. 그리고 부항기를 넣은 가방을 옷장에 갖다 놓으려고 그레이스의 방 앞을 지나 걸어갔다. 노크하고 사과할까 하는 생각도 했다.

엄마는 그레이스가 가족과 함께 있을 때 더 외롭다고 느끼기를 원치 않았다. 어린 시절 그레이스가 공황 발작으로 괴로워할 적에는 엄마가 옆에 있었다. 그레이스가 숨을 헐떡이며 가슴이 아프다고 울부짖는 동안 엄마는 딸의 머리카락을 쓰다듬었고, 아무도 모르는 스트레스로 심장이 터질 것 같다고 할 적에 엄마는 딸의 등을 쓸어내리고 이불을 덮어주며 재웠다. 곁에 있던 사람은 늘 엄마였다. 그레이스가 주먹을 꽉 쥐고 있을 때 그대로 손이 안으로 말릴까 봐 걱정하며 주먹을 풀어준 사람도 엄마였다. 엄마는 그레이스가 입을 벌리고 자서 입술에 침이 흘러 반짝인다는 것도 알아차렸다. 엄마는 그레이스에게 뭔가를 일깨워주려고 할 때 자기 턱을 톡톡 두드렸는데, 이건 고개를 꼿꼿하게 들고 한숨을 너무 많이 쉬지 말라고 알려주는 행동이었다. 엄마는 그레이스가 양손을 뒤로 뻗어 어깨를 쫙 펴도록 했는데, 그레이스가 나이 들어서 구부정하지 않도록 자신이 할 수 있는 일을 하는 것이었다.

엄마의 등은 앞으로 더욱 힘들어질 거라는, 머지않아 지팡이나 보행 보조기를 써야 할 거라는 신호를 보냈다. 엄마는 가족들에게 짐이 될까 봐 걱정했고, 본점에 일하러 갈 수 없게 된 뒤로 걱정이 심해졌다. 엄마는 그곳에서 자식들이 자라는 것을 지켜보았다. 남편이 아이들을 가게에 데리고 있는 게 장사에 도움이 안 된다고 고집부리지만 않았어도 아이들을 계속 데리고 있었을 것이다. 아이들이 일할 수 있을 정도로 나이가 들 때까지. 그들의 소규모 프랜차이즈가 점점 커지자 아이들은 월급을 더 많이 달라고 요구했다. 자식들은 식당을 물려받는 것에 대해 최악이라는 반응을 보였고, 엄마는 그들이 무슨 꿍꿍이가 있어서 떠나려고 하는지 알지 못했다.

엄마는 그레이스 몰래 다른 지점에 가서 더 많은 시간을 보냈다. 그레이스가 엄마가 되면 제 엄마를 더 잘 이해해줄지도 모른다. 그때가 되면 엄마가 그레이스에게 쓸모 있는 존재가 되어 손주 기르는 일을 도우며 엄마로서의 짐을 덜어줄 수 있을지도 모른다. 하와이에 처음 정착했을 때 아들을 키우며 조씨네 델리를 물려받아야 했던 엄마는 그 부담을 아주 잘 알았다. 그레이스는 제 엄마에게, 그리고 엄마가 가족을 먹여 살리기 위해 감내했던 일들에 고마워할 것이다. 우리 가족을 위해 허리를 숙이고 비난을 감당한 일들을.

물론 쓸모없던 남편이 떠난 뒤에 혼자 아이들을 키워낸 엄마의 엄마, 정 할머니가 감내한 일만큼 힘들지는 않았다. 엄마는 빈자리를 끌어안고 살아가는 일이 무엇을 의미하는지 잘 알았다. 돌아오지 않을 누군가를, 애당초 곁에 있었는지조차 확실치 않은 누군가를 기다리는 일이 무엇을 의미하는지. 엄마는 설령 제이컵이 돌아온다 하더라도 그때까지 얼마나 오래 걸릴지 몰랐다. 엄마는 자식 둘이 함께 있는 모습을 보고 싶었다.

가족 모두 함께 있는 모습을.

지금의 가족이 엄마의 새로운 가족이지만 그녀에게는 떠나야 할 이유가 있었다. 엄마는 돌아가서 친언니와 다시 만나고 싶어 했다.

지금 이 상태로 과연 장거리 비행을 견딜 수나 있을까? 그들이 할 수 있는 일이라고는 전화로 제이컵의 석방과 관련된 최근 소식을 이야기하는 것뿐이었다.

엄마는 자기 언니와 언제나 스피커폰으로 통화했기 때문에 언니의 목소리가 온 방에 울렸다. 그레이스와 제이컵은 엄마가 언니와 통화할 때면 와서 인사하라는 엄마의 손짓에도 불구하고 언제나 그 자리를 떴다. 엄마와 그녀의 언니는 서로 이야기를 빠짐없이 듣도록 크게 말해야 했고 카메라는 언제나 아래에서 콧구멍을 비췄다. 그들이 무슨 이야기를 나누든 한숨과 침묵이 가장 많았는데, 둘 다 잠시 숨을 고르며 다음번에 말할 때 그립다는 말을 직접적으로 하지 않으면서도 상대방이 얼마나 그리운지 어떻게 전달할 수 있을까 생각하는 것 같았다. 볼 수 없는 상황에서 한국말로 *보고 싶다*고 하는 것은 일종의 패배로 여겨졌기 때문이다.

그래서 그들은 *내가 너 없이 이렇게 살고 있다*로 해석될 수 있는 온갖 말들을 하며 통화를 마무리했다.

자매간 우애의 중요성을 엄마에게 가르쳐준 사람은 정 할머니였다. 할머니는 엄마에게 다 죽고 나면 자매 둘밖에 안 남는다고 말했다. 정 할머니는 자기 자매들 이야기를 하며 그들이 정말 보고 싶다고 했지만 만날 수는 없었다. 엄마는 한 번도 만나지 못한 이모들이 오래전에 죽었다고 추측할 뿐이었다.

엄마는 그레이스에게 사과하는 대신, 그레이스가 제 오빠 일에 신경을 안 쓴다고 언니에게 이야기했다. 엄마는 변호사를 선임하지 못할까 봐 밤새 걱정했고, 주한미국대사관에 거듭 전화해보았지만 북한 국무위원회에서 더 이상 제이컵을 위협적인 존재로 여기지 않게 되면 그 즉시 적법한 절차에 따라 그녀의 아들을 돌볼 것이라고 안심시키는 대답만 돌아왔다. 엄마는 언니에게 더 아는 것이 없는지 물었다. 제이컵이 처음 남한에 도착했을 때 이상한 낌새가 없었는지 물었다. 엄마는 제이컵이 집으로 돌아오기를 바랐다.

언니의 전화기는 울리고 울리고 또 울렸다.

제 이 컵

제이컵은 누군가가 자신을 지켜보고 있는 것 같았다. 하지만 멀리에서 미행당하고 있는 줄은 몰랐다.

그는 자정 전에 지하철을 탈 수 있도록 시간 맞춰 일을 끝냈다. 제이컵의 학생들은 오후에 고등학교 수업을 마치고 그가 있는 강남의 학원에 공부하러 와서 저녁 늦게까지 있었다. 그는 학원에서 일주일 내내 말하기, 읽기, 쓰기 수업을 돌아가며 영어를 가르쳤다. 그는 학생들이 집중하도록 하는 데 주로 힘을 쏟았다. 학생들은 대부분 깨어 있을 수 없는 상태였기 때문에 그는 종종 학생들이 그냥 자게 놔두었다. 정작 자신은 졸지 않으려고 하루 종일 핫식스를 마셨지만. 정작 그를 깨어 있게 하는 것은 방광이 꽉 차도록 마셔대는 음료수가 아니었다. 남한에 도착한 뒤로 제이컵은 몇 시간밖에 잘 수 없었고, 그마저도 못 잘 때는 뒤척이면서 아주 작은 소리에도 놀라서 일어나는 불안한 밤을 보냈다. 나지막이 중얼거리는 소리는 점점 가까워지더니 방을 구름처럼 뒤덮었고, 결국 그는 숨을 쉬다가 갑자기 목이 막히는 바람에 잠에서 깼다.

이사 준비를 위해 블로그 글과 여행 안내서를 읽으며 동네에 대한 정보를 알아보고, 결국은 한 번도 가보지 못한 곳을 목록으로 정리했다. 제이컵은 누군가가 자기 쪽을 향해 말하면 쉽게 놀랐는데 자신에게 말한 것인지 확신하지 못해서 그랬다. 그럴 때면 그가 기억하고 있던 한국어가 머릿속에서 잘 알아볼 수 없는 아련하고 희미한 모습으로 떠올랐다. 머릿속은 작은 구멍이 뒤덮인 것 같았는데, 그는 그 구멍을 통해 목소리를 억지로 내보냈고, 그 후에는 실체는 없지만 익숙한 충격이 온몸에 전해지며 즉시 수치심에 사로잡혀 멍하니 입을 다물고 말았다.

학생들은 이따금 제이컵을 놀리며 연초에 세운 '영어로만 말하기' 규칙을 어겼다. 그들은 그가 한국어를 유창하게 말하지 못한다는 사실은 생각하지 못한 채, 얼굴과 외모가 친숙하다는 이유로 그를 의심스러운 눈빛으로 훑어보았다. 애당초 교포인 제이컵이 학원에서 일할 수 있게 된 것이 행운이었다. 학생들은 제이컵이 눈썹을 뽑고 다듬는다는 걸 알고서 그의 가는 눈썹을 놀렸다. 제이컵은 학생들이 연애사를 묻거나 해변에 둘러싸여 살았는데 왜 그렇게 피부가 창백한지 물어볼 때면 얼굴을 붉혔다. 조씨 일가는 최근에 급

증한 한국인 하와이 정착민 중 일부였으나 제이컵이 주기적으로 보는 한국인은 그의 가족뿐이었다. 그의 학생들은 하와이가 미국을 대표하는 완벽한 표본이기라도 한 듯이, 미국이 어떤 나라인지, 하와이가 생각하는 것처럼 천국 같은지, 도대체 왜 그곳을 떠났는지 물었다.

지하철에서 자리에 앉으면 잠에 들었고 코를 곤다고 아저씨에게 또 혼나기 때문에 제이컵은 계속 서 있어야 했다. 그는 지하철의 봉을 잡으려고 손을 뻗다가 누군가의 차가운 손을 스쳤다. 손을 스친 남자는 탈색한 머리에 흰색 아디다스 스웨터를 입고 있었다. 그는 그레이스와 나이가 비슷하거나 몇 살 어려 보였다. 제이컵은 얼굴을 붉히며 재빨리 손을 치웠다. 그러다가 지하철이 출발하는 바람에 균형을 잃었다.

그 남자는 붉어진 얼굴로 울고 있었다. 제이컵은 남한 사람들이 대부분 낯선 사람과 잘 어울리지 않는다고 생각했기 때문에 모르는 사람에게 절대 먼저 말을 걸지 않았다. 그의 미국식 억양은 어린 시절에 그레이스와 함께 어린이 채널을 보면서 키친타월을 접어서 억지로 밀어 넣으려고 한, 너무 튀어나온 윗니처럼 뚜렷하게 표가 났다. 모르는 한글을 마주했을 때에 마치 단어가 벽돌처럼 달려드는 듯했고, 그럴 때에는 입을 굳게 다물고 치아를 숨기는 편이 나았다. 그는 언제나 벽에 부딪히는 기분이었다. 가끔은 만화에서처럼 벽을 깨고 윤곽만 남긴 채 나갈 수도 있었다. 제이컵에게 한국 사람들의 말은 도시의 부피나 규모와 비슷하게 느껴졌고, 그들과의 대화는 자기 위로 무너지면 살아남을 수 없는 건물 같았다. 그는 학원에서 학생들을 가르치고 식료품을 구입하고 서울에서 유일하게 그의 신원을 보증해줄 수 있는 외가 쪽 친척을 찾아가는 것 말고는 별다른 일을 하지 않았다. 처음에는 그를 인종이 아닌 제이컵이라는 개인으로 판단하는 사람들에 둘러싸여 있다는 것이 반가웠지만, 인파를 헤치고 나가거나 끝없이 늘어선 에스컬레이터 줄에서 기다리고 있노라면 깊은 슬픔이 솟아나 어디를 가든 어지러웠다. 그런데 왜인지는 몰라도 이런 것 때문에 흥분되기도 했다. 누군가가 어깨로 치고 지나가는 것. 아무것도 아닌 존재처럼 느껴지는 동시에 일탈한 기분. 제이컵은 아직은 이해할 수 없는 온갖 소음을 향해 나름대로 뭐라고 중얼거렸고, 그의 입에서 말이 조각조각 쏟아져 나왔다.

제이컵은 신발이 젖고 나서야 물웅덩이가 있다는 사실을 알아차렸다. 그는 흠뻑 젖어 축 늘어진 옷을 걸치고 얼굴과 머리카락에서 물이 뚝뚝 떨어지는 남자를 보고 주춤했다.

"형, 어디 가요?" 창백한 얼굴로 울고 있던 남자는 울음을 그치고 말했다.

제이컵은 다른 칸으로 가는 문으로 가려다가 멈춰 섰다. 그 칸에 타고 있던 다른 승객들은 지하철 바닥에 물이 차고 있다는 사실을 알아차리지 못했다.

"어, 그러니까. 집에요." 제이컵은 한 걸음 물러났다. 목까지 소름이 끼쳐 올랐다. "괜찮아요?"

"밖은 무서워요."

"어디 말이에요?"

"여기 위에 말이에요, 형." 남자는 주변을 손짓하며 말했다. "모든 게 무섭고 시끄러워요. 안 그래요? 아무래도 돌아가야 할까 봐요."

"무슨 말인지 모르겠어요. 어디로 돌아가요?"

"다리로요."

"하지만 시간이 늦었어요. 어느 동네에 살아요?"

남자는 별안간 웃음을 터뜨렸고 입을 벌린 채 이를 드러내며 가래 끓는 소리를 냈다. 콧물이 입술까지 흘러내렸다. 그가 제이컵을 가리키며 술잔에 담긴 술을 마시는 흉내를 내자 가상의 술잔이 마이크로 변했다. 승객들은 두 사람을 쳐다보지 않았다.

"나랑 같이 갈래요? 다리 보여줄게요." 지하철이 다음 역에 정차할 때까지 남자는 계속 웃었다. "조심해요."

그는 제이컵과 같은 역에서 내렸다. 제이컵은 남아 있는 승객들을 밀치고 나가 울고 있던 남자가 어딘가에 앉아 있는 걸 찾길 바라며 좌우, 자판기 옆 의자, 계단이 굽어지는 곳을 살폈다. 에스컬레이터를 뛰어 올라가자 어지럽고 숨이 찼다.

제이컵은 역에서 나가 걸음을 재촉했다. 가게는 대부분 문을 닫았고 늦게까지 여는 술집과 편의점이 길을 밝히고 있었다. 길에는 자기나 친구들이 탈 택시를 잡으려는 사람들이 있었고 담뱃불이 파도처럼 넘실댔다. 어떤 사람은 술 취한 사람이 넘어지지 않도록 붙잡은 채 휴대폰으로 택시를 잡으려 애쓰고 있었다. 제이컵은 실제로 신발이 젖지 않았다면 상상 속의 인물이라고 생각했을 사람을 사방으로 찾아다녔다.

제이컵은 눈을 가늘게 뜨고 앞쪽에 있는 사람을 보았다. 가까이 가자 먼지투성이의 낡은 한복을 입은 노인이 보였다. 앞에 돈 통이나 모자가 놓여 있지는 않았다. 제이컵은 자기 주머니를 확인해보았다. 아무것도 없었다. 그는 괜히 신경 쓰지 말고 그냥 지나가야겠다고 생각했다. 그런데 노인이 제이컵의 발을 향해 달려들었다.

제이컵은 폴짝 뛰어서 피했다. 노인이 뭐라고 중얼거렸지만 제이컵에게 들리지 않았다. 어디를 다쳤거나 아픈 걸까? 노인은 가까이 다가왔다. 그는 생각보다 빨리 벌떡 일어나 두 팔을 벌린 채 제이컵에게 다가갔다. 노인은 중간중간 낄낄대면서 같은 말을 반복했는데, 이가 전부 누랬고 잇몸이 없었다. 제이컵은 뒷걸음질 치며 무슨 말인지 모르겠고 돈이 없다고 말했다. 겁에 질린 제이컵은 말이 헛나왔고 영어를 썼다. 노인은 느닷없이 웃음을 터뜨리며 손뼉을 치고 제이컵을 향해 손가락질했다.

제이컵은 퇴근 후에 곧장 택시를 타고 집에 가지 않은 것을 후회했다. 그는 돌아섰다. 노인의 웃음소리가 들렸다. 노인은 그를 쫓아오고 있었다.

제이컵은 뛰었다. 메신저백 어깨끈이 이리저리 흔들리다가 목을 조였다. 옆 주머니에 꽂아둔 빈 핫식스 캔이 떨어졌다. 제이컵은 뒤를 흘끗 보았는데 아무도 없었다.

다시 앞을 보았을 때 그는 이미 바닥을 향해 넘어지는 중이었다. 메고 있던 가방이 1미터가량 떨어진 곳으로 날아갔다. 제이컵은 넘어지면서 팔 앞쪽과 팔꿈치로 바닥을 짚고 미끄러졌다. 다시 노인이 보였는데 이번에는 지팡이를 들고 있었다. 어떻게 했는지는 몰라도 노인이 앞서가서 그를 넘어뜨린 것이다.

제이컵은 바닥을 굴렀다. 이마를 바닥에 부딪치는 바람에 귀가 울렸다. 노인은 제이컵의 가방을 뒤져서 지갑을 꺼냈다. 그리고 운전면허증을 찾아서 제이컵의 얼굴 가까이 들이밀었다.

"내가 아는 사람이랑 닮았어."

"아저씨." 제이컵이 말했다. "무슨 말인지 모르겠어요."

"가족들이 어느 동네에 살아? 아버지는 뭐 하는 사람이야? 할아버지는? 원래 여기 살던 사람 아니지?"

"저 집에 갈 거예요." 제이컵이 지갑을 낚아채며 말했다.

"날 본 사람은 자네가 오랜만이야." 제이컵을 일으키며 그의 축축한 손을 잡았다.

제이컵은 노인의 손길에 온몸을 떨며 가방을 잡으려 손을 뻗었다. "죄송하지만 가야겠어요."

제이컵이 뛰어가는 동안에도 노인은 아까부터 반복했던 말을 계속 외쳐댔다. "자네에겐 연결 고리가 있어. 불쌍한 녀석, 내 목소리가 안 들리나? 그들이 자네에게 오고 있어. 조심해."

　제이컵은 다시 노인과 부딪쳤는데, 노인은 충격에도 꿈쩍하지 않고 낄낄거렸다. 그의 얼굴 중 절반은 녹아내려 질척거리는 피부 아래로 뼈가 드러났다. 희뿌연 눈동자가 눈구멍 안에서 이리저리 움직였다. 제이컵은 놀라서 헉하고 숨을 들이마셨다. 바지가 축축하고 무거워졌다. 노인은 제이컵의 가랑이를 보고 인상을 찡그렸다. 그는 한 걸음 물러나 지팡이를 휘둘렀다. 그러자 밝은 빛이 번쩍하더니 지팡이에 맞은 제이컵이 날아갔다.

　제이컵은 저 멀리 하늘 위 어딘가에 있었는데 그때 다시 빛이 번쩍하면서 그를 뒤로 밀어냈고, 제이컵은 허공을 가르며 데굴데굴 굴러떨어졌다.

　제이컵은 쿵 하고 땅에 떨어지기 직전에 화들짝 잠에서 깼다. 잠시 후 그는 한밤중에 비틀거리며 걸어가 화장실 불을 켜려고 벽을 쳤다. 그는 티셔츠와 사각팬티를 입고 있었다. 발을 휘적거리며 겨우 화장실용 분홍 고무 슬리퍼를 신었다. 자기 전에 샤워를 한 탓에 바닥이 젖어 있었다. 그는 화장실에 가고 싶어지는 꿈을 자주 꿨다. 침대에서 어떻게 나왔는지는 기억나지 않았다. 제이컵은 하품을 하고 변기에 앉았다. 팔꿈치를 무릎에 대자 아팠다. 일어나서 거울로 갔다. 팔 앞쪽에 온통 긁힌 자국이 있었다. 빨래 바구니를 뒤져서 속옷을 찾아냈다. 출근할 때 입었던 베이지색 바지와 마찬가지로 젖어 있었다. 옷을 다시 바구니에 넣었다. 그는 두려움에 사로잡혀 찬물로 세수를 했다.

그는 좁은 구두 상자처럼 생긴 원룸에 살았다. 트윈 사이즈 침대는 현관문을 마주 보고 있었는데 이렇게 말고는 놓을 방법이 없었다. 엄마가 알았으면 영혼이 몸에서 어떻게 빠져나가는지 경고하며 노발대발했을 것이다. 제이컵은 팔을 긁었다. 자는 동안 스스로 상처를 냈는지도 몰랐다. 그는 머리카락 사이를 손으로 훑으며 혹이 났는지 확인했다.

그리고 다시 침대에 누워 쉬려고 했다. 의식이 있다 없다 하는 상태로 너무 많은 밤을 보냈고 베개를 베면 귀에서 윙윙거리는 소리가 더 심해졌다. 세상에는 너무 많은 소음이 생생하게 살아 있었다. 제이컵이 처음으로 혼자 자기 시작했을 때, 어린 그레이스는 계속 울어댔고 그 소리가 그의 방에서도 들렸다. 그렇게 시끄러운 적은 처음이었다. 하지만 누가 안아주거나 쓰다듬어주는 데 익숙해진 사람은 혼자 잠에서 깼을 때 자신이 잊혔다고 생각할지도 모를 일이었다.

제이컵은 어둠 속에서 뜬눈으로 밤을 지새운 날이 많았다. 머리 위에 달린 전구에서 펑 소리가 났다. 그는 방에 유령이 있다고 생각했다. 조 할머니가 장난으로 했던 말처럼 귀신이나 마귀일지도 몰랐다. 할머니는 제이컵이 이웃집 아이들과 놀고 싶을 때만 할머니 집에 오는 걸 정말 싫어했다. 공부 안 하고 너무 놀기만 하는 아이들을 악마가 쫓아다닌다는 말도 했다. 할머니는 제이컵의 침낭에 정액이 묻은 걸 보고 그에게 지옥에 갈 거라고, 그곳에서 영원히 혼자 고통받을 거라고 겁주었다. 제이컵은 지옥 불에 손을 갖다 댔다. 그리고 움찔했다. 처음으로 다른 남자아이를 만졌을 때 제이컵은 자기 안의 가장 좋은 부분에 불이 붙었다는 것을, 그것은 성냥을 기다리는 장작더미 같다는 것을 알게 되었다. 하나님 같은 것은 없다고 생각하는 제이컵은, 지옥은 불구덩이가 아니라 숭배하는 마음이 모자라 고통받는 곳임을 이내 깨달았다.

이제 와서 제이컵이 예수님이나 하나님께 보호를 구한다는 것은 어리석기 짝이 없는 짓이었다. 그는 잠이 들려고 할 때마다 지팡이로 문 두드리는 소리를 들었다.

빨갱이

피해망상은 입으로 불어서 쏜 화살촉처럼 그녀에게 꽂혔다. 지나가던 한국인 여성 중 한 명의 손가락이 쏜 그 화살촉은 식당을 뚫고 들어왔다. 분명 그들은 계산대 뒤에 서 있던 그레이스를 가리켰다. 그 아줌마들은 등산복 차림으로 동네를 빠른 걸음으로 돌아다니고 있었다. 지금과 다른 상황이었다면 그레이스는 그들이 조 할머니의 지인일지라도 손을 내저으며 무시했을 것이다. 한인 교회에 진정한 친구란 없으니까. 아줌마들은 손으로 입을 가리고 수군댔는데, 그들과 그레이스 사이에 유리와 벽이 있었음에도 입에서 나온 말이 하늘에 그대로 적히는 것 같았다.

……쟤가 걔 여동생이래.

그 말은 그들이 지나간 뒤에도 공기 중에 맴돌았다. 그레이스는 접이식 계산대 아래로 몸을 숙이고 나와 창가로 가서 하늘을 가로질러 넓게 퍼지는 문구를 멍하니 바라보았다. 그 문구 아래에 화살표 모양의 구름이 멈춰 서더니 식당을 가리켰다.

"이런." 그레이스가 소리 내어 말했다.

그녀는 가까운 식탁에 앉았다. 가장 최근에 와서 주문하고 황급히 떠난 손님의 8번 주문서가 있었다. 앉아서 식사하고 가는 사람은 아무도 없었다. 오빠가 DMZ를 가로질러 달려가지 못하도록 다리를 쏜 사람이 남한 군인이었다는 뉴스가 보도되고 나서 그레이스는 가족들이 일말의 동정심을 얻지 않을까 생각했다. 그레이스는 주문서를 구겨서 주머니에 넣고 뒤쪽 창문 아래에서 벽을 가로질러 기어가는 개미 행렬로 시선을 돌렸다. 그리고 다시 계산대로 돌아갔다. 천장 꼭대기 오른쪽 구석에, 판매하는 음식이 그려진 노란색 판을 줄줄이 걸어놓은 곳 옆에 도마뱀붙이가 있었다. 그때 바퀴벌레 한 마리가 바닥을 가로질러 갔다. 바퀴벌레는 그레이스의 신발 아래로 돌진해 으드득 바스라졌다.

"으악, 안 돼!"

그레이스는 바퀴벌레 한 마리가 눈에 보이면 벽 안에 백 마리가 숨어 있다는 말이 생각났다. 어쩌다 보니 바퀴벌레를 죽이게 되어 다행이었다. 안 그랬으면 높은 곳으로 도망쳤을 것이다. 식당에서 흔히 하는 실수들이 있다. 주문을 잘못 받았다거나, 사이드 메뉴로 나가는 군만두를 잊었다거나, 부쩍 많이 빠지는 그레이스의 머리카락이 음식에 들어갔다거나 하는 것들이었다. 하지만 손님이 바퀴벌레를 보기라도 하면 옐프Yelp 후기가 엉망이 되는 것은 물론이거니와 익명의 제보자가 주 보건위생국 지부에 전화를 걸 테고, 그러면 등급이 떨어져 창문에 노란색이나 빨간색 현수막을 걸어야 할 것이다.

"아빠." 그레이스는 아빠를 불렀다. 주문한 음식을 내오는 커튼 뒤에서 아무 대답이 없었다. 그레이스는 마이크 버튼을 켰다. "아아, 휴스턴, 문제가 생겼다."•

"주문 전달할 때만 마이크 켜라고 했잖아!"

"라저."••

"누구라고?"

"아무것도 아니에요."

"손님 없니?"

아빠는 휴대폰을 들고 나오더니 재빨리 앞치마 주머니에 넣었다. 앞치마 천을 통해 빛나는 초록색 불빛이 보였는데, 이걸 본 그레이스는 아빠가 주문이 들어오길 기다리는 동안 고스톱을 쳤다는 걸 알았다. 그녀는 코웃음을 쳤다.

• "Houston, we have a problem"은 아폴로 13호의 우주비행사들이 휴스턴의 미국항공우주국 본부와 주고받은 교신 내용으로, 문제가 생겼음을 유머러스하게 표현할 때 널리 쓰인다. 비행사들이 원래 했던 말은 "We've had a problem"이다.

•• 'Roger'는 '수신 완료'라는 뜻.

"이기고 있었어요?"

아빠는 허둥지둥하며 무슨 말인지 못 알아듣는 척했다. "뭔 소리야?"

"아무것도 아니에요."

"넌 맨날 그러더라. 이것도 아무것도 아니에요, 저것도 아무것도 아니에요. 그나저나 뭐 때문에 날 귀찮게 한 거야?"

"바퀴벌레 봤어요."

"뭐? 말도 안 돼."

"바퀴벌레 덫을 놔야겠어요. 저녁에 설치했다가 아침에 거둬들이면 될 것 같은데요."

"난 이 식당이 문을 연 이래로 바퀴벌레는 한 마리도 못 봤는데."

"알겠어요." 그레이스가 말했다. "아빠는 못 봤을지 몰라도 전 봤다고요."

"어디서?"

"식사하는 곳 앞쪽에서요. 도망치기 전에 잡았어요. 제 발밑에 있을걸요."

그레이스는 신발을 들어 보았다. 바퀴벌레가 없었다.

"안 보이는데." 아빠가 말했다.

"분명 있었어요! 분명 바닥에 짓눌려 있을 거예요."

아빠는 한숨을 쉬었다. "그렇게 쓸데없는 얘기나 하면서 시간을 허비할 정도로 여기서 일하는 게 지루한 거야?"

"그게 아니라요, 왜 절 못 믿으세요? 바퀴벌레 시체가 남긴 흔적을 보여드릴게요."

"주문받을 걱정이나 해라. 알겠니?"

"누구한테서요?"

"손님이지 누구긴 누구야?"

"아빠 말 잘 들으라는 건 줄 알았어요."•

아빠는 한국말로 뭐라고 중얼거리면서 주방으로 돌아갔다.

그레이스의 머릿속에서 엄마의 목소리가 울렸다. '한인 사회에서 조씨네가 지켜야 할 평판이 있어.' 지역사회의 터줏대감이라는 평판이 아니라 성공을 대표하는 가족이라는 평판을 뜻했다. 한인 사회는 주로 나이 많은 교인들, 소수의 한국전쟁 참전 용사들, 사탕수수 농장 세대부터 이어져온 한인들로 구성되어 있었다. 농장 노동자들의 자손인 이민 4세대와 5세대는 스스로 하와이 사람이라고 여겼는데, 내면은 진짜 그럴지 모르지만 아무리 그래도 하와이 사람은 아니었다. 최근에 밀려든 한국 관광객과 이민자들은 하와이를 더 가깝게 느꼈고, 이곳이 사실상 싱글맘이나 마찬가지인 여자들이 지내기에 더 안전하다고 생각했다. 이들은 말을 듣지 않는 자녀들에게 '미국식' 교육을 확실히 받게 해주려고 하와이로 이주했고, 그동안 기러기 아빠들은 본국에서 일을 했다. 한편, 대학생들은 교

• 아빠가 말한 'take orders'를 그레이스는 '명령을 듣다'로 잘못 알아들은 척했다.

환학생 프로그램 겸 휴가차 하와이에 왔다. 그레이스는 한국인들이 뒤에서 자기 가족들을 험담하고 부모님과 거리를 두려 한다고 의심했다. 누군가가 식당에 바퀴벌레를 심어놓은 것이 틀림없었다.

그레이스는 사람들이 자기에 대해서는 정확히 뭐라고 말할지 걱정스러웠다. 물론 그녀의 태도에 대한 지적이나 고객에게 다정하게 서비스하지 않는다는 후기를 감안하면 뒷담화가 새롭지는 않았다. 그것보다 부모님의 에너지와 명성이 갈려나가며 그들이 하루가 다르게 감정적으로 무너지는 것이 더 힘들었다. 지금 상태는 식당에서 바쁘게 일하고 내일을 기대하며 이제는 다른 식당을 찾아 가버린 손님들과 소소한 이야기를 나누며 활력을 느끼던, 영광스러운 초창기와 거리가 멀었다. 어쩌면 조씨네는 지역사회 지원 활동을 시작하고 교회 점심이나 행사에 대폭 할인된 가격으로 식사를 제공해야 했는지도 모른다. 조 할머니와 그녀가 다니는 교회를 뚫을 수도 있었다.

조 할머니는 해가 뜨기 전에 새벽 기도를 하러 가서는, 하나님과 직접 통하는 길을 만들어 제이컵을 석방하고 그를 움켜쥔 사탄의 손길을 약하게 해달라는 전혀 놀라울 것 없는 일들을 청하기 위해 내면에 품고 있던 거룩함을 몽땅 소환했다. 조 할머니가 보기에 제이컵의 귀에 대고 속삭이며 행동을 강요한 것은 다름 아닌 악마였다. 그레이스가 태어나기 전에, 제이컵은 이런 종류의 강요 중 최악을 경험한 바 있었다. 한국어 성경 구절을 외우라고 강요당한 일이었다. 혹시라도 그들을 데려가려고 지옥에서 왔을지 모를 귀신 때문에 무섭거나 방에서 귀신의 존재를 느낄 경우, 그들은 그저 '예수님의 이름으로 썩 물러가라!'라고 자신 있게 선언하기만 하면 됐다. 하지만 지금 제이컵에게는 가망이 없었다. 조 할머니는 가족들이 말리는데도 금식 기도를 계속했고, 조 할아버지는 제이컵의 존재 자체를 사실상 부정했다.

그레이스는 금전 출납기를 열고 돈을 챙겨서 도망칠까 생각했지만 요즘에는 액수가 얼마 안 됐다. 그래도 어디에서 구할 수 있는지 알기만 하면 마리화나를 더 살 정도는 될 것 같았다. 잽싸게 콜로라도주에 다녀올까. 그레이스는 금전 출납기를 닫았다. 기도와 악마가 문제라면 제이컵을 구하는 건 할머니 몫이고 그레이스가 더 노력하지 않는 건 용서받을 수 있지 않을까? 조 할머니가 세상을 바라보는 방식으로 보자면, 그레이스의 오빠는 스스로 지옥으로 갔기 때문에 사실상 지옥행을 선택한 것이었다. 할머니에게 지옥이란 가족과 떨어져 있는 곳이었고 이제 가족들은 제이컵 없이 천국에 가야 했다.

식당으로 들어오는 사람은 아무도 없었다. 그레이스는 지나가는 사람들의 시선을, 들어올까 머뭇거리다가 생각을 바꿔 가버리는 사람들의 흘끗대는 시선을 신경 쓰는 대신, 육전을 찍어 먹는 소스 통을 부지런히 채웠다.

그때 식탁 위로 깨진 유리 파편이 흩어졌다. 그레이스는 큰 병에

든 간장을 사방에 흘리며 비명을 질렀다. 그녀는 몸을 수그렸고 주방에서 아빠가 외치는 고함 소리가 들렸다. 서바이벌 게임을 할 때 착용하는 안면 보호용 장비를 쓴 사람이 차로 달려가더니 황급히 떠났다. 쇼유 간장이 바닥에 콸콸 쏟아지자 그레이스는 간장이 발에 닿기 전에 일어났다. 그녀는 간장병을 똑바로 세우고 점점 커지는 시커먼 웅덩이를 뛰어넘어 갔다.

아빠가 홀로 나왔고 두 사람은 서로의 반응을 살폈다. 아빠는 가슴을 쓸어내렸다.

"안에 손님 없었어? 다친 사람 없니?"

"아무도 없었어요."

아빠는 유리 조각을 쓸러 갔다. 혹시 몰라서 의자 위도 쓸었다. 누군가가 던진 벽돌은 감히 아무도 치우지 못했다. 벽돌을 집어 들면 이 일이 실감 날 것 같았다.

그레이스와 아빠는 이런 일이 발생한 원인을 따지기보다 엉망이 된 가게를 정리하는 게 급선무였다. 그레이스는 아빠에게 경찰이 올 때까지 기다리자고 했다. 아빠는 어찌할 바를 몰랐다. 그들은 진술서를 썼다. 그레이스는 아빠의 말을 통역하고 아빠 대신 진술서를 작성해야 했다. 너무 순식간에 벌어진 일이라 누가 그랬는지 알 수 없었다.

　아빠는 화가 나서 제이컵 이야기를 하며 혼자서 큰 소리로 떠들었고 그레이스는 조용히 하라고 말렸다. 경찰은 벽돌을 증거로 가져가지도, 과학수사대CSI에 지문 감식을 의뢰하지도 않았다. 그들은 식당에 온 김에 뭘 좀 먹어야 할지에 대해서만 고심했고 결국 그렇게 했다. 그레이스는 반찬을 아주 조금만 내주었다. 누가 벽돌을 던졌을까? 경찰이 가고 나자 그레이스는 타월을 적셔서 아빠를 도와 유리를 치웠다.

　그레이스는 엄마에게 전화를 했는데, 엄마는 "어머, 어머. 어떻게 그런 일이 있을 수 있니? 다들 우릴 싫어하나 봐"라는 말만 되풀이했다.

　"아니, 엄마, 그건 아니에요." 그레이스는 이렇게 말했지만 엄마와 같은 생각이었다.

　엄마는 대꾸가 없었다. 그레이스는 엄마가 혀 차는 소리를 듣고 있었다. "우리 애기." 엄마는 자식들이 아직 뭘 잘 모른다는 걸 콕 집어서 말하고 싶을 때 이렇게 말했다. 그레이스는 지금 엄마의 이 말이 자길 가리키는 것인지 제이컵을 가리키는 것인지 확신할 수 없었다. 아빠가 통화 중에 끼어들더니 엄마에게 가게 문 일찍 닫을 거라고 전하라고 했다.

　그레이스는 전화를 끊었다. 아빠는 쓰레받기를 비우고 빗자루에 묻은 유리를 큰 쓰레기통에 털어내려고 밖으로 나갔다. 그레이스는 다가가서 벽돌을 집어 들었다. 아랫면에 매직으로 쓴 글자가 있었다. 사람 이름인 것 같았다.

그레이스는 창밖으로 벽돌을 던졌다. 해가 저무는 중이라 하늘이 분홍빛과 자줏빛으로 물들었다. 아빠가 창틀 안으로 머리를 밀어 넣었다.

"들어오다가 벽돌에 맞을 뻔했잖아!"

그레이스는 한숨을 쉬었다. "아빠, 벽돌 좀 주워주세요."

아빠의 숙인 허리가 다시 올라오지 않았다.

"씨발 새끼들. 이게 재밌어?"

아빠는 들어와서 벽돌을 쓰레기통 위에 놓았다. 그리고 벽돌을 처음 본 사람처럼 손으로 이리저리 뒤집어 보았다. "누가 이런 말썽을 일으켰을까? 우린 이런 짓을 당할 일을 안 했는데."

"군인이거나 참전 용사였을까요? 아니면 관광객? 그걸 누가 알겠어요?"

아빠는 한숨을 쉬었다. "이 창문 좀 손봐야 할 것 같구나."

아빠는 친구에게 전화를 걸었고, 친구는 도와줄 수는 있지만 다음 주나 되어야 시간이 난다고 했다. 아빠와 그레이스는 박스를 몇 개 펼쳐서 잘랐다. 그레이스는 두꺼운 종이판을 테이프로 이어 붙였다. 두 사람은 의자를 놓고 서서 이어 붙인 박스 끝을 깨진 창문 가장자리와 나란히 맞췄다.

"누가 쳐들어와서 더 큰 문제를 일으킬까 걱정이네." 아빠가 말했다. "내가 여기서 자면서 밤새 있어야겠다."

"글쎄요, 아빠. 한숨도 못 주무실 것 같은데요. 밤을 꼴딱 새울 거예요."

"누군가는 계속 지키고 있어야 해. 네 엄마한테 말해서 보안 카메라를 사야겠다."

"그런데 누가 침입하면 뭘 어쩌시려고요? 5번 아이언이라도 휘둘러서 때리려고요?"

"그건 아니야." 아빠는 고개를 저었다. "9번이 좋을 것 같은데." 아빠는 짧게 풋 웃었다. 그리고 인상을 찡그렸다. 아직 청소할 곳이 많이 남았다. 찾아내지 못한 유리 파편을 모두 치워야 했다.

정 이 모

발진이 퍼져 작고 붉은 점이 그의 가슴과 복부 전체, 갈비뼈 주변에 무리 지어 있거나 흩어져 있었다. 발진은 등을 타고 올라가기까지 했으며 이렇게 퍼진 점들이 만나서 큰 점을 만들기도 했다. 조금만 긁어도 긴 줄이 생겼다. 그는 가려움을 가라앉히려고 몸을 찰싹찰싹 때렸지만 더 심해지기만 했다. 피가 나도 좋으니 벅벅 긁고 싶었다. 그는 속옷을 벗었다. 발진은 양쪽 다리와 사타구니까지 번져 있었다. 제이컵은 욕조에 들어가 몸 전체에 물줄기가 잘 닿게 샤워기 헤드를 움직이며 뜨거운 물을 틀었다. 각질을 전부 벗겨내려고 거친 샤워 타월로 몸을 문지르자 타들어가는 느낌이 들었다. 샤워를 마치고 수건을 몇 장이나 써가며 물기를 꼼꼼히 닦아내자 훨씬 나아졌다. 놀랍게도 그는 잠이 들어 거의 정오까지 내리 잤다.

정 이모와 정 할머니에게 가려면 준비를 해야 했다. 정 할머니를 요양원에서 모셔와 다 같이 엄마에게 전화를 걸기로 했다. 제이컵은 자기 몸을 보자 역겨웠다. 그는 피부를 가리기 위해 긴팔 셔츠를 입었다.

정씨는 엄마가 조씨와 결혼하기 전의 성이었다. 제이컵은 한국을 떠난 뒤로 정 이모를 한 번도 보지 못했다. 이모의 기억 속 제이컵은 하와이로 이주하기 전 몇 년 동안의, 어린아이의 모습이었다. 처음 이모를 찾아갔을 때, 이모는 울면서 그의 얼굴을 부여잡고 "아이구, 아이구"만 연발했다. '*이런 세상에, 이게 누구야*'라는 뜻이었다. 이모는 가지고 있던 엄마와 아빠의 젊은 시절 사진을 보여주었는데, 그중 깊이 파인 흰색 헨리넥 셔츠와 하얀 청바지를 입고 클럽마스터 선글라스를 낀 아빠가 짧은 검정 상의에 체크무늬 치마를 입고 높이가 8센티미터는 되어 보이는 스니커즈를 신은 엄마에게 팔을 두르고 있는 사진이 있었다. 배경은 하와이 같았는데, 온 가족을 데리고 정식으로 이민 가기 전에 방문한 때인 것 같았다. 제이컵은 부모님의 얼굴을 알아보지 못했지만 바로 옆에 서 있었기 때문에 부모님인 줄 알았다.

정 이모는 제이컵에게 어릴 때 이야기를 해주었다. 그가 엄마의 매니큐어를 가지고 놀다가 뚜껑을 열어서 제 손에 칠했다거나 엄마의 립스틱을 먹었다거나 하는 이야기였다. 그리고 그가 오랫동안 서 있을 수 있게 되자 가족들이 손뼉을 칠 때마다 통통 뛰면서 춤을 추었다는 이야기도 했다. 사탕을 사 주어 아이를 버릇없게 만들고 싶지 않았던 이모가 노점에서 뽑기를 사 주었던 일과 달을 쥔 아이처럼 행복해하며 호떡을 더 사달라고 조른 일을 제이컵은 기억할까? 정 이모는 제이컵이 그토록 명랑한 아이였다고 말해주었다. 이모는 그때의 제이컵을 몹시 그리워했다.

이모는 제이컵을, 사실 가족 모두를 몹시 보고 싶어 했다.

제이컵은 정 이모가 그를 오랫동안 안고 있어서 놀랐다. 이모는 가족의 한 사람을, 여동생의 자식을 안고 서 있었다. 제이컵이 정 이모 집에 도착했을 때 이모는 그의 키에 대해서도 말했다. 누구를 닮았기에 이렇게 크담? 이모는 그의 어깨를 토닥거리다가 엄지손가락으로 팔을 쓸어내렸다. 그러자 제이컵은 다시 가려웠다. 그는 가족들이 잘 살고 있다는 것을, 이렇게 장성한 아들이 있는 엄마가 무척 운이 좋다는 것을 나타내는 증표였다. 엄마가 부탁하지도 않았는데 제이컵이 찾아온 것은 이모의 예상 밖이었다.

정 이모는 유치원 아이들에게 말하듯이 노래하는 투로 말했다. 그렇게 하면 제이컵이 한국말을 더 잘 이해할 수 있다는 듯이. 이모는 제이컵에게 일은 어떤지, 혼자서 잘 먹고 지내는지 물었다. 제이컵은 지난번에 만났을 때보다 살이 쪘다. 건강하게 먹고 다니는 걸까? 가족이 식당을 운영하는데도 이 불쌍한 녀석은 요리하는 법을 모르는 게 아닐까? 이모는 부모가 요리사이니 제이컵도 요리에 소질을 일부 물려받았을 거라고 생각했다. 제이컵은 이모에 대한 기억이 별로 없지만 이모가 엄마의 언니라는 사실은 분명히 알았다. 엄마와 이모 둘 다 웃을 때 고개를 뒤로 젖혔는데, 어릴 때 서로 따라 하면서 생긴 습관이었다. 이모가 하와이에 살았다면 엄마의 기분이 더 좋았을지도 모르고, 엄마와 이모가 조씨네 델리에서 함께 일했다면 그레이스와 제이컵은 발아래에 놓인 문에서, 엄마가 손잡이를 쥐고 있다가 열면 그들이 숨 쉬는 공기에 대한 비용은 누가 지불하는지에 대한 대화로 곧장 떨어지고 마는 그 문에서 비켜설 수 있었을 것이다.

제이컵은 누구나 그들 가족이 운영하는 식당 음식을 최고로 꼽는 것은 아니라고 설명하려 애썼다. 하지만 정 이모가 슬며시 웃는 걸 보아하니 그의 말을 이해하지 못한 것 같았다. 제이컵은 이모의 남편인 김 이모부는 어디 있느냐고 물었고 이모는 그가 잠깐 볼일을 보러 나갔다며 곧 돌아올 테니 인사를 나눌 수 있을 거라고 말했다. 이모는 제이컵에게 소파에 있는 정 할머니 옆에 앉으라고 하고 주방으로 갔다. 이모는 냉장고 안에 대고 제이컵의 한국말이 늘고 있다고 외치며 그가 도착하기 전에 미리 깎아서 썰어둔 배가 담긴 접시를 꺼냈다.

정 할머니는 팔을 들어 제이컵을 향해 뻗더니 그를 안았다. 할머니의 짧고 곱슬곱슬한 머리카락은 가늘고 하얗게 새어 있었고 얼굴과 팔다리에는 여기저기 검버섯이 피어 있었다. 할머니는 금방이라도 뼈가 빠질 것처럼 조심스럽게 움직였다. 정 할머니는 하와이의 조 할머니보다 나이가 훨씬 많아 보였다. 조 할머니는 일터에서 남은 천을 가져다가 원피스와 가방을 직접 만들었고, 흰 머리가 몇 가닥만 보여도 곧바로 염색을 해서 언제나 머리카락이 까맸다. 정 할머니의 주름진 손은 부드러웠는데, 제이컵은 할머니의 악력에 놀랐다. 그는 그레이스를 제외한 가족 중 누군가와 이야기하기 전에 자주 그랬듯이, 이모 집에 오는 길에 한국어로 할 말을 미리 연습했다.

정 할머니는 잡고 있던 제이컵의 손을 그의 무릎에 내던지고 팔짱을 꼈다. 그리고 무릎을 떼고 떨어져 앉았다. 할머니는 왜 이렇게 오랜 세월이 지난 지금에야 돌아오기로 한 것인지 물었다.

"할머니, 저 제이컵이에요. 여기 와서 다 같이 엄마한테 전화하려고요."

이모가 언성을 높였다. "엄마 왜 그래? 엄마 손자잖아. 손자 얼굴도 몰라봐?"

정 할머니는 인상을 찡그리더니 눈물이 그렁그렁한 눈을 크게 뜨고 다시 제이컵을 보았다. 약간 알아보는 것 같기도 했다.

"손자라고? 아, 우리 제이컵이구나. 이렇게 컸어. 아기 때 보고 처음 보네. 왜 하와이에 안 있고? 배고프지? 자, 배 좀 먹어라."

제이컵이 배를 집으려고 손을 뻗자 옷소매가 올라가 발진이 보였다. 그는 할머니에게 감사하다고 말했다.

"누굴 더 닮은 것 같아?" 이모가 물었다. "자기 엄마랑 닮았지? 눈이랑 입술이 똑같아."

"그러네, 그래." 정 할머니가 중얼거렸다. "네 아빠를 빼닮았어."

"그 사람 얘기는 왜 꺼내?"

정 할머니는 제이컵을 보았다. "넌 모르지."

"우리 가족에게 아무 도움이 안 된 사람이야." 이모가 말했다. "우리 돈을 다 챙겨서 사라졌거든. 얼마나 오랫동안 가족을 찾지도 않았는지 손자도 못 봤지."

"만나지 못해서 아쉽네요." 제이컵의 가려움증은 온몸으로 번졌다. 옷 위로 긁거나 허벅지를 긁는 것은 예의가 아닐 것 같았다. 제이컵은 조심조심 팔을 긁었다. 무슨 말을 해야 할지 몰랐다. "외할아버지는 어디에 계세요? 무덤에 가볼 수도 있겠네요."

이모는 코웃음을 쳤다. "어디 있는지 알아야 가지. 그 사람은 네 엄마와 내가 어릴 때 떠났어. 정 할머니가 혼자 우릴 키웠다고."

"아."

"팔은 왜 그러니?"

"저는 외할아버지가 오래전에 돌아가신 줄 알았어요. 엄마가 한 번도 얘기를 안 해서요."

이모는 한숨을 쉬었다. 그리고 자기 아버지는 둘째도 딸이 태어나자 아들이 없어서 불행하다는 이유로 떠났다는 이야기를 해주었다. 그는 셋째를 가지려고 하지 않고 떠나서 새살림을 차렸다.

"살아 있기나 한가 몰라. 정 할머니보다 나이가 많은데, 지금 할머니가 어떤지 좀 봐."

"무슨 소릴 하는 게냐?" 정 할머니가 쏘아붙였다.

이모는 킥킥 웃었다. "치매라서 왔다 갔다 하셔. 상태가 아주 안 좋은 날도 있고."

"엄마랑 이런 얘기는 안 해서요."

"왜 안 해?" 이모는 제이컵의 소매를 걷어보고 놀라서 헉 소리를 냈다.

이럴 때 비상용으로 준비한 말을 줄줄이 읊어내려고 애쓰는 것 말고, 그렇게 줄줄이 뱉어낸 말들을 진짜 줄인 양 잡아당기면 구명 조끼처럼 부풀어 올라 그를 구해줄 모양새가 되기를 바라는 것 말고 무엇을 할 수 있을까?

"제가 한국말을 잘 못해서요."

이모는 그의 말을 무시했다. "너무 심한데." 이모가 말했다.

이모는 발진이 언제 시작되었는지 물었고, 제이컵은 한복 입은 남자에 대한 꿈 이야기는 설명할 수가 없어서 그 이야기를 빼고 할 수 있는 만큼 설명했다. 이모는 그에게 발진이 어디까지 퍼졌는지 보여달라고 했다. 제이컵은 머뭇거리다가 셔츠를 들어 올리고 바지도 걷어 올렸다.

"어머, 어머, 어머. 뭔가 문제가 있네." 이모가 말했다. 이모는 소파에서 일어나 브라질너트가 담긴 그릇을 가지고 왔다. "이거 먹어. 이따 집에 갈 때 한 봉지 챙겨줄게. 몸에 좋을 거야. 건강한 음식이거든."

이모는 가려움증에 도움이 되는 연고를 찾으러 화장실로 갔다. 정 할머니는 그의 몸을 유심히 보다가 우둘투둘한 피부를 만졌다. 그리고 혀를 끌끌 찼다.

"무당을 만나봐야겠어."

이모는 웃음을 터트리며 제이컵에게 작은 연고를 주었고, 씻고 나서 깨끗하고 건조한 피부에 바르라고 했다.

"무슨 말도 안 되는 소릴." 이모가 말했다. "이건 건강 때문에 생긴 문제야. 애가 먹는 게 문제가 있어서 그래."

이모는 휴대폰을 꺼내서 한국어를 영어로 번역했다. 그녀가 제이컵에게 보여준 화면에는 'shaman(무당)'이라고 쓰여 있었다.

"요새 무슨 꿈 안 꿨어?" 정 할머니가 물었다. 그녀는 제이컵의 손을 꼭 잡았다. "귀신이라도 본 거 아니야? 누가 쫓아오는 것 같아?"

제이컵은 심장 박동이 빨라졌다. 별안간 식은땀이 흘렀다. 뭐라고 대답해야 할지 몰랐다. 설명할 수가 없었다.

"아이구." 이모가 손을 입에 갖다 대며 말했다. "제이컵, 봤지? 할머니가 안 좋아지시는 것 같네. 헛소리하시는 걸 보니."

제이컵은 적당한 말이 생각나지 않았다.

"느낌이 그래." 정 할머니가 말했다. "너한테 뭔가 잘못됐어."

"스트레스 때문이겠죠." 제이컵이 말했다.

"딱한 녀석." 이모는 인상을 찡그리며 제이컵의 얼굴을 감쌌다. 제이컵은 이모의 손에서 빠져나왔다. "아, 참." 이모는 손뼉을 한 번

치며 이렇게 말했다. "네 엄마!"

이모는 제이컵과 정 할머니 사이에 앉아서 전화를 걸어 휴대폰 화면에 비친 자기 얼굴이 여동생의 얼굴로 바뀌기를 기다렸다. 이모는 제이컵에게 들은 이야기를 모두 엄마에게 이야기하려 했다. 제이컵은 말을 많이 할 필요가 없을 것 같았다. 그는 이모가 엄마에게 몸을 보여주라고 하지는 않기를 바랐다.

어쩌면 통화 중에 그레이스가 왔다 갔다 할지도 몰랐다. 제이컵은 그레이스가 잘 지내는지 궁금했다. 언젠가 하와이로 돌아가면 떠나서 미안하다고 사과할 생각이었다.

휴대폰은 컬러링 음악이 끝나고 신호음이 들릴 때까지 계속 울렸다. 엄마는 전화를 받지 않았고 그들은 엄마가 받을 때까지 계속 다시 전화했다. 제이컵은 그들이 이 노래를 몇 번이나 들었을까 생각했다.

정 할머니

가족들은 정 할머니가 죽기를 기다리고 있었고 언제라도 그럴 수 있다고 생각했다. 할머니는 그들에게 짐이었기에 그들은 할머니를 요양원에 쓰레기 버리듯 버렸다.

세상에 어떤 딸이 자기 엄마에게 이런 짓을 할 수 있단 말인가?

그리고 하와이에 있는 막내는 엄마 얼굴을 보러 한국에 돌아올 생각도 안 했다.

그들은 자신들이 할머니를 잊었듯이 할머니가 모든 것을 잊었다고 짐작하는 것 같았다.

물론 정 할머니의 기억에는 여기저기 틀린 부분이 있었다. 할머니는 지금 어디에 있는지, 아침에 무엇을 먹었는지, 화장실에 다녀왔는지 같은 것들을 기억하지 못했는데, 할머니 나이에는 있을 수 있는 일이었다. 할머니는 너무 빨리 일어나려고 할 때마다 어지러워했다. 정 할머니는 걷는다기보다 발을 질질 끌었는데, 다리를 쭉뻗거나 무릎을 굽히기가 힘들었기 때문이다. 할머니는 한 손으로 허리를 짚었다. 그녀의 막내딸 역시 지독한 등 통증을 호소했다. 정할머니는 알고 있었다. 그 통증은 예전에 아이를 업었을 때의 무게 때문이라는 것을, 둘 다 가슴이 같은 방향을 향하도록 포대기로 아이를 업었기 때문에 생겼다는 것을.

어머니가 너무 힘들어하자 어머니를 도와 여동생을 업고 다니느라 생긴 통증이라는 것을. 눈에 보이지 않는 것을 짊어져서 생긴 통증이라는 것을.

생각해보면 정 할머니는 젊은 시절에 지독하게 많이 걸었다. 한반도를 가로질러 그들이 더 이상 못 가게 할 때까지 아래로 내려갔다가 다시 위로 올라갔다가 다시 내려갔다. 정 할머니는 어머니를 도와 막내인 여동생을 업었다. 그러면서 엄마가 되는 일은 정말 어렵다고 생각했다. 어쨌든 어머니가 시켰으니 해야 하는 일이었다. 중간에 낀 정 할머니는 어머니의 대역으로 선택받아 막내를 돌보는 동시에 언니의 짐을 나누어야 했다. 아들을 낳지 못하는 저주를 받은 가정에서 아들과 같은 역할을 맡은 셈이었다.

정 할머니는 남자아이들은 징그럽고 게으르고 멍청하다고 스스로 위로했다. 누가 그런 애들을 원할까? 난 남자 형제가 없어서 다행이야. 난 언니와 여동생을 사랑해.

하지만 언젠가는 너도 남자를 만나야 할 거야. 원해서 만나는 게 아닐 수도 있고 사랑에 빠진 게 아닐 수도 있지만 처음에는 다 그렇게 느껴질 거야. 남자를 만나서 살아남기 위해 그의 곁에 머물러야 할 테고 그 남자와 함께 지내며 살아남아야 할 거야.

전 결혼하고 싶지 않아요. 정 할머니는 어머니에게 이렇게 말했다.

넌 남자를 만나게 될 테고 그 남자는 아들을 원할 텐데, 딸만 셋을 낳고 아들을 낳지 못한 날 닮지 않기를, 그 정도로는 운이 좋기를 바랄 뿐이란다.

제가 원하는 건 엄마처럼 되는 것뿐이에요. 그리고 전 딸만 넷, 아니 다섯 낳을 거예요!

내가 낳은 기지배. 바보 같은 내 딸.

한참 뒤에 정 할머니는 혼자서 딸 둘을 건사했다. 전혀 예상하지 못한 일이었다. 너희들은 꼭 서로 사랑해야 한다. 할머니는 딸들에게 이렇게 말했다. 내가 가고 나면 둘밖에 없을 테니까. 하지만 그때 너희들도 남자를 만나게 될 테고, 살아남기 위해 그의 곁에 머무르고 그 남자와 함께 지내며 살아남아야 할 테지.

정 할머니는 두 딸 중 하나가 영영 떠나리라곤 예상치 못했다.

자매들끼리 서로 기약 없이 못 보고 살 줄은. 꼭 그녀처럼.

이제 정 할머니는 누군가의 부축 없이는 움직이기 힘들었다. 이 정도로 상태가 나빠질 줄은 몰랐다. 할머니는 요양원을 떠날 수 없었고 혼자서는 침대에서 일어나지도, 욕조에서 나오지도, 변기에서 일어나지도 못했다. 정 할머니가 요양원에서 지낸 뒤로 상태는 계속 나빠지기만 했다. 움직일 공간이 좁아서 몸이 점점 굳었기 때문에 혼자 움직이거나 몸을 지탱하기가 힘들었다.

그동안 할머니는 운동 삼아 걷고 야외 운동 시설을 이용하고 근처 시장에서 장을 볼 수 있을 정도로 기력이 있어서 혼자서도 충분히 살았다. 그러다가 핸드백이 필요해 이마트에서 하나 샀고, 얼마 뒤에 핸드백이 필요하다는 사실이 떠올라 다시 이마트에 갔다. 그리고 그다음에 이마트에 갔을 때 핸드백이 없어서 하나 더 샀는데 맨처음에 갔을 때 사고 싶었던 것과 같은 핸드백을 보고 그것도 샀다.

정 할머니는 맏딸과 사위를 가끔 보았다. 맏딸에게 자식이 없어서 안타까웠지만 어쩌면 그편이 더 나을지도 몰랐다. 자식을 둘 낳은 막내를 보지 못해서 무척 속상했다. 마침내 아들을 낳았는데.

할머니의 맏딸은 핸드백을 모두 찾아내고는 울화통을 터뜨렸는데, 이에 정 할머니는 "왜 그렇게 화를 내? 너도 하나 사면 되잖아"라고 대답했다. 할머니는 언젠가 가방을 가지러 올 거라면서 언니 것도 하나 남겨두었다.

맏딸은 한숨을 쉬었다. 엄마 언니는 떠났잖아. 기억 안 나?

당연히 기억나지.

나 좀 봐. 내가 누군지는 알겠어?

정 할머니는 맏딸에게 전화해 막내의 이름을 불렀다.

맏딸은 화가 나서 핸드백 구입 영수증을 모조리 찾았다. 냉장고를 열어보니 과일에는 곰팡이가 피어 있고 우유는 유통기한이 지났다. 채소는 썩었고. 맏딸은 그릇 속의 상한 음식 냄새를 맡았다.

맏딸은 이렇게 살면 어떡하느냐고 애원했다. 엄마 앞가림도 못하고 있잖아.

정 할머니는 어떻게 엄마한테 그런 말을 할 수 있느냐고 했다. 네 아버지가 집에 오면 따끔하게 한마디 할 거야. 아버지가 옷걸이로 때리려고 해도 놀라지 마.

정 할머니는 자기가 말실수를 했다는 걸 깨달았다. 남편은 여기 없었다. 중매쟁이를 통해 남자를 만나야 한다는 어머니의 말이 옳았다. 정 할머니는 어린 시절에 살던 북한의 고향 마을 근처가 남편의 고향이었기 때문에 중매결혼보다 수월할 거라고 생각했다. 할머니는 그 남자와 결혼해서 살면서 살아남았고 자식을 둘 낳았으며 남편 없이 살아남기 위해 그가 남기고 간 것과 함께 오래 머물렀다.

그녀의 손자는 남편을 빼닮았다. 정말 특별한 아이였다. 손자는 막내와 통화한 뒤에 외할아버지 이름이 무엇인지 물었다. 할머니는 '손자가 당신처럼 잘생겼어'라고 생각했다.

~

"백태우." 정 할머니가 말했다. 할머니는 남편이 죽었다는 걸 알았다. 수년 전에 그가 죽는 꿈을 꾸었을 때 예감했다.

그는 굶주린 채 잊히고 있었다.

정 할머니는 그가 자신을 내버려두기를 바랐다.

그렇게 긴 세월이 흐른 뒤인 지금, 떠난 사람으로 남아 있는 편이 나았다. 하지만 할머니는 남편을 꼭 닮은 손자가 걱정됐다. 손자가 왜 돌아왔는지는 알 수 없었다. 정 할머니는 손자가 어렸을 때 아기 침대에 손가락을 걸고 선 채로 남편의 유령과 이야기하려고 하는 것을 보았을 때도 걱정했다. 너무 걱정된 나머지 맏딸은 물론이고 아무도 원치 않는 일이었는데도 막내딸에게 하와이로 떠나라고 부추겼다.

제이컵이 가고 나서 정 할머니는 그때 외쳤던 것과 똑같은 말을 숨결처럼 낮고 조용한 목소리로 반복해서 중얼거렸다. 간호사가 와서 눕는 걸 도와줄 때까지, 그리고 잠이 들 때까지. "그 애는 건드리지 마, 그 애는 건드리지 마, 그 애는 건드리지 마."

조씨네

조씨네가 다시 뉴스에 나왔다. 지역 기자가 조씨네 델리는 곤경에서 빠져나오지 못해 계속 김치에 파묻혀 허우적대는 중이라고 농담했는데, 짧은 보도였지만 아픈 곳을 찌르기에 충분했다. 지난번 습격 이후로 그레이스는 사람들이 언제부터 그들을 안쓰럽게 여길지, 혹시 그런 감정을 이미 뛰어넘은 건 아닐지 확신이 들지 않았다.

엄마가 들어와서 제이컵이 입원한 병실 문간에서 정 이모가 찍은 그의 사진을 그레이스와 아빠에게 보여주었다. 정 이모의 말에 따르면 제이컵은 대부분 잠들어 있었고, 깨어 있을 적에는 병원 직원, 정신과 의사, 국방부 관계자와만 이야기할 수 있었다. 제이컵의 목소리는 속삭임보다 약간 클까 말까 할 정도로 작았다. 애당초 정 이모가 사진을 찍은 것 자체가 기적이었다. 다급히 병원에 갔으나 제이컵이 북한에 대한 기밀을 누설하기 전에 정보 요원이 잠입해 그를 죽이기라도 할 것처럼 경찰이 병실을 지키고 있었기 때문이다. 이모는 조카가 부모와 통화할 수 있게 해주고 싶었다. 경찰은 이모를 들여보내주지 않았지만 이모는 여동생을 위해 아무것도 하지 않은 채 떠나고 싶지는 않아서 재빨리 사진을 찍었다.

그레이스가 엄마에게 사진을 확대해서 보여주자 가족들은 제이컵의 얼굴 부상이 회복 중인 것 같다는 정 이모의 말을 수긍할 수 있었다. 엄마는 부러진 코와 멍든 눈과 아직 조치를 취하지 못한 이가 빠진 얼굴을 보고 깜짝 놀랐다. 아무리 얼굴 먼저 바닥에 떨어졌대도 그 정도로 심하게 다칠 수는 없었다. 의사들은 제이컵이 떨어지기 전에 이미 다친 상태였다고 했다. 그가 DMZ에서 입은 상처는 뺨이 약간 긁힌 정도의 가벼운 찰과상이라면서. 제이컵이 얼마나 다쳤는지를 보면 그건 말도 안 되는 소리였다.

조 할머니는 기도를 했다. 처음에는 식당의 음료수 자판기 옆 구석에서 혼자 조용히 시작했다. 그러다가 그레이스에게 함께 와서 기도하자고 했다. 두 사람은 식탁 위에서 손을 맞잡았고 조 할머니는 눈을 감고 제이컵의 건강과 무사 귀환을 기도했다. 식당이 무사하고 손님이 다시 오게 해달라고도 했다. 조 할머니가 힘없는 표정으로 미소 짓지 않았더라면 그레이스는 계산대를 지켜야 한다고 거짓말했을 것이다. 기도를 마친 조 할머니는 그레이스에게 기도하라고 했다. 삼촌이 들어오자 아빠는 힐튼 호텔에 식사하러 온 손님들 중 삼촌이 담당하는 손님들이 식당을 추천해달라고 하면 이곳을 홍보해달라고 했다. 삼촌은 최대한 그러고 있다고 힘주어 말했다. 한편 아빠가 매주 정기적으로 만드는 반찬의 양을 그대로 유지했기 때문에 반찬이 남았다. 감자마요샐러드와 마카로니샐러드는 필요한 양보다 많았다.

출근길에 그레이스는 남는 반찬을 조 할머니가 다니는 교회에 기부하자고 아빠에게 부탁했고, 함께 기도한 뒤에 조 할머니도 좋은 생각이라고 찬성했다. 자동차 타이어가 도로의 깨진 부분을 덮은 철판에 부딪쳐 튀어 올랐다.

아빠는 앞을 보았다. "흠." 그는 찬성도 반대도 아닌 말을 중얼거렸다.

그레이스는 아빠가 깊이 파인 구멍 위로 곧장 차를 모는 바람에 차 지붕에 머리를 부딪쳤다. 카이무키 지역은 와이알라에 애비뉴를 따라 급격히 젠트리피케이션이 진행 중이었다. 수제 맥주, 샌드위치, 버블티, 커피, 칵테일, 콘플레이크 프렌치토스트 같은 것들을 파는 가게가 있었다. 손님들은 좋아하는 식당을 빠르게 정해서 단골로 삼았고, 푸드 트럭, 잇 더 스트리트Eat the Street, 팝업 스토어, 와우와우 하와이안 레모네이드Wow Wow Hawaiian Lemonade를 비롯해 선택권이 너무 많아 경쟁이 치열한 상황에서 조씨네 델리는 사람들의 목록에서 멀어졌다.

아빠와 그레이스는 늘 주차하는 식당 뒤쪽에 차를 세웠다. 아빠는 안전띠를 풀지도, 시동을 끄지도 않았다. 그리고 양손으로 다시 핸들을 잡고 심호흡을 했다.

"이 얘기를 언제 해야 하나 싶었다. 조씨네 2호점을 닫아야 해."

"잠깐만요, 왜요?" 그레이스는 지점들이 어떻게 운영되고 있는지 생각하지 못했다. "3호점은요?"

"무슨 이유에서인지 3호점이 2호점보다 잘되네. 아무래도 '그 녀석'이 뉴스에 나온 뒤로 네 엄마가 2호점에 더 자주 가서 그런 것 같아."

그레이스는 엄마가 가끔 확인차 다른 지점에 들르는 줄로만 알았지 그레이스 몰래 다시 일을 하는 줄은 몰랐다.

"그러니까 진짜 조씨네가 없어서 3호점이 더 잘된다는 거네요?"

"그런 것 같아."

아빠는 무릎을 내려다보았다. "정 이모에게 돈을 보내야 해." 아빠는 울 것 같았는데 그레이스는 그 모습을 보고 싶지 않았다. "돈이 부족해. 이런 상황에서 변호사 수임료를 어떻게 마련해야 할까? 네 엄마가 나한테 계속 말하기를……."

"괜찮아요." 그레이스는 아빠의 말을 잘랐다. "우린 괜찮을 거예요." 달리 할 말이 없었다. 그레이스는 먼저 차에서 내렸다. 아빠는 계속 타고 있었다.

그레이스는 아빠가 잠시 혼자만의 시간을 갖도록 놔두었다.

아빠는 핸들을 쾅쾅 두드렸다. 지점을 하나 더 내도 모자랄 판에 폐점이라니. 그들은 잘하고 있었고 조씨네는 프랜차이즈 식당의 정점을 향해 상승 중이었다. 신문에 식당 소개 기사를 실은 것은 효과가 있었지만 얼마 안 가서 중단했다. 아빠는 하와이 뉴스나우 채널의 아침 쇼 프로그램인 〈선라이즈〉나 KHON2 방송국의 〈웨이크업 투데이〉 같은 곳에 홍보해 긍정적인 쪽으로 인식을 전환하고 싶어 했다. 아직 너무 늦은 것은 아니었다.

그레이스는 모퉁이를 돌고 나서 걸음을 멈추었다. 누군가가 종이판을 덧댄 창문에 래커로 그림을 그려놓았다. 막대인간이 거시기 모양 미사일을 타고 있는 그림이었다. 깨진 창문 바깥쪽에 조심하라고 테이프를 붙이면서 미소 짓는 모양을 만들어 놓았는데, 그것도 잘린 채 늘어져 있었다.

"말도 안 돼."

그레이스가 사진을 찍는 사이에 아빠가 옆에 와서 섰다. "이거 설마……."

"맞아요."

그들은 식당 안으로 들어갔다. 아빠는 도둑맞은 것이 없는지 재빨리 살펴보았다. 그레이스는 안쪽에서 테이프를 떼기 시작했다.

"무슨 조치를 취해야겠다." 아빠가 말했다.

"친구분한테 이미 전화하신 줄 알았는데요. 왜 이렇게 오래 걸려요?"

"친구가 이번 주 중에 온댔어."

그레이스는 아빠를 도와 종이판을 떼어냈다. 단체 주문이 없어서 더 이상 필요 없는 상자였다. 종이판은 그동안 조씨네가 손님을 친절하고 반갑게 맞이하고자 노력해서 만든 이미지에, 이곳에서 식사하면 집밥을 먹는 것 같다는 가이의 말처럼 모든 사람을 가족으로 대한다는 이미지에 흠집을 내는 방해물 역할을 했다. 아빠는 공식적으로 입장을 발표하고 싶어 했지만 어떤 식으로 해야 할지 아직 확신이 들지 않았다.

"그래서, 빌기라도 하시게요?"

아빠는 계산대 뒤에 붙어 있는 가이의 포스터를 물끄러미 바라보며 말했다. "예전에는 정말 좋았는데."

그레이스는 계산대 쪽으로 의자를 끌고 가서 그 위에 올라섰다. 그러더니 포스터를 떼어내려고 팔을 뻗었다.

"무슨 짓이야?"

"소름 끼치잖아요. 이게 마음에 들었던 적이 없어요. 게다가 여긴 변화가 필요해요."

"안 돼." 아빠가 그레이스에게 다가가며 말했다. 그는 팔짱을 꼈다. "그대로 놔둬라."

"아빠, 현실을 직시하세요. 이미 벌어진 일을 받아들이고 앞으로 나아가야 해요. 달라져야 한다고요."

"하지만 우리는 사람들에게 절대 달라지지 않는다는 걸 보여줘야 하잖니.”

아빠가 그렇게 좌절한 모습은 처음이었다. 그레이스는《호놀룰루 스타 불레틴》에 맨 처음 실린 식당 리뷰 기사 옆에 섰다. 당시 그레이스는 신문에서 기사를 오려내는 영예를 요구했고 모아놓은 25센트짜리 동전으로 기사가 실린 신문을 더 사고 싶어 했었다. 지금 그 신문은 벽장 안 어딘가에 있을 것이다.

“아니, 안 돼요. 절대 똑같지 않을 테니까요.” 그레이스가 의자에 올라선 채 한 말은 신의 입에서 나온 말처럼 확고하고 권위적이었고, 완벽한 가정을 갈망하는 아빠를 자기만의 생각에서 끌어냈다.

“그래, 알았다. 떼자.” 아빠는 고개를 돌리더니 한 손을 턱에 대고 한숨을 쉬었다. “스페셜 카레 메뉴도 떼어버려. 아무도 주문 안 하니까.”

“제가 계속 그 얘기 했잖아요.” 그레이스는 액자를 잡고 벽에서 떼어냈다. “어차피 재방송에서 우리 가게는 보여주지도 않아요, 개새끼들.”

“은혜야.” 아빠가 나무라는 투로 말했다. 그는 그레이스가 의자에서 내려오는 걸 도와주려고 손을 내밀었다. “네 말이 맞아. 기억나니? 그놈은 음식값도 안 냈어.”

아빠는 이를 악물고 격하게 씩씩댔다.

아줌마들

저런 딱해라. 너무 안됐어. 아줌마들은 고개를 저었다.

조 할머니는 제이컵을 위해 기도해달라고 교회에 부탁했다. 아줌마들은 가볍게 목례를 하며 안타까운 마음을 전했고 사도 바울, 그리고 그가 사울에서 바울이 된 것과 관련된 성경 문구를 인용했다. 물론 사울이 바울이 되어 귀향한 것은 중요한 사건이었다. 하지만 제이컵이 주님께 돌아오는 길이 그보다 더 먼 길이 되리라는 것을 굳이 조 할머니에게 상기시켜줄 필요가 있었을까?

그들 모두 조 할머니가 어떤 마음가짐으로 교회에 나와 신자석에 혼자 앉아서 몸을 흔들며 늘 똑같이 장황한 기도를 중얼거리는지 알고 있었다. 아줌마들은 기도 중에 잠시 멈추고 더 빨라지지도 커지지도 않는 할머니의 기도 소리를 들었다. 조 할머니가 얼마나 많은 사람들을 위해 기도하는지를. 할머니는 하루도 빠짐없이 새벽 기도를 드렸다. 제이컵이 악마의 손아귀에서, 제이컵의 머릿속에 북한에 대한 생각을 주입한 것이 악마가 틀림없다며 그 손아귀에서 풀려나게 해달라고 하나님께 부탁했다. 할머니는 제이컵의 죄를 위해서도 기도했다. 용서를 구했다. 언젠가 그가 좋은 일자리를 얻게 해달라고도 했다. 한국인 아내도 얻게 해달라고. 주님에게 기쁨이 되게 해달라고. 제이컵이 가족의 품으로 돌아와서 가정을 꾸릴 수 있게 해달라고도 기도했다. 언젠가 자식을 낳게 해달라고도.

이 불쌍한 여인은 불가능해 보이는 그 모든 일을 혼자서 기도해야 했다.

아줌마들은 조 할머니에게 가족들이 어떻게 지내는지 물었는데, 실은 가족들이 계속 교회에 안 나와서 하는 질문이었다. 교회에 안 나오고도 착하게 사는 한국인이 있을까? 교회에 나가지 않는데도 한국인이라고 할 수 있을까? 조씨 가족들은 일에 더 신경 썼다. 〈마태복음〉에 쓰여 있듯이 한 사람이 두 주인을 섬길 수는 없었다. 아줌마들은 처음부터 예견된 몰락이었다고 수군댔다. 그 사람들은 돈만 밝혔고 이제 그 돈을 잃고 있는 것이라고. 온 가족을 위해 기도하는 사람은 조 할머니뿐이라고.

믿음이 없는 사람들에게 무슨 일이 생기는지 보지 않았느냐고.

아줌마들은 케아오모쿠 스트리트를 걷다가 식당 안을 훔쳐보았다. 그리고 그 여동생을 보았다. 큰 안경을 끼고 이상한 머리 모양을 한 채 구부정하게 앉아 있었다. 그들은 골프채를 지팡이처럼 쥔 채 담배를 피우는 조 씨를 지나쳤다. 그는 운동이 젊음 그 자체인 양 운동에 매달렸다. 아줌마들은 식당 음식의 질이 떨어지고 있다는 이야기를 들었다. 육전은 계란물을 씌운 겉면과 고기가 분리되었다. 식당 반찬이 구식이고 자주 달라지지 않는다고 하는 사람도 있었다. 서비스가 너무 느리다는 말도 나왔다. 애들이 불쌍하다는 이야기도. 자식들에게 일을 시키는 부모라니 너무 부끄럽다는 말도 있었다. 부모가 시켜서 일을 하는 자식들은 얼마나 부끄럽겠느냐고.

요즘 조 할머니는 일요일마다 쟁반을 들고 다니며 아줌마들에게 일회용 컵에 담긴 물이나 커피를 나누어 주었다. 할머니는 점심 식사 후에도 남아서 설거지를 하고 조리 도구를 열탕 소독하는 등 교회 활동에 더 열심이었다. 아줌마들은 조 할머니가 기도를 부탁하는 것은 물론이고 조씨네가 감당할 여력이 안 되는 변호사 비용에 보태도록 기부까지 부탁하려고 그런다는 것을 알았다. 그들은 조 할머니가 목사님께 하는 말을 우연히 듣기도 했다. 할머니는 예배 시작 전에 제이컵을 언급해달라고 부탁하고 있었다. 또 한번은 남한에 있는 대형 감리교 교회들에 연락해서 기도를 부탁할 수 있는지 물어보는 것도 들었다.

얼마나 이기적인가. 조 할머니는 손자의 곤경을 이용해 교회 위원회의 한자리를 차지하려 하고 있었다. 아줌마들은 조 할머니가 일가족이 식당을 운영한다는 이유만으로 자기가 전문가라도 된 듯

124

이 그들이 매주 내어주는 비빔밥을 헐뜯은 것도 잊지 않았다. 그들은 남한의 유력한 집안 출신이었다. 그들은 자식과 손주들이 잘못된 행동을 하지 않도록 단속했고 그 덕분에 집안의 입지가 더욱 탄탄해졌다.

아줌마들은 드라마 속 가족을 비롯해 온갖 가족 이야기를 하면서 조씨네 이야기도 했다. 무슨 일이 있는지, 제이컵은 어떤지 물었고 그가 정말 터무니없는 짓을 했다고, 그의 머릿속에 틀림없이 뭔가 문제가 있다고 이야기했다.

그들은 제이컵이 좋은 집안 출신이 아니라서 그렇다고 입을 모았다. 조 할머니의 손자는 훨씬 더 나은 삶을 살 수 있었다고. 뉴스에서는 정치적 의도가 있는 행동이었다고 했지만 그들이 본 바에 따르면 손자는 머리가 그렇게 큰데도 그다지 똑똑하지는 않았다. 아줌마들은 제이컵이 외교적인 목적으로, 다시 말해 김정은에게 직접 비핵화를 언급하기 위해 DMZ를 건너려 했다고 말했다. 그리고 이제 주황색 도깨비는 이 아이가 먼 친척에게 미국은 너희 북한에게 한 수 가르치는 것을 겁내지 않는다고, 알다시피 우리에게는 세계 최강의 군대가 있다고, 기꺼이 비핵화를 선택한다면 살려주겠지만 그렇지 않으면 우리가 원하는 것을 얻을 때까지 계속 제재할 것이고 제재는 더 심해질 뿐이라고 경고하려는 거라고 말하고 있다.

뭐가 어찌 됐든 아줌마들은 신경 쓰지 않았다.

손자의 기이한 행동에는 틀림없이 뭔가 더 있었다.

거짓 신을, 가족 구성원을 숭배해서는 안 되는 그들이 감히 혼령을 생각하며 즐거워해도 되는 것일까? 그들은 기독교인이므로 제이컵이 혼령 때문에 그랬을 리는 없다고 생각했다. 제이컵이 도망친 것이라고 말하는 사람도 있었고 그가 신념을 갖고 달린 것이라고 하는 사람도 있었다. 아줌마들은 애매하게 중립적인 태도를 취했다.

조 할머니의 재봉사 경력은 아줌마들의 옷을 다양하게 재단하는 데 제법 유용했다. 그들은 조 할머니가 한 바퀴 돌면서 모든 노인에게 인사할 때 쳐다보거나 고개를 끄덕이지 않았다. 그들은 할머니에게 제이컵을 위해 기도하고 있다고 말했지만, 대개 제이컵을 위해 기도하는 걸 깜빡하고 매일 하는 기도 끝에 한마디 덧붙이는 식이었다.

기도해야 할 것들이 너무 많았고 가족 개개인이 겪고 있는 일들을 기억하기에도 벅찼다. 손주가 아이비리그에 진학하기를 기도했고, 자손이 번성하여 아이들이 북적여야지만 가족이 커질 수 있다고 하나님의 축복을 빌었다. 한국적이지 않은 것이라면 뭐든 구미가 당겼고 한국적이지 않은 것을 먹으면 손주들이 해마다 쑥쑥 자라서 체형이 달라질 것이라고 믿었다. 아줌마들은 입을 열 때마다 배로 기어다니고 영원히 흙을 먹도록 저주받은 뱀과 같은 자신들의 갈라진 혀를 두려워했다. 아줌마들이 할 수 있는 일이라고는 최선을 바라는 것뿐이었다. 그들은 너무 늙어가고 있었고 가족들의 삶에서 점점 멀어지고 있었기 때문이다. 그들은 잊히는 경우가 많았다.

그들의 힘으로 할 수 있는 일들도 일부 있었다. 중요한 결정에 축복을 해주거나 은행에서 송금하는 일 같은 것이었다. 하지만 그들은 가족 내에서 지켜볼 수밖에 없는 존재가 되어, 의지를 갖고 뭔가를 할 수 없었고 자식들이 스스로 잘 지내기를 바랄 수 있을 뿐이었다.

조 여사

아빠는 밖에서 전화 걸어야 할 곳이 많다면서 그레이스에게 또
다시 마늘 다지는 일을 맡겼다. KCC 농산물 직판장에서 엄마 김치
가 다시 판매되기 시작했다. 그레이스는 아빠에게 코스트코에서 깐
마늘을 대량 구매하면 시간을 절약할 수 있을 거라고 말했다. 그리
고 푸드 프로세서도 사자고. 아빠는 그렇게 대량으로 파는 마늘은
향이 약해서 양이 두 배로 많이 들어간다고, 통마늘이 맛과 향이 더
강하다고 했다. 아빠는 자기 말이 옳다는 것을 강조하려는 듯이 주
먹 쥔 양손을 허리에 올렸다.

"다른 식당에서는 깐 마늘을 쓰지만 우린 아니야."

"다른 데도 다 괜찮잖아요. 오히려 더 나아요."

그레이스는 마늘을 한 알 한 알 꼼꼼하게 깠다. 마늘을 한 알 까

고 나면 껍질이 깃털처럼 손에 달라붙었다. 그다음은 도마 위에 깐 마늘을 놓고 꾹꾹 누르며 어설프게 심폐소생술을 할 차례였다. 정말 고된 일이었다. 그레이스는 마늘을 으깨려고 큰 소리가 날 정도로 주먹으로 칼을 내리쳤다. 그리고 자동차 앞 유리 와이퍼처럼 움직이며 마늘을 다졌는데, 어찌나 잘게 다졌는지 마늘을 코카인 가루처럼 길게 한 줄로 흩뿌릴 수 있을 정도였다. 그레이스는 하루 종일 손에 마늘 냄새가 남아 있는 것이 싫었다. 게다가 그녀에게는 눈을 비비고 손톱을 물어뜯는 나쁜 습관이 있었다.

피터가 배추가 담긴 비닐봉지를 들고 들어왔다. 군복 같은 카고 반바지를 입었는데, 바지 주머니가 뭔가로 꽉 차 흔들거렸다. 그는 옆머리를 밀고 윗머리를 짧게 한 머리 모양을 유지하고 있었고, 늘 입는 검정 티셔츠에 시나히 목걸이 •를 했다. 그레이스가 제대로 된 바지 좀 입어달라고 애원했지만 그는 진지하게 받아들이지 않았다. 피터는 배추를 놓고 포옹하려고 그레이스에게 다가갔다.

"안녕, 조 여사."

"미안, 나 냄새나."

"괜찮아." 그가 말했다. "한국 향수 냄새지."

그레이스가 그의 얼굴 가까이에 손을 들이밀자 그는 웃음을 터뜨렸다. "아, 됐어. 냄새가 강력하긴 하네. 배추는 어디에 놔둘까요,

---

• 조개껍데기를 깎아 만든 초승달 모양의 펜던트가 달린 구슬 목걸이.

조 여사님?"

피터는 아빠가 옆에 있을 적에는 유독 정중하게 말했다. 그는 아빠를 문자 그대로 '보스'라고 불렀다. 제이컵이 떠난 직후에 피터가 홀에서 일을 돕게 되자 손님들도 아빠를 보스라고 불렀는데, 오래가지는 않았다. 아빠는 피터가 식당을 대표하는 새로운 이미지가 되는 걸 원치 않았기 때문이다. 피터는 다른 식당에서 주방 일을 도운 적이 있었고, 그때 자극받아서 돈을 모으기 시작해 요리 수업에 등록했다.

"그렇게 부르지 말라니까."

"뭐 말이야?" 그는 싱크대에 비닐봉지를 내려놓고 배추를 가리키며 씻어서 절이는 걸 도와줄까 물었다.

그레이스는 고개를 끄덕였다. "조 여사라고. 나이 든 사람 같잖아. 우리 엄마를 부르는 것 같다고."

"흠…… 그럼 '김치 여왕'은 어때?"

그레이스는 놀라서 숨 막혀 하는 흉내를 냈다. "피터, 그건 인종차별이야."

"그럴 리가! 내가 김치 좋아하는 거 알잖아. 나 괌에 있을 때 한국인 친구들도 많았어. 한국인들은 괌을 정말 좋아해. 그들에게 괌은 가까운 하와이 같은 곳이야."

"그건 내가 널 '스팸 선생님'이라고 부르는 것과 비슷해."• 그레이스는 그를 향해 고개를 까딱 숙였다.

"근사한데." 그가 말했다. "내가 오프라 윈프리의 뒤를 이을지도 모르겠군."

"제발 그만 좀 해."

피터는 주방을 빙 둘러 가리켰다. "스팸이 어디 있을 텐데, 스팸, 스팸이!"

두 사람은 웃음을 터트렸다.

"어쨌든. 널 '스팸 자매님'이라고 부를 수도 있어. 너희 남매도 스팸 좋아하잖아."

"김치 여왕과 스팸 선생님이 힘을 합쳐서 김치볶음밥을 만드는 것이로군."

"바로 그거야! 요즘에는 그 위에 치즈까지 얹더라. 게다가 스팸은 매콤한 찌개에 라면과 함께 넣어 먹기도 하잖아. 그거 이름이 뭐 랬지? 부다……."

"부대찌개. 그건 어떻게 알았어?"

"유튜브에서 봤어. 그나저나 물어볼 게 있어."

그레이스는 마늘 다지기를 끝내고 칼날로 손가락에 묻은 마늘을 훑어냈다.

"여전히 대답은 '안 돼'야." 두 사람은 일할 때 말고는 함께 시간을 보낸 적이 없었지만 상상해보니 그레이스는 괜찮을 것 같았다.

● 괌과 하와이는 다양한 종류의 스팸과 이를 활용한 요리로 유명하다.

다이아몬드헤드 비치에서 둘이 수건 한 장을 깔고 마주 보고 있는데, 피터는 벽난로 앞에 깔린 양탄자에 누운 것처럼 손으로 몸을 받치고 누워 있다. 그들은 빅웨이브 맥주를 마셨고 그레이스가 움직이려던 찰나, 아빠가 일하는 중에는 떠들지 말라고 바다사자처럼 포효하며 해안으로 튀어 오르는 바람에 현실로 돌아왔다. "솔직히 말하면, 난 지금 당장은 거시기에 관심 없어. 그러니까, 네 것에만 관심 없다는 게 아니라, 전부 다."

"아, 이런. 그 얘기 아닌데." 피터는 양손으로 손사래를 치며 말했다. 그는 벌게진 얼굴로 뒤통수를 문질렀다. "'부대'라는 말이 신조어 같은 것인지 아니면 미국이 한국에 들어간 뒤에 더 많이 쓰게 된 말인지 물어보려고 했어."

"그건 몰라."

피터는 양동이를 들고 물을 받기 시작했다. 그레이스는 배춧잎 사이사이에 소금을 뿌렸다. 피터는 잠시 그레이스를 관찰하면서 재빨리 배웠다. 그레이스도 조 할머니에게 이런 식으로 배웠다. 그녀는 속에 넣을 양념을 만든 뒤에 피터가 집에 가져가서 익혀 먹도록 넉넉한 양을 따로 챙겨두었다. 원래 김치를 담글 때는 제이컵이 그녀를 도왔다. 그는 그레이스에게 토트백에 고춧가루를 갖고 다니다가 한 움큼 쥐고 얼굴에 뿌리면 호신용 스프레이를 가지고 다닐 필요가 없다는 둥 실없는 농담을 했다.

"네 아빠가 하는 말 들었어." 피터가 말했다. "전화 통화 중이었는데 목소리가 커지시더라. 조 아줌마와 통화하시는 것 같던데."

"그래서 아빠가 뭐랬는데?"

"내 한국어 실력이 그 정도로 좋지는 않아."

"아, 그래. 그럼 왜 나한테 이 얘기를 하는 거야?"

"영어로 말하는 부분을 들었는데, 텔레비전에 출연한다는 이야기를 했어. 네 오빠 때문이지?"

"그렇겠지." 싱크대 수도꼭지 아래로 그레이스의 손에서 빨간 양념이 뚝뚝 떨어졌다. "그런데 안 나가실 거야."

그레이스는 제이컵이 시도한 일에 성공한 사람들의 이야기를 모조리 읽어보았다. 그중 에번 헌지커라는 사람이 있었는데, 남한 출신 어머니와 한국전쟁 참전 용사의 아들인 그는 압록강을 헤엄쳐 북한에 갔고 농부들이 그를 발견했다. 에번의 석방을 협상한 미 국무부 북한 담당 대사 에릭의 말에 따르면, 그는 평화를 증진하고 복음을 전파하고자 했다. 그러나 석방되어 미국으로 돌아간 에번은 스스로 목숨을 끊었다. 유나 리와 로라 링은 비자 없이 북한에 갔다가 노동교화 12년형을 선고받았으나 훗날 빌 클린턴이 북한을 특별 방문한 뒤에 사면받았다. 선교사 로버트 박과 케네스 배는 인도적인 이유로 월북했고 결국 둘 다 풀려났다. 그리고 그레이스가 똑똑히 기억하는 사람도 있었다. 결국 김정은 '원수'와 친구가 된 유명인이자 사절로는 전혀 어울리지 않는 인물인 데니스 로드먼은 자신이 아는 유일한 방법인 농구를 통해 북한과 미국 사이의 적대적인 긴장감을 가라앉힘으로써 직접 한반도를 통일하고자 했다. 이 밖에 매슈 밀러, 아이잘론 곰스, 메릴 뉴먼, 제프리 파울, 샌드라 서 같은 사람들이 있었고, 그레이스의 오빠가 가장 최근이었다. 반대의 경우를 살펴보면, 크리스틴 안과 여성평화운동가 국제대표단이 한국전쟁 종식을 요구하며 북한에서 DMZ를 건너 남한으로 갔다.

"제이컵 일은 정말 안타깝다." 피터가 말했다.

"오빠 잘못이지 뭐."

"분명 우리가 모르는 뭔가가 있을 거야."

"그래, 누가 알겠어." 그레이스는 청바지에 손을 닦았다. "오빠가 영원히 사라진 것만 같은 기분이야. 젠장, 이런 말 하려던 게 아닌데."

"괜찮아."

"미안해."

피터는 군 복무 중 사망한 형 마크 이야기를 그레이스에게 한 적이 있었다. 미 정부는 피터의 가족에게 약 1만 2천 달러를 '사망 위로금'으로 지급했다. 가족들은 그 돈으로 괌을 떠나 하와이로 이주했는데, 피터의 형이 마지막으로 주둔한 곳이 포트 섀프터*였기 때문에 형이 간 길을 따라온 셈이었다. 피터의 어머니는 피터가 군 직업 적성검사ASVAB를 준비해서 입대하는 것을 원치 않았다. 형은 피

● 하와이 오아후에서 가장 오래된 군사 기지. 1907년에 호놀룰루에 창설되어 아시아 태평양 지역의 미 육군을 관할한다.

터에게 미국령 사모아섬과 코스라에섬에서 징집된 사람들을 만난 이야기를 해주면서, 군대는 그들 모두의 생명을 손톱보다도 사소하게 여긴다고 말했다.

당신

그들은 심문 기술과 당신이 말하게 만드는 여러 방법이 발전했다고 농담했지만 당신을 건드릴 수는 없다. 그들은 자신들이 진실로 추측하는 이야기를 당신이 확인해주거나 부정하기를 원한다. 그들은 당신이 미국 시민이라는 이유로 국가에 대한 충심을 의심한다.

그들은 집에 당신의 가족이, 여동생이 있다는 것을 알고 있다. 당신의 출생증명서 때문에 호놀룰루에 있는 대한민국 총영사관에 연락하기도 했다. 그들은 당신의 귀화 증명서도 요구했다. 그 증명서는 엄마가 부항기를 보관하고 신문을 쌓아두는 벽장 속 금고에 있다. 증명서가 도착하기까지는 시간이 좀 걸렸고, 그들은 증명서의 사진이 당신과 정확히 일치하는데도 진짜인지 확신할 수 없다면서 사본을 꼼꼼하게 살펴보았다. 그들은 아랫입술을 삐죽 내밀다시피

한 당신 표정에서 분노를 감지한다.

그들은 당신이 지난 7개월 동안 남한에서 무엇을 했는지 알고 싶어 한다. 학생들을 가르치는 일만 하지 않았을 것이라고 추정하면서. 그들은 동료, 친구, 가족 등 당신이 누구를 매일 만났는지 묻는다. 그리고 DMZ를 건너려고 한 것이 자의에 따른 것인지 알고 싶어 한다. 무엇을 하며 시간을 보냈습니까? 당신은 그들이 얼마나 오랫동안 질문을 하며 당신의 대답을 기다렸는지 잊었다.

당신은 어떻게 대답해야 할지 모른다.

그들은 당신이 언제 DMZ 관광을 계획했고 무엇에 관심이 있어서 관광에 참여하게 되었는지 알고 싶어 한다. 무엇 때문에 대답을 하지 않는 것입니까? 그들은 당신이 심각한 상황에 처했다는 것을, 당신이 남한으로 넘어오려 하거나 남한을 침략하지 않았다 하더라도 그들이 보기에는 국가 안보와 관련된 문제라는 것을 알려준다. 그리고 당신에 대한 정보가 실제 당신과 일치하는지 묻는다. 당신이 하와이에 파견된 이유가 그곳에 주둔하는 미군을 관찰하고 그들에 대해 보고해 공격을 계획하기 위한 것입니까? 그것이 남한에 온 또 다른 이유입니까?

하지만 그들은 당신에 대한 이런 이야기를 믿으려 하지 않는다. 그들은 지갑, 휴대폰, 열쇠 말고는 당신의 개인적인 면을 알려주는 것들을 많이 찾지 못했다. 당신 몸에는 플래시 드라이브도 숨겨져 있지 않다.

그러니까 당신은 그냥 멍청한 애일 뿐이라는 건가?

그들은 당신에게 여기저기 퍼진 동영상을 보여준다. 그래도 그렇게 대담했다는 점에 있어서는 점수를 주어야 한다. 반대편으로 건너가는 최선의 방법은 아니었지만.

왜 중국을 통해서 가지 않았습니까? 바다나 강을 건너는 편이 나았을 텐데요. 수영 잘합니까?

높은 곳이 무섭습니까? 플라잉 수원 열기구를 탈취할 수도 있었을 텐데요.

그편이 공동경비구역을 통해 건너가려고 시도한 것보다는 덜 어리석은 선택이었을 겁니다.

이곳이 세상에서 가장 위험한 곳이라는 걸 모릅니까?

그들은 당신에게 악의가 없다고 믿고 싶어 한다. 정확히 얼마 동안 이 일을 계획했습니까?

그들은 이 문제를 해결하는 데 당신이 협조하기를 바란다. 비록 무모한 행동이었지만 무엇을 이루려고 한 행동인지 밝히길 바란다.

도와달라는 외침을 들었습니다.

당신은 지금 어디에 있는지 모른다. 그들이 무슨 말을 하는지도 모른다.

처음에 당신은 한국말로 대답했다. 하지만 질문이 계속될수록 점점 말을 할 수 없다.

그들은 통역사를 데려온다. 그리고 당신이 협조할수록 이 일이 빨리 해결될 것이라고 일깨워준다.

모든 소음이 너무 버겁다. 이 소리들은 당신을 사로잡는다. 당신은 스스로 하는 말, 자기 목소리, 생각을 들을 수 있는지 확신할 수 없다. 들리는 소리라고는 할아버지가 지르는 비명뿐이다.

글래디스

그레이스는 문자메시지를 받고 황급히 아래층으로 내려갔다. 데이비드는 마리화나를 오래 피워서 공급처를 까다롭게 골랐기 때문에 통상 마리화나를 믿고 살 수 있는 사람이었다. 이런 그가 최근에 레몬과 소나무향이 나는 알래스칸 선더 픽Alaskan Thunder Fuck을 구했다고 그레이스에게 조용히 연락을 해왔다. 데이비드는 그레이스에게 전에 거래하던 딜러와 연결해주겠다고 약속했다. 그 딜러는 병원 치료를 받고 있었고 아사이볼 트럭을 운영할 돈을 모으려고 집에서 제법 괜찮은 마리화나를 직접 재배하고 있었다. 데이비드는 그레이스가 돼지저금통에 모은 현금으로 마리화나 모종을 구입하고 싶어 하자 깜짝 놀랐다. 얼마 후에는 그레이스가 그에게서 마리화나를 사지 않을지도 모를 일이었다.

데이비드는 그레이스에게 조수석에 있는 기타 케이스를 뒷자리로 옮겨달라고 부탁했다. 뒷자리에 놓인 그의 가방에서 오래된 영수증, 포마드, 교과서, 퇴짜 맞은 에세이가 어수선하게 나와 있었다. 데이비드는 의자 밑에 항상 비상용으로 정장 구두를 놔두었다. 창문에 걸어놓은 하와이안 셔츠를 보니 어디서 해피 아워 공연을 했거나 사촌을 포함한 대가족이 참석하는 행사에 다녀온 것이 분명했다. 그레이스는 해피 아워에 그가 프랭크 오션의 노래로 공연하는 것을 본 적이 있다. 그레이스는 모든 사람과 돌아가며 포옹하고 입맞춤까지 하며 작별 인사를 할 때마다 안절부절못했다. 데이비드가 그녀를 처음 소개한 자리에서 인사를 나누었을 때도 마찬가지였다. 이런 식의 인간적인 접촉. 그레이스는 가족과도 이런 식으로 몸을 접촉하지 않았다.

데이비드는 길게 기른 머리를 위로 말아 올렸는데, 말아 올린 머리가 자동차 지붕에 스쳤다. 늘 입는 빛바랜 검정 데님 재킷과 무릎이 찢어진 청바지를 입고 있었다. 라디오에서는 마돈나의 〈라이크 어 프레어Like a Prayer〉가 흘러나왔고, 데이비드가 물 담배용으로 쓰는 길이 20센티미터가량의 목이 긴 비커 '글래디스'를 건네자, 그레이스는 그것을 받아 들고 상이라도 받은 듯이 잠시 두 손으로 쥐고 있었다. 두 사람은 몇 달째 신문 제작이 끝날 무렵에 마리화나를 피웠는데, 그레이스가 담뱃대를 사용하니 목이 너무 아프다고 불평했고 픽스 앨리의 담배 가게에서 글래디스를 구입했다. 예전에 앤절라는 그레이스가 담뱃대로 마리화나를 피울 때 사팔눈이 된다고 놀리면서 정말 귀엽다고 했다. 그레이스의 머리카락에 불이 붙는 바람에 차에서 고약한 냄새가 나기 전까지는. 그레이스의 마리화나 풋내기 시절은 지난 지 오래였다. 그레이스는 앤절라가 마리화나 끄트머리를 태워서 꼭대기 부분을 벗겨내는 걸 보고 무척 감탄했다. 그레이스가 난생처음 말아본 마리화나였는데, 둘이 같이 스모키스Smokey's에서 구입한 담배 마는 종이에 줄기까지 포함한 가루를 찔러 넣었다. 그들은 컨솔리데이티드 극장 뒤쪽 주차장 한구석, 누아누 밸리 공원, 조씨네 델리에서 일을 마친 날에는 월마트에서 피웠다. 하지만 월마트가 하와이인들의 묘지 위에 지어졌고 그들의 유골이 오랫동안 주차 경사로 아래에 보관되어 있었다는 이야기를 데이비드에게서 들은 뒤로, 그레이스는 월마트에는 가지 않았다. 주변에 다른 가게도 많고 조씨네 델리도 가깝다는 말과, 땅을 빼앗긴 하와이인들에게 그 정도 무시당하는 일은 일상이라는 말은 하지 않았다.

그레이스는 몰래 빠져나가서 꼼짝도 하지 않은 채 마리화나를 피우는 것을 즐겼는데, 이 순간에는 들킬 수 있다는 생각도 않고 기침 소리와 폭죽이 터지는 듯한 치직 소리가 가득한 비밀 장소에 자리 잡고 긴장을 풀었다. 지금 중요한 것은 글래디스가 거품을 만들어내는 것과 이미 불을 붙인 마리화나가 담긴, 그레이스의 무릎에 놓인 볼-bowl•이었다.

"글래디스에 벌써 물을 넣었구나. 얼음까지! 저기 저 말린 딸기

142

도 넣었어?" 그레이스가 볼에 남아 있는 것을 재빨리 다 피우자 재가 별똥별처럼 쏟아져 내렸다. 그레이스는 은하수만큼 넓고 깊은 안도의 한숨을 내쉬었다.

"빈 스타벅스 컵이 있었는데 내가 버렸네." 데이비드는 칵칵대며 가래침을 뱉으려고 했다. "그러니까 네 우유 마저 다 마셔!"

"닥쳐." 그레이스가 말했다. "윽, 이건 발 맛이 나는데." 그레이스는 겨드랑이에 대고 기침을 했다. "그나저나 이렇게 있어 보이는 물 담뱃대*는 처음이야."

"가족들은 어때?"

"똑같지 뭐."

"미안."

"그러지 마."

"내 말은 신호 대기 중에 좀 피워서 미안하다고. 너 없이 시작해서."

"일요일마다 일하러 가야 하는 거 정말 싫어."

"그래도 오늘은 검토할 교정지가 많지 않아." 데이비드가 말했다. 그는 교열 부장으로 진급하기 전에 하와이어로 쓴 외부 기고문 편집자로 채용되었다. 학교 예술 축제에 대한 기고문은 누군가가 마우나케아에 30미터 망원경을 건설하는 데 항의하는 벽화를 그렸

● 담뱃대에 마리화나를 넣는 공간.

다는 내용이었다. 마우나케아에서는 하와이 원주민들이 산 정상으로 가는 길에서 화물차를 막고 시위하다가 체포되기도 했다. 하지만 아이러니하게도 이 사건은 목소리를 내야 할 학교 신문사에서 일하는 대부분의 학생들에게 주목받지 못했다. 그 신문사 이름을 번역하면 '목소리'라는 뜻이었다.

"돈 쉽게 버네." 그레이스가 말했다. "그런데 얼마나 받아?"

"난 이번에 '최고의 하이킹 코스'와 '최고의 해변' 기사 검토했어."

"식당 소개 기사도 전혀 기대가 안 돼. 누가 우리 신문을 집어 들기나 할까?"

"비 올 때." 데이비드가 말했다. "학생들이 머리 가리고 가는 거 봤어."

그레이스는 자기 토트백으로 손을 뻗었다. "그건 그렇고, 내가 얼마 줘야 해?"

"넣어둬."

"정말?"

"응. 상황도 상황이니만큼." 데이비드가 말했다. 그레이스가 평소보다 더 긴장하고 있다는 걸 알기 때문에 굳이 그 이야기를 꺼낼 필요는 없었다. "상황이 좀 나아져서 같이 피울 때 갚아."

"지금이 그때야." 그레이스가 말했다.

그레이스는 들어가기 전에 데이비드에게 눈을 확인하고 플란넬

셔츠 깃의 냄새를 맡아봐달라고 했다. 뉴스룸의 불은 모두 꺼져 있었고, 줄지어 놓인 책상에 각자 모니터를 여러 대 두고 작업하는 디자이너 몇 명을 제외하면 아무도 없었다. 그들 뒤쪽의 직원 회의 탁자에서 교열 담당자들이 일하고 있었다. 그레이스는 뉴스룸 반대편에 있는 심층 기사 담당석에 앉았다. 그곳에 있으면 스포츠 담당자와 사진 담당자가 각자 책상에 앉은 채 머리 위로 주고받는 테니스공을 피할 수 있었고, 누가 됐든 주변에서 어슬렁대는 전속 기자들에게 말을 걸지 않아도 괜찮았다. 부모님이 지난 몇 달 동안 그레이스에게 월급을 주지 못한 것과 별개로, 학교 술집에서 데이비드와술을 마시고 나서 영화를 보던 노트북보다 훨씬 좋은 아이맥이나학교 술집 바로 옆에 있는 뉴스룸이 아니었다면 그레이스는 이 일을 계속할 이유를 찾지 못했을 것이다. 그리고 이 일을 하면 적어도어느 정도의 사회성은 유지할 수 있었고, 유일한 친구나 다름없는데이비드를 만날 수 있었다.

그레이스는 기숙사 생활 필수품에 대한 기사와 직원의 허락하에직접 작성한 행사 정보 모음까지 편집을 마쳤다. 인물 소개 글을 쓰고 싶어 하는 사람은 아무도 없었다. 그들과 일하는 저자들은 식당평이나 짧은 칼럼을 쓰고 싶어 했다. 그레이스는 두 다리를 딱 붙이고 앉아서 의자 아랫부분을 발로 감았다. 조금이라도 갑자기 움직이면 의자에서 미끄러질 수 있었다. 바닥에 얼굴을 부딪친 채 납작엎어지는 것이다. 마리화나를 피우면 대체로 상황이 더 나아졌지만 살사 병 뚜껑은 열기 힘들었고 운전석 아래에 낀 휴대폰의 정확한 위치를 찾기 어려웠다. 일에 느끼는 흥미는 똑같았다. 안타깝게도 그레이스는 자신이 너무 취했다는 걸 데이비드에게 인정하기 싫어했는데, 취했다고 말하지 않는 이 자존심 게임에서 질 위기에 처하면 그녀는 몸이 절실하게 원하는 수분과 음식을 보충하고 마리화나를 더 피워서 이 사이클을 새로 시작하는 것으로 타협했다.

그레이스는 데이비드에게 메시지를 보내서 배가 고프지 않은지, 잠깐 쉬면서 점심을 먹는 게 어떤지 물었고, 데이비드는 허벅지가 불거지도록 꽉 끼는 반바지를 입는 토니가 교열하러 오지 않아서 속상하다고 답했다. 그레이스는 갑자기 릴리하베이커리의 로코모코locomoco●가 정말 먹고 싶었지만, 지난번에 갔을 때 그곳에서 일하는 아줌마들이 타갈로그어로 그레이스와 데이비드에 대해 수군댄 것이 틀림없었다. 그레이스가 접시에 소스가 흥건한데도 그레이비를 더 달라고 요구하고, 사람들이 '핵폭탄 잼nuclear jelly'이라고 부르는 것을 듬뿍 바른, 구름 같은 버터롤을 한 입 베어 물며 너무 큰 소리로 신음한 뒤로 특히 그랬다. 이곳의 핵폭탄 잼은 반투명하고 끈적끈적한 붉은색인데, 설탕으로 만든 이 폭탄에 포위당한 다음, 손님들이 박스로 사 가는 이 베이커리의 유명 메뉴 코코퍼프가 융단폭격을 퍼부으면 그 어떤 동맥도 안전하지 못했다. 그레이스는 양

● 그레이비소스를 끼얹은 햄버그스테이크, 양배추 샐러드, 달걀프라이, 밥으로 구성된 세트 메뉴.

쪽 뺨과 혀까지 얼얼해질 정도로 단것이 당기는 것을 막을 수 없었다. 설탕은 에너지였고 그녀를 움직이게 하는 힘이었다.

편집장 션이 작년부터 입던 헐렁한 알로하 런 티셔츠를 입고 들어왔다. 그는 제작 마지막 날에야 들이닥쳐 디자이너들이 마우이의 인쇄소로 PDF 파일을 보내기 전에 조판 교정쇄를 모두 훑어보며 고개를 끄덕였다. 그는 입구에서 그레이스를 보고 걸음을 잠시 멈추었다. 그레이스가 마지막 학기에 임시 뉴스 편집자로 활동할 수 있는지에 대한 답을 주어야 했다.

"저, 밖에서 얘기 좀 할 수 있을까?"

그레이스는 뉴스룸에서 나가며 데이비드를 쳐다보았고 두 사람은 어깨를 으쓱했다. 션은 교내 라디오 방송국, 치과 대학, 바레Ba-Le 식당과 함께 쓰는 건물 앞의 경사로 난간에 기대섰다. 바레는 데이비드와 그레이스가 금요일마다 더블 진 토닉을 마시는 술집과 붙어 있었다. 두 사람은 술을 마신 다음에 유니버시티 애비뉴의 록 바텀에 갔고 그 후에는 차이나타운에 가서 피자를 먹고 맥주를 마셨는데, 어찌 된 노릇인지 데이비드가 그린애플 보드카 샷을 한 잔 더 마시자고 할 때에는 와이키키에 있는 GS스튜디오 노래방에 가 있었다. 요즘 그레이스는 술 마시는 것보다 마리화나 피우는 게 더 좋았다. 마리화나를 피우면 다음 날 기분이 엿 같지는 않기 때문이다.

"예순여덟 살 일본인 할아버지처럼 옷을 입지 않을 수는 없는 거야? 아파트에 매달 마루카이Marukai• 광고 우편물도 날아오겠어."

"사실 이거 진짜 우리 할아버지 옷이야. 그건 그렇고."

션은 그레이스에게 〈하와이 뉴스나우〉에서 광고를 담당하는 친구에게서 조씨네 델리 사장이 뉴스 영상을 하나 녹화했고, 그가 아들인 제이컵 조에 대한 침묵을 깨기로 마음먹었다는 이야기를 들었다고 알려주었다. 그레이스의 오빠 이야기였다.

그 벽돌. 식당의 이미지를 살리는 데 필사적이 된 아빠는 정말 방송에 출연했다. 그들의 이름을 살리려고. 사람들은 다시 그들을 믿어야 했다. 영상은 제작이 끝난 직후에 6시 뉴스에서 방영될 예정이었다. 션은 아빠의 발언을 웹사이트 속보로 띄우고 싶어 했다.

그레이스는 어지럽고 얼굴이 뜨거워졌다. "빌어먹을, 그 얘기를 왜 나한테 하는데?"

"워, 진정해. 너한테 먼저 말해야 할 것 같았어. 그리고 얘기할 사람이 필요하면 내가 여기 있다는 걸 알아둬."

션은 그레이스의 어깨를 토닥이려고 했다. 그레이스는 그의 손을 찰싹 때리고는 입구를 향해 걸어갔다.

"그나저나." 션이 외쳤다. "뉴스 편집 일을 정말 하고 싶으면 마리화나 피우고 일하러 오는 일은 없어야 할 거야."

그레이스는 곧장 화장실로 가서 세수를 했다. 눈이 충혈되지는 않았지만 평소보다 풀려 있었다. 그녀는 정신이 든 것처럼 보이려

● 일본 식료품점.

148

고 계속 뺨을 쳤다.

화장실에서 나가자 밖에 데이비드가 서 있었다. 션은 직원들에게 기사를 직접 써서 신문 앱에 알림을 띄우고 싶다고 말했다. 그레이스는 누가 그 앱을 사용하기나 할까 싶었다.

"글래디스 원해?"

그레이스는 데이비드에게 뭘 좀 먹으러 가자고 하면서 그 후에 집까지 태워다 줄 수 있는지 물었다. 어디에서 먹을지는 그에게 정하라고 했다. 그레이스는 가족들에게 이 일을 이야기해야 했다.

그레이스는 부모님이 그녀를 볼 때마다 제이컵의 얼굴을 자주 찾는다는 걸 알고 있었다. "넌 정말이지 네 오빠 동생이라니까." 그들은 이렇게 말했다. 마치 제이컵에게 그녀에 대한 소유권이 있다는 듯이. 제이컵이 먼저 태어나 본보기를 보이지 않았다면 그레이스는 존재할 수 없었다는 듯이. 조 할머니는 그레이스를 '말썽꾸러기'라고 부르곤 했는데, 이 말은 농담이자 말썽 피우지 말라고 미리 주의를 주는 의미였다. 제이컵은 장손이라는 이유로 말썽 피우는 데서 예외가 되었다. 가족의 자랑거리였던 그는 이제 그들을 떠나 범죄자가 되었다.

"한식 먹을까?"

그레이스는 인상을 찡그렸다.

"농담이야." 데이비드가 말했다.

"그래." 그레이스가 킬킬대며 말했다. "안 될 거 없지."

레예스 아줌마

그레이스는 계기판에 기대 몸을 숙이고 마노아 마켓플레이스를
돌아다니는 사람들 중 아는 사람이 있는지 살펴보았다. 데이비드
에게 광장을 마주 보고 있는 그늘진 주차장을 찾아야 한다고 우겼
다. 그녀는 한식 플레이트 런치가 다른 플레이트 런치보다 훨씬 낫
다고 생각했다. 조씨네 델리 같은 식당이 성공하자 똑같은 음식을
파는 식당이 여럿 생겼는데, 수준은 뚜렷하게 구분되었고 사람들은
옐프의 믿을 만한 후기를 보고 식당을 골랐다. 그들은 거리가 가장
가까운 것을 중요하게 생각하지 않았고 자기만의 단골집이 있었다.
하와이 외식 업계는 일본 음식점이 지배하고 있었는데, 일본에 가
지 못하더라도 하와이에서 현지와 아주 비슷한 음식을 먹을 수 있
기 때문이었다. 멀리 여행하지 않고도 현지의 맛을 느끼고 싶다면

쇼핑몰 푸드 코트로 가면 된다. 데이비드는 그레이스에게 벌써부터 큰 소리로 투덜대지 말라면서 대체 점심은 언제 먹으러 가는지 물었다.

"데이비드, 저 밑바닥 인생들을 봐."

"나도 그중 하나야."

"우리 다 마찬가지야. 같은 수조 속의 틸라피아지."

"원래 이야기에서는 수조 속의 게야."

"빙빙 돌면서 헤엄치다가 식료품점이나 커피숍 같은 곳에서 지느러미를 부딪치는 거야. 고등학교 동창생을 마주치기도 하고."

"아, 좀!" 데이비드는 괴로운 듯 신음했다.

"이게 우리 운명일까? 죽을 때까지 이걸 계속 반복하는 거."

"그것 좀 안 할 수 없어?"

"뭐?"

"진지하고 생각 많은 척하는 거. 너 지금 취했어."

"아니, 틀렸어." 그레이스는 물 담뱃대를 한 모금 더 빨아들이며 말했다. 그리고 열린 창문 틈으로 연기를 내뿜었다. 침이 약간 흐르자 턱을 닦았다. 데이비드는 짜증 난 표정으로 그녀를 보았다. 그는 마리화나를 피우는 때와 장소를 까다롭게 골랐는데, 주변에 사람들이 있을 때는 유독 심했다. 그레이스는 고개를 숙이고 무릎을 멍하니 바라보았다. 세 겹짜리 지퍼락에 담긴 마리화나 한 봉지가 다리 사이에 끼워져 있었다. 마른 입에 그 맛이 옅게 남아 있었다.

"너무 배고파. 땅으로 꺼지는 기분이야. 데이비드, 우리 이제 가장 깊은 곳에 들어온 것 같아."

"난 지금 안 피우잖아. 너만 그런 것 같은데."

"뭔가 수상한데." 그레이스는 킥킥댔다. "좋아, 이제 느낌이 와."

"그런데…… 우리 지금 30분 동안이나 차에 있었어. 난 맥도날드에 갈래."

"그러든지." 그레이스는 한숨을 쉬었다. "네가 날 응원해줄 줄 알았어."

"아, 바보 같은 소리 좀 하지 마."

"이제 내가 직접 부딪쳐야겠어."

데이비드는 자기 쪽 문을 열었다. "그럼 뭐가 좋은데?"

"그건 아직 생각 안 해봤어."

그레이스는 데이비드에게 맥너겟과 종류별 소스, 그리고 스프런치•를 주문해달라고 했다.

그녀는 조씨네 델리 일을 끔찍하게 여겼고 그곳에서 파는 음식을 먹지도 않았지만, 그 식당에 내심 자부심을 느낄 수밖에 없었다. 부모님의 이름을 내건 식당이기도 했고. 그레이스는 사람마다 다르기는 하겠지만 하와이에서 두 번째로 맛있다는 한국식 플레이트 런치 프랜차이즈 식당인 델리시비비큐를 드나드는 사람들을 계속

• 스프라이트와 과일 펀치를 반씩 섞은 음료. 하와이와 괌 맥도날드에서 주문할 수 있다.

지켜보았다. 그녀는 손님들이 다른 식당에 대해 무엇을 불평하는지, 조씨네가 가장 잘한다고 감탄하는 것이 무엇인지 잘 알았다. 손님들의 감탄은 쌀의 품질로까지 이어졌는데, 백미, 현미, 신기한 자주색 잡곡을 선택할 수 있게 하자 큰 인기를 끌었다. 델리시가 시도한 영업 전략은 1.3리터짜리 음료를 단돈 1.6달러에 판매하는 것이었다.

델리시가 그다지 붐비지 않자 그레이스는 혼자 킥킥댔다. 아무 것도 먹지 않아서 속이 쓰렸다. 귤을 한 봉지 가지고 온다는 걸 깜빡했다. 일주일 내내 먹을 걸 사뒀는데. 데이비드가 차에서 내릴 때 그레이스는 낯익은 사람이 델리시비비큐로 들어가는 걸 보았다. 곧 나올 때가 되었다.

꽃무늬 원피스와 밀짚 토트백을 보니 틀림없었다. 레예스 아줌마가 2, 3인분 정도 되어 보이는 음식이 담긴 비닐봉지를 들고 델리시비비큐에서 나왔다. 자세히 보니 토트백 밖으로 빨대가 비죽 나와 있었다. 아까 말한 초대형 음료였다.

"이럴 수가!"

그레이스는 지금 본 걸 믿고 싶지 않았다. 레예스 아줌마는 그녀를 딸처럼 여겼고 조씨네 델리에 얼마나 자주 들렀던지 가족이나 다름없었다. 아줌마의 딸 달린은 중학교 때 그레이스와 친한 친구이기도 했다. 달린은 그레이스에게 화장하는 법을 가르쳐 주었는데, 그레이스는 별 관심이 없었지만 달린을 기쁘게 해주기 위해 연습했다. 거울이나 벽에 입술 자국을 남기기도 했다. 그들은 짝사랑 이야기까지 터놓았지만, 그레이스는 몇 시간이고 계속 이야기 나눌 수 있는 친구를 원했다. 레예스 아줌마는 둘이 자매나 마찬가지고 아줌마에게 그레이스는 입양한 딸 이상이라는 말을 자주 했는데, 정작 그레이스는 그런 사람이 필요하다는 생각조차 하지 않았다. 하지만 달린과 그레이스는 다른 고등학교에 진학하면서 연락이 끊겼다. 그레이스는 레예스 아줌마를 마지막으로 만났을 때 연예계에 떠도는 소문에 대해 이야기했고, 손님들이 기다리는 동안 읽을 수 있도록 그녀가 조씨네 델리에 가져온 잡지를 아줌마에게 추천해주었다. 그들은 델리시 이야기를 종종 하면서, 음식에 비해 가격이 비싸고 조리 솜씨가 형편없는 "저질 한국식 바비큐"라고 했다. 그런데 레예스 아줌마가 그곳에 있다니.

그레이스는 차 문을 열고 뛰쳐나갔다. 무릎에 올려두었던 글래디스가 떨어져 자동차 바닥 매트에 물이 흘렀다. 그녀는 물 담뱃대를 똑바로 세우고 뒤에 가상의 촬영 팀이 쫓아오기라도 하는 것처럼 종종걸음을 치며 레예스 아줌마에게 갔다. 그러곤 무슨 말을 해야 할지 몰라서 이내 자신의 선택을 후회했다.

아하!

딱 걸렸네요!

이제 끝장났어요!

그레이스는 레예스 아줌마가 가까워지자 걸음을 늦췄다. 그레이스를 알아본 아줌마는 고개를 돌리며 뭐라고 중얼거렸다.

"아줌마? 맞죠?"

그레이스를 쳐다본 레예스 아줌마의 표정이 두려움에서 놀라움으로, 다시 반가움으로 바뀌었다. "오, 그레이스! 어떻게 지냈어? 이렇게 마주칠 줄 몰랐네!"

그리고 그레이스도 그 상황을 그럭저럭 무마했어야 했다. 그레이스는 몸을 기울여 아줌마를 포옹하고 뺨에 입 맞추었다. 레예스 아줌마는 그레이스의 숨결에서 나는 냄새를 재빨리 감지하고 기침을 했다.

"아줌마, 오랜만이에요."

"아, 벌써 그렇게 오래됐나?"

그레이스 머릿속에서 거짓말 탐지기 바늘이 앞뒤로 움직였다.

"그럼요." 그레이스는 레예스 아줌마가 가는 길목에 서 있었다. "그건 뭐예요?" 그레이스가 비닐봉지를 가리키며 물었다. "냄새 좋은데요."

"이따가 저녁에 먹으려고."

"아, 어디에서 사셨어요?"

레예스 아줌마는 그레이스를 노려보았다. "뭘 알고 싶어서 그래?"

"그게 말이죠." 그레이스가 팔짱을 끼며 말했다. "왜 우리 부모님 가게가 아니라 저런 쓰레기 같은 곳의 음식을 먹느냐고요."

"말조심해! 너무 버릇없이 구는구나." 레예스 아줌마는 주위를 힐끔대며 속삭였다. 그레이스의 목소리는 의도했던 것보다 더 커졌다. 사람들이 보고 있었다. "남편이랑 같이 먹으려고 오랜만에 한국 음식을 샀어. 그런데…… 괜찮니? 피곤해 보이는데."

그레이스는 인상을 썼다. 얼굴이 점점 달아올라 뜨거운 눈물이 터지기 직전이었다. "아줌마, 저한테 솔직하게 얘기해보세요. 지금 가게가 잘 안 풀리고 있어요. 부모님도 그렇고요. 부모님 상황도 좋지 않아요. 그런데 왜 여기로 온 거예요?"

"그건 내가 묻고 싶구나."

"왜 사람들이 더 이상 조씨네 델리에 오지 않는 거죠?"

레예스 아줌마는 고개를 끄덕였다. "그래. 음, 어떻게 말해야 할까. 넌 남한 사람이니?"

"전 여기에서 태어났어요."

"아, 그렇지 참. 네가 여기 애라는 건 알고 있었어. 하지만 너희 가족들은 남한 출신이지?"

"뭘 알고 싶은 건지 모르겠네요."

"네 오빠랑 부모님이 남한에서 *태어났는지* 묻는 거야."

"당연하죠! 부모님과 오빠 모두 거기서 태어났어요."

레예스 아줌마는 큰 소리로 한숨을 쉬었다. "다행이구나."

"뭐라고요?"

아줌마는 웃음을 터트렸다. "사람들이 이렇게 바보 같다니까!"

156

그녀는 다시 목소리를 낮춰 속삭였다. "요사이에 사람들이 너희 가족이 북한 사람일 수도 있다고 얘기하는 게 들리더라."

"북한 사람이면 어떤데요?"

"아니라고 할 줄 알았어."

그레이스가 손가락질하자 레예스 아줌마는 한 걸음 물러섰다. "왜 사람들이 그런 얘기를 하는지 묻잖아요."

"아, 그냥 상상이지 뭐. 너희 가족이 스파이일 수도 있다는."

"우리가 정확히 뭘 염탐한다는 거죠?"

"그래, 나도 알아! 말도 안 된다는 거. 그러니까 2차 세계대전 때 진주만과 일본에 대한 이야기 같은 거 있잖니."

"말도 안 돼요." 그레이스는 씩씩댔다. 레예스 아줌마가 들고 있던, 음식이 담긴 비닐봉지를 걷어찰까 생각했다. 그레이스는 데이비드가 종종 알려준 대로 코로 숨을 들이마시고 입으로 내뱉으면서 천천히 심호흡을 세 번 했다. "뭐가 더 실망스러운지 모르겠네요." 그레이스는 레예스 아줌마가 휴대폰을 보고 있는 걸 알았다. "사람들이 이 말도 안 되는 소리를 떠들고 다니는 것과 아줌마가 그 말을 믿는 것 중에 말이에요."

"애, 미안하지만 난 가봐야겠다. 네 오빠가 괜찮다니 다행이야."

"알겠어요." 그레이스는 옆으로 비켜섰다.

"다리 다쳤다는 얘기 들었어. 정말 끔찍한 일이야."

"음식 식겠어요."

레예스 아줌마는 가버렸다. 데이비드는 자기 차 옆에 서서 봉투에서 프렌치프라이를 꺼내 먹고 있었다.

"아, 한 가지 더요!"

레예스 아줌마가 돌아보았는데, 지금껏 그레이스가 봐온 그녀의 표정 중 가장 슬퍼 보였다.

"달린에게 인사 전해주세요."

데이비드는 대화를 거의 다 지켜보았다. 두 사람은 말없이 먹었다. 그레이스는 프렌치프라이도 찍어 먹을 수 있도록 소스를 전부 다 뜯어서 조수석 글로브 박스 중앙에 나란히 놓았다. 식욕이 사라졌다. 약 기운이 빠져나가고 있었지만 그레이스는 마리화나를 더 갈아서 볼에 채우고 쏟은 물을 다시 채우는 수고를 하고 싶지 않았다. 그녀는 말없이 먹기만 했다.

그레이스는 프렌치프라이를 한 움큼 소스에 찍어서 크릴새우 먹듯이 마셔버렸다. 치킨너겟을 입안 가득 넣고 천천히 씹다가 스프런치를 마셔서 뭉쳐 있는 음식을 풀어헤치는 동안 턱에서 딱딱 소리가 났다. 그녀는 잠시 멈추고 숨을 고른 다음 다시 먹었다. 델리시로 뛰어 들어가서 난동을 부리고 싶었다. 식탁을 엎고 반찬 그릇에 손을 넣고 마카로니샐러드를 천장에 던지고 싶었다. 쌓여 있는 스티로폼 그릇을 무너뜨려서 짓밟으며 누구라도 좋으니 듣는 사람이 있다면 조씨네 델리 손님들을 다시는 뺏어가지 말라고 말하고 싶었다. 그레이스는 그러는 대신 엄마에게 전화해서 레예스 아줌마이야기를 했다.

　엄마는 아빠가 방송국에서 돌아왔다고 했다. 그레이스는 아빠가 방송에서 무슨 말을 했든 간에 가족들이 바보처럼 보일 것 같았다.

당신

    당신은 여행사가 여권 확인을 마친 뒤에 미국인과 유럽인이 잔뜩 탄 버스를 타고 용산기지에서 출발한다. 몇 달 전에 예약해둔 임진강을 향해 가고 있다. 남한 가이드는 버스에서 DMZ에 대해, 언제라도 갈등이 발생할 수 있는 곳에 가는 이 관광이 얼마나 위험할 수 있는지에 대해 설명하는 동안 계속 당신 눈을 바라보며 자기가 쓰는 영어를 의식한다. 가이드는 괌을 상대로 한 북한의 미사일 시험과 위협에 대해서도 이야기한다. 전에 이 이야기를 전부 들어본 적이 있는 당신은 입술을 깨문다.

    관광객들은 엄격한 규칙을 지켜야 한다. 사진을 찍어선 안 되고 북한 사람들을 자극할 수 있는 행동을 해서도 안 된다. 그리고 웃고 있어야 한다. DMZ 관광에서 무슨 일이 일어난 적은 없었지만 다들 긴장한다. 두려움과 기대감이 뒤엉켜 있다. 스릴을 만끽하려면 에 버랜드나 롯데월드에 가는 편이 나았을 것이다. 물론 이미 스릴을 맛보고 있지만.

당신은 통일대교의 민간인 통제구역을 지나간다. 버스는 노란색 장애물 사이를 지그재그로 움직인다. 위장 군복을 입고 검은색 베 레모를 쓰고 무장한 대한민국 군인들이 딱히 할 일도 없이 검문소 주변에 서 있다. 그들은 지루해 보이고 어려 보인다. 그들은 세계를 제멋대로 주무르려는 난폭한 큰형 격인 미국인들과 함께 서 있다. 가이드는 관광객들에게 계속 갈 마음의 준비가 되었는지 묻는다.

버스가 길 한쪽에 서자 대한민국 군인 한 사람이 탄다. 그는 복 도를 천천히 걸으며 승객들의 얼굴을 하나하나 살펴본다. 그가 몸 을 앞으로 숙이는 바람에 몇 사람은 놀라기도 했다. 군인은 좌석을 잡고 지나가다가 당신 옆에 선다. 남한 가이드와 마찬가지로 군인 역시 당신이 그곳에 있는 것을 보고 놀란다. 이 관광은 남한 사람들 을 대상으로 한 것이 아니었다. 그들은 이것이 현실이라는 것을 확 인하기 위해 굳이 DMZ를 방문할 필요가 없었다.

군인이 여권을 요구하자 당신은 버스에 타기 전에 이미 확인받 았다고 말한다. 군인은 자기 코를 손가락으로 가리키며 얼굴은 어 쩌다가 다쳤는지 묻는다. 당신은 넘어졌다고 거짓말을 한다. 대한 민국 군인은 당신보다 몇 살 어려 보였으므로 당신이 형이다. 하지 만 이곳에서 군인은 권한을 가진 사람이다. 그는 당신이 협조를 거부하자 턱을 약간 들어 올린다. 대한민국 군인은 철저하게 확인하기 위해서라고 한다. 당신은 더 이상 관광을 지연시키고 싶지 않아서 여권을 건넨다.

그러자 분위기가 달라진다. 하와이에서 여기까지 왔다고요? 대한민국 군인은 여자 친구와 하와이에 꼭 가고 싶다고, 가게 되면 그곳에서 청혼할 거라고, 하와이에 가면 당신을 만나게 될지 누가 알겠느냐고 말한다. 그는 팔꿈치로 당신의 어깨를 슬쩍 밀면서 웃는다. 당신은 그의 공상에 동조하지 않기로 한다. 그랬다가는 이번에는 당신이 관광 가이드가 될지도 모르니까. 당신은 여권을 돌려달라고 손을 내민다.

군인은 버스에서 내린다. 버스가 움직이자 당신은 창문을 통해 뒤를 본다. 대한민국 군인이 거드름을 피우며 버스 복도를 지나가다가 관광객을 겁주는 흉내를 내자 다른 군인들이 웃음을 터뜨린다.

남한 관광 가이드는 대성동 자유의 마을을 지나고 있다고 알려준다. 그곳에는 여전히 위험이 도사리고 있었지만, 휴전 이후 마을 사람들은 돌아오는 것을 허락받았다. 가이드는 마을 사람들에게 통금이 있고 그들이 지속적으로 위협받고 있으며 그중에는 북한으로 납치된 사람들도 있다고 말한다. 하지만 실제로 사람이 살지 않고 빈 선전 마을과 마찬가지인 북측의 기정동과 달리, 자유의 마을은 번성하는 것 같았다. 당신은 강화에서 고성군까지 DMZ를 따라 걸은 적이 있는데, 걷다가 쓰레기나 고철을 발견하기도 했다. 군용

폐기물을 수거해 금속을 판매하는 사람들도 있었는데, 이렇게 구입한 강철을 녹여서 만든 아이빔과 쇠막대는 남한의 건물을 짓는 데 쓰였다. 당신은 죽은 마을 사람들을 본 적도 있었다. 그들은 습지와 논 곳곳에 지뢰가 있는 줄도 모르고 자손들을 데리고 건너간 운 나쁜 사람들이었다. 지뢰는 백 년 동안 견딜 수 있는 플라스틱에 싸여 있기도 했고, 터지면 파편을 발사하도록 강철에 싸여 있기도 했다. 그때 그들은 거센 바람이 떠밀듯이 손에 힘을 주어 친척들을 떠밀며 한 발 더 내디디라고 재촉했다.

캠프 보니파스에 도착하자 미국 군인이 관광을 넘겨 받는다. 그는 당신을 볼린저 홀로 데려가고, 당신은 그곳에 앉아서 한국전쟁과 DMZ에 대한 기초적인 역사를 알려주는 파워포인트 자료를 본다. 미국 군인은 북한이 먼저 공격했다고, 남한이 보호받고 침략자들을 몰아낼 수 있었던 것은 오직 미국과 유엔의 단호하고 용감한 노력 덕분이었다고 말한다. 당신은 하품을 한다. 손을 들어 올리지만 그들은 당신이 스트레칭 하는 것으로 착각한다. 당신은 계속 손을 들고 있다. 군인이 질문이 있느냐고 물었고 당신은 아니라고 대답하기로 한다.

당신은 이런 식으로 훼방 놓지 않고 중요한 사실을 의도적으로 빼먹은 미국인의 말을 정정해줄 수도 있었다. 2차 세계대전이 끝나고 미국은 한국의 자주독립을 약속했으나, 찰스 H. 보네스틸 대령과 딘 러스크 대령은 편의상 군사 요충지로 한반도를 점령하기로 했고, 서울을 자기 구역에 두기 위해 지도에 삼팔선을 그어 한국을 둘로 나누었다. 그리고 공산주의를 점점 커지는 위협으로 인식한 미국은 한국을 민주주의의 장으로 만들고자 했고, 결국 한국은 내전이 아닌 초강대국 간의 국제적인 싸움터가 되었다. 전쟁이 공식적으로 선포되기도 전에 전쟁과 관련되었다고 의심받은 시민들이 대량 학살 당했는데, 이로 인해 3백만 명에 달하는 한국인들이 사망했다.

자유 어쩌구, 자유 저쩌구. 자유대교. 남한의 자유를 수호한다는 이야기는 끝없이 이어졌으나 그 자유란 제한적인 자유를 의미할 뿐이었다. 온전하지 않은 반쪽짜리 나라에 사는 상황에서, 남한의 자유란 미국이 자유롭게 머물 수 있다는 것과 지금 있는 곳에 마음대로 갇히고 마음대로 잊고 앞으로 나아갈 수 있음을 뜻하는 상황에서, 정말 자유로울 수 있을까?

당신은 적대적 군사 행동이 발발할 경우 안전이 보장되지 않는다는 사실을 알고 있다는 내용의 포기 각서에 서명한 뒤 버스로 돌아간다. 그리고 한때 세계에서 가장 위험한 골프장이라고 불리던 곳을 지나간다. 이러한 지위는 세계에서 가장 위험한 군대를 보유한 미국 소속 캠프에 위치했기 때문이 아니라 DMZ에서 가까웠기 때문에 부여된 것이었다. 공동경비구역에 도착하자 버스는 자유의 집 뒤쪽에 주차한다. 사람들이 들떠서 뭐라고 중얼거리며 손가락으로 의자를 두드리는 소리가 들린다. 당신은 버스에서 내려 두 줄로

서서 자유의 집 계단을 올라가라는 지시를 받는다. 미국 군인은 북한을 손가락으로 가리키거나 자극할 수 있는 행동을 하면 안 된다는 규칙을 다시 한번 일깨워준다. 건물을 통과해 앞쪽으로 나가자 군사정전위원회의 하늘색 건물과 맞은편 북측에 있는 3층짜리 건물 판문각이 보인다.

당신은 자유의 집 계단 꼭대기에서 기다린다. 버스 관광객들은 20분만 건물 안에 머물 수 있다. 사람들은 이미 휴대폰을 꺼내 군사정전위원회 건물 안에 있는 대한민국 군인들과 사진 찍을 준비를 마쳤다. 건물 밖에 배치된 대한민국 군인들은 동상 같았으나 유사시에는 빠르게 대응할 것이다. 미국 군인은 한국 군인들이 태권도 자세로 서 있으며 북한 사람들을 기죽이려고 선글라스를 끼고 있다고 알려준다. 당신은 대한민국 군인들이 아무도 모르게 조는 법을 훈련하지는 않았을까 생각한다.

군사정전위원회 건물 후문에도 대한민국 군인이 있을 테니 당신이 이 길로 빠져나갈 수 있는 가능성은 낮았다. 군사분계선을 넘어가는 방법은 정가운데를 통하는 것뿐이었다. 그러려면 필사적으로 달려야 할 것이다.

당신이 포함된 관광 팀이 가장 먼저 안으로 들어간다. 줄이 생기기 시작한다. 당신은 다리를 들어 올리려 애쓰지만 움직일 수 없다. 발이 꼼짝도 하지 않는다.

무릎이 구부러지기 시작하더니 이제 당신은 웅크리고 있다. 몸이 무겁다. 당신의 머리는 자유의 집으로 돌아가라고 하고 몸도 그에 맞춰 움직이고 있다. 당신은 그곳을 떠나려고 한다. 미국 군인은 당신에게 일행을 따라서 앞으로 가라고 말하지만 당신은 신발 끈으로 손을 뻗으며 곧 따라가겠다고 한다. 당신은 떨리는 손을 들어 제 몸을 있는 힘껏 찰싹 때린다.

당신은 손을 다시 내려 계단을 짚고 일어난다. 앞으로 몸을 내밀고 균형을 잡는다. 당신의 팔다리가 물속을 걷는 것처럼 천천히 앞으로 나간다.

왼쪽 어깨가 자꾸 뒤로 젖혀지며 당신을 돌아보게 하려 한다. 하지만 당신은 저항한다. 당신은 건물 안으로 들어가기 시작한 줄의 끝에 있다.

건물 모퉁이에는 대한민국 군인이 서 있다. 가운데에 한 명 더 있다.

당신은 그들을 지나 콘크리트 판을 뛰어넘어야 한다.

정 안 되면 반이라도 걸쳐야 한다. 사실 몸이 반대편으로 넘어가느냐 마느냐는 중요하지 않다.

당신은 그 벽만 통과하면 그만이다.

무사히 북으로 돌아가야 한다.

애당초 왜 저기에 벽이 있었을까? 당신은 죽고 나서 왜 남쪽에 남아야 했을까? 저 벽은 당신이 살아 있든 죽었든 그 자리에 있을 테니 살았는지 죽었는지는 중요하지 않았다.

당신은 달린다. 당신 안에 있는 생명력과 빌려온 생명력, 그리고 당신을 원하는 곳으로 데려다주기를 간절히 바라며 스스로 만들어 낸 생명력을 모두 동원해서. 당신이 그러리라고는 아무도 예상하지 못했다. 당신은 경비병을 하나씩 넘어뜨린다.

그때 당신은 힘이 너무 강해서 하늘색 건물 세 동에 모두 들어가 그 안의 군인들까지 쓰러뜨릴 수 있었다.

~

시야가 갈라진다. 그리고 잠시 후, 당신 생의 가장 짧으면서도 중대한 추락이 발생한다.

2부

백 태 우

　백태우는 그 청년을 몇 주 동안 지켜보았다. 살아 있는 사람 중 죽은 사람을 볼 수 있는 사람을 발견하는 일은 드물었다. 그들은 이따금 시선이 마주쳤고, 청년은 다른 낯선 존재가 죽은 사람이라는 것을 알고 창백해졌다. 태우는 청년의 일상을 파악한 다음 집까지 따라갔다. 청년이 죽은 사람이 내는 소리까지 들을 수 있다는 것을 알게 된 뒤로 태우는 적당한 거리를 유지하고 있었다. 태우는 그 청년과 그가 행동하는 방식이 안타까웠다. 청년은 한쪽 다리를 내밀고 한 발에 체중을 실은 채 비스듬하게 서 있거나, 그렇지 않을 때는 남자답게 어깨를 쫙 펴고 가슴을 내밀고 자신감 있게 걸으며 꼿꼿하게 서는 대신 늘 구부정하게 있었다. 정말 겁 많고 약해 보였다. 저렇게 하고 다녀서야 어떻게 여자를 만나서 결혼할 수 있을까?

백씨 집안 사람들과는 전혀 달랐다. 하지만 청년의 외모는 그와 놀라울 정도로 닮았는데, 그야말로 어린 백태우라고 할 수 있을 정도였다. 청년은 조씨 집안 사람이었고 하와이에 살았다. 이는 곧 백태우의 딸들 중 하나가 사진만 보고 중매결혼을 한 사람들이나,• 사탕수수 농장 노동자들처럼 하와이로 떠났다는 뜻이다. 하지만 이는 백태우의 딸이 제 어머니처럼 살지 않고 아들을 낳았다는 뜻이기도 했다. 마침내 그에게 도움을 줄 아들을.

태우는 장녀에게 도움을 청하려 했으나 딸은 그를 볼 수 없었다. 그가 재혼한 아내는 북한 무당의 손녀였다. 무슨 이유에서인지 중매인은 이 중요한 정보를 빼먹었다. 태우는 그들의 혈통에 무엇이 흐르든지 간에, 그게 특별한 능력이든 소명이든, 그의 아내가 남한으로 이주한 뒤에 그 능력이 대를 건너뛰어 유전되기 시작한 게 아닐까 생각했다. 아내의 꿈은 고향을 향한 외침으로 가득했다. 돌아갈 수 없다는 걸 아는데도 꿈속에서 고향이 부르자 아내의 영혼은 불안해졌다. 그의 아내는 북한과 그곳의 가족들을 향해 소리를 지르고 몸부림치다가 그를 깨웠다. 태우는 견딜 수 없었다. 빈자리를 끌어안고 산다는 게 어떤 것인지 아내만 아는 건 아니었다. 태우가 노총각 시절의 가망 없는 꿈을 버리지 못하고 새로 꾸린 가정을 버렸을 때, 아내는 또 다른 빈자리를 느꼈을 것이다. 태우는 죽은 다

• 20세기 초에 하와이, 미국 서부 해안, 캐나다, 브라질 등지에서 주로 일본인과 한국인 이민자들이 고국 여성들의 사진만 보고 중매결혼을 하는 경우가 많았다.

음에야 아내에게 자기 모습이 보인다는 것을 알게 되었는데, 그녀가 태우와 관련된 것이라면 아무것도 원하지 않는 상황에서 누군가의 도움을 받기에는 너무 늦어버렸다. 그래서 그는 다시 돌아섰다. 아이에게 인사만 하고서.

태우는 여느 혼령들처럼 산 사람의 일상생활에 관여하지는 않았다. 다른 혼령들, 특히 자손들이 기억해주는 남한 출신 혼령들은 업보를 청산하는 임무를 자청해 친족들에게 은혜를 베풀거나 행운을 안겨주었다. 결과적으로 천국에 가지 못하고 다른 죽은 자들과 같은 처지가 된 교회 신자들은 기도하기 위해 각자 다니던 대형 교회로 갔다. 물론 재미 삼아 지켜볼 친족조차 없는, 지켜보다가 꿈과 소망을 이루고 재능을 펼치도록 도와줄 친족이 없는 태우를 딱하게 여기는 사기꾼 혼령도 있었다. 어떤 혼령들은 살아 있는 사람이 자는 동안 그 사람의 몸에 들어갈 수 있을 정도로 힘이 셌다. 그들은 친족들이 잠결에 집 안을 걸어 다니게 했으나 더 멀리 가지는 않았다. 하지만 이들 혼령은 돈 많은 혼령만큼 힘이 세지는 않았다. 돈 많은 혼령들은 어찌나 운이 좋은지 그들을 추억하는 방이 따로 있었고, 죽은 지 한참 지난 뒤에도 식솔들에게 군림했다. 이들의 방에는 마호가니 탁자가 놓여 있는데, 그 위에는 제삿날뿐만 아니라 다른 큰 명절에도 과일, 반찬, 국, 생선구이, 닭, 김이 모락모락 나는 쌀밥이 차려졌다. 태우는 대를 이을 아들이 있으면 얼마나 좋을까 생각하며 앓는 소리를 냈다. 신으로 대접받으며 무엇이든 손에 넣고 그것을 통해 원하는 곳 어디든지 돌아다니면 얼마나 좋을까.

태우는 그가 없는 남한이 어떻게 돌아가는지 보며 돌아다니는 동안 대부분 등을 굽힌 채 배를 움켜쥐고 있었다. 사기꾼조차 이따금 밥을 먹이고 기억하는 이가 있어서, 약간의 말썽을 일으킬 정도의 힘은 얻을 수 있었다. 태우는 햄버거 정도면 만족했을 것이다. 그는 북한에 가서 아버지와 어머니도 찾을 수 있을지, 그렇다면 그들이 이 사후 세계에서 어떻게 살아가고 있을지 생각에 잠겼다. 우선 태우는 저 청년에게 다가가 둘 사이의, 죽은 자와 산 자 사이의 경계를 흐릿하게 할 생각이었다.

⁓

제이컵은 할아버지의 이름이 무엇을 불러낼지 몰랐다. 발진은 점점 심해져서 온몸에 혹이 생겼다. 발진은 긁을 때마다 퍼져나가고 더 심해졌다. 온몸에 바르기에는 연고가 늘 부족했다. 이번에 그는 퇴근 후에 지하철에서 내려 집으로 걸어가면서 누군가 쫓아오고 있다고 확신했다.

노인과 처음 만난 뒤로 제이컵은 그 노인을 비롯한 다른 인물들이 그가 가는 길 앞에 줄지어 있는 것을 발견했고, 그때마다 그들을 피하기 위해 다른 길로 집에 갔다. 그들의 야유와 웃음에 머릿속이 피폐해졌다. 뒷길과 골목을 걸어가는 동안 제이컵은 모퉁이를 돌아 어떤 존재가 그를 기다리고 있다는 느낌이 들었고 어둠 속에서 반짝이는 눈을 보았다. 제이컵은 지하철에서 또 다른 인물을 알아차렸다. 누군가가 에스컬레이터 뒤쪽에서 그를 응시하고 있는 걸 보았다는 생각이 들자 오싹해지며 목덜미의 털이 곤두섰다. 그 사람은 선로에서 그에게 계속 큰 소리로 외치는 무언가를 막아선 채 플랫폼의 스크린도어를 손톱으로 두드렸다. 자신이 아픈 게 아니라는 걸 감지하고 불안해진 제이컵은 벌을 받고 있는 게 아닐까 생각했다. 가까운 가족이 주는 안전함과 안락함을 거부한 벌을. 그가 사라지더라도 아무 일 없을 것이라고 생각한 벌을.

　제이컵은 끼니를 제때 챙겨 먹지 않았다. 그는 농산품 코너에 진열된 제품들이 모두 무너져 내리는 환영을 보고 이마트에서 뛰쳐나왔다. 학생들에게 외모를 지적받기도 했는데, 그들은 올리브영에서 쉽게 살 수 있다면서 아이 패치와 아이 크림을 추천해주었다. 그들 말이 옳았다. 제이컵은 눈이 쑥 들어갔고, 수시로 잠에서 깨서 피부를 칼로 긁어내고 싶다는 생각을 했다. 긁적이지 않고 겨우 잠을 잘 때는 입을 벌리고 잤기 때문에 입술이 텄다.

　제이컵은 집 건물 입구에 설치된 금속 키패드에 비밀번호를 눌렀다. 그러자 미닫이 유리문이 열렸다. 그는 돌아서다가 지나가던 어떤 사람과 부딪쳐서 앞쪽으로 휘청거렸다. 내려오는 데 오래 걸리기로 명성이 자자한 엘리베이터를 기다리는 사람은 없었다. 제이컵은 고개를 들기가 무섭게 속이 메스꺼웠고, 오른쪽이 약간 기울어져 보여서 이리저리 휘청댔다. 삼킬 겨를도 없을 정도로 빠르게 토악질이 났다. 그는 닫힌 유리문에 대고 토했다.

제이컵은 어쩔 줄을 몰랐다. 셔츠를 벗어서 엉망으로 만들어놓은 곳을 닦을까 생각했다. 물론 닦다가 들키는 것이 그냥 놔두고 위층으로 도망가는 것보다 안 좋을 것 같기는 했지만. 유리문에서 어두운 녹색 덩어리가 긴 자국을 내며 흘러내렸다. 그는 즉시 그곳을 떠나려고 숫자를 눌렀다. 다시 토할지 괜찮을지 알 수 없었다. 집에 도착해 구강청결제로 얼마나 많이 입을 헹구고 구역질을 하고 기침을 했는지 거울이 온통 파란색 물보라로 뒤덮여 있었다. 눈은 뻘겠다. 콘택트렌즈를 빼자 렌즈가 손가락 사이에서 찢어졌다. 제이컵은 평소에 안경을 두는 곳으로 손을 뻗었지만 안경이 없었다. 그는 냉장고로 가서 억지로 물을 최대한 많이 마셨다. 얼굴에 감각이 없는 상태에서 누가 손바닥으로 머리를 계속 짓누르는 느낌이었다.

제이컵은 이마에 손을 얹었다. 뜨거웠다. 물병을 들어 얼굴에 대고 굴렸다. 누워야 했다. 그냥 독감일 뿐 아무것도 아니다. 창문 바로 옆 가로등은 얇은 커튼을 통해 주황색 불빛을 드리웠다. 온몸에 한기가 들었다. 이불을 덮거나 옷을 입으면 편한 자세로 누우려고 몸을 비틀 때마다 피부가 쓸려서 따가웠다. 머리에서 약하게 뛰던

맥박은 베개에 귀를 대자 더 크게 들렸다. 그리고 가려웠다. 계속 가려웠다. 제이컵은 가려움증이 사라지기만 한다면 뭐든 할 수 있었다. 귓가에 모기 한 마리가 내려앉아 앵앵거렸다. 머리 옆쪽을 찰싹 때리자 욱신거리던 통증이 더 심해졌다. 제이컵은 이불을 걷고 몸을 쭉 펴고 누워 모기의 공격을 기다렸다. 모기한테 한 방 물린다고 해서 달라질 건 없을 것이다.

제이컵이 가까스로 잠들자 태우는 침대 옆 벽에 기대섰다. 마지막으로 만났을 때 제이컵은 아기였다. 태우는 아파트 입구에서 이 청년의 몸으로 곧장 들어갈 수 있을 줄 알았다. 하지만 제이컵과 몸이 부딪치자 태우는 깜짝 놀랐다. 비록 그것 때문에 아프게 된 쪽은 제이컵이었지만. 그는 끔찍한 발진만으로도 이미 괴로워 보였다. 태우는 제이컵이 잠들 때까지 복도에서 기다렸다가 현관문으로 들어왔다.

그는 냉장고로 가서 고개를 안으로 들이밀었다. 작은 컵에 담긴 요거트, 물병, 비닐봉지에 담긴 반쯤 먹다 남은 페이스트리뿐이었다. 그중 구미가 당기는 것은 없었다. 이렇게 멀리까지 와서 가족을 직접 만나고 나자 태우는 더 절박해졌다.

제이컵이 눈을 떴다. 머리 없는 덩치 큰 사람의 형상이 냉장고에 몸을 숙이고 있었다. 제이컵은 크게 비명을 질렀고 그 덕분에 악몽에서 깨어난 줄 알았다. 그때 태우의 몸이 뒤로 넘겨졌지만 그의 머리는 냉장고 안에 남아 있었다. 태우는 냉장고 안에서 울부짖었고 그의 머리 없는 몸이 비틀대며 일어나서 손잡이를 찾아 더듬거리자, 태우의 둔한 비명에 놀란 제이컵은 더욱 놀랐다. 태우의 머리가 바닥에 떨어져 통통 튀며 제이컵을 향해 굴러갔다. 태우의 몸은 앞으로 폴짝 뛰어 머리를 잡아 제자리에 얹었다. 그는 계속 울부짖는 제이컵을 향해 웃으면서 기어갔다.

그는 이 청년에게 무엇을 할 수 있는지, 그리고 이 청년이 그를 위해 무엇을 해줄 수 있는지 알아볼 계획이었다.

"걱정 말거라." 태우가 비뚤어진 머리로 씩 웃으며 말했다. "내가 누군지 알잖니. 난 널 도우러 왔어."

태우는 제이컵의 이마를 손으로 짚었다. 뜨거웠다. 그는 자신이 개입하면 제이컵의 열이 내려갈 거라고 생각했다.

제이컵과 함께 있으면 태우는 예상보다 많은 것을 할 수 있었다. 감각이 느껴졌고 시각이 돌아왔다. 태우는 계획했던 것보다 더 많이 알게 되었고 제이컵의 여동생 그레이스와 그들의 부모도 얼핏 보았다. 자라는 걸 지켜보지 못한 딸의 모습을.

서울에서 어린 시절을 보낸 제이컵을 통해, 남겨두고 떠난 맏딸과 아내를 짧게나마 보았다.

태우가 목격한 제이컵의 삶은 그가 이해한 것과 거리가 멀었다. 사람들은 제이컵을 싫어하고 부끄러워했다. 태우는 어쩌다가 손자가 이 지경이 되었는지 알지 못했다.

소년

조 할머니는 소년에게 기도는 일방통행이라고 말했다. 하나님의 응답을 듣지 못하더라도 계속 말할 수 있다고. 일부 성경 속 예언자와 목회자 들은 믿음이 큰 덕분에 환시를 보기도 했다. 믿음이 없을지라도 선택된 사람들은 환시를 보았다. 모세는 타오르는 가시덤불을 보고 산을 올라야 했다. 하지만 소년이 할 일은 그저 텔레비전 리모컨을 쥐는 것뿐이었다. 때로 소년은 텔레비전에 너무 가까이 앉아서 엄마가 눈 나빠진다고 소리를 쳤다. 소년은 텔레비전 안으로 들어가는 법을 알아내려고 애쓰고 있었다.

소년이 다니는 초등학교에 애덤이 전학 온 날은 우연히 각자 물건을 가져와서 보여주고 설명하는 쇼앤텔 시간이었고, 고바야시 선생님은 그에게 참여하고 싶은지 물었다. 애덤은 교실 앞으로 나와 자리를 잡고 누군가에게 불을 모두 꺼달라고 했다. 그러자 어둠 속에서 그가 입고 있던 티셔츠에 그려진 백상아리가 빛났다. 학급 아이들은 놀라서 헉했고 불을 다시 켰을 때 애덤은 미소 짓고 있었다. 그는 소년이 본 가장 하얀 아이였다. 사실 학교에서 유일한 백인이었다. 애덤은 어딘가에서 갑자기 나타나 소년을 덥석 물었다.

학교에서 진행하는 꼬마 경찰관 프로그램에서 횡단보도 중간에 서서 교통정리를 하고 정지 표지판을 들고 있을 아이들을 모집했는데, 그들에겐 수업이 끝난 뒤 구내식당 주방에서 아이스크림 케이크를 먹는 최고의 상이 주어졌다. 소년에게 최고의 상은 애덤이었다. 두 사람은 케이크 받는 곳에 서서 다른 아이들이 들어오도록 문을 열어주면서 《드래곤볼 Z》 이야기를 했다. 둘 다 빨간색 아이스크림 케이크를 골랐는데, 케이크가 녹을수록 표면에 얇게 바른 과일 펀치 시럽도 녹아서 묻어났다. 둘은 빨갛고 단맛이 나는 입술을 하고서 화장한 모습이 어떠냐며 웃음을 터뜨렸다.

소년은 뭐든 생각나는 것을 자유롭게 말하는 애덤의 재주가 부러웠다. 그는 애덤의 말에 고개를 끄덕이며 귀를 기울였다. 애덤의 아버지는 군대에 있었기 때문에 어머니가 혼자서 그를 키웠다. 애덤과 어머니는 아버지를 따라 하와이에 왔지만 아버지는 한 부대에 고정적으로 주둔하지 않는 비행기 조종사였다. 아버지는 현역 복무가 끝나면 애덤의 어머니와 결혼식을 올리겠다고 했지만 복무는 끝나지 않았고, 따라서 두 사람도 결혼하지 못했다. 애덤은 아버지를 무척 좋아했고 여느 미국 소년들처럼 아버지 이야기를 했다. 그에게 아버지는 슈퍼히어로였다. 아버지는 B-2 폭격기를 몰았고 애덤에게는 B-2 폭격기 장난감이 있었다. 소년은 애덤과 그의 어머니와 시간을 보내면서 컨트리음악이 나오는 라디오 방송을 들었는데, 그럴 때면 애덤의 어머니는 아이들을 일으켜 세워 스퀘어 댄스*를 가르쳐주었다. 그녀는 이 두 어린 파트너와 번갈아 춤을 추었고 그러는 동안 자기 파트너를 그리워했는지도 모르겠다. 애덤과 소년은 실력이 부쩍 늘어서 둘이서만 춤을 출 수 있게 되었다. 그들은 춤을 추다가 지치면 카펫 위에 누워서 계속 라디오를 들었다. 소년은 애덤을 사랑했다. 그가 말을 하면 입꼬리에서 돈 매클레인의 〈아메리칸 파이〉 선율이 흘러나오는 것 같았기 때문이다.

소년의 여덟 살 생일에 애덤은 안에 짐을 실을 수 있는 모형 전투기와 폭격기를 완벽히 갖춘 60센티미터짜리 항공모함을 선물로 주었다.

소년은 이렇게 비싼 선물을 받아본 적이 없었다. 그가 애덤과 그의 엄마에게 해준 가장 좋은 일은 김치 한 병을 갖다준 것이었다. 소년은 애덤의 가족이 되기를 간절히 바랐다. 그들은 쇼에 나오는 것처럼 농담을 주고받았다. 어느 시점엔가 소년은 애덤의 엄마가 자기 엄마이기를 바랐다. 하지만 그가 가장 원한 사람은 애덤이었다.

● 네 쌍의 커플이 한 조를 이루어 사각형으로 마주 보고 추는 미국 전통 춤.

조 할머니는 소년이 조씨 가족의 일원이 되기로 선택했다고 말했다. 영적 세계에서 천사들과 함께 지내는 동안 그가 전 세계의 모든 가족을 두고 고심하다가 엄마와 아빠를 찾아내서 그들의 아들이 되기로 선택했다고, 모든 사람이 예상했던 것보다 더 일찍 도착하려고 열심이었다고 했다. 조 할머니는 그에게 '야곱', 영어식으로 읽으면 '제이컵'이라는 이름을 지어주었다. 야곱은 날이 밝을 때까지 하나님과 씨름한 인물이었다. 이를 핑계 삼아 제이컵은 애덤과 함께 레슬링 놀이를 했고, 애덤은 소년을 뒤집고 올라타려고 하기도 했다. 어쩌면 하나님은 외로워서 인간을 원하는 마음을 억누를 수가 없었기 때문에 인간을 창조했는지도 모른다.

애덤은 엄마와 함께 결국 아버지를 따라 미국 본토로 갔다. 애덤은 아버지가 비행기를 몰고 하와이로 와서 그와 소년을 둘 다 태우고 같이 세계를 여행할 수 있을 거라고 생각했다. 소년은 상상만 할 뿐이었다. 소년은 장난감을 가지고 놀 때 여동생이 삼키면 질식할 만한 것이 없는지 확인한 다음, 비행기를 집어 들고 어디가 됐든 애덤이 살고 있는 곳으로 날아가는 상상을 했다.

아들이 한때 그들의 조국 상공으로 날아와 폭격을 퍼부었던 폭격기와 똑같이 생긴 장난감을 가지고 노는 것을 본 소년의 부모는 분명 이상한 기분이었을 것이다.

소년은 조 할머니와 지내는 동안 다른 친구들을 사귀었다. 여동생은 너무 어려서 같이 시간을 보내고 싶지 않았다. 소년과 친구들은 썰렁한 농담을 주고받았다. 학교에 빈센트라는 유일한 흑인 아이가 있었다. 대니얼이라는 아이도 있었는데, 그 애는 소년이 처음으로 만난 혼혈 하와이인이었다. 대니얼은 자신과 같은 한국인의 피가 흐른다는 이유로 소년에게 친밀감을 느꼈다. 그리고 일본인과 백인 혼혈인 카이라는 아이도 있었다. 그들은 하와이 원주민이 아닌 백인이라는 뜻으로 카이를 '하울리haole 보이'라고 불렀다. 빈센트는 소년의 조부모와 같은 아파트 단지에 살았다. 대니얼의 할머니도 그 단지에 살았고, 카이는 성공회 성당 근처 동네에 살았다. 대니얼은 조부모 집에 오면 소년만큼이나 오래 머물렀는데, 카이의 집에 가면 더 좋은 비디오 게임을 하고 케이블 방송도 볼 수 있었기 때문에 셋은 많은 시간을 함께 보냈다.

주말부터 여름방학에 이르기까지 아이들은 자주 만났다. 그들은 롤러블레이드와 킥보드를, 그리고 스케이트보드와 자전거를 바꿔 타며 동네를 누볐고 매번 더 멀리까지 갔다. 소년은 다른 아이들처럼 도로 경계석을 뛰어넘지도 않았고 자전거를 타고 핸들을 똑바로 한 채 계단을 내려가지도 않았기 때문에 언제나 뒤처졌다. 그리고 다리로 계속 펌프질하며 페달을 밟는 동안 항상 무릎과 발목이 아팠다. 그들 중 운동을 가장 잘하는 대니얼을 아슬아슬하게 2등과 3등으로 따라가는 카이와 빈센트를 보며, 다 같이 전력을 다해서 땀 흘리고 막판에는 숨을 헐떡이는 모습을 보며 소년은 마음 깊이 감탄했다. 이런 과정 때문에 소년이 친구들과의 간격을 좁히려고 애쓰는 일이 더 가치 있게 느껴졌다. 게임이 끝나고 어른들이 잠들고 나면, 카이는 아빠의 《플레이보이》를 찾아냈고 그들은 둘러앉아서 천천히 책장을 넘겼다. 몇몇 책장은 붙어 있어서 떼어야 했다. 그들은 서랍에서 빈센트 아빠의 비디오테이프를 찾아내서 소리를 끈 채 틀어본 다음, 반드시 되감기를 해서 다시 갖다 놓았다. 소년에게 친구들의 규칙적인 호흡이 들렸다. 그들은 자기 몸을 만지는 것과 누가 벌써 사정했는지 같은 것들을 이야기했다. 그러다가 서로 크기를 비교하는 것에서 더 나아가 서로의 것을 포개기까지 했다. 누군가가 어른이 오는지 망보는 동안 소년은 연습이라는 명목하에 골반을 움직였다. 애덤과 함께 있을 때 자신도 모르는 사이에 배운 동작이었고, 여러 해가 지난 뒤에 첫 번째 여자친구와도 반복한 동작이었다. 그리고 어른이 된 제이컵이 JET 프로그램**The Japan Exchange and Teaching Program**을 통해 일본에서 학생들을 가르치고 돌아온 카이를 우연히 만났을 때 했던 동작이기도 했다.

그때 카이는 조씨네 델리에 들렀다가 계산대에 있는 제이컵을 보았다. 카이는 고등학교에서 일본어를 가르치려고 돌아왔다. 그들은 차이나타운의 매니페스트**Manifest**에서 술을 마실 계획이었다. 제이컵은 카이를 만나서 반가웠다. 원래 카이는 제이컵보다 키가 컸는데 이제 둘의 키는 비슷했다. 카이는 쇄골이 보이도록 셔츠 단추를 풀었고 소매를 걷어 올려 이두박근이 보였다. 처음에 제이컵은 손을 내밀었지만 카이가 그를 끌어안았다. 카이는 양손으로 제이컵의 등을 쓸더니 어깨를 잡았다. *멋있어졌는데.* 카이는 듣도 보도 못한 칵테일 이름과 재료를 읽어 내려가며 메뉴를 손가락으로 훑었고, 함께 칵테일을 홀짝이며 근황을 나누는 동안 메뉴판을 손가락으로 톡톡 두드리며 매번 다른 칵테일을 주문했다. 제이컵은 카이와 함께 있다는 것과 그에게서 느끼는 편안함 때문에 머릿속이 매우 어지러웠다. 어릴 때부터 카이를 알았지만 이제 서로 다른 방향으로 도약하고 있었기 때문에 그에 대한 모든 것을 알고 싶었다. 제이컵은 필요할 때마다 사립학교에서 기간제 교사로 일하기는 했지만 대학을 졸업한 뒤에도 계속 식당에서 일하고 있다는 사실을 인정하기가 불편했다.

　술집은 전체가 콘크리트로 만들어져 있었고, 처음에 제이컵과 카이는 건물의 일부인 양 꼼짝도 하지 않고 앉아 있었다. 그러다가 술집 단골들이 붐비고 사람들이 오가고 서로의 어깨 너머로 이야기하는 동안 음악이 점점 커져 그들의 말소리를 덮었다. 두 사람은 어린 시절을 떠올리며 대니얼과 빈센트 소식을 아는지 물었다. 제이컵은 대니얼이 지피 루브에서 일한다는 걸 알고 있었고, 빈센트는 롱스 드러그 약국에서 인턴으로 일했다. 그들은 다 같이 모이자는 이야기를 하며 즐거워했지만 그 이야기는 '좋지, 좋아' 이상으로 진전되지 않았다. 제이컵은 카이의 귓불이 불꽃이라도 되는 양, 그래서 손을 보호하는 것이 유일한 임무인 양 제 손을 오므렸다. 제이컵은 말을 너무 많이 했다면서 얼굴을 붉히고 카이의 안부를 물었다. 제이컵은 혀에서 불이 난 것 같았다. 카이는 일본 이야기를 계속하며 그곳에서 정말 편안했고 그곳이 정말 좋다고 했다. 사람들은 카이의 흰 피부에 더 관심을 보였지만, 한편으로 그는 자신이 일본인이라는 것을 증명하기 위해 일본어를 말투까지 완벽하게 구사해야 했다. 제이컵은 부끄러워서 얼굴이 빨개졌다. 그는 하와이에 속한 것 같지 않았지만 한국에 대해서도 많이 알지 못했다. 카이는 몸을 앞으로 숙이며 제이컵의 허벅지에 손을 올렸다. 그리고 제이컵에게 하와이를 벗어나 남한으로 가서 영어를 가르치면 되겠다고 말하며 흥분해서는 제이컵의 다리를 찰싹 때렸다. 카이에게는 제이컵을 찾아갈 명분이 필요했고 그에게 신세를 갚는다는 핑계로 일본을 구경시켜주고 싶었다.

카이는 집을 구할 때까지 부모님과 함께 지내고 있었다. 제이컵은 집에 누가 있을까 봐 걱정했다. 그들은 아무도 깨우지 않도록 조심하며 마룻바닥을 걸어갔다. 제이컵은 삐걱대는 부분을 피했다. 삐걱대는 소리는 경고인 동시에 끝을 알리는 신호였다. 아무리 심장이 두근거려도 어서 뒤돌아서서 네 잠자리로 돌아가 호흡을 가다듬으라는 신호였다. 카이의 방으로 이끌려 갈 때 제이컵의 심장

박동은 최고조에 달했다. 제이컵은 잠시 이끌려 가다가 문 바로 앞에서 멈춰 섰다. 그의 등 아랫부분 움푹 파인 곳으로 손 하나가 슬며시 들어왔다. 제이컵은 오래된 타박상처럼 아픈 욕구를 느꼈다. 또 다른 손 하나가 문손잡이를 잡으려고 이리저리 뻗다가 제이컵의 엉덩이에 스쳤다. 좁은 방문 틈은 제이컵이 빠져서 땅속으로 끌려 들어가 불에 타기에 충분해 보였다. 그는 집에 안 들어간다고 말하는 것도 잊었다.

극심한 추위에 시달린지라 자신이 아닌 생명체의 온기는 견디기 힘들 지경이었다. 태우는 움찔하며 손자의 머리에서 손을 뗐다.

디스그레이스

아빠는 방송에 출연해 곤경에 처한 아들이 집으로 돌아와 가족과 함께 있기를 바란다고, 필요한 도움을 받을 수 있기를 바란다고 말했다. 아빠는 제이컵이 언제나 불안정했고 사회불안장애 때문에 고생했으며 평생 우울증에 시달렸다고 말했다. 그레이스가 최 박사에게 가기 전에 아빠에게 털어놓은 이야기와 정확하게 똑같았다. 당시 그레이스의 말을 들은 아빠는 자기가 클 때는 불안 같은 건 없었다고, 우울할 시간 같은 건 없었다고 대답했다. 아빠는 그레이스가 정말 운이 좋은 아이라고 말했다. 도대체 우울할 게 뭐가 있어? 그는 아들을 그리워했다. 그 사건 이후로 말도 하지 않고 지냈지만. 그는 온 가족이 함께 모이기를, 아들이 무사히 돌아오기를 고대한다고 반복해서 말했다. 하지만 일그러진 표정으로 간청하는 그의 얼굴은 진실을 숨기고 있었다. 그레이스는 제이컵이 돌아오자마자 아빠가 그의 머리를 뇌진탕을 일으킬 정도로 마구 때려서 아들의 안전을 위태롭게 하리라는 걸 알았다.

아빠는 카메라를 향해 고개를 들고 아들이 한 행동을 사과했다. 그리고 일어나서 두 손을 공손하게 맞잡고 이마가 연민이라는 감정에 닿도록 허리를 깊이 숙였다. 그 후 몇 주가 지나는 동안 조씨네 델리는 본전치기를 하다가 흑자로 전환했고, 문을 닫은 조씨네 델리 2호점을 대신해 다른 지점으로 손님이 몰렸다. 농산물 직판장에서 조 아줌마의 김치와 반찬이 다시 판매되자, 사람들은 그동안 무엇을 놓치고 있었는지 깨달았다. 아빠가 텔레비전 프로그램에 출연한 뒤 예전 단골 몇이 가게로 왔는데, 그중에는 레예스 아줌마도 있었다. 엄마는 등 통증이 나아졌다고 우기면서 업무에 복귀해 조씨네 델리를 되살리려고 애썼다. 그 덕분에 그레이스는 가게에서 일하는 시간이 줄었고, 엄마는 대학교 마지막 학기를 잘 마무리하는 데 집중하라면서 그레이스를 안심시켰다.

"넌 우리 아빠 믿어?" 그레이스가 데이비드에게 물었다. 그녀는 보던 영상을 껐다. 그들은 카메하메하 쇼핑센터 주차장 꼭대기에서 새로운 딜러를 기다리고 있었다. 차 앞 유리에 쏟아지는 새똥의 공습을 견디기 힘들었다. 그레이스는 딜러에게 문자메시지로 흰색 코롤라가 어디에 주차되어 있는지 알려주었다. 제이컵에게 물려받은 차였다. 대신 제이컵은 조 할아버지가 한국전쟁참전용사협회 하와이 지부에서 선물 받은 크롬 손잡이 지팡이 없이 걷기 힘들어지자, 할아버지의 차를 물려받았다. 그레이스는 불안해서 데이비드에게 같이 가달라고 부탁했고, 데이비드는 그레이스 때문에 경찰에 잡힐 수는 없다면서 운전은 그녀가 해야 한다고 고집했다. 물론 아시아 사람들이 많이 사는 동네에서 젊은 한국인 한 사람 때문에 그린 하베스트 작전Operation Green Harvest●을 펼칠 리는 없겠지만. 그레이스는 스피커폰에서 엄마 목소리가 나오는 가운데 하늘에서 헬리콥터가 내려오는 상상을 했다. 엄마는 밧줄 사다리에 매달려 자신의 두 자식이 얼마나 수치스러운지 외치고 있었다.

새로운 딜러가 가는 중이라고 문자메시지를 보낸 것은 30분 뒤였다. 그레이스는 쇼핑센터를 둘러볼까 고민했다. 마지막으로 이곳에 왔을 때는 오빠와 함께였다. 두 사람은 펀 팩토리Fun Factory에서 '타임 크라이시스'와 'DDR' 게임을 했고 그동안 조 할아버지는 스타마켓에서 쇼핑을 하고 담배를 피우고 트렁크에서 주황색 수건을 꺼내 코롤라를 닦았다. 그레이스는 'DDR' 상급자용 난이도에서 제이컵이 빠르게 움직이는 걸 보고 감탄했고, 함께 발 맞추어 화살표를 밟으려고 애쓰면서 웃음을 터트렸지만, 리듬과 점수를 망쳐놓자 이런 식으로 해서는 상품권을 못 따겠다고 투덜댔다. 결국 그들은 상품권을 따서 조 할머니의 아파트 3층에서 날릴 스티로폼 비행기

● 하와이 경찰이 마리화나를 찾아내기 위해 헬리콥터를 동원해서 펼친 작전.

를 샀다. 그레이스는 전화선에 앉아 있던 새를 겨냥해 비행기를 날렸고, 그동안 제이컵은 비행기를 어서 날려보고 싶어서 얼굴을 씰룩거렸다.

누군가가 스쿠터를 타고 시끄럽게 배기음을 내며 주차장으로 들어오더니 그레이스의 차 앞에 섰다. 드레드록스 머리에 헤드폰을 쓴 백인 남자였다. 와이키키의 아이리시 펍에서 크립토나이트 밴드 커버 연주를 하는 베이스기타 주자라고 해도 손색이 없을 법한 그 남자는 그레이스에게 고개를 끄덕이더니 앞으로 매고 있던 잔스포츠 가방을 가리켰다. 그러고는 그레이스의 차 뒷좌석에 들어와 앉더니 그레이스와 데이비드에게 들릴 정도의 큰 소리로 사이프레스 힐의 랩을 계속 따라 했다. 딜러는 헤드폰을 벗었고 음악은 계속 흘러나왔다. 그는 데이비드와 주먹을 부딪쳤다. 두 사람은 유리공예 수업에서 만난 사이였다. 그레이스는 그에게 돈을 건네고 지퍼락을 받았다.

"잠깐만, 너 앤절라 친구 아니니? 우리 알로하 배시 Aloha Bash •에서 만난 것 같은데. 내가 학교 기숙사에 있을 때라 걔한테도 팔았거든. 세상 참 좁아, 그렇지?"

"그런 것 같네." 그레이스가 말했다.

그레이스는 딜러의 뒤를 쫓아 빨리 떠나고 싶지 않았다. 그녀는

• 매년 4월에 학생들을 위해 하와이 대학교에서 주최하는 음악 축제.

가방을 열어보고 얼굴이 아주 환하게 빛났다. 그레이스는 오빠가 새 신발 냄새를 맡을 때처럼 숨을 깊이 들이마셔 냄새를 모두 빨아들였다. 코가 확 타오르는 느낌이 들었고 냄새 때문에 뭔가가 기억났다. 마리화나 봉지를 열었을 때의 희미한 빛, 그만하라는 첫 번째 신호, 새로운 세계와의 만남. 이 모든 것들이 뇌를 가득 채워 빛이 반짝이고 콧노래가 나왔다. 얼마 안 되는 덩어리 마리화나를 앤절라가 처방을 벗겨낸 주황색 알약병에 욱여넣던 일도 떠올랐다. 샌드위치 봉투로 싸서 데이비드의 성인용 종합비타민 젤리 통에 넣어두기도 했다. 그 냄새는 수류탄이 터진 것처럼 그레이스의 차에 퍼져 나갔다. 나중에 엄마가 잡다한 일을 할 때 차를 써야 했으므로 그녀에게 또 다른 참사가 닥칠 수도 있었다.

"젠장." 데이비드가 말했다. "그거 엄청 센데. 그놈이 차에 탔을 때부터 냄새가 났어."

"아, 어쩌지." 그레이스가 말했다. "병 가져오는 걸 깜빡했어."

그레이스는 백미러를 수도 없이 확인한 뒤에 창문을 내리고 고속도로를 달렸다.

"설마. 농담이겠지."

그들은 교통 정체를 만났다. 앞에 사고가 난 것 같았다. 러시아워였고 부모들이 아이들을 데리러 학교에 가는 시간이라 줄이 더 길었다. 가운데 차선에 서서 기다리던 그레이스는 왼쪽으로 1미터가량 떨어진 곳에 있는 경찰차를 보았다.

"데이비드, 내가 왜 고속도로를 탔을까? 뒷길로 갈걸."

"친구야, 괜찮아. 그냥 앞에 보고 집중해."

"지난번 식당 벽돌 사건 때 왔던 경찰이랑 같은 사람인 것 같아."

"그럴 리가. 약 때문에 잘못 본 거야."

"아니야, 진짜야. 조수석에 앉은 경찰이 방금 날 알아보고 고개를 끄덕였어. 손을 흔들어서 인사해야 할까?"

"제발 하지 마. 나 매니페스트 공연도 준비해야 해. 올 거지?"

"그게 오늘 밤이야?" 그레이스는 경찰과 눈이 마주치자 엄지손가락과 새끼손가락을 함께 들어 손 인사를 했고 곧바로 후회했다. 그때와 같은 경찰관이 아니었다. 차가 움직이기 시작했고 그레이스는 위험에서 벗어나기를 바랐다. 경찰차는 차선을 바꾸었다.

"제길. 우리 차 바로 뒤에 있어. 어쩌지?"

"다치더라도 내가 다치지 넌 아니야." 데이비드가 말했다.

"다 먹어버릴까?"

뒤에서 사이렌 소리가 나자 둘 다 깜짝 놀랐다. 그레이스의 표정은 차갑게 굳었고 가슴은 터질 것 같았다. 하지만 경찰차는 차선을 바꾸었고 주변 차들이 길을 터주는 가운데 계속 사이렌을 울렸다.

그레이스가 데이비드를 학교에 내려줄 때까지 두 사람은 말이 없었다. 데이비드가 내리기 전에 그레이스는 마리화나를 좀 줄까 물었다. 그녀 나름의 방식으로 빚을 갚으려는 것이었다. 데이비드는 거절했다. 지금 그보다 그레이스에게 더 필요했기 때문이다.

엄 마

통증은 독처럼 퍼지며 점점 심해졌다. 이건 저주였다. 혼자서 남한까지 비행기를 타고 갈 수 없었고 그 시간을 견딜 수도 없었다. 남편과도 싸울 만큼 싸웠다. 남한에 있는 언니도 할 수 있는 일이 없는데 그녀가 간다고 해서 뭘 할 수 있을까? 화장실에 있는 남편에게 그 이야기를 꺼내자 남편의 목소리가 그의 아버지 목소리처럼 커졌다. 조씨네 때문에 언니네는 이미 쪼들리고 있었다. 형부는 제이컵의 석방과 귀환을 위한 법률 상담을 담당함으로써 필요한 몫 이상을 하고 있었다. 아빠는 더 이상 누구에게도 빚지고 싶지 않았다.

조씨네 2호점을 폐점한 터라 언니한테 보낼 돈이 많지 않았다. 엄마는 2002년 한일월드컵에서 한국이 독일에 졌을 때와 아빠가 원하던 포트록의 집이 감당할 수 없는 가격대가 되었다는 말을 들었을 때, 그래서 조씨네 델리 지점을 더 열어서 가진 돈을 두세 배로 불려야 했을 때 이후로 아빠가 이렇게 화내고 슬퍼하는 모습을 본 적이 없었다.

아빠는 엄마나 그레이스에게 짜증 내는 법이 없었다. 하지만 요즘에는 자주 그랬는데, 쏘아붙이는 말을 들어서 화가 난 모양이었다. 어쩌면 아빠가 혼자 계획해본 현실과 지금이 많이 달라서 그런지도 몰랐다. 그 계획 속에서 아빠는 그들이 무엇을 가지고 있는지와 앞으로 무엇을 가질 수 있는지를 가늠했다. 이를테면 더 넓은 욕실이나 월풀 욕조 같은. 그 빌어먹을 녀석은 분명 돌아올 텐데 두 배나 비싼 돈을 주고 비행기표를 사는 게 무슨 소용이 있을까?

엄마는 통증을 잡기 위해 뭐든지 했고, 통증을 느끼지 않고 살아간 시절을 기억하지 못했다. 통상 부항이 도움이 되지만 그 과정은 길고 번거로웠다. 아무도 부항 뜨는 걸 돕고 싶어 하지 않았다. 엄마는 붙어 있는 고무관을 이용해 흡입하는 컵을 직접 펌프질할 수 있었다. 엄마는 도와달라고 부탁하는 데 지쳤다. 등은 앉아 있을 때도 서 있을 때도 아팠다. 거실에 깔려 있는 온열 장판에 누워 있을 때만 괜찮았는데, 엄마는 그곳에 누워 보험도 안 되고 지불할 여력도 안 되는 수술을 생각했다. 엄마는 손으로 허리와 저린 두 다리를 두드려 활력을 불어넣고 엄지손가락으로 등 아랫부분을 마사지하고 자세를 바르게 해야 한다고 되새기는 등 나름대로 할 수 있는 일을 했다. 허리가 굽고 왜소한 할머니가 되어 시어머니 교회에 나가는 일은 없어야 할 텐데.

엄마는 언제부터 통증이 시작되었는지 궁금했다. 발단은 엄마가 쓰러진 사건이었다. 장시간의 스트레스가 신경에 작용한 것이 원인이었는데, 그때 일로 느낀 고통이 기쁨보다 큰 것 같았다. 엄마는 고통을 견디느라 영어로 말하는 불편함을 감수하고 단골손님과 새로운 손님을 일일이 살피며 웃는 기쁨을 잃었다. 엄마는 웃을 때 몸을 뒤로 젖혔다. 하루 종일 몸을 뒤로 젖혔다 앞으로 숙이며 움직였고 다른 사람에게 앉아 있는 모습을 보이기 싫어서 계속 서 있었다.

엄마는 본인의 영어 때문에 손님들과 나누는 대화가 웃기게 들리지는 않을까 궁금해했다. 엄마의 영어 실력은 불완전했지만 형편없거나 엉터리까지는 아니었고, 조합할 수 있는 문구나 이야기를 알아두었다가 모두 모아서 '조 아줌마'라는 작은 조각상을 만들어냈다. '조 아줌마'라는 상징적인 조각상은 다이아몬드처럼 강하지만 생각보다 쉽게 깨졌다. 정작 엄마는 이 식당에서 일하고 싶어 한 적도, 마스코트가 되고 싶어 한 적도 없었다. 남편의 성을 따랐을 뿐인데 식당이 딸려 왔다. 조씨네 식당은 조 아줌마의 것이었고 그녀의 또 다른 이름은 '여왕'이었다.

이 작은 거짓 왕국은 그녀와 함께 무너지고 있었다.

엄마는 상태가 더 나빠질 것을 알기라도 한 듯이 보조기를 샀다. 돌아다니고 숨쉬기가 더 힘들어졌다.

엄마는 한국인 도수치료사를 찾아갔다. 그 치료사는 보험 적용 대상 명단에 없었지만, 엄마는 그곳에 가야 한다고 우겼다. 2주에 한 번씩 가서 50달러를 내던 것이 한 달에 한 번, 두 달에 한 번이 되었다. 엄마는 치료가 불필요하다고 느끼기 시작했다. 15분 정도 교정을 받고 그 후 5분 정도는 가만히 누워서 천장에 붙여놓은 영감을 주는 문구를 멍하니 보고 치료를 받고 나면 일주일 정도만 상태가 호전되었기 때문이다.

마사지용 자석이 달린 거대한 훌라후프를 돌리는 바람에 꽃병이 넘어지고 코스트코에서 산 평면 스크린이 망가지기도 했다. 휴대용 마사지기는 잃어버렸다가 그레이스 방에서 발견되었다.

엄마는 마노석 지압 슬리퍼를 신고 딸깍딸깍 소리를 내며 아파트를 돌아다니다가 카펫 위에서 미끄러지기도 했다. 크록스를 예쁘게 꾸몄고, 아디다스 울트라부스트가 나이에 비해 너무 화려하다는 그레이스의 주장에 따라 맞춘 투박한 깔창을 불평했다.

엄마는 몇 주 동안 파스와 바르는 근육통 약 냄새를 풍겼고 근처를 지나가는 사람들은 모두 눈이 시큰해졌다.

요가는 너무 힘들었다.

YMCA에서 아쿠아로빅을 할 나이도 아니었다.

줌바 댄스를 해보았지만 엄마는 소리 지르는 걸 싫어했다. 숨을 헐떡이면서 강습소를 나섰는데 그날 하루 종일 시끄러운 음악이 머릿속에서 울렸다.

엄마는 언제부터 통증이 시작되었는지 궁금했다. 그레이스가 서핑 보드를 타듯이 올라서서 등을 밟아줄 때만 하더라도 그렇게 심하지는 않았다. 어쩌면 남편 때문인지도 몰랐다. 남편이 허리 한가운데를 처음 건드렸을 때 느꼈던 통증을 그대로 놔둬서인지도 몰랐다. 그보다 한참 뒤에 줄을 서서 비행기 탑승교를 느릿느릿 지날 때, 제이컵을 안은 아빠가 서두르라고 같은 부분을 밀었을 적에도 잠시 통증을 느꼈다.

엄마는 하와이로 떠나기 전에 언니를 한 번 더 보려고 고개를 돌렸다. 그때 엄마는 딸을 임신 중이었는데, 딸과 관련된 문제를 생각하다 보니 의문이 점점 많아졌다. 배 속의 딸은 정 이모를 만날 수 있을까? 엄마는 언니를 다시 만날 수 있을까? 그들이, 그러니까 엄마의 자매와 그들의 자식들이 다 같이 만날 수 있을까?

승객들은 엄마를 치고 지나가며 줄의 흐름을 방해하는 엄마에게 인상을 썼다. 엄마는 사람들의 머리 너머로 언니를 보려고 까치발을 하고 손을 흔들었지만 언니는 정수리만 보였다. 제이컵이 울기 시작했다. 남편은 굳이 그걸 말로 다시 알려줄 필요는 없었기 때문에 '이건 가족에게 좋은 일이야'라는 뜻으로 눈을 크게 떴다.

가족에게 좋은 일.

좋은 가족.

좋은.

그녀의 언니가 외쳤다. "잘 가."

온라인 벼룩시장에서 광고를 우연히 보고 가격이 괜찮다는 것을 알게 된 엄마는 차를 몰고 펄 시티Pearl City의 로열 서미트Royal Summit 까지 먼 길을 달려갔다. 거실에는 거꾸리 운동기구가 있었다. 엄마 는 판매자와 인사하고 대리석 바닥과 높은 천장에 감탄했다. 거실 은 세계 각국의 예술품, 조각상, 장식 판으로 꾸며져 있었고 가운데 에는 그랜드피아노가 놓여 있었다. 정말 아름다운 집이었지만 한국 에서 온 것은 아무것도 없었다. 훌륭하지는 않을지 몰라도 별로 걱 정거리가 없어 보이는 부유한 가정이었다.

엄마는 거꾸리에 앉아 발목 끈을 채우고 천천히 누웠다. 판매자 는 멀찍이 떨어져 있었고 엄마는 원하는 각도보다 더 많이 뒤로 누 워버렸다. 그녀는 놀라서 숨을 헐떡였고, 아름답지만 거꾸로 보니 우스꽝스러운 집 안에 *"저기요"* 소리가 울려 퍼졌다. *뭐가 어떻게 된 거죠?* 어쩌면 머리로 몰려든 피가 엄마에게 떠오른 말을 모두 도장 찍듯이 말로 찍어내는지도 몰랐다.

그렇게 박쥐처럼 매달려 같은 말을 하고 있자니 모든 것이

우스꽝스러웠다.

우스꽝스러웠다.

우스꽝스러웠다.

제이컵

제이컵은 학원 동료들과 술을 마시는 동안 다른 테이블을 계속 흘끔댔다. 채드와 에리카와 김 원장은 술이 들어갈수록 시끄러워졌다. 제이컵은 이리저리 거침없이 움직이는 태우가 보였다. 연기 속에서 그의 얼굴이 나타났다. 채드는 제이컵에게 소주병 뚜껑을 건네며 에리카와 함께 게임을 하는 중이니 뚜껑을 튕겨보라고 했다. 제이컵은 그들을 외면하고 뚜껑을 옆으로 치웠다.

그는 백 할아버지에게 밖에 있으라고, 동료들과 이야기 나누는데 나타나서 정신을 혼란스럽게 하지 말라고 했다. 제이컵에게는 자기만의 공간이 필요했다. 그는 할아버지를 위해 음식을 많이 남기겠다고 약속했다.

처음에 제이컵은 그를 없앨 수 있을 것 같은 일을 했다. 교회에 가서 기도했고 성경책을 샀다. 백 할아버지는 제이컵을 내버려두지 않았다. 그러면서 그가 나타난 이유는 손자를 지켜봄으로써 제이컵의 수호신 역할을 하고 그동안 가족과 함께하지 못한 것을 만회하고 속죄하기 위해서라고 주장했다. 제이컵이 귀담아듣지 않자 태우는 그를 쫓아다녔다. 태우는 제이컵의 발을 걸어 넘어뜨렸고 음료수를 엎었고 변기를 막는 등 최대한 가까운 곳에서 그의 삶을 힘들게 만들 수 있는 일이라면 뭐든 했다. 제이컵이 나지막이 으르렁대는 소리를 무시하려 애쓰며 강의할 때는 그의 얼굴 바로 옆에서 배를 내밀었다.

"내가 흙이 아니라니 놀랍군." 태우는 이 말을 반복했다. 그는 제이컵에게 귀신과 살아 있는 세계를 이어주는 능력이 있다는 것을 알고서 다른 귀신들이 계속 찾아올 것이라고 경고했다. 귀신들은 제이컵의 병이 더 심해질 때까지 그를 갉아먹을 것이라고. "내가 도와주마."

제이컵은 불판에서 튀는 뜨거운 기름을 피하려고 고깃집 상에 무릎이 부딪치지 않도록 조심하며 자세를 바꾸었고, 다리가 아팠다. 온갖 노력을 기울여야 할아버지를 외면할 수 있었다. 온갖 소음에 동시에 귀 기울이기도 했고 잘린 고기를 노려보기도 했다. 어느 조각은 오스트레일리아 모양이었다. 제이컵은 사람들을 차단하고 자기 내면 깊은 곳으로 들어가는 데 능했다. 그의 말을 기다리는 사람들 앞에서 그들의 시선을 피하면서 주변 어딘가에서 다른 누군가가 적당한 말을 해주기를 기다리며 평생을 보냈다. 제이컵은 며칠 동안 아무 말도 하지 않고 지낼 수 있었고 자기 목소리를 잊어버리기도 했다. 때로는 스스로 놀라서 '너 여기 있었구나' 하고 생각하기도 했다. 그의 부모는 제이컵의 여동생이 태어나기 전까지 그가 말을 못 하는 게 아닐까 생각했다. 제이컵은 여동생 덕분에 세상에서 덜 외로웠으나, 그가 아무 말도 하지 않고 맥없이 보내는 나날이 생각보다 많아지자 결국 여동생은 그에게 실망하게 되었다.

김 원장은 꽉 끼는 긴팔 면 셔츠를 입고 있었는데, 허공에 집게를 휘두르거나 몸을 갑자기 움직이거나 술병이나 음식 접시를 들어 올리며 더 달라고 외칠 때면 옷이 찢어질 것 같았다. 김 원장은 대도식당의 드라이에이징 등심의 마블링 이야기를 계속했는데, 이 장소를 선정한 자신을 에둘러 칭찬하는 내용이었다. 채드는 두 손으로 모두의 잔에 소주를 따랐고 김 원장이 따라준 술을 한 번에 마셨다. 그러자 김 원장은 외국에서 온 사람이 한국 풍습을 잘 안다면서 감탄했다. 채드는 서던캘리포니아 대학교에서 아시아학을 전공했는데, 동아시아 역사 수업을 들은 뒤로 한국 역사와 문화에 매료되어 계속 한국에서 학생들을 가르치면서 살고 싶어 했다. 그는 LA 코리아타운에서 갈비탕 먹는 것을 정말 좋아했다면서 열변을 토했다.

김 원장은 채드에게 그가 제이컵보다 한국말을 더 잘한다고 했다. 채드는 웃음을 터트리며 제이컵의 등을 두드렸다. 제이컵은 파채를 먹고 기침을 했다. 김 원장은 채드와 제이컵의 앞접시에 소고기를 잘라 놓아주었고 에리카에게는 주지 않았다. 소고기 한 조각이 제이컵의 컵 가장자리에 부딪쳐 튕겨져 나갔다. 김 원장은 그들이 아직 젊고 남자들은 계속 자라기 때문에 더 먹어야 한다면서, 채드와 달리 제이컵은 야위어서 특히 더 먹어야 한다고 했다.

"너희들이 군대를 안 갔다 와서 그래." 김 원장이 말했다. "군대를 다녀오면 더 남자다워질 텐데. 태권도라도 배우고. 채드, 태권도 알아?"

채드는 양손을 몸 옆쪽에 붙이고 고개를 깊이 숙였다. 그의 머리카락이 무가 담긴 접시에 빠졌다. 사실 채드는 태권도 검은 띠 보유자였다. 제이컵은 코웃음을 쳤다. 에리카가 눈을 굴리더니 상 밑으로 제이컵을 쿡 찔렀다. 제이컵은 에리카가 납작한 쇠젓가락을 들고 씨름하는 것을 보고 당당하게 직원에게 포크를 요청했는데, 그녀는 이것을 제이컵이 자기를 좋아한다는 신호로 받아들인 게 틀림없었다. 에리카는 학원 휴게실에서 제이컵과 마주칠 때면 어디를 가야 하고 무엇을 먹어야 할지 조언을 구하면서, 진짜 한국인과 함께라면 서울을 훨씬 쉽게 돌아다닐 수 있다는 듯이 제이컵을 귀찮게 했다. 에리카는 제이컵의 인스타그램 계정을 찾아냈다. 제이컵이 그녀의 계정에 들어가보니 한국 드라마와 뮤직비디오 캡처, 케이팝 남자 아이돌 멤버가 군 복무를 마치고 빨리 안전하게 돌아오기를 바란다는 글, 마스크팩을 하고 찍은 셀피, 경복궁에서 한복을 입고 찍은 사진이 가득했다.

식당이 문 닫을 준비를 시작하자 직원 몇 명이 식사를 하려고 자리에 앉았다. 김 원장은 계산을 하고 이게 다 그들의 월급에서 나오는 것이라고 농담을 했고, 제이컵을 비롯한 모든 사람은 웃는 체했다. 제이컵은 김치볶음밥 한 그릇과 고기 몇 점을 남겼다.

그들은 밖으로 나가 잘 가라고 인사했고 에리카는 제이컵에게 지하철역으로 갈 것인지 물었다. 제이컵은 친척을 만나서 치맥을 하기로 했다고 말했다. 에리카는 어떻게 술을 더 마실 수 있느냐고 놀라면서 제이컵은 한국인이 분명하다고 했다.

제이컵은 일행이 비틀거리며 떠나기를 기다렸다가 할아버지를 찾으러 갔다. 식당 문이 열리면서 둥둥 떠다니는 이쑤시개가 나오는 것이 보였다.

"백 할아버지?"

"영양 보충을 했으니 내가 뭘 할 수 있는지 시도해본 것뿐이야." 할아버지가 다시 모습을 드러내며 말했다. 그는 이쑤시개를 입안으로 던져 넣고 꿀꺽 삼켰다. 이쑤시개는 바닥에 떨어졌다. "하지만 네가 남긴 음식이 부족해."

"원장님은 제가 음식을 너무 많이 남겨서 낭비라고 하던데요."

"치킨과 맥주를 먹고 싶구나. 이번에는 네 몸을 이용하게 해다오. 내 몸으로 먹으면 배는 불러도 맛이 거의 느껴지지 않아."

제이컵은 가족들과 마지막으로 치맥을 했던 때를 떠올렸다. 그들은 거실 바닥에 아빠가 깔아놓은 신문지에 옹기종기 모여 앉았다. "한 시간만이에요. 아시겠어요? 전 이미 피곤하고 취해서 자야 해요."

"지금까지 우리가 합의한 게 너한테만 이득이 되지 않았더냐? 장담하는데 네 한국어도 곧 유창해질 게야."

백 할아버지가 옳았다. 제이컵은 예전처럼 다른 테이블에서 떠드는 소리가 백색소음으로 들리지 않았고, 그 대화를 엿듣고 이해할 수 있었다. 수면장애도 더 이상 없었다. 눈 밑도 처지지 않았다.

제이컵은 본능적으로 팔을 긁었다. 지난주에 사우나에 가서 몸을 깨끗하게 씻고 땀을 흘려 태우를 배출할 수 있을 줄 알았다. 태우는 사우나나 탕에 들어가지 않으려 했다. 그는 탈의실에서 흘끔대는 제이컵을 놀렸다. 수많은 고추가 돌아다녔다. 하와이에서 익숙하게 보던 것보다 훨씬 많았다. 아닌가? 제이컵은 온탕에 뛰어들었다. 할아버지는 선을 넘을 정도로 세밀하게 그의 삶을 꿰뚫어보고 있었다. 제이컵의 삶과 그가 갈망하는 것을 미술관에 전시해 함께 어슬렁대며 구경하는 것 같았다. 부모님도 이렇게까지 그를 알지는 못했다. 그레이스는 부모님보다는 더 자세히 알았다. 제이컵은 태우가 그에게서 무엇을 원하는지 궁금했다.

그는 발진이 완전히 사라지고 깨끗하게 나왔다.

그 레 이 스

　최악의 상황은 들통나는 것이었다. 사람들의 눈을 피해 바닥에
납작 엎드려 있는 편이 나았다. 부모님조차 의심하기 시작했고, 이
미 그레이스에게 왜 그렇게 빨래를 자주 하고 온수를 잔뜩 쓰면서
샤워를 오래 하는지 물어보기도 했다. 그레이스의 방 문 아래에서
안개처럼 피어나는 톡 쏘는 냄새에 대해서도 물어보았는데, 그 문
뒤에서 그레이스는 연기의 흔적이 조금이라도 남을 수 있는 온 구
석구석 페브리즈를 흥건하게 뿌려대며 마리화나 연기를 없애고 있
었다. 정 이모가 전화로 좋은 소식을 알려왔다. 엄마는 눈물을 펑펑
흘렸고 다시 쓰러질 뻔했다. 그레이스는 볼을 가장자리까지 꽉 채
워서 바로 불을 붙여 연기를 마신 적도 있었지만, 얼마 지나지 않아
언제나 볼을 반쯤 채우거나 한 꼬집 정도로 시작해 속도를 조절하

며 마리화나 피우는 법을 배웠다. 그녀는 너무 빨리 일어나서 움직임이 둔하고 몸이 무거웠다. 불에 타는 등대에서 나오는 빛줄기가 한꺼번에 모든 것을 너무 집중해서 비추는 것만 같았고, 머릿속에서는 몇 시간 동안 켜둔 전자레인지처럼 윙윙대는 소리가 나면서 안쪽의 판이 회전하는 가운데 생각이 팝콘처럼 터졌다. 하지만 제 ███에 대한 생각은 터지지 않고 구겨놓은 은박지처럼 가만히 있었다. ███████이 억류된 지 3개월이 지났다. 그레이스는 속도를 늦추고 더 조심해야 했다. 라이터 불꽃이 마리화나를 태울 때처럼 가장자리를 태우고 가운데로 나아가야 했다. ████████████████ 마리화나 ████████, █████████████ ██ ███████가 생각났다.

■를 풀어헤쳐서 볼에 다시 채우고 담배 필터에 입김을 불어넣는 일은 귀찮았다. 하지만 이렇게 하면 적어도 ■■ 생각은 안 할 수 있었다. 그레이스는 약에 취하는 것에 개의치 않았고, 생각이 연기처럼 사라지고 음악 소리만 충분히 크다면 창밖 일은 걱정하지 않았다. 마리화나를 좀 과하게 피우는 게 아닌가 하는 생각이 스쳐 지나갔다. 가는 비와 햇살 속에 보이는 마노아 계곡은 선명한 초록으로 빛났다. 계곡을 따라 굽이굽이 자리 잡은 집들은 작은 콘크리트 언덕처럼 보였다. 우리는 스스로 벌레가 아니라고 생각해. 그레이스는 아무도 없는 백미러에 대고 말했다. 쌓여가는 똥 덩어리일 뿐. 늘 주차하던 자리에 차를 세운 그레이스는 산의 아름다움에 경외를 느꼈다. 엄마가 그렇게 많이 우는 걸 마지막으로 본 것은, ■■ 전쟁으로 헤어진 가족이 금강산에서 다시 만나는 뉴스를 볼 때였다. 영국 지리학자이자 작가 이사벨라 버드는 금강산을 '다이아몬드 산'이라고 했고 시인과 화가가 사랑한 이 산으로 직접 순례를 떠나기도 했다. 남과 북 양쪽에서 바라본 금강산 풍경은 흩어진 돌 하나까지 품고 있는, 소중하고 완전한 것이었다. 세월에 닳아버린 한국 노인들은 살아서 가족을 만날 줄 어떻게 알았겠느냐고 했다. 그들은 ■■■■■■■■■■ 어머니와 ■■ 아버지와 ■■■■■ 형제자매를 ■■■■■■■■■■ 울부짖기 전에 ■■■■■ 등에 ■■■■■■■■■. ■■■■■■■■■■■■■

한참 뒤에 잊혀졌다. 그레이스는 엄마가 자기 ███ 때문에, 그레이스는 한 번도 보지 못한 █████ 때문에 운다는 것을 알게 되었다. 엄마는 엄마의 ████와 정 할머니와 그들이 등에 짊어진 산 때문에 울었다. 물에 풍화된 오래된 돌이 저마다 짊어진 산이 되었고, 그 산은 냉랭해진 마음 때문에 더욱 단단해졌다. 이 삶은 너무 괴로웠다. 차를 몰고 나가서 패러세일링을 하는 것처럼 머릿속이 돌아가는 속도를 늦추는 게 더 편했다. 해가 뉘엿뉘엿 지는 시간이라 앞에 가는 차들이 그림자처럼 보였다. 그레이스는 그 대열에 합류하여 미끄러지듯 나아가 차고에 기어들어 가는 그림자 지네의 일부가 되기 위해 속도를 냈다. 그레이스는 이곳이 면허 연습장 도로라고 생각하기로 했다. 운전 연수를 받을 때 지나간, 콘을 세워둔 골프 코스 같은 장애물 코스이자 조씨네 델리 식탁 밑에서 리모컨으로 장난감 자동차를 조종해 ███ 컵을 피해 가는 것과 같다고 생각하기로 했다. 길은 전부 다 핫 휠Hot Wheels 장난감 자동차가 다니는 주황색 트랙이었다. 그곳에서 일부 차량은 특정 트랙을 무한하게 도는 한편, 어떤 운전자는 원하는 곳 어디로든지 이동하여 출발할 수 있었다. █████ 자기 장난감 자동차 한 대를 그레이스에게 빌려주자, 두 사람은 조씨네 델리 양 끝에 서서 반대편으로 발사하기 위해 각자 식탁에서 자동차 회전 속도를 올렸다. ████████

████████████████████████████. 그레이스가 원하면 ████████████████████.

██████████████ 충돌해서 파멸을 맞이하거나 ████████████.

████████████████████████████████████ 손을

놓으면 ██████ 일으키는 ██████████████████████.

████████████████████████████████████

██████████████. ████████████████████████

██████████████████████. ██████ 운전대를 ██████

████████████████████████. ██████████████

██████████. ██████████████████

██████. ██████████████████.

그레이스가 원하면 둘 다 식탁에서 떨어질 수 있었다. 흥미진진하게 가까스로 비껴가거나 충돌해서 파멸을 맞이하거나 둘 중 하나였다. 어느 쪽이든 재미있었고, 엄지손가락으로 마찰을 일으킨 다음에 손을 놓으면 불꽃을 일으키는 스파크휠 같은 소리가 났다. 그레이스는 계곡의 2차선 도로를 지나가는 동안 바퀴가 제멋대로 기울어지게 놔두었다. 세 번째 볼은 너무 과할지 모른다고 생각하면서도 정지 신호일 때 하나 더 불을 붙였다. 그녀가 운전대를 붙들고 있는 이유는 오직 다른 사람을 위해서였다. 이번에는 가루가 약간 떨어졌다. 그레이스는 마리화나가 타들어가고 빛나는 것을 지켜보았다. 그리고 한 번 더 반복했다.

백 할아버지

어쨌든 그는 자기 핏줄에게 가장 좋은 것이 무엇인지 알았다. 백 할아버지에게는 신뢰가 필요했다. 제이컵은 백 할아버지가 자기 귀에 들어가 머릿속에서 목소리가 들릴 때에도 어느 정도는 자기 몸을 통제할 수 있었다. 평상시 목소리 크기만으로도 이미 시끄러운 할아버지의 목소리를 들으며, 제이컵은 하나님의 음성조차 이보다는 조용하지 않을까 생각했다. 백 할아버지가 구시렁댈 때면 그의 목소리가 엉덩이 쪽에서 울렸다. 그 목소리는 화나거나 짜증 날 때면 포효하며 터져 나오기도 했다.

모든 문장이 끝나고 백 할아버지의 말이 제이컵의 머릿속에서 맴도는 조용한 순간이 오면 조 할아버지의 메아리가 들렸는데, 아빠와 약간 비슷했다. 제이컵은 백 할아버지에게 예의를 갖추고 공손하게 말할 수밖에 없었다. 제이컵의 머릿속에는 백 할아버지에 대한 존경심이 가득했다. 백 할아버지는 제이컵이 제 몸 위로 무너지겠다고 위협하는 다양한 벽을 만나 이에 정면으로 부딪쳐야 할 때, 그가 할 수 있는 말과 할 수 없는 말을 짜내서 언어를 대신 조립해주었기 때문이다. 제이컵이 하고 싶어 하는 말들은 그의 몸속에 들어와 있는 혼란스러운 목소리 속에서 빙빙 돌았다. 이 때문에 제이컵은 계속 두통에 시달렸다. 하지만 이번만큼은 제이컵이 자기 말에 귀 기울일 필요가 없었고 오래전에 잊었다고 생각한 한국어를 듣거나 이해하려고 애쓸 필요가 없었다. 그는 통제와 생각을 놓아버리고 쉴 수 있었다. 백 할아버지의 목소리가 홍수처럼 밀려와 어딘가로 빠르게 향할 때는 그저 할아버지에게 동의하면 그만이었다.

둘이 함께 있을 때 몸을 통제하는 주도권을 쥐려면 에너지가 많이 필요했다. 제이컵은 입으로 들어오는 곱창을 피하기 위해 잘 쓰지도 못하는 젓가락을 떨어뜨린다든가, 백 할아버지가 이끄는 손이 소주 한 잔을 또다시 얼굴 가까이 가져오면 고개를 돌린다든가 하는 식으로 잠시 동안은 저항할 수 있었다. 하지만 고분고분하게 점 프슈트 노릇을 하며 백 할아버지가 기어들어 와 지퍼를 채우게 놔두는 편이 더 쉬웠다. 제이컵이 밤낮으로 혼자 경험했던 것보다 서울을 더 많이 경험해보게 된 것은 인정한다. 백 할아버지는 사후 세계에서 굶주리며 지냈던 것을 보상받고 싶어 했고, 굶주림이 해결

되면 제이컵을 내버려 두겠다고 약속했다. 그 시점부터는 제사를 제대로 지내는 것으로 충분했다.

점심시간에, 그리고 주말에는 하루 종일, 백 할아버지는 미국 패스트푸드 음식점을 모두 가보고 싶어 했다. 그는 이 음식점들이 등장해 유지되고 또 그 수가 증가하는 것을 보고 호기심을 느꼈는데, 주 고객층은 이런 곳에 자주 가고 싶어 하는 남한 사람과 그의 조국을 침범하는, 점점 많아지는 외국인과 미국 군인이었다. 백 할아버지는 달라지는 한국에 대해 큰 소리로 불평하면서도 제이컵이 빅맥, 소프트타코, 와퍼, 잼 도넛, 페퍼로니피자 같은 것들을 억지로 먹게 하고 이런 음식을 먹을 때마다 코카콜라로 씻어 내리게 했다. 제이컵이 옐프에 올라온 조씨네 델리 음식 사진을 보여주자, 백 할아버지는 부모님 가게에서 일하며 돼지가 먹을 법한 엄청난 양의 음식을 접시에 쑤셔 담는 제이컵이 떠올라 웃음을 터트렸다. 그러다가 갑자기 웃음을 멈추고 말했다.

그래서 한국 음식을 안 먹겠다는 게야? 하와이 음식이 최고라서?

요리도 할 줄 아세요?

난 뭐가 맛있고 맛없는지 알지.

그냥 보기만 해도요?

넌 아는 게 없구나.

그의 할아버지는 제이컵에게 일주일에 세 번 가는 헬스클럽에 등록해서 힘을 기르고 몸을 더 키우라고 강요했다. 백 할아버지는 제이컵이 더 튼튼해지기를 원했다. 태우는 제이컵의 체격이 자신과 비슷하니 가능성이 있다고 보았다. 제이컵은 너무 허약해서 뼈에 살이 좀 붙어야 했다.

　　그들은 달리고 웨이트 트레이닝을 했으며 따로 시간을 더 내서 야외 운동기구로 혈액순환을 도왔다. 야외에서 제이컵은 한국 노인들과 함께 기구에 올라가 허리를 돌리고 리듬감 있게 전신운동기구 페달을 밟았다. 먹는 것도 싹 바꿔, 패스트푸드 대신에 백 할아버지가 더 좋아하는 냉면, 갈비찜, 육개장, 칼국수 같은 음식을 점심으로 먹었는데, 모두 엄마가 특별한 일이 있을 때 만들던 음식이었다.

　　이제 제이컵은 자신감이 생겨 어깨를 쫙 펴고 가슴을 내밀고 다녀 자세도 좋아졌다. 학원 학생들은 그가 데이트를 하는 게 아니냐며 수군댔다. 그 말은 에리카의 귀에도 들어갔는데, 에리카는 바로 그 이유 때문에 제이컵이 그녀와 채드와 보내는 시간을 피하는 것이라고 확신했다. 거의 매일 저녁, 백 할아버지는 젊은 사람들이 모이는 온갖 곳에 가고 싶어 했다. 그는 제이컵의 등을 토닥이며 자기가 젊었을 때는 어땠다는 둥 여자들에게 어떻게 말을 걸어야 할지 안다는 둥 장황한 이야기를 늘어놓았다. 백 할아버지는 제이컵이 좋아하는 스타일, 키, 신체 사이즈 같은 것과 한국인을 만나지 않는 이유 같은 것들을 물어보며 그의 머리를 비틀기도 하고 제멋대로 빤히 쳐다보기도 했다. 언젠가 자식을 낳고 싶지 않아? 아들 말이야. 백 할아버지가 굳이 말할 필요는 없었다. 제이컵은 할아버지가 자기 몸을 이용해 무엇을 하고 싶어 하는지 이미 알고 있었다.

제이컵은 흥분할 수 있는 주제를 피해야 했는데, 욕구는 의심과 함께 그의 마음을 무겁게 짓눌렀다. 전에 사귄 여자 친구들은 그가 동성애자이거나 태생적으로 불행한 사람이라고 의심하는 경우가 많았고, 결과적으로 보면 둘 다 아주 틀린 말은 아니었다. 과거에 제이컵은 친밀한 관계를 맺는 방식에 서툴렀다. 오랜 욕망에 그림자를 드리우고 새로운 욕망을 만들어내서 뭔가를 증명해야 할 것만 같았다. 그는 처음 자기 몸을 만졌을 때와 다른 사람이 처음 그의 몸을 만졌을 때 살아 있다고 느꼈던 그 짧은 순간을 간절히 붙잡고 싶었다.

백 할아버지는 '살아 있는 동안'이라는 말을 되풀이했다. '젊을 때'라는 말도. 만나보고 싶은 사람을 최대한 많이 만나보고 누가 네게 맞는지 결정해. 백 할아버지는 카이에 대해서도, 제이컵이 카이 부모님 집에 다녀간 지 몇 주가 지난 뒤에 그를 마지막으로 만난 일에 대해서도 알고 있었다. 두 사람은 카이가 새로 구한 아파트에서 나가느라 잠시 엘리베이터를 기다리고 있었고 그때 제이컵은 카이가 내려가는 버튼을 누르지 않았다는 걸 알았다. 카이는 일본에 있

는 여자 친구에게 문자메시지를 보내고 있었는데 12월 내내 그곳
에 있을 예정이었다. 그는 점심 먹는 동안 제이컵에게 일주일만 일
본에 다녀가라고 설득했다. 하지만 제이컵은 일본이 아닌 한국행
항공권을 예약했다.

백 할아버지는 제이컵이 자신을 만난 건 정말 행운이라고, 그 덕
분에 제이컵은 배우자를 선택할 수 있는 폭이 넓어져 더 잘 살게 될
거라고 거듭 일깨워주었다. 그때마다 제이컵은 할아버지에게 둘이
술 마시러 나간 것 말고 뭐가 있느냐고 했다. 제이컵은 두통 때문에
쉽게 짜증이 났지만 백 할아버지가 과거에 원래 아내를 두고 쉽게
다른 아내를 만난 것을 떠올리며 그의 말을 신뢰하게 되었다.

생각해보니, 조만간 정 이모를 찾아가 저녁을 함께 먹는 것이 좋
을 것 같았다. 백 할아버지는 전혀 고려할 가치가 없는 생각이라고
했다. 그에게는 아픈 이야기였다. 제이컵은 일에 대해, 그리고 백 할
아버지와 따로 있을 때 원래의 몸으로 돌아가는 것이 얼마나 힘든
지에 대해 불평했다. 혼자 있을 때 제이컵은 아침에 너무 일찍 일어
났다. 그리고 코피가 나기 시작했다. 저릿한 느낌이 얼굴을 타고 올
라와 코끝에서 멈추더니 반대편으로 이동했다가 다시 원래의 위치
로 돌아왔다. 제이컵은 서서히 파먹히고 있었다. 한쪽 눈이 보이지
않거나 몸의 세로 또는 가로 절반이 마비되는 식으로 쪼개지고 산
산조각 나고 있었다. 팔다리에 감각이 사라졌고 근력 운동을 할 때
힘이 들어가지 않아 감각을 되살리려고 두 다리를 두드려야 했다.

더 끔찍한 일은, 침대에 소변이나 대변을 본 채, 대개 둘 다 본 채로 잠에서 깨기도 한다는 것이었다. 몸을 통제하지 못해서 팔이 힘없이 축 늘어지기도 했고, 골이 울려서 남아 있는 정신이라도 차리려고 세차게 고개를 흔들어야 했다. 제이컵은 분명 뭔가 잘못되고 있다는 생각에 할아버지에게 크게 화를 냈다.

2리터가량 맥주를 마시자, 위가 출렁거렸다. 그의 몸을 들락날락하던 백 할아버지도 덩달아 비틀거렸다.

"맥주는 여전히 적응이 안 되는군." 태우가 말했다.

"그만 좀 비틀대고 어떻게 할지 결정하시면 안 돼요? 할아버지 때문에 어지러워요."

태우는 양손을 올렸다. "난 피곤해."

"그럼 택시를 부르세요."

"네가 데리고 가야지."

제이컵의 몸은 할아버지 없이 움직였다. 백 할아버지가 덤불 뒤에서 대형 교회를 향해 오줌을 누려는 걸 막을 수 없었다. 참을 만큼 참은 제이컵은 인도로 돌아가려 했다.

빨리할 테니 걱정 마라.

집에 갈 때까지 참을 순 없어요?

네 아랫도리에 있는 작은 물건 때문이지 내 것 때문이 아니야. 난 널 도우려는 거야.

사람들 다니는 데서 이런 짓 안 하는 게 절 돕는 거예요.

봐라! 아무도 없잖니.

하지만 이 건물은 어쩌고요? 적어도 다른 데서 해야죠.

넌 네 할머니처럼 독실한 모양이구나.

제가 할아버지를 피해서 여기 왔다고 화나셨나 봐요.

그런데 지금 우릴 봐라. 오줌 중의 오줌이로군.•

그들은 둘 사이의 합의가 어떻게 진행되고 있는지 이야기하지 않았다. 제이컵은 할아버지가 어느 정도로 굶주렸는지 알지 못했기 때문에 얼마나 먹어야 만족스러울지를 할아버지가 정하게 하면 될 줄 알았다. 백 할아버지는 열쇠 꾸러미를 가져왔다. 그는 제이컵의 입을 빌려 말할 때 제이컵의 입과 혀의 위치와 모양을 바꾸고 모음이 어지럽게 엉켜 있는 그 목구멍을 깨끗하게 했다. 그리하여 제이컵은 방에 넣고 문을 잠가놓았던, 부모님과 여동생이 사는 방에 가둬놓았던 언어를 가장 필요한 순간에 딱 들어맞게 말할 수 있었다. 제이컵은 좀처럼 새어 나오지 않는 그들의 숨죽은 목소리를 들으려 애썼다. 무릎을 꿇고 바닥에 얼굴을 바싹 붙였다. 노크도 했다. 그런 다음 가버렸다. 그는 멀리 떨어진 집에서 큰 소리로 외쳤다. 백 할아버지는 그를 데리고 와서 문을 발로 차 넘어뜨렸다. 한 나라라고 할 수 있는 그 문은 사람들의 면전에서 닫혔고, 상처 입은 나라에는 민족이 넘쳐났다. 그의 민족이자 부모와 조부모의 민족은

• 〈창세기〉의 한 구절을 빗댄 말.

저마다 가정을 꾸려 자신들의 나라를 만들었다. 그 나라를 떠나는 일은 넓게 벌어진 상처의 또 다른 이름이었다. 제이컵은 그 문을 언제나 열고 싶어 했기에 문손잡이를 찾게 되자 목이 메었다.

그때 누가 제이컵을 큰 소리로 부르자 태우의 목소리가 대답했다.

"혹시 ███?"

제이컵은 자기 어깨에서 고개를 빼꼼 내민 백 할아버지를 향해 고개를 돌렸다. 잠시 동안 그들은 한 몸이 되어 있었는데, 태우는 제이컵의 몸에 부속된 영적 종양 같았다.

저들은 무슨 이야기를 하고 있을까?

그들 주변으로 혼령이 모여들었다. 혼령들은 자신들이 소년에게서 감지한 것이 정말 ███이었다고 중얼거렸다. 혼령들이 모여서 함께 기도하는 데 태우가 방해한 것이다.

"다들 하나님 쪽으로 돌아섰군." 태우가 말했다.

"아, 당신이군요."

혼령들은 점점 더 많이 모여들어 제이컵과 태우를 에워쌌다. 제이컵은 익사한 남자와 지팡이를 짚은 노인을 보았다. 어떤 혼령이 앞으로 나왔다.

"당신이 뭘 하고 있는지 발견하고서 예배를 중단했습니다." 영식이 말했다.

"오줌 눈 거 말인가? 그게 뭐." 태우가 말했다. "넌 뭔데? 목사라도 돼?"

"아니요." 영식이 말했다. "그건 아닙니다."

"이게 그럴 가치가 있다고 생각하나?" 태우가 제이컵의 어깨에서 머리를 내밀며 모여 있던 혼령들에게 말했다. "하나님이 당신들을 구원해줄 것 같아?"

"당신 방식은 통하지 않았잖아요." 영식이 말했다. "그러니까 그 아이는 이 일에서 빼시죠."

태우는 제이컵의 머리로 다시 들어갔다.

우리는 떠나야 했다.

태우와 제이컵은 모여 있던 혼령들을 지나쳐 뛰었다. 제이컵은 영식이 할아버지에 대해 뭐라고 외치는지 더 들으려고, 그가 알아듣지 못한 이름들을 더 들으려고 몸을 비틀어보려 했지만 계속 따라서 달리는 수밖에 없었다.

B-52

　　엄마는 손님에게 내어줄 비닐봉지 손잡이를 리본 모양으로 묶으며 웃었다. 하늘색 두건은 자랑스레 제자리에 돌아가 있었다. 그레이스는 엄마가 복통을 앓는 이유가 배가 고파서인지 과자와 사탕을 이미 너무 많이 먹어서인지 정확히 알지 못했다. 그레이스는 또다시 리힝*에 푹 빠졌다. 플라스틱 그릇에 담긴 리힝을 뿌린 파인애플을 먹고 바닥에 고인 과즙까지 다 마시고 난 그녀는 다섯 가지 리힝 사탕을 토트백이 터져나갈 정도로 넣었다. 할머니와 마찬가지로 그레이스는 간식을 좋아하는 입맛과 가득한 충치가 조 할아버지 탓이라고 생각했다. 그레이스는 할아버지에게서 달콤한 것들은

● 달고 짜고 톡 쏘는 맛이 나는 말린 매실. 중국에서 유래했고 하와이에선 리힝무이li hing mui라고 불린다. 가루로 만들어 요리에 사용하기도 한다.

안전하게 숨겨두어야 한다는 것도 배웠다. 할아버지는 코치 지갑, 수표 책, 25센트짜리가 꽉 찬 동전 지갑, 영주권, 리콜라와 웨더스 사탕 봉지를 넣어둔 서랍에 허쉬 초콜릿 바를 숨겨놓았다. 그레이스가 맨 처음 초콜릿을 베어 물었을 때, 조 할아버지는 전쟁 중에는 벽돌처럼 단단한 50그램짜리 초콜릿 바만 한 게 없었다고 말했다. 할아버지는 이밖에 다른 말은 하지 않고 바깥 테라스로 나가 유리 칸막이 뒤에서 담배를 피웠다. 그레이스는 너무 어려서 왜 할아버지가 자갈 깔린 주차장밖에 안 보이는 그곳으로 자꾸 나가는지 알지 못했다. 그래도 담배 연기는 그레이스에게까지 느껴졌다. 지금 그녀는 조용히 하루를 보낼 수 있는 베란다를 그 무엇보다 원했다.

"오늘 가게에 나온다고 했던가?" 그레이스는 턱에서 다시 딱딱 소리가 나기 시작했고 통증이 얼굴로 올라왔다. 긴장성 두통도 밀려왔다. 그레이스는 마리화나를 피우면 이 두통이 사라질 줄 알았지만 두통은 더 심해지기만 했다.

엄마는 그레이스에게 옆으로 오라고 손짓했다. 엄마는 그레이스가 계산대 뒤로 들어가자마자 와서 포옹했다.

"울었어?"

그레이스는 얼굴을 문질렀다. "안약 넣어서 그래요."

"엄만 기분이 참 좋구나." 그녀는 주먹 쥔 손을 들고 흔들었다. "기운이 넘치는 것 같아. 게다가 얼마 안 있으면." 목소리를 낮추고 말했다. "네 오빠가 집에 오잖니. 가족이 다시 모이는 거야."

"잘됐네요."

"평범한 가족으로 돌아가는 거야. 그런데 넌 신나 보이지 않네?"

"오빠가 떠나고 힘들었잖아요. 지금은 더하고요. 상황이 좋아진다는 게 상상이 안 돼요."

"왜 그렇게 매사에 부정적이야?" 엄마는 눈을 크게 떴다. 그레이스는 엄마가 무슨 말을 할지 알았다.

"내가 죽으면, 그리고 네 아빠가 죽으면, 너희 둘뿐이야." 엄마는 잠시 말을 멈추었다. 조금 전의 흥분은 사라지고 침울해졌다. "네 아빠가 네가 들렀으면 하더라."

그레이스는 엄마를 앞에 두고 별말 없이 자리를 떴다. 그리고 주방 문을 지나가면서, 씹으면 턱이 아픈데도 얇게 썬 리힝 망고를 몰래 먹었다. 그레이스는 리힝에 빠져들 수밖에 없었다. 그럼에도 그녀와 달린의 손가락을 빨갛게 물들였던 리힝 가루를 뭔가에 뿌리지 않고 봉투에서 꺼내 단독으로 먹는 것에 대해서는 선을 그었다. 익숙하게 톡 쏘는 맛이 느껴지자 침이 고여 턱이 찌릿했다. 그레이스는 오래전에 하던 놀이가, 아주 신 사탕을 입에 넣고 누가 뱉지 않고 오래 버티는지 겨루던 놀이가 떠올라 침이 나왔다.

그레이스는 아빠에게 가서 왜 들르라고 했는지 물었다. 봉지에 든 닭고기를 해동해서 재워두라고 시킬 줄 알았다. 그걸 하고 나면 양손이 닭 육즙으로 범벅이 되었다. 싱크대 밑에서 아빠의 우물거리는 목소리가 들렸다.

"거기서 뭐 하세요?"

그레이스는 바닥에 열어둔 트랩어로치 호이호이 바퀴벌레 덫 상자를 집어 들었다. 아빠가 온라인으로 주문한 일본 제품이었는데 롱스에서 사는 것보다 저렴했다. 바퀴벌레 덫은 다섯 세트였고 아빠는 싱크대 밑, 냉장고 주변, 그릴 뒤를 비롯해 주방 구석구석에 덫을 놓았다. 바퀴벌레 덫은 접어서 만드는 개방형 구조로 양쪽 끝에 입구가 있었는데, 외관을 노랗게 칠하고 붉은 기와지붕을 얹은 집처럼 생겼다. 겉면에는 열려 있는 흰색 창틀로 밖을 내다보는 바퀴벌레 그림이 그려져 있었다. 이 집 모양 덫 한가운데 놓인 미끼에 유인된 바퀴벌레는 바닥에 칠해진 끈끈이에 달라붙은 채 더 많은 바보들이 원래 집에서 찾아오기를 기다리게 되고 결국 다 같이 죽는다. 그레이스는 이러한 설계가 묘하게 잔인하다고 생각했다.

아빠는 일어서서 손을 털었다. "요전에 한 마리 발견해서 잡았어. 이제 몽땅 때려잡을 거야."

"아빠, 이런 거 소용없어요." 그레이스는 아빠 앞에 대고 상자를 흔들었다. "단기적으로는 해결될지 모르지만 장기적으로는 문제가 된다고요."

"이게 가득 차면 다른 덫을 또 사서 놓을 거야. 결국 다 잡힐 거라고."

그레이스는 웃음을 터트렸다. "그러니까 저더러 오라고 한 게 아빠가 틀렸다는 말을 하시려고 그런 거군요."

"뭐가 틀려?"

"전에 아빠한테 바퀴벌레 봤다고 말했을 때 말이에요."

"아니, 그것 때문이 아니야. 너한테 줄 게 있어서."

"일주일 동안 가게 문을 닫고 수리해야 할걸요? 해충 방역 업체에서는 다녀갔나요?"

아빠는 그레이스의 말을 무시하고 수납 벽장으로 갔다. "그렇게 하려면 몇 주는 걸릴 거야." 아빠는 발로 문을 받친 채 벽장 안에서 큰 소리로 말했다. "그리고 우린 몇 주나 가게를 닫을 여유가 없어. 먼저 스프레이 약을 뿌리고 기다린 다음 더 나오기를 기다리는 거야. 바퀴벌레가 얼마나 많은지는 아무도 모르잖아. 더 오래 걸릴 수도 있어. 이제 막 손님이 늘기 시작했는데. 당장 닫을 순 없어." 벽장에서 나온 아빠는 그레이스에게 번쩍이는 쇼핑백을 건넸다. "이게 뭐냐 하면, 희한한 선물이야."

"누가 줬어요? 그리고 이게 희한하다는 걸 아빠가 어떻게 알아요? 아빠랑 엄마는 가끔 참견이 지나쳐요."

그레이스는 쇼핑백을 열었다. 스팸 한 캔과 봉투가 있었다.

"피터가 준 거야." 아빠가 말했다.

"아무거나 던져주고 갔나 본데요."

"마지막 급여를 받고 나서 이걸 놓고 갔어."

그레이스는 봉투를 열고 카드를 보았다. 겉면에는 입을 삐죽 내민 고양이가 그려져 있었고 안에는 컨솔리데이티드 극장 관람권이 두 장 있었다. 피터의 손 글씨는 흠잡을 데가 없었다. 그레이스의 글씨보다 훨씬 나았다. 피터는 그레이스를 만나서 정말 좋았고 기회가 되면 언제든 이야기를 나누자고 썼다. 그레이스 덕분에 조씨네 델리에서 환영받는 기분이었고 친하게 지내지 못해서 아쉽다면서 누구든 같이 저녁을 먹고 영화를 보러 가라는 내용도 써 있었다.

그레이스는 눈물이 핑 돈 채 킥킥댔다. 피터가 재미없는 농담을 하거나 그레이스가 더 이상 받아줄 수 없을 정도로 자주 말장난을 할 때면 늘 이렇게 웃었다. 아빠는 피터가 조씨네 2호점 일을 더 많이 도왔고 본점에는 그의 도움이 필요 없기 때문에 그를 계속 고용할 여력이 안 된다고 말했다. 조씨네 3호점에서는 이미 데니스가 일하고 있었다. 그는 아빠가 가르친 다른 두 요리사보다 훨씬 솜씨가 뛰어났기 때문에 아빠는 사람들이 2호점에 가지 않는 진짜 이유가 피터 탓이라고 결론 내렸다. 그레이스는 고개를 저었다.

"도대체 어떻게 그런." 그녀가 말했다.

"피터는 고기를 달걀 물에 적시기 전에 밀가루를 너무 많이 묻혀. 달걀도 충분히 젓지 않아서 육전의 고기와 달걀옷이 언제나 분리된다고. 게다가 그 애가 만든 육전은 고기보다 달걀이 더 많아! 이건 네 엄마가 알려준 거야."

"그건 아빠가 고칠 수 있잖아요. 어떻게 아빠가 요구한 것 이상으로 온갖 일을 다 한 사람을 자를 수 있어요? 아빠가 만든 육전이라고 더 나을 것도 없어요."

"네가 어떻게 알아?" 아빠가 언성을 높이며 말했다. "옐프 후기에는 그런 말 없던데."

그레이스는 쇼핑백을 낚아챘다. "아빠가 만든 것도 분리돼요."

"아니야." 아빠가 말했다.

"사람들이 아빠가 만든, 그 후기가 좋다는 육전보다 닭고기구이나 갈비 플레이트를 더 많이 주문한다는 거 모르셨어요? 가게 문을 다시 열고 나서 최근 후기를 읽어보기나 하셨어요?"

"아니, 하지만 난 제대로 요리할 줄 알아." 아빠는 양손을 획 들어 올렸다. "난 늘 같은 방식으로 요리한다고."

그레이스는 자세를 똑바로 하고 팔을 뒤로 빙빙 돌렸다. 일격을 날리려고 준비하는 기세였다. "솔직히 아빠, 아빠가 만든 육전은 작아졌어요. 델리시비비큐에 마지막으로 염탐하러 간 게 언제예요? 거기 육전은 엄청 크다고요."

아빠는 빨개진 얼굴로 그는 쿵쿵대며 냉장고로 가서 양념된 고기를 담아 비닐로 싸놓은 철제 용기를 꺼냈다. 그리고 달걀 상자와 그릇을 집어 들고 도마 옆에서 준비를 시작했다. 도마에는 밀가루를 뿌렸다.

"지금 당장 만들어 보이겠어. 생애 최고의 육전을 먹게 될 거다."

"이러실 필요까진 없잖아요."

밖에서 엄마가 비명을 질렀다. 아빠는 깜짝 놀라서 달걀을 그릇 옆에 깨놓았고 달걀은 조리대로 흘러내렸다.

"자기야!"

그레이스는 쇼핑백을 떨어뜨렸다. 강도가 든 게 틀림없었다. 누군가가 엄마에게 총을 겨누고 있는 것 같았다. 창문 깬 사람이 돌아온 것이다. 곧 강도가 외치는 소리도 들릴 것이다. 다시 유리 깨지는 소리도. 아빠와 그레이스는 문으로 달려나갔다. 엄마는 양손으로 앞치마 가장자리를 잡고 앞으로 펼쳐 들고 있었다. 엄마는 반찬대를 가리켰다. 감자마요샐러드 더미 위에 8센티미터는 되어 보이는, B-52 폭격기 같은 거대 바퀴벌레가 앉아 있었다.

녀석은 마카로니샐러드 위를 기어오르다가 오이김치로 건너갔다. 손님들은 괴로워하며 받은 음식을 열어 피해가 있는지 확인했다. B-52는 그레이스를 향해 날았다. 그레이스와 아빠는 비명을 질렀다. 그레이스는 아빠가 고음으로 비명을 내지르는 바람에 놀랐고, 갑자기 웃음이 터져 엄마가 도와달라고 애원하는 와중에도 계속 웃었다.

바퀴벌레는 계산대 옆 벽에 걸린, 첫 손님에게 받은 달러 지폐를 넣어둔 액자 근처로 날아올랐다. 어떤 용감한 사람이 슬리퍼를 벗어서 손에 끼고 휘둘렀다. 그레이스는 그 사람이 바퀴벌레를 직접 내리칠지, 아니면 슬리퍼를 표창처럼 던질지 알 수 없었다.

그 남자는 한 발로 토끼뜀을 뛰며 조금 앞으로 나왔다. 그리고 슬리퍼를 던졌으나 바퀴벌레는 놓치고 액자는 떨어져 금이 갔다.

B-52가 날아오르자 그는 몸을 숙여 피했고 다들 폭격기가 날아

가는 방향으로 고개를 돌렸다. 녀석은 곧장 엄마에게 향했다. 엄마는 녀석이 뭉개지는 걸 보지 않으려고 얼굴을 가리고 있었다.

바퀴벌레는 엄마의 하늘색 두건에 내려앉았다.

그레이스는 놀라서 헉하고 숨을 들이마셨다.

"자기야, 움직이지 마." 아빠는 천천히 엄마 쪽으로 걸어갔다. 그레이스는 아빠의 어깨를 잡았다.

"사람들이 보잖아요." 그레이스가 속삭였다. "제가 지금 생각하는 걸 아빠가 정말로 하면 어떻게 보이겠어요?"

"미안하다. 그래도 해야겠어."

그레이스는 말아 줄 만한 것이 없는지 주위를 살폈다. 아무것도 없었다. 그녀는 손바닥을 내려다보며 이를 악물었다. 이 일을 하기에 약 기운이 너무 오른 것일 수도 있었고, 반대로 충분하지 않은 것일 수도 있었다. 요즘에는 일상생활에서도 두 상태를 왔다 갔다 했다. 그레이스는 달려가서 엄마의 머리를 내리칠 수도 있었지만 놓치기라도 한다면 괜한 짓이 되어버린다. 게다가 엄마가 넘어지기라도 한다면 그 충격으로 크게 다칠 수도 있었다. 그레이스는 바퀴벌레 쪽으로 조심조심 다가가서 녀석이 두건에 앉아 있는 동안 그 위에 손을 올리고 가만히 있다가 재빨리 눌러 잡을 수도 있었다. 그렇게 하면 엄마가 다치는 걸 최소화할 순 있겠지만 바퀴벌레 속에 있는 것이 터져 나온 상태로 그 딱딱한 겉면을 느껴야 한다는 것을 의미했다.

"엄마, 괜찮을 거예요. 전 못 하겠어요. 용기가 안 나요." 그레이스는 엄마를 부르며 자기 머리를 가리켰다. "엄마 머리에 있어요."

엄마는 비명을 지르며 미친 듯이 머리를 흔들었다. 그리고 두건을 풀어 바닥에 던졌다. 손님들이 가게에서 나가기 시작했고 손도 대지 않은 음식을 차례로 쓰레기통에 버렸다. 바퀴벌레는 문이 닫히기 전에 밖으로 날아갔다.

조씨네 가족은 말없이 그 자리에 서 있었다.

"오빠가 언제 돌아온다고요?"

"아이, 씨발!" 아빠는 감자마요샐러드 그릇을 잡아 바닥에 내팽개쳤다.

그레이스는 밖으로 나가 리힝을 먹으려고 가방을 뒤졌다. 그러다 눈에 뭐가 들어가서 얼굴을 찡그렸다.

"아야."

그레이스 앞에서 리힝 가루가 떠다녔다. 붉은 가루 뭉치는 바람에 실려 모든 사람의 머리 위에 내려앉았다. 눈이 내려 크랙시드 crack seed●가 널려 있고 벌레가 기어다니는 땅을, 쫀디기처럼 생긴 리힝 딸기 사탕이 마치 인도와 도로처럼 흩어져 있는 땅을 덮는 것 같았다. 그레이스가 꼼짝도 하지 않고 서 있는 가운데 리힝 가루는 눈에 보이는 모든 것을 덮었다. 이 녹슨 도시를 물들이는 일몰은 하

● 말린 과일에 리힝을 비롯한 첨가물을 뿌린 모든 종류의 간식.

와이가 주는 온갖 달콤한 것들을 음미할 시간이 왔다고 알려주는 것 같았다.

그레이스는 리힝 가루가 목에 걸려 기침을 했다.

태 우

태우는 마지막으로 도라전망대에서 쌍안경이 늘어선 단 위에 올라섰다. 아무리 여러 번 시도해도 DMZ를 뚫고 갈 수는 없었다.

~

무언가를 단념해본 적이 없는 태우는 다시 돌아가서 오랜 연인에게 입 맞출 때처럼 앞으로 몸을 숙이고 벽에 가까이 갔다. 그 익숙한, 불꽃이 튀었다. 양손으로 벽을 밀자 아주 약간 움직였다.

타는 듯한 느낌이 팔을 타고 진동하며 올라오자 그는 벽에 머리를 부딪치던 매 순간을, 그 후에 희미하게 윙윙대는 소리가 양쪽 방향에서 귀를 뚫고 들어와 계속 낮게 울리던 것을 떠올렸다. 그 소리는 끝없이 이어지며 그의 생각을 갈라놓았다. 다 소용없는 짓 같았다. 그가 가까이 가면 벽은 점점 더 시끄러운 소리를 냈다. 그런데 이번에는 아니었다. 태우는 벽이 말을 할 수 있다는 걸 알고 있었다. 지난 세월 내내 벽은 그를 놀리기라도 하는 듯이 환영한다고 속삭였다가 물러서라고 말했다. 벽은 힘을 고스란히 지니고서 그 자리를 지키며, 땅이 갈라지는 순간에 힘을 과시하며 으스댔다. 하지만 벽은 전쟁이 벌어지는 무대이자 장막일 뿐, 그 전쟁을 통해 힘을 제공받고 계속 살아 있을 뿐, 대체 무엇이란 말인가? 벽은 전쟁이 초래할 충격을, 잔해와 뒤따라올 더 많은 전쟁을 위한 연습을 계속 거부한다.

　　태우는 벽이 살아 있다고 믿었다. 벽은 산 자들 덕분에, 그들의 무관심과 단순한 망각 덕분에 계속 살아 있다. 마찬가지로 벽도 무관심할 수 있고 애당초 왜 그곳에 있게 되었는지 잊을 수 있다. 태우가 나타나 아는 체하기 전까지는.

~

사향노루 한 마리가 태우가 있는 걸 모른 채 근처로 빠르게 걸어왔다. 노루는 벽에 갈라진 틈을 비집고 들어가 아무것도 아니라는 듯이 벽을 통과했다.

벽의 열린 틈은 순식간에 빠르게 줄어들었다.

~

벽이 몇 번이나 태우에게 좌절을 안겼던가? 하지만 벽이 완전히 막히지는 않았다. 땅에서 30센티미터가량 올라간 곳에 열쇠 구멍만 한 틈이 어른거렸다.

DMZ DMZ DMZ DMZ DMZ DMZ DMZ DMZ DMZ DMZ DMZ DMZ
DMZ DMZ DMZ DMZ DMZ DMZ DMZ DMZ DMZ DMZ DMZ DMZ

아 빠

아빠는 저녁 내내 한마디도 하지 않았다. 그는 갑자기 감정을 분출해서 당황했고, 감자마요샐러드 치우는 걸 도와주려던 그레이스와 엄마에게 소리를 지른 일 때문에 두 배로 당황했다. 그는 바닥에 떨어지지 않은 샐러드를 살리고 싶다는 충동을 느꼈다.

손이 마요네즈 범벅이 되자 기름기 탓에 아빠는 싱크대에 쟁반을 갖다 놓다가 미끄러져 떨어뜨릴 뻔했다. 애당초 그레이스의 말을 믿어야 했다. 이제 전부 다 버리게 생겼다. 아빠는 감자마요샐러드를 한 움큼 쥐었다. 정말 아까웠다. 샐러드를 꽉 움켜쥐자 손가락 사이로 삐져나왔다. 이제 모든 사람들이 조씨네 음식이 위생적이지 않다고, 건강상 위험하다고 생각할 것이다. 이런 식으로 가다가는 식당 전체가 쓰레기통에 버려질 것이다.

아빠는 눈에 띄지 않는 주방에서 일하는 데 결코 익숙해지지 않았지만, 주문을 접수하고 접시마다 고기를 놓는 일을 했다. 하지만 식당의 진정한 동력은 커튼 뒤에 숨어 있는 법이다. 아빠가 꿈꾸는 비전과 식당의 미래는 록키 발보아가 경기를 하고 아내 애드리언의 식당에 온 손님들에게 허풍을 떨며 경기 이야기를 하는 것과 그리 다를 바가 없었다. 정작 식당 일은 그의 아내가 하고 있었다. 그럼에도 간장 양념 탄내는 아빠의 옷 조직에, 모공 속까지 더 깊게 스며들었다. 그는 따로 시간을 내서 점심을 먹기보다는 그릴에서 닭다리 살을 뒤집다가 떨어진 부스러기를 먹는 것이 더 편한 사람이었다.

아빠는 엄마나 제이컵이 외치는 주문을 듣고 정말 신나 했고, 야수의 입 같은 커튼 뒤 주방에서 주문받은 음식들을 뱉어냈다. 그릴이 모서리까지 꽉 차 있는 걸 보기만 해도, 아니 냄새만 맡아도 배가 불렀다.

아빠가 가장 뿌듯해하며 일하던 시절에는 스스로 식당의 중추라고 생각했다. 아내에게 등이 아프다는 이야기를 듣기 전까지는 그랬다. 엄마와 아빠는 대화를 나눌 때마다 일 얘기만 했다. 말다툼을 할 적에는 누가 가장 고생하는지, 그렇게 고생하는 걸 알아주지 않는 게 누구 잘못인지 따졌다. 면목 없는 순간이 되면 아빠는 스스로 가족 내의 괴물이라고 생각했다.

식당이라는 동굴을 차지하고 있지만 쉽게 겁먹으며 바퀴벌레처럼 사소한 것에 패배하고 마는 괴물.

침대에서 아빠는 엄마에게 등을 돌리고 누웠다. 차마 사과할 수
가 없었다.

엄마는 이걸 알았기 때문에 아빠를 그냥 놔두었다.

그레이스는 일이 끝나고 어디론가 사라졌다. 아빠는 엄마와 함
께 저녁 식사를 하지 않기로 했다. 또 다른 싸움을 피하고 싶었다.
차를 몰고 시내에 있는 제이제이돌란에 가서 시금치마늘피자나 몇
조각 먹을까 생각했다. 하지만 그는 피자를 먹을 자격이 없었다.

치익 하는 소리와 불꽃을 보면 언제나 뭔가 떠올랐다. 그는 나름
대로 훌륭한 요리사였지만 자신을 위해 마지막으로 요리해본 때가
언제인지 기억나지 않았다. 삶의 또 다른 곳에서 그는 세계 정상급
을 꿈꾸는 골프 선수였다. 무지개색으로 빛나는 무대에서는 트로트
가수가 되기도 했다. 그 무대에서 아빠는 새하얀 정장에 자주색 셔
츠를 입고 자주색 벨벳 중절모를 썼고, 백댄서들도 있었다. 이런 꿈
들은 연기와 함께 피어올랐다. 그는 그릴에 눌어붙은 것을 벗겨내
며 그에게는 예배당이나 마찬가지인, 비어 있고 만지면 차가운 그
릴을 빼면 자신은 무엇일까 생각했다.

그들 사이의 간격은 넓었다. 그릴에서 침대까지 언제나 격자무
늬가 그려진 것 같았다. 엄마와 아빠는 각자 그 격자의 끄트머리에
있을 때에만 편안해 보였다. 아빠는 돌아누워서 엄마에게 사과하고
싶었다. 다 괜찮을 거라고 엄마를 안심시키고 싶었고 자신에게도

그렇게 말하고 싶었다. 하지만 어두워서 엄마 얼굴을 마주할 수 없었다. 온 가족이 고통을 겪고 있었다. 전에는 아빠 손이 엄마 손에 다가가는 것이 얼마나 쉬웠던가. 그들은 제물이 되어 불에 태워지듯이 희생하는 일에 익숙했다. 그들이 몸을 움직이자 이불의 가운데 부분이 팽팽해졌다. 그들은 돈을 건넬 때나 같이 돈을 셀 때 서로를 향해 손을 뻗었다. 그래서 아빠는 엄마에게 닿기 위해 계속 돈을 벌려고 했다. 자식들에게 닿기 위해. 그는 떠나온 것을 속죄하기 위해 일했다. 그도 고향이 그리웠다. 그들은 고향을 떠나온 것을 최대한 활용했다.

제이컵에게 혼자 자라고 한 사람은 아빠였다. 하지만 제이컵은 방에서 부스럭대는 소리를 들었고 어둠 속에서 무언가가 움직이는 것이 계속 보였다. 어느 날 그는 눈을 뜰 수가 없다면서 부모님 방문 앞에 와서 눈을 비비며 울었다. 제이컵은 눈이 사라진 줄 알았다. 그때 엄마와 아빠는 서로에게 정말 쉽게 의지했다. 아빠는 아침 식사로 가족들에게 딸기팝타르트를 구워주다가 토스트기에 손을 데어 작고 빨간 자국이 또 생기기도 했다. 이제 그레이스가 그들의 침대로 기어 올라갈 차례이자 떠날 차례였다. 엄마는 잘 때 이리저리 뒤척였고 아빠도 많이 뒤척였다. 그들은 핏속에 흐르던 피로가 완전히 익어버리도록 겉면을 골고루 바싹 익히고 레스팅까지 마쳤지만, 퇴근 후에는 벌겋게 속이 익지 않은 모습으로 집에 돌아왔다. 그릴은 2인용이면 충분했다. 자식들은 둘 다 떠나고 싶어 할 테니까.

바쁜 하루가 끝난 날이면 아빠는 몰래 나가서 혼자 식사를 했다. 제이컵이 떠나기 몇 달 전 어느 저녁에는 피자를 산 다음 차를 몰고 차이나타운을 지나가다가 길을 건너려고 길모퉁이에 서 있는 제이컵을 본 것 같았다. 아빠는 창문을 내리고 같이 타고 갈 건지 소리쳐 물어볼까 했지만 아들에게 계획이 있겠지 싶었다. 제이컵은 다른 남자와 함께 있었고 그 남자가 제이컵을 이끌고 길을 건넜다.

두 사람이 자동차 앞 범퍼를 지나갈 때 아빠는 제이컵이 그 남자의 손목과 손바닥으로 손을 스르륵 움직이더니 남자가 내민 손을 깍지 껴서 잡고 깡충깡충 뛰면서 발걸음을 옮기는 걸 보았다. 제이컵의 발걸음은 심지어 통통 튀는 것 같았다. 그들은 보이지 않는 사다리를 타고 하나님만 아는 어딘가로 둥둥 떠올라갈 것처럼 가벼워 보였다. 아빠는 액셀러레이터를 밟을까 생각했다. *그냥 가자.* 아빠는 나중에 아들에게 말하려고 했다.

그때 두 사람의 눈이 마주쳤다. 제이컵의 얼굴에 걱정이 깃들었다. 제이컵은 그날 저녁 내내 중얼거렸다. 제발 그 사람이 아빠가 아니었다고 해주세요.

약쟁이의 여섯 가지 필수품

초대형 하이드로 플라스크Hydro Flask 텀블러는 두 손으로 잡아야 한다. 마리화나에 흠뻑 취하면 엄청난 양의 물이 필요했고 계속 수분을 공급해 극심한 갈증이 지속되는 것을 예방해야 한다. 흐르는 물소리를 들으면 극도로 불안한 뇌가 진정되므로, 차분해질 때까지 싱크대에서 얼굴에 물을 끼얹는 걸 추천한다. 장미수 스프레이를 뿌리면 냄새도 가려지고 상쾌해진다. 특정한 향을 계속 사용하는 걸 눈치챈 사람들이 장미를 당신의 겉모습이나 충혈된 눈과 연관 짓는 걸 조심해야 하지만. 충혈된 눈을 가라앉혀주는 데 효과가 아주 좋은 안약도 유용하다. 유기농 페퍼민트 립밤으로 보호막을 한 겹 더 씌우는 것도 좋다. 립밤을 바르면 마리화나를 피우고 난 뒤의 고약한 입 냄새도 어느 정도 막아줄 것이다. 스모크버디Smokebuddy

에게 걱정거리를 모두 내뿜고 털어놓자. 수류탄 모양의 이 개인용 공기 정화 필터는 모든 연기를 잡아줄 것이다. 단, 볼에 직접 불을 붙이거나 종이로 만 마리화나에 불을 붙여서 나는 연기는 제외하고. 스모크버디는 막힐 수 있으니 충분히 사용한 뒤에는 교체해야 한다. 스모크버디가 막히면 마우스피스에서 연기가 새어 나가 입술 주변에 고리 모양으로 송진 자국이 남아서 엄마가 보고 엄지손가락으로 닦아주려고 할 수 있다. 티백을 담글 때 잡는 종이 손잡이를 제거한 다음 마리화나를 넣어서 지갑에 일정량 숨겨 다니면 필요할 때 빠르게 쓸 수 있다. 마리화나 흡연으로 인한 해로운 영향에서 폐 조직을 보호하려면 커피보다는 건강에 더 좋은 녹차를 마셔야 한다는 것도 기억하자.

바 보 왕

빙빙 돌다가 조롱하듯이 얼굴로 달려드는 바람 소리를 들었다. 바람은 순식간에 지나가버려서 피부에 부딪히는 느낌은 들지 않았다.

그는 땅에서 수십 미터 떨어진 상공을 떠다니고 있었다.

철퍼덕. 그는 지하철에서 정신이 퍼뜩 들며 깼다. 떨어지는 꿈을 또 꾸었다. 그의 할아버지가 곧 돌아올 것이다. 백 할아버지가 마지막으로 한 말이 떠올랐다. 아침에 숙취가 너무 심하면 술을 한 잔 마시고 다시 침대에 누워. 할아버지는 이렇게 말하고 웃었다. 입이 마르고 입술이 갈라졌고 침을 삼키자 목이 아팠다. 통증은 귀까지 이어졌다. 제이컵은 얼굴에 감각이 없었지만 몸에는 서서히 감각이 돌아오고 있었다.

문을 나선 뒤에야 냉장고를 열어놓고 나온 것이 생각났다. 학원에서는 질문한 학생을 가리킨다는 것이 자신을 향해 손을 뻗었다. 이름을 착각해서 잘못 부른 학생은 제이컵이 지난 시간에 가정법 수업을 이미 했다고 알려주었다. 책상 아래에 둔 가방에 손을 뻗어 휴대폰으로 날짜와 시간을 확인했다. 변기 물을 내렸다. 아파트 욕실에서 무릎을 꿇은 채 또다시 구토하고 있었다.

백 할아버지와 분리되자 타격이 컸다. 제이컵은 팔과 손이 자기 것인지 확인했다. 걱정이 되기 시작했다. 자신이 누구인지 기억나지 않았다. 그의 손이 있어야 할 자리에 다른 사람의 손이 있는 것 같았다. 하늘로 뻗은 사다리를 올라갔다. 팔다리가 아팠고 한 발 한 발 오를 때마다 사다리가 삐걱댔다.

앞에 넓은 등과 어깨가 보였다. 계속 올라갔고 사다리가 바뀌었다. 사람들로 만들어진 탑을 올라가고 있었다. 그들은 서로의 어깨에 앉아 다리를 상대의 겨드랑이에 고정하고 골반으로 상대의 목을 감고 있었다.

그는 계속 올라갔지만 탑은 끝나지 않았다.

또 다른 어깨를 밟기가 무섭게 다시 바닥으로 떨어졌다. 그래서 다시 시작하려던 참이었다.

다른 사람들이 올라가 탑을 점점 더 높이 쌓는 것을 지켜보았다.

그는 마지막으로 가게 될 것이다.

마지막으로 꼭대기까지 올라가자 내려갈 곳밖에 없었다.

그는 아래를 보았다.

바닥까지 까마득했다.

환호 소리가 희미하게 들렸다.

아래에는 사람들이 모여 있었다.

그리고 잠시 후 침묵이 흘렀다.

그 순간.

고공 다이빙.

그는 이렇게 먼 길을 왔다.

신뢰의 도약.

그는 무엇을 기다리고 있었을까? 그가 어깨를 밟고 선 사람이 무슨 문제가 있는지 물었다. 그 사람은 목사였다.

제이컵, ███

할아버지가 없는 상황에서 제이컵이 다시 제 몸을 통제할 수 있게 되었다는 사실을 깨닫기까지는 시간이 좀 걸렸다. ███의 이미지에서. 눈썹을 뽑는 건 고통스러웠다. 그의 턱에는 짧은 수염이 지저분하게 자라 있었고 구레나룻은 귀 아래까지 자랐으며 인중에는 제3의 눈썹이 자라 있었다. 제이컵은 깨끗하게 면도하고 싶었다. 그는 턱 가장자리를 따라 관자놀이까지 여드름이 잔뜩 난 것을 알아차렸는데, 이는 스트레스를 받는다는 신호였다. 그는 등을 가로질러 날개 모양으로 퍼진 여드름을 보려고 고개를 돌렸다.

몇 달째 가족 중 누구와도 연락을 주고받지 않았다. 백 할아버지는 이 점을 확실히 해두었다. 그는 부재중 전화를 삭제했고 관계가 소원한 자기 딸에게 너무 바빠서 못 가겠다고, 다음에 꼭 들르겠다고 제이컵을 대신해 문자메시지를 보냈다. 할아버지는 제이컵에게 남아 있는 것들이 떠나지 못하도록 했다. 그는 굶주려서 쇠약해졌다. 먹을 것이 부족해서가 아니었다. 문제는 몸이었다. 몸은 그의 것이 아니었다. 태우가 돌아오자 제이컵은 그에게 맞섰다. 더 이상 태우는 스스로 주장한 수호자나 할아버지가 아니었고 둘 중 그 어느 것으로도 불릴 자격이 없었다.

그들의 관계는 끝났고, 태우는 제이컵을 내버려둘 수도 있었다.

태우는 사라졌던 일을 사과했다. 이 아이는 분명 오해 때문에 괴로워하고 있었다.

제이컵은 그를 정확히 알고 있었고 이름으로 불렀다.

태우는 앞으로 튀어 나갔다. 이 아이는 아들과 손자라면 모두 당연히 그래야 하듯이 태우의 소망을 담는 그릇에 불과했다. 그는 이 아이를 필요한 만큼 이용할 것이다. 태우는 제이컵의 목을 움켜쥐고 그를 바닥에 내동댕이쳤다.

잠시 어렴풋이 뭐가 보이고 소리가 들렸다. 허리띠 버클이 풀려 있었다. 배꼽과 배꼽 털이 확대되어 보였다가 다시 작아졌다. 넓은 어깨에는 주근깨가 덮여 있었다. 분홍색 귓불이 금발에 덮여 있었

다. 같은 날 저녁일까 아니면 다른 날일까? 걸걸한 목소리가 징징
대며 엉덩이를 때려달라고 애원했다. 무엇으로? *내 검정색 허리띠
로. 안 돼, 버클 달린 허리띠는 안 돼. 금박으로 한글이 새겨진 허리
띠는 안 돼. 아야, 알겠어, 아야, 이제 그걸로 내 목을 졸라.* 우리는
그렇게 하지 않을 것이다. 누군가가 계속 '*오빠*'라고 말하고 있다.
그만해. 우릴 그렇게 부르지 마. 나를. '*오빠*'라고.

　들판으로 돌아온 제이컵은 사람들이 모여 있는 곳에 혼자 떨어
져 있었다.

　그는 바보 왕을 보았다. 바보 왕은 죽은 자들이 서로의 위에 올
라가 탑을 쌓는 것을 본 뒤에 그들의 어깨를 밟고 올라갔다. 죽은
자들이 겹겹이 쌓였고 맨 꼭대기에 바보 왕이 올라섰다. 그는 자기
자신을, 또 다른 바보 왕을 밟고 올라섰다.

바보 왕
바보 왕
바보 왕
바보 왕
바보 왕
바보 왕
바보 왕
바보 왕
바보 왕
바보 왕
바보 왕
바보 왕　바보 왕

바보 왕 바보 왕
　바보 왕　바보 왕
　바보 왕바보 왕
바보 왕　　바보 왕
바보 왕 바보 왕
　바보 왕　　바보 왕
　바보 왕 바보 왕
바보 왕 바보 왕
　바보 왕　　바보 왕
　바보 왕 바보 왕
　바보 왕 바보 왕
　바보 왕 바보 왕　바보 왕
　바보 왕 바보 왕　바보 왕
　바보 왕　　바보 왕　바보 왕
　바보 왕바보 왕 바보 왕
　바보 왕 바보 왕　바보 왕
　바보 왕 바보 왕 바보 왕
　바보 왕 바보 왕 바보 왕
　바보 왕　바보 왕　바보 왕
바보 왕　　바보 왕 바보 왕
　바보 왕　바보 왕 바보 왕
　바보 왕 바보 왕　바보 왕
　바보 왕 바보 왕　바보 왕
　바보 왕 바보 왕　바보 왕
　바보 왕 바보 왕　바보 왕
　바보 왕 바보 왕　바보 왕
바보 왕 바보 왕　바보 왕
　바보 왕 바보 왕　바보 왕
바보 왕 바보 왕　바보 왕

바보 왕 바보 왕 바보 왕
　　바보 왕 바보 왕 바보 왕
　바보 왕 바보 왕 바보 왕
바보 왕 바보 왕 바보 왕
바보 왕 바보 왕 바보 왕
　바보 왕 바보 왕 바보 왕 바보 왕
바보 왕 바보 왕　　바보 왕 바보 왕
바보 왕　바보 왕 바보 왕 바보 왕
　바보 왕　바보 왕　바보 왕 바보 왕
　바보 왕 바보 왕 바보 왕 바보 왕
　　바보 왕 바보 왕 바보 왕 바보 왕
　　바보 왕 바보 왕 바보 왕 바보 왕
　바보 왕 바보 왕 바보 왕 바보 왕
바보 왕 바보 왕 바보 왕 바보 왕
바보 왕 바보 왕 바보 왕 바보 왕
바보 왕 바보 왕 바보 왕 바보 왕
　바보 왕 바보 왕 바보 왕 바보 왕
바보 왕 바보 왕 바보 왕 바보 왕
　바보 왕 바보 왕 바보 왕 바보 왕
　바보 왕 바보 왕 바보 왕 바보 왕
　　바보 왕 바보 왕 바보 왕 바보 왕
　바보 왕 바보 왕 바보 왕 바보 왕
바보 왕 바보 왕 바보 왕 바보 왕
바보 왕 바보 왕 바보 왕 바보 왕
바보 왕 바보 왕 바보 왕 바보 왕 바보 왕
　바보 왕 바보 왕 바보 왕 바보 왕 바보 왕
바보 왕 바보 왕 바보 왕 바보 왕 바보 왕 바보 왕
바보 왕 바보 왕 바보 왕 바보 왕 바보 왕 바보 왕 바보 왕
바보 왕 바보 왕 바보 왕 바보 왕 바보 왕 바보 왕 바보 왕 바보 왕 바보 왕

바보 왕 바보 왕 바보 왕 바보 왕 바보 왕 바보 왕 바보 왕 바보 왕
바보 왕 바보 왕 바보 왕 바보 왕 바보 왕 바보 왕 바보 왕 바보 왕
바보 왕 바보 왕 바보 왕 바보 왕 바보 왕 바보 왕 바보 왕 바보 왕
바보 왕 바보 왕 바보 왕 바보 왕 바보 왕 바보 왕 바보 왕 바보 왕
바보 왕 바보 왕 바보 왕 바보 왕 바보 왕 바보 왕 바보 왕 바보 왕
바보 왕 바보 왕 바보 왕 바보 왕 바보 왕 바보 왕 바보 왕 바보 왕
바보 왕 바보 왕 바보 왕 바보 왕 바보 왕 바보 왕 바보 왕 바보 왕
바보 왕 바보 왕 바보 왕 바보 왕 바보 왕 바보 왕 바보 왕 바보 왕
바보 왕 바보 왕 바보 왕 바보 왕 바보 왕 바보 왕 바보 왕 바보 왕
바보 왕 바보 왕 바보 왕 바보 왕 바보 왕 바보 왕 바보 왕 바보 왕
바보 왕 바보 왕 바보 왕 바보 왕 바보 왕 바보 왕 바보 왕 바보 왕
바보 왕 바보 왕 바보 왕 바보 왕 바보 왕 바보 왕 바보 왕 바보 왕
바보 왕 바보 왕 바보 왕 바보 왕 바보 왕 바보 왕 바보 왕 바보 왕
바보 왕 바보 왕 바보 왕 바보 왕 바보 왕 바보 왕 바보 왕 바보 왕
바보 왕 바보 왕 바보 왕 바보 왕 바보 왕 바보 왕 바보 왕 바보 왕
바보 왕 바보 왕 바보 왕 바보 왕 바보 왕 바보 왕 바보 왕 바보 왕
바보 왕 바보 왕 바보 왕 바보 왕 바보 왕 바보 왕 바보 왕 바보 왕
바보 왕 바보 왕 바보 왕 바보 왕 바보 왕 바보 왕 바보 왕 바보 왕
바보 왕 바보 왕 바보 왕 바보 왕 바보 왕 바보 왕 바보 왕 바보 왕
바보 왕 바보 왕 바보 왕 바보 왕 바보 왕 바보 왕 바보 왕 바보 왕
바보 왕 바보 왕 바보 왕 바보 왕 바보 왕 바보 왕 바보 왕 바보 왕
바보 왕 바보 왕 바보 왕 바보 왕 바보 왕 바보 왕 바보 왕 바보 왕
바보 왕 바보 왕 바보 왕 바보 왕 바보 왕 바보 왕 바보 왕 바보 왕
바보 왕 바보 왕 바보 왕 바보 왕 바보 왕 바보 왕 바보 왕 바보 왕
바보 왕 바보 왕 바보 왕 바보 왕 바보 왕 바보 왕 바보 왕 바보 왕

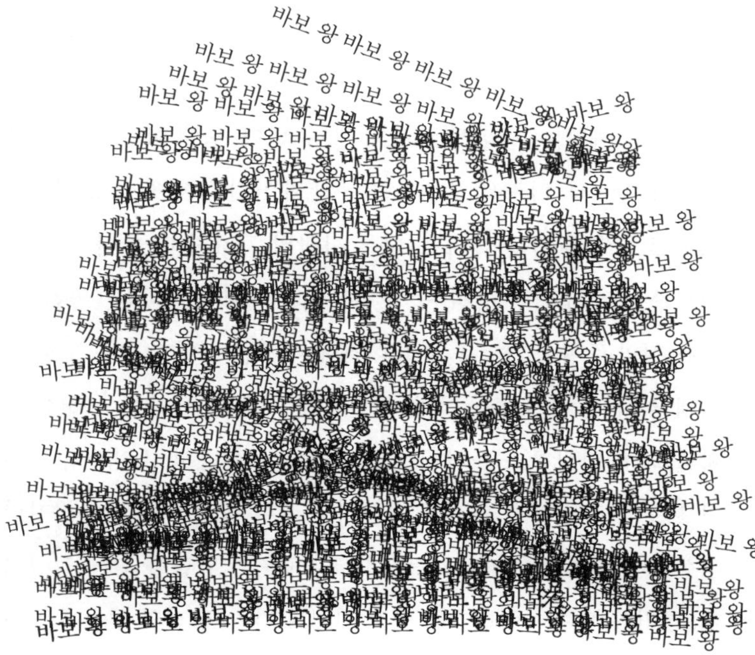
바보 왕 바보 왕 바보 왕 바보 왕
바보 왕 바보 왕 바보 왕 바보 왕 바보 왕
바보 왕 바보 왕 바보 왕 바보 왕 바보 왕 바보 왕

마리화나를 피우기에 좋은 장소

들키는 게 겁나면 아무 데서도 할 수 없다. 집에 아무도 없을 때 당신의 방에서. 차량을 운행하는 동안 에어컨을 세게 틀고 창문을 모두 조금씩 열어둔 상태로. 다른 사람의 차라면 더 좋다. 주차장 어디든 가장 구석진 곳의, 주차 칸막이 사이에 비어 있는 공간. 후 미진 길의 주황색 가로등 불빛 아래에서 자동차 범퍼 사이 도로 연 석에 앉아서. 경치 좋은 곳을 원한다면 다음 몇 군데를 추천한다. 차를 타고 탄탈루스 드라이브를 올라가다가 다시 내려가기 전에 차 세우기. 2차 대전 당시에 미군이 건설한 철길을 따라 올라가면 정상에 벙커가 있는데, 그곳에서 코코헤드의 일출을 함께 감상하 기. 카이와 산마루 꼭대기의 사격 진지로 가기. 당신의 행동에서 이 상한 낌새를 느끼는 것 같은 백인 관광객이나 가족을 만나면 기분 나쁜 눈빛으로 레이저를 쏘아주자. 요즘에는 예전보다 사람이 많아졌지만 크롬웰Cromwell이나 다이아몬드헤드 비치의 외딴곳도 괜찮다. 어쨌든 해변에서 다들 코나 맥주를 마시고 있을 테니까. 머릿속으로 하와이에서 할 일 목록을 만드는 데 정신이 팔린 채 트램펄린을 타는 사람들이 멀지 않은 곳에 있는 경우, 글래디스가 그렇게까지 부적절하지는 않다. 일을 마치고 온 사람들은 저마다 바다에 패드를 띄우고 잠시 떠다니며 휴식을 취한다. 이들은 연못처럼 너무 작은 곳은 이 섬도, 세상도 아니라는 사실을 잊어버린다. 그리고 우리 모두는 하와이가 휴양지이자 전쟁놀이가 벌어지는 곳이기를 바라는 자들이 펼친 지도 위의 작은 얼룩이자 지도에 꽂아놓은 핀이라는 사실도 잊어버린다.

~

하지만 이런 경치를 볼 수 있다는 걸 하나님께 감사해야 한다. 기억에 파묻혀 안전한 거리를 유지할 수 있다는 사실에. 반대쪽 끝과 동떨어진 곳에서, 들키면 어떤 직접적인 영향이 있는지 아무것도 모른 채 연기 기둥을 뿜어 올릴 수 있다는 사실에.

형 씨

'그들'은 술이 깨지 않은 상태로 침대에서 일어났다. 그렇다, 제이컵과 태우는 술에 취해 필름이 끊기고 나서 다른 두 사람을 집으로 불렀다. 태우는 몹시 지쳤지만 그가 계속 제이컵의 몸을 통제하고 있다는 사실에 놀랐다.

그는 살아 있었다.

태우는 청년 대신 잠에서 깼다. 혹시 그가 제이컵의 몸을 독차지하고 있다는 뜻일까? 그건 아니었다. 태우는 그들에게 달라진 것이 없고 제이컵은 여전히 그와 함께 있음을 감지했다. 침대에는 채드와 에리카도 있었다. 그들이 집에 보내지 않았거나 두 사람이 너무 피곤해서 못 간 것 같았다.

태우와 제이컵은 전날 밤에 벗어서 침대 밑에 던져둔 것을 전부 쓸어내고 새 사각팬티를 입었다. 바닥에는 태권도 띠가 흩어져 있었다. 왜 외국인이 가방에 이런 걸 넣어 다닐까? 아, 맞다. 채드가 자기 말을 못 믿겠다는 학원 학생들에게 보여줄 거라는 말을 들었다. 처음에는 에리카를 부르려고 했다가 제이컵이 선호하는 쪽은 남자이니 둘 다 부르자고, 그게 어떤 건지 태우가 알아보는 게 어떻겠느냐고 했다. 그것도 나쁘지 않았다.

그는 즐거웠다. 그들 모두 즐거웠다.

욕실에 간 태우와 제이컵은 거울에 몸을 비춰 보았다. 몸이 많이 좋아진 게 보였다. 등에 근육이 생겼고 가슴이 넓어졌다. 다리는 힘 있고 굵어졌다. 심장 기능과 스피드도 좋아지고 있었다. 그들은 머리 위로 두 팔을 들어 올렸다가 옆으로 내렸다. 양손으로 무릎을 잡고 90도로 굽히며 쪼그리고 앉아 반동을 주었다가 똑바로 일어서기를 두 번 했다. 팔을 앞으로 휘둘렀다가 원을 그리며 돌리기도 했다.

다시 젊어지니 참 좋았다.

그들은 뭔가 미묘한 변화를 알아차렸다. 둘이 완전히 똑같이 생긴 것은 아니었다. 백씨 집안 특유의 체격, 두상, 작은 눈, 둥그스름한 얼굴은 똑같았다. 하지만 민달팽이처럼 두툼하게 자란 눈썹과 엄지발가락 옆에 튀어나온 뼈는 달랐다. 백씨 집안은 명성 있는 양반이었지만 조국을 떠난 조씨 집안은 그렇지 않은 모양이었다.

태우도 이와 비슷하게, 남한에 가면 뭔가를 해주겠다고 한 미국의 약속을 믿는 실수를 저질렀다. 그는 고향 마을과 아내와 아들을 두고 남쪽으로 갔고, 나중에 돌아가서 아내와 아들을 데려올 수 있도록 집과 일자리를 구했다. 애당초 한국이 광복을 맞은 뒤에 들이닥쳐서 자기 나라 사람들에게 "남한은 이런 식으로 통치해야 합니다"라고 말한 쪽은 미국이었다. 곧 그들은 다시 들이닥쳐 북한을 소탕하기 위해 폭탄과 네이팜탄을 투하했다. 그 후 겉보기에는 아무 일도 없었지만 파괴는 벽의 형태로 지속되었다.

그가 떠난 뒤에 가족들도 태우만큼 오래 살았는지는 아무도 모른다. 그는 죽어서조차 그들을, 가정을 새로 꾸리는 편이 쉽겠다고 생각하며 떠나온 가족을 볼 수 없었다. 그는 이번에도 자신이 정말 잘못했다는 걸 알게 되면, 둘 다 좋자고 이런 일을 벌인 제 할아버지의 의도를 제이컵이 오해하면, 다시 떠나면 된다고 생각했다. 하지만 대개 후회란 그런 것이었다. 태우가 몇 번이고 숨죽여 읊조린 사과는 세월이 지날수록 횟수가 늘어 음울한 하늘을 흠뻑 적셨다. 그 광활한 하늘에는 죽은 자들의 통곡이 담겨 있었다. 자신들을 흔적도 없이 바수며 고통을 주는 힘 때문에 울부짖다가 영원히 사라졌다.

잊힐 때까지. 이제 그들은 돌아가기에 충분할 정도로 강해졌다.

채드와 에리카가 무슨 일이 벌어졌는지 파악하고서 너무 당황한 나머지 얼굴이 빨개진 채 아파트에서 나간 뒤에 태우는 술을 마시기 시작했다. 편의점에서 산 맥주가 잔뜩 담긴 검정 비닐봉지를 발견했다. 그는 술 덕분에 그가 제이컵의 몸 안에 있을 수 있고 제이컵이 제 몸을 되찾지 못한다고 생각했다. 그들은 온종일 취해 있어야 했다.

그들은 다리 사이에 머리를 집어넣거나 손으로 배를 누른 채 어슬렁대는 혼령을 전부 불러내 놀리면서 의기양양하게 거리를 걸었다.

이 귀신들은 얼마나 배가 고팠을까. 이들은 아둔한 두개골을 까딱거렸고 흐릿한 눈은 눈구멍 안에서 덜그럭거렸다. 맨 처음 피부가 시들었고 근섬유는 피아노 줄처럼 풀려서 뚝 끊어졌으며 폭삭 무너진 뼈 무더기는 먼지가 되어 고향에서 멀리 떨어진 거리에 흩어졌다.

태우는 발을 잡는 손을 뿌리쳤다. 계속 빠져나가는 그에게 데려가달라고 애원하는 또 다른 잊힌 혼령을 발로 차버렸다.

저녁이 되자 태우와 제이컵은 택시를 타고 술집 '더 베이스먼트'로 갔다. 그리고 바에 앉아서 칭따오 맥주를 다 비우고 한 병 더 주문했다. 에리카는 이곳이 이태원에서 가장 좋아하는 술집이라고 몇 번이나 말했다. 태우는 술을 계속 마시면서 깨어 있기가 힘들었다. 제이컵과 위치가 바뀔까 봐 겁나서 계속 깨어 있어야 했다. 그들은 맥주를 마시는 중간에 에너지 음료를 마셨다. 두 사람의 정신이 한 몸을 차지하고 있는지라 평소에는 상대방이 말하는 소리가 들렸는데, 제이컵은 조용했다. 그들은 앞을 응시하며 앞으로의 계획을 생각했다. 공동경비구역 관광은 다음 날로 예정되어 있었다.

바텐더는 그 모습이 인상적이었는지, "목이 많이 말랐나 봐요"라고 농담을 했다. 진희는 남편과 더 베이스먼트를 공동 소유하고 있었다. 그녀는 술집에 들어오는 사람을 모두 알고 있었고 제니라는 이름으로 통했다. 그들은 진희라는 이름이 훨씬 좋은데 왜 미국식 이름을 선호하는지 물었다. 그러자 제니는 술집 내부와 손님들을 둘러보라고 했다.

"길 아래쪽의 술집에는 손님이 많아요. 게다가 '제니'가 발음하기도 더 쉽고요."

주위를 둘러보았다. 술집 내부는 녹색과 빨간색 조명으로 빛났고 소파가 나란히 놓인 라운지에는 한 무리의 한국인 손님들이 앉아 있었다. 그들은 잠시 대화를 멈추고 빈 무대 구석에 원형으로 모여 벽돌 같은 나무 조각을 높이 쌓고 있는 미국인들을 지켜보았다. 그들은 이곳이 술집이라는 데에 신경 쓰지 않았는데, 그걸 보니 왜 에리카 같은 사람이 이곳을 그렇게 좋아하는지 이해가 되었다. 집을 떠나서 만난 집 같은 술집. 이곳에서는 고향을 되찾았거나 떠나온 사람들을, 그리고 미국인들이 수십 년 동안 해온 것처럼 나쁜 짓을 하는 사람들을 만날 수 있었다.

"그런데 에리카와는 어떻게 아는 사이예요? 정말 재미있는 사람이죠." 제니는 그들에게 붉은색 술을 서비스로 따라주었다.

"왠지 이 사람들 대부분 영어 교사 같은데요. 그는, 아니 그러니까 저는 에리카와 같은 학원에서 영어를 가르쳐요." 그들은 제니에게 고맙다고 인사하고 술을 재빨리 마셨다.

"아, 한국분이 어쩌다가 한국에서 영어를 가르치게 됐을까요? 어디에서 오셨어요?"

"하와이요."

"하와이라고요? 하와이에서 오신 분이 이 거지 같은 나라에서 뭘 하고 있는 거예요? 대체 왜 하와이를 떠났어요!"

그들은 어깨를 으쓱했다.

"사실, 뉴질랜드에서 온 손님들에게도 똑같이 말해요." 제니가 말했다. "요즘엔 아주 다양한 손님들이 오거든요. 대체 왜 이 나라에 오는지 궁금해요."

제니는 웃으면서 빈 맥주병을 가리켰다. 그들이 고개를 끄덕이자 제니는 맥주와 함께 이번에는 파란색 술을 가져왔다. 그녀는 바에 앉아 있던, 꽉 끼는 티셔츠와 카고 바지를 입은 다른 남자 손님을 부르더니 한국에 오기 전에 하와이에서 복무하지 않았느냐고 물었다. 제니는 그 남자에게 자신의 새로운 친구들과 인사하라고 했다. 그러자 그 남자는 받침 위에 놓아둔 버드와이저를 바에서 쭉 밀더니 그들 옆에 앉아서 손을 내밀었다. 그들은 잠시 눈치채지 못한 척하다가 악수를 했다.

"있잖아요." 제니가 말했다. "난 트래비스에게 하와이에 계속 있어야 했다고 말했어요."

"그러게요." 그들이 말했다.

"그건 선택할 수 없는 문제예요. 명령에 따라 복무지로 결정되는 곳에 가야 하죠."

"누가 결정하는데요?"

"음, 명령 체계가 있어요. 저를 필요로 하는 곳이면 어디든 가야 하고요."

그들은 세 번째 칭따오를 몇 모금 마시고 파란 술을 마셨다. 그리고 손가락 두 개를 들고 제니에게 큰 소리로 말했다.

"이분이 좋아하는 술 뭐든 주세요."

제니는 버번위스키를 가져왔다. 그들은 제니에게도 한 잔 마시라고 했다.

그녀는 고개를 저었다. "이번 잔은 남자들끼리 마셔요."

트래비스는 잔을 들고 고개를 끄덕였다.

"그런데 궁금해요. 왜 하와이에서 필요하다고 했다가 지금은 한국에 있는 거죠?"

트래비스는 한 손으로 턱을 만졌다. "이유는 똑같을 것 같아요. 북한이 한국뿐만 아니라 전 세계에 위협이 되잖아요. 바킹샌드 해변 너머에 있는 우리 미사일은 명중률과 사거리가 아주 뛰어나죠. 제가 복무한 PTA에서, 아 미안해요, 그러니까 포하쿨로아 훈련장 Pōhakuloa Training Area에서는 무기 사용 훈련과 시험을 합니다. 대비하는 거죠. 하지만 걱정할 건 없어요. 이곳은 미사일 방어 체계를 갖추고 있으니까요. 한국에 오니까 제대로 된 싸움에 가까워진 것 같아요." 트래비스는 맥주를 꿀꺽꿀꺽 마시더니 트림을 했다. "그런데 영어를 정말 잘하네요."

"이런 걸 물어도 괜찮을지 모르겠지만, 무엇을 위해 싸우시나요?"

"음, 일단은 자유죠. 그리고 남한과 당신 같은 시민들을 보호하기 위해서요. 3차 세계대전이 우리 책임이 되는 건 싫기도 하고요." 트래비스는 킥킥 웃었다.

"지켜줘서 고맙습니다." 그들이 갑자기 경례를 하는 바람에 맥주병이 넘어질 뻔했다. "정말 훌륭한 일을 하고 있는 것 같아요." 그들은 남은 맥주를 마저 마시고 트림을 했다. 오디오에서는 다음 곡이 시작되었다. 그들은 트래비스의 어깨를 두드렸다.

"저, 혹시 톰 크루즈 좋아해요?"

"영화는 재미있게 봤어요."

"〈미션 임파서블〉 봤어요?" 그들은 영화 주제곡을 흥얼거렸다.

"본드가 더 좋아요."

"액션영화 속 영웅들은 언제나 모든 사람을 구하고 핵전쟁을 막잖아요. 왜 미국 액션영화는 핵무기에 그렇게 집착하는 걸까요?"

"전혀 모르겠군요."

"많은 사람들이 북한을 손가락질하며 그들이 세뇌당했다고 말해요. 하지만 자라면서 보았을 법한 그 많은 전쟁영화를 생각해봐요. 수많은 영화가 2차 세계대전과 베트남전을 배경으로 하고 배짱,

용기, 희생을 강조하죠. 영화라면 제가 좀 알죠." 그들은 건들거리고 혀 꼬인 발음으로 말하면서 트래비스를 가리켰다. "한가한 시간에 영화나 보는 거죠. 미국인들은 구세주가 되려고 안달이에요. 구세주가 됨으로써 얻게 되는 권력과 승리가 달콤하니까요. 미군들이 우리 같은 애들 얼굴에 대고 던져주던 허쉬 초콜릿 바처럼 말이에요."

"잘 들어봐요, 형씨."

"형씨라고 부르지 마요, *형씨*."

"알겠어요. 우리가 주둔하는 걸 싫어하는 한국인들도 있어요. 시위를 하고 길을 막기도 하죠. 하지만 가장 중요한 사실은 당신들 한국인이 우리를 필요로 하기 때문에 우리가 여기에 있다는 거예요. 그리고 난 임무를 수행하기 위해 여기에 있는 것뿐이라고요. 지금은 맥주나 몇 병 마시면서 쉬려고 하는 거고요. 그러니까 진정해요."

"그 '임무'라는 말이 나와서 말인데요. 저 위쪽에 갔을 때 당신들 봤어요." 그들은 앞에 놓인 맥주병 사이에 손가락으로 선을 그렸다. "아무것도 안 하고 모여 있던데요. 정말 대단한 임무더군요."

"나랑 싸우고 싶어 하는 말로 들리는군요."

"틀렸어요."

"왜요?"

"싸움은 당신 같은 사람들이 나타났을 때 이미 시작됐어요."

트래비스는 일어나서 잽싸게 몸을 움직여 그들이 뱉은 침을 피했다. 등받이 없는 의자가 바닥에 쾅 넘어졌다. 그 소리에 사람들은 깜짝 놀라서 돌아보았다. 그리고 다시 춤을 추었다. 제니가 와서 진정하고 즐기라며 서비스로 버번위스키를 더 주었다.

"오늘 저녁에 참을 만큼 참았어." 트래비스가 말했다. 그들은 벌떡 일어났다. "일어나지 마. 당장 내 앞에서 꺼져. 흥분 가라앉히시지. 안 그러면 3초 뒤에 때려눕혀줄 테니까. 그러니까 가만히 앉아서 조용히 술이나 마시라고. 남은 술만 마시고 오늘은 그만해."

"항상 폭력을 쓰는군." 그들은 이다음 말을 뱉어버렸다. "맨날 그 모양이지!"

"숫자 세게 하지 마. 셋……."

"먼저 치기 전에 내 정보를 모두 알려줘야겠군."

"둘……."

"난 북한에서 왔어! 내가 우리 핵 프로그램에 대해 전부 말해주지!"

트래비스는 주먹을 휘둘렀고 코를 정통으로 때렸다.

밝은 빛이 번쩍했다.

태우는 건너편으로 날아갔다. 제이컵은 뒤로 넘어가 바닥에 쓰러지면서 정신을 차렸다. 젠가 탑이 무너졌고 나무 조각 몇 개가 제이컵 쪽으로 미끄러졌다.

제니가 달려와 그 옆에 무릎 꿇고 앉아서 제이컵이 괜찮은지 확인했다. 트래비스는 사람들을 밀치고 술집에서 뛰쳐나갔다. 제이컵은 코뼈가 부러지고 코피가 났다. 머릿속으로 원래의 자신으로 돌아오고 있다는 걸 알았고 얼마나 오랫동안 자신이 아닌 채 지냈는지, 혼령들이 쌓은 탑에 오른 것이 얼마나 오래전인지 생각했다. 머리를 제외한 몸의 나머지 부분에 감각이 없었다. 제이컵은 발가락을 조금씩 움직이고 주먹 쥔 양손을 펼치려고 애쓰며 그의 다리와 팔로 다시 미끄러져 들어가는 모습을 시각적으로 그려보려 했다.

백 할아버지는 제이컵의 몸에서 너무 많은 시간을 보낸 뒤라 기진맥진한 듯이 깨어났다. 그는 제이컵에게 천천히 다가갔다.

"어서 가자. 난 우리를 여기에서 데리고 나가야겠다. 저 빌어먹을 미군을 쫓아가야 해."

제이컵은 괴로움에 신음하며 웅얼거렸다. 그는 손가락을 하나씩 뻗어서 양손으로 바닥을 짚고 팔꿈치를 차례로 세워 몸을 지탱했다. 그는 할아버지를 삶에 받아들이는 실수를 저질렀다. 처음에는 어쩔 수 없다고 생각했다. 하지만 더 이상은 속지 않을 생각이었다. 정 할머니의 경고에 귀 기울이기에 아직 늦지 않았다. 제이컵은 백 할아버지를 영원히 제거하기 위해 무엇을 해야 하는지 알았다.

입술과 턱을 타고 피가 점점 많이 흐르자, 제이컵은 기침을 해서 목 뒤로 넘어가는 피를 뱉었다. 그리고 셔츠 끝자락으로 얼굴을 닦고 돌아서서 그들이 처음 만났을 때처럼 기어가는 백 할아버지를 보았다.

"아니요." 제이컵은 간신히 말했다. 그는 눈을 크게 떴다. "아니, 아니, 싫다고요. 제게서 떨어지세요!"

제니와 제이컵 주변에 모여 있던 사람들은 놀라서 뒷걸음질 치며 그에게서 멀어졌다.

제이컵은 한쪽 다리를 세우고 자세를 잡았다. 무릎에 힘을 주고 바닥을 밀어 올리면서 벌떡 일어나 비틀거리며 바에 가서 기댔다. 제니가 괜찮은지 물었다.

"물 좀요."

그는 지갑에서 돈을 꺼내 제니에게 주었다. 양껏 물을 마신 뒤 백 할아버지를 뛰어넘어 밖으로 달려나갔다. 백 할아버지는 가까스로 손을 뻗어 제이컵의 신발을 세게 쳤다.

"이리 돌아와!"

제이컵은 발이 저렸다. 다리를 절뚝거리고 숨을 헐떡이며 술집에서 나왔다. 계단을 올라가는 내내 핀과 바늘을 밟는 느낌이었다. 그는 깡충거리고 발을 질질 끌면서 서둘러 택시를 타고 가버렸다.

요양원 직원은 제이컵을 보고 놀랐다. 면회 시간이 이미 끝난 데다 제이컵은 누가 봐도 치료가 필요한 모습이었기 때문이다. 처음에 수속 카운터에 있던 간호사는 그에게 잘못 찾아왔다고 말했다. 이제 한국어를 이해하는 데 문제가 생긴 제이컵은 할머니를 만나러 왔고 다친 코는 나중에 다른 곳에서 치료하겠다고 설명하느라 애썼다. 그의 목소리에는 두려움이 가득했고 거듭 뒤를 돌아보며 자신이 쫓기는지 확인했다.

간호사는 못마땅한 듯이 휴 소리를 내더니 그에게 앉으라고 하며 코를 막을 휴지를 건네주었다. 제이컵은 할머니를 찾아야 한다는 말을 반복했다. 간호사는 연보라색 라텍스 장갑을 끼더니 그의 얼굴에 손을 대고 양쪽 엄지손가락으로 코 양옆을 눌러 뼈를 맞추었다. 그동안 제이컵은 끙끙대며 통증 사이사이로 거친 숨을 내쉬었다. 간호사는 그에게 소독 거즈를 주었고, 입과 턱 주변을 손가락으로 가리키며 피를 모두 닦아내라고 했다.

"할머님을 놀라게 하고 싶지는 않아요."

제이컵은 간호사에게 고맙다고 인사했다. 간호사는 그를 데리고 정 할머니가 있는 병실로 가면서 할머니가 자고 있을 수도 있다고 말했다. 제이컵은 천천히 할머니의 침대로 다가갔다. 할머니는 분홍색 벽에 텔레비전이 걸린 병실을 혼자 쓰고 있었다. 할머니의 슬립온은 벗어놓은 방향 그대로 침대를 향하고 있었다. 제이컵은 할머니 어깨 언저리에 서서 속삭였다.

"할머니. 정 할머니. 저예요." 할머니는 눈을 뜨더니 몇 번 깜빡였다. "할머니 손자예요."

그녀는 천천히 손을 들어 제이컵의 손을 잡았다.

"여긴 왜 왔어?" 할머니는 고개를 들어 제이컵을 바라보며 식식댔다. "가라고 했잖아."

"아니, 할머니, 저 제이컵이에요."

할머니는 베개에 머리를 기대고 한숨을 쉬었다. "제이컵. 제이컵.

무슨 일이야? 왜 이 시간에 할미를 보러 왔어?"

그녀는 제이컵의 손을 떨어뜨렸다.

"그 사람이 널 찾았구나."

제이컵은 뭘 어떻게 해야 할지 모르겠다고 말하면서 울었다. 할머니는 자기 남편이 왜 그렇게까지 손주를 집요하게 쫓는지 의문이었다. 제이컵은 할아버지가 DMZ를 배회하는 것을 보았다. 할아버지는 남한 군인들이 침입 흔적이 있는지 주기적으로 점검하는 울타리 경계선이 있는 곳까지 멀리 걸어갔다. 제이컵은 최근에 할아버지가 도라전망대로 여행 가서 북쪽에 대한 정보를 수집하는 것을 보았다.

보이지 않는 벽은 빛을 받아 푸르스름하게 타올랐다.

"할아버지가 저를 이용하려고 해요."

"그 사람은." 할머니가 말했다. "제일 먼저 가족을 떠났다."

제이컵은 할머니가 무슨 말을 할지 기다렸다. 할머니는 기억나는 것들을 본인 귀에만 들릴 법한 낮은 목소리로 거듭 되뇌었다. 할머니의 일생이 이 순간을 에워쌌다.

언 니

그 사람은 나와 딸들을 두 번 떠났다. 내가 아들을 낳아주지 못해서라고 생각하지는 않는다. 그에게는 이미 아들이 하나 있었다. 나는 그 사람보다 훨씬 어렸고 북에 있는 그의 아내보다도 어렸다. 그는 아마 나를 어린아이로 보았을 것이다. 그에게는 이미 가정이 있었고, 그 자리에 우리를 앉히려 했지만 쉽지 않은 일이었다. 그는 이곳에 어울리지 않았다. 북쪽 가족에게 돌아가기에도 너무 늦어버렸다. 그는 내 아버지가 내 가족에게 했던 것과 똑같은 짓을 했다. 가장이라는 이유로 했던 일이었다. 남쪽으로 가서 자리 잡을 만한 곳을 찾은 다음 나머지 가족들을 데려오겠다고 했다. 아버지가 떠나고 한동안 소식이 없자 어머니는 걱정하기 시작했다. 어머니는 가서 아버지를 찾아서 돌아오겠다고 했다. 누군가는 남아서 가재도구를 지켜야 했다. 물론 나는 언니와 여동생과 남는 게 너무 무서웠기 때문에 어머니를 따라 아버지를 찾으러 갔다.

우리가 아버지를 찾아내자 그는 무척 놀랐다. 나머지 아이들은 어디에 있는지 물었고 어머니가 설명해주었다. 어머니는 아버지가 남쪽으로 내려가는 도중에 죽었다고 생각했다. 아버지는 자기 명령대로 집에서 기다리지 않은 어머니에게 격분했다. 그는 손을 치켜들었지만 내가 나서서 어머니 앞을 막고 섰다.

아버지는 어머니에게 그나마 똑똑한 자식을 데려왔다고 말했다.

어머니는 남은 딸들을 위해 집으로 돌아가자고 아버지에게 애원했다.

아버지는 듣지 않았다.

남은 딸들은 알아서 내려오겠지. 아버지가 어머니에게 말했다.

아니, 아니에요. 우릴 기다리고 있을 거예요. 어머니가 말했다. 딸들은 기다리고 있었다.

아버지는 *"너무 늦었어, 너무 늦어버렸어"*라는 말뿐이었는데, 이 말은 곧 우리에게 약속한 대로 북으로 돌아가는 일을 계획한 적이 없다는 뜻이었다.

그래서 나는 돌아갔다. 부모님이 함께 있는 게 좋을 것 같았고 나는 남쪽에서 부모님을 어떻게 찾으면 되는지 알고 있었으니까.

북한에 돌아갔을 때 우연히 만난 이웃 할머니는 그들이 떠나려는 사람을 모두 잡고 있다고 일러주었다. 전쟁은 끝을 향하고 있었다. 사람들은 앞다투어 가족을 찾아 떠났다. 할머니는 내게 남쪽으로 내려갈 기회가 곧 없어질 테지만 한국 군인이 쌀을 실으러 배를 타고 마을에 들를 것이라고 했다. 나는 언니와 여동생을 찾았고 우리는 배를 기다렸지만 배는 오지 않았다.

언니는 등이 아프다면서 내게 동생을 업으라고 했다. 언니는 어머니가 나중을 대비해 숨겨두었다가 챙기라고 맡겨둔 돈을 깜빡한 것을 깨닫고 그곳에서 기다리고 있으면 곧 돌아오겠다고 했다.

나는 언니에게 가지 말라고 애원했다.

"언니, 가지 마! 우리 조금 더 기다려야 돼."

그리고 언니가 떠난 지 얼마 지나지 않아 배가 도착했다.

군인은 즉시 떠나야 한다고 했다. 나는 머뭇거리며 언니가 왜 이렇게 오래 걸리는지 알 수 있을까 해서 뒤를 돌아보았다. 이웃 사람들 여럿이 배에 타고 있었다. 그들은 나를 바보인 양 쳐다보았다. 우리 자매들이 부모님 없이 어떻게 살아남을 수 있을까? 여동생을 돌보는 일은 어머니에게 약속한 내 임무였다. 나는 배에 올라탔다. 숨을 깊이 들이마시고 선장에게 멈추라고 외칠 준비를 했다.

잠깐만요, 한 명 더 있어요.

우리 언니예요.

하지만 소용없었다. 우리는 움직이기 시작했다. 달리고 또 달렸지만 우리가 언니를 빼놓고 떠나버린 걸 알게 될 언니의 모습이 눈에 선했다. 하지만 그게 바로 언니가 떠난 이유였다. 그 돈을 가져오는 것이 어머니에게 약속한 언니의 임무였다. 우리를 보내는 것이.

~

언니, 가지 마! 우리 조금 더 기다려야 돼.

정 할머니는 나지막이 흐느꼈다. 할머니는 시간을 가로질러 바로 이 순간까지도 언니를 불렀다. 제이컵은 눈물 때문에 할머니가 흐릿하게 보였다. 그는 최선을 다해 집중해서 들었다. 다시 또렷하게 보인 할머니는 몸을 들썩거리고 있었다. 제이컵은 할머니의 떨리는 몸을 진정시키려는 듯이 그녀를 안았다.

"언니가 달려오는 모습이 눈에 선했지. 하지만 지금은 떠오르질 않아. 언니가 아직 살아 있는지 궁금해. 만날 수 있으면 좋으련만. 언니가 좋아할 만한 가방을 샀거든. 내 것과 같은 가방이야."

제이컵은 한국말을 더 잘했으면 좋았겠다고 생각했다. 그가 보일 수 있는 반응이라고는 수긍하는 것뿐이었다.

"할머니, 몰랐어요."

할머니는 백 할아버지 일 때문에 미안하다고, 어서 빨리 그가 제이컵을 떠나야 한다고 말했다. 사후 세계에서 선고받은 벌을 손자가 바꿀 수는 없었다. 손자를 통해 벌을 바꿀 수 있다고 생각했다니 백 할아버지는 이기적이고 탐욕스러웠다. 한반도 전역의 그들 모두가 선고받은 벌은 전 세계에 한국이 분단되었다고 알리는 것이었다. 정 할머니는 벽의 크기와 힘이 어떻게 점점 커지는지 가까이 가 보지 않아도 알았다. 벽은 합동 군사 훈련을 통해 군사력을 과시할 때마다, 수십 년에 걸쳐 이별의 순간이 이어지면서 매년 슬픔이 쌓일 때마다 더욱 존재감이 뚜렷해졌다. 그들은 죽어서조차 그 벽을 넘어갈 수 없었다. 할머니의 남편은 첫 번째 가족에게 돌아가기 위해 자기 힘으로 할 수 있으면서도 아무것도 하지 않은 겁쟁이였다.

"우리들 중에는 미련을 버리고 쉽게 앞으로 나아가지 못하는 사람들도 있단다." 할머니가 제이컵에게 말했다. "절대 나아가지 못하는 사람들도 있지. 하지만 시간이 끌고 가기 때문에 나아가는 거야. 난 언제나 내가 나아갈 수 없는 그 순간을, 자매들이 마지막으로 다 같이 있었던 그 순간을 돌아보며 기억한단다. 시간은 앞으로 나아갔는데 말이야. 내 여동생은 나보다 먼저 세상을 떠났어. 내가 죽으면 동생, 우리 어머니, 우리 아버지를 만나겠지만 언니는 못 만나겠지. 언니에게 돌아갈 수 있으면 좋겠구나."

두 사람은 알 수 없는 무언가에 사로잡혀 겁에 질린 채 함께 눈물을 흘렸다. 정 할머니는 제이컵에게 진작 할머니 말을 들어야 했다면서 바보 같은 늙은이가 투덜대는 말로 받아들이면 안 된다고 했다.

아직 너무 늦지는 않았다.

정 할머니의 마음 한구석에서는 제이컵이 북으로 건너가 그녀의 언니를 찾을 수 있는지 알고 싶었지만, 제이컵은 자신을 구해야 했고 제 가족에게 돌아가야 했다.

마 리 화 나 에 취 했 을 때
먹 으 러 가 기 좋 은 곳

걱정하지 말고, 비프커리, 잘 기억해두자. 푸드랜드의 프라이드 치킨. 데이비드의 차에서 함께 먹을 수 있다. 250그램짜리 매니저 특선 굴포케. 와이올라의 연유와 찹쌀떡을 넣은 빙수. 오빠에게 학교에 늦게 데리러 와서 와이올라까지 태워달라고 조를 수 있다. 귤. 레인보우 드라이브인에서 그레이비소스를 잔뜩 뿌린 모둠 플레이트를 먹고 딸기슬러시도 먹자. 알라와이 운하에서 패들링 연습을 한 뒤에 혼자 가서 먹기 좋은 곳이다. 그야말로 모든 종류의 리힝 사탕. 당신이 처음 맛본 고리 모양의 리힝 복숭아는 조 할아버지가 롱스에 맥주를 사러 가서 사 온 것이었다. 아이에아 볼의 레몬크런치케이크. 소용돌이 모양으로 나오는 사무라이의 딸기-바닐라 소프트아이스크림. 행크스의 칠리 시카고 도그. 〈트리플 D〉에 나온 걸 본 당신이 오빠에게 데리고 가달라고 조른 곳이다. 세르지스의 플라우타flauta•에 할라페뇨 추가. 아히 어새신의 참치 뼈 튀김. 허리케인 팝콘. 삼촌 집에 제이컵과 함께 있을 때 블록버스터Blockbuster에서 DVD를 빌려 보며 먹었다. W&M 로열 햄버거의 그린 리버 큰 사이즈. 러브스의 슈거 파우더를 뿌린 미니 미닛. 조 할아버지가 가장 최근에 숨겨둔 간식인데, 당신은 할아버지가 코에 가루를 묻힌 걸 보고 깔깔 웃었다. 메도 포그Meadow POG•• 한 팩. 제이제이돌란의 시금치마늘피자. 아빠와 당신이 처음으로 단둘이 외식한 곳이다. 다운 투 어스 초콜릿칩 쿠키. 앤절라와 하나씩 나눠 먹었다. 다운비트오레오쿠키 밀크셰이크. 졸리비 프라이드치킨. 공짜로 먹는 레너즈 말라사다malasada•••. 가끔 뉴스룸 책상에 누가 놓고 간다. 수고이의 마늘치킨. 맥도날드 애플파이. 조 할아버지와 드라이브 스루로 포장해 온 적이 있다. 헬레나스의 피피카우라pipikaula•••• 와 소금을 뿌린 하우피아haupia•••••. 프레시 캐치의 참치 생선가스 플레이트. 이곳도 〈트리플 D〉에 나온 걸 본 당신이 오빠에게 데리고 가달라고 조른 곳이다. 프룻 바이 더 풋Fruit by the Foot••••••. 지피스의 칠리.

• 원통형 토르티야나 타코를 튀긴 멕시코 음식.

•• 혼합 과일 음료.

••• 포르투갈에서 유래한 하와이 전통 도넛.

•••• 소금에 절여 말린 쇠고기.

••••• 하와이식 코코넛 푸딩.

•••••• 긴 테이프 형태의 얇은 과일 젤리.

오토의 치즈케이크. 엄마 생일에 주문한 적이 있는데 엄마는 너무 달지 않다면서 맛있게 먹었다. 버터 모찌. 누군가의 뒷마당에 열린 망고. 모닝 글래스의 맥앤치즈 팬케이크. 버비스 모찌 아이스크림. 쇼유와 타바스코를 뿌린 스팸달걀밥. 당신이 가족에게 직접 만들어 준, 최초의 제대로 된 아침 식사였다. 학교에 먹을 만한 것이 없을 때에는 다 스팟의 망고탱고 스무디를 마시자. 테드베이커리의 초콜릿 하우피아 파이. 파우말루에서 앤절라와 하루를 보내고 돌아가는 길에 들르는 곳이었다. 포 비엣 티엔 홍의 13번 라지 사이즈에 스테이크와 갓 만든 레모네이드 한 잔 곁들이기. 당신과 오빠 모두 좋아하는 곳에서 혼자 하는 식사다. 코스트코의 시식용 음식. 오븐에 구운 피넛버터젤리 샌드위치. 앤절라 집에 놀러 갔을 때 그녀가 처음으로 만들어준 간식이었다. 초콜릿을 씌운 아몬드. 버터와 소금을 추가한 영화관 팝콘. 음료수 뚜껑에 할라페뇨를 잔뜩 덜어야 한다. 제이컵은 팝콘을 상자에 덜어 먹었지만 당신은 봉투에서 바로 꺼내 먹는 걸 더 좋아했다. 데이비드와 함께 밤늦게 먹는 릴리하베이커리의 핵폭탄 잼. 고추장을 찍은 상추. 국물이 자작한 김치를 비롯해 할머니가 만드는 모든 음식. 가끔은 조씨네 델리의 육전 갈비 콤보. 넘치는 식욕은 늘 그대로였다.

나나

식당은 현금이 들어오는 것이 훤히 보이는 유리 상자였고, 조 씨는 뛰어들어 스스로 할 수 있는 일을 하며 그 상자를 움켜쥐어야 했다. 그러면서 피터를 계속 고용하는 문제는 그가 마음대로 할 수 있는 일이 아니라고 말했다. 조 씨는 피터에게 누구에게나 부양해야 할 사람이 있다고, 돈이 충분히 돌지 않는 상황에서 그가 어떻게 피터를 계속 고용할 수 있겠느냐고 말했다. 피터는 엄마를 부양해야 하니 해고하지 말아달라고 부탁했다. 엄마에게는 피터뿐이었다.

피터는 조 씨 가족과 함께 보이지 않는 곳에서 묵묵히 일하는 것이 자기만의 방식으로 고마운 마음과 신뢰를 보여주는 것이라고 생각한 자신이, 그리고 이를 똑같이 돌려받을 수 있으리라고 생각한 자신이 바보처럼 느껴졌다. 피터는 조 씨네에서 일한 세월 동안

278

그들 가족 모두와 잘 지냈다고 생각했기에, 조씨네에서 한자리 차지할 수 있으리라고 믿었다. 그레이스도 그런 식으로 말했다. *넌 우리 가족이나 마찬가지야.* 조 씨의 너그러운 마음씨는 어디로 간 걸까? 조 씨가 최대한 해줄 수 있는 배려는 피터가 이삿짐센터에서 일할 수 있도록 보증을 서주는 정도였다. 조 씨는 친구 박 씨에게 전화해서 몇 분 동안 한국말로 이야기한 뒤에 전화기를 손으로 가리고 피터에게 물었다. 어디 출신이라고 했지?

일은 쉽지 않았고 급여는 불규칙했지만 적어도 하루 일을 마친 뒤에 피터는 말로와 팁을 나눠 가질 수 있었다. 말로가 피터의 팔을 주먹으로 치면서 박 씨는 사모아 남자만 고용하기 때문에 차모로인인 사촌을 보고 놀랐다고 말해주었다. 그러면서 박 씨는 이삿날, 특히 계단을 오르내려야 하는 이사일 때 직접 일꾼들에게 지시하면서 도움을 주는 훌륭한 사장이자 공평한 사람이라고 피터를 안심시켰다. 손바닥에 빨간 고무를 칠한 작업용 장갑을 낀 박 씨는 텔레비전, 침대, 매트리스, 서랍장 같은 무거운 물건들을 피터와 말로에게 떠넘겼는데도, 말로는 박씨네 이삿짐센터Park's Moving에서 일하는 것이 홈월드 가구HomeWorld Furniture에서 가구를 배달하고 조립하는 일회성 일보다 낫다고 우겼다. 이삿날에 그들에게 물이나 음료수를 주는 사람들도 있었는데, 한번은 어떤 커플이 세븐일레븐에서 무스비를 사다 준 적도 있었다. 하지만 팔짱을 끼고 발을 조급하게 탁탁 두드리며 그들을 노려보는 사람들이 대부분이었다. 피터는 이런 이유 때문에 박 씨가 현장에 있어야 한다고 생각했다. 박 씨는 그들이 물건을 훔치지 않을 거라고, 몰래 훔칠 수만 있다면 우리가 소파라도 들고 도망칠 거라고 생각하는 손님들을 안심시켜야 했다.

바깥 주택가 주변의 잔디가 자란 공터 비슷한 곳에서는 아이들이 뛰어놀고 있었다. 피터는 아이들 무리에 끼어들어 쿼터백으로 함께 뛰면서, 어떻게 해야 빨랫줄에 걸린 이불이나 옷을 더러운 미식축구공으로 넘어뜨려 아줌마들과 곤란한 일이 생기지 않도록 공을 잘 던질 수 있는지 가르쳐주었다. 하와이에서의 삶은 괌에서의 삶과 비슷했다. 하와이에서는 평소에 군인들이 잘 보이지 않았고, 고속도로에서 군 운송 차량을 보거나 와이키키의 술집 곳곳에서 술 취한 군인들을 보거나 굉음을 내며 하늘을 가르는 헬리콥터나 비행기가 보이는 정도였다. 하지만 고향 괌의 경우 군대가 섬의 3분의 1을 차지하고 있었고 사람들은 울타리 안팎에서 기지 주변으로 보이지 않는 벽을 그렸다. 피터는 앤더슨 공군기지 근처에 살았는데, 기지의 B-1 폭격기와 C-130 수송기가 주기적으로 보였고 비행기가 어찌나 가까이 낮게 나는지 아침을 먹고 있노라면 제트기 연료 냄새가 나고 식탁에 놓인 오렌지주스가 흔들릴 정도였다.

피터가 아이들에게 커서 뭐가 되고 싶은지 묻자, 아이들은 농구선수 코비 브라이언트 이야기를 하며 피터를 향해 돌진했다. 어느 아이는 하키를 하고 싶다고 말했다. 너희 아이스링크에 가본 적 있니? 네, 아이스 팰리스Ice Palace로 소풍 간 적 있어요. 누군가가 주지

사가 되어 사람들에게 이래라저래라 하고 싶다고 말했다. 피터는
의사, 변호사, 과학자, 선생님이 되고 싶은 사람은 없는지 물었다.
선생님이 되면 학교에 영원히 남아야 할 텐데 학교에 가고 싶을 리
가 없잖아요. 학교는 구려요. 아이들이 말했다.

어느 아이는 장난감 총을 들고 군인이 되어 싸우겠다고 외쳤고,
그러는 사이에 나머지 아이들이 끼어들어서 피터에게 물었다. 아저
씨, 아저씨는 어때요? 어릴 때 커서 이삿짐센터 직원이 될 줄 알았
어요? 아이들은 웃음을 터뜨렸고 피터도 함께 웃으며 입 다물라고
한 뒤에 나나가 항상 했던 말을, 일은 몸이 아니라 마음으로 하는
것이라는 말을 들려주었다. 나나는 나이가 너무 많아서 지피스에서
혼자 오래 일할 수는 없었다. 이렇게 말하면 나나는 피터를 나무랐
다. 첫째, 나는 나이가 많지 않아. 둘째, 애당초 내가 일자리를 구할
수 있었던 게 운이 좋은 거야. 피터는 거의 매주 해동한 칠리를 먹
는 데 진절머리가 났지만 불평할 수 없었다.

피터도 군 입대를 생각해보기는 했다. '혜택'이라는 문구가 머릿
속에서 맴돌았다. 대학에도 갈 수 있었다. 괌에 사는 사람은 미국
시민일지라도 대통령 선거 때 투표권이 없었지만 군인이라면 가능
했다. 그는 이 내용을 팸플릿 같은 데서 읽었는지, 아니면 선택 사
양을 모두 제시한 뒤에 결국 '어떻게 입대하지 않을 수 있겠어요?'
라는 취지의 질문을 한 신병 모집 담당자에게 들었는지 기억나지
않았다.

올해로 피터는 형 마크가 죽었을 당시의 나이보다 한 살 많아진다. 어린 피터는 마크를 우러러보았고, 어린 마크는 멜빈 삼촌을 우러러보았으며, 삼촌은 베트남전에 참전한 할아버지를 우러러보았다. 그리고 할아버지의 아버지는 2차 세계대전에 취사병으로 참전했다.

나나는 마크의 책상을 간직하고 있었다. 책상 위에는 그의 사진과 그가 실린《퍼시픽 데일리 뉴스》표지 액자가 놓여 있었다. 표지 속의 마크는 정복을 갖춰 입고 자랑스레 내걸린 미국 국기 앞에 절대 죽지 않을 것처럼 있었다. 정복을 갖춰 입은 그 모습은 마크가 이라크 길가에서 발생한 폭발 사고로 사망하기 직전의 바로 그 모습이었다. 마크는 꽉 닫힌 관에 담겨 왔고, 함께 온 삼각형으로 말끔하게 접은 국기는 그 상태로 책상 위에 놓여 있었다. 가족들이 형편상 국기를 넣을 단풍나무 국기함을 구입할 수 없었기 때문이다. 피터는 국기를 볼 때마다 정복을 입은 형의 모습이 보였다. 마크가 정복 말고 다른 옷을 입은 모습이 잘 기억나지 않을 정도였다.

마크는 울타리 안으로 들어갔다. 그에게 군 입대는 꿈을 벗어나는 수단이었다. 군대에서는 입대가 세상을 더 많이 알아볼 수 있는 훌륭한 방법이라고 말했다. 여행을 많이 할 수 있는 좋은 방법이라고. 피터는 정복 입은 마크를 처음 보았을 때 형이 정말 어른 같았다. 초대형 액션 피규어 같기도 했다. 물론 움직임을 흉내 내는 건 아니었지만. 형은 어른처럼 보였지만 그가 죽고 피터가 장례식에서

들은 말은 "마크는 아이인데. 너무 어린데"라는 것뿐이었다. 사람들이 위로를 전하면서 한 말이었다. 하지만 사람들은 피터의 자유를 위해, 민주주의를 위해 목숨을 희생한 어른으로 마크를 기억했다.

그들은 조상 대대로 살던 땅인 괌을 떠나야 했다. 미군이 그 땅을 사용하기 때문이었다. 그들은 다른 곳으로 이주했지만 그곳의 땅 역시 군사 훈련과 사격 연습이 벌어지는 곳이었다. 머지않은 시일 내에 괌으로 돌아갈 수 있을 것 같지는 않았다. 나나는 너무 위험하다고, 특히 북한이 공격하겠다고 위협한 뒤로는 더욱 위험해졌다고 계속 말했다. 피터는 나나에게 괌이 위협받는 이유는 미군이 주둔하기 때문이라고 말했다. 미군의 주둔이 위협이었다. 북한 사람들은 전쟁을 겪는 동안, 미군이 계속 한반도에 주둔하는 동안 얼마나 고통스러웠는지 기억하고 있었다. 하지만 나나는 아니라고, 미국은 괌을 보호하는 것이라고 확신했다. 괌을 보호하는 이유는 그 섬이 미국의 것이기 때문이고 미국은 계속 그런 식으로 섬을 지키며 소유하기를 원했다.

피터가 살고 있는 주택단지는 전면 재건축이 계획되어 기존 364가구에 2000가구가 추가된 초고층 아파트가 지어질 예정이었다. 모두 동네의 젠트리피케이션을 부추기는 시도일 뿐이었다. 시공 주체는 몇 년 뒤에 기존 주민들이 다시 들어와서 살 수 있도록 할 것이며 그들에게 선택권과 가장 처음 입주할 권리를 주겠다고 했다. 피터는 이에 회의적이었고 결국 어디에서 살게 될까 싶었다. 박씨네 이삿짐센터에서 오래 일해서 나중에 사장에게 도움을 요청할 수 있을지도 의문이었다.

조 할머니

조 할아버지는 변기와 욕조 사이의 좁은 공간에 주저앉았다. 삼촌이 샤워용 의자에 추가로 손잡이를 설치해준 뒤로, 도움이 필요하지 않다고 우기며 혼자 씻는 데 익숙해졌다.

이제 그가 스스로에게 씌운 저주가 실현될 참이었다. 늘 같은 말을 되풀이하면서 주변 사람들의 조심하라는 말을 무시해가며 씌운 저주였다.

상관 안 해. 난 술을 마시고 싶을 뿐이야. 일찍 죽지 뭐.

조 할아버지는 돌아서서 손잡이를 잡고 욕조에서 나왔고, 그사이에 휠체어가 뒤로 밀려나는 바람에 바닥에 떨어져 변기 모서리에 머리를 부딪쳤다. 그는 바닥에 대자로 뻗었다.

조 할머니는 교회 노인들을 위해 바짓단을 수선하다 말고 재봉틀 페달에서 발을 뗐다. 욕실로 가보니 위를 향한 할아버지의 발끝이 보였다. 할머니는 다급히 들어가 휠체어를 옆으로 밀었다. 할아버지 이마에 깊은 상처가 생겨서 피가 나고 있었다.

할머니는 그가 숨을 쉬는지 확인한 다음 깨우려고 했다.

자기야?

자기야.

아직 살아 있었다.

할머니는 집 전화기를 가져와 아들들에게 전화를 걸었다. 그러면서 구급차 비용을 생각하며 지난번에 얼마가 들었는지 기억을 더듬었다. 하고 싶어도 혼자서는 남편을 일으켜 퀸스 병원까지 데려갈 수 없었다. 길 하나만 내려가면 병원이 있는데도.

혼자 옮기기에 남편은 너무 무거웠다.

힐튼 호텔에서 일하는 아들은 교대 근무 중이기 때문에 데리러 올 수 없었다.

다른 아들도 마찬가지였다. 위생 검사 때문에 할 일이 태산이라고 했다.

아들이 둘이나 있지만 의지할 데가 없었다. 조 할머니는 하나님을 믿지 않는 아들들을 위해 매일 해 뜨기 전에 기도했다.

할머니는 911에 전화를 걸었으나 필요한 말을 전부 하진 못했다.

남편.

쓰러졌어요.

그녀는 전화를 끊었다.

이런 날이 올 줄 알았다. 이 남자를 더 이상 돌보지 않아도 될 날이. 그는 어떤 집이든 쩌렁쩌렁 울리도록 크게 소리를 질러댔기 때문에 조 할머니는 다른 방에 숨거나 바늘, 숟가락, 칼, 성경 등 손에 들고 있는 것에 집중하며 숨죽이고 눈에 띄지 않도록 해야 했다. 만들거나 수선할 옷과 먹일 입과 깍둑썰기 할 식재료와 구원해야 할 영혼은 정말 많았다. 조 할머니는 할 수만 있다면, 남편과 아들들이 말을 듣게 만들 수만 있다면, 그들의 입을 꿰매서 다물게 한 다음 그들을 뜯어고치고 생각나는 모든 성경 구절을 읊조리며 머리에 성유를 한 숟가락씩 끼얹어 바람직한 아들과 남편으로 만들었을 것이다.

조 할머니는 남편 위에 군림하듯 그의 위에 우뚝 섰다. 요양원을 예약하고 자주 찾아가야 할 테고 맹맹한 음식 때문에 다투기도 할 것이다. 물론 기도도 해야 할 테고.

이 남자를 천국에 들여보내 달라고 얼마나 더 많이 기도해야 할까? 조 할머니는 휠체어에 앉아서 자신의 두 손을 바라보았다. 무엇을 더 할 수 있을까? 자신이 휠체어에 앉기까지 시간이 얼마나 남았을까 생각에 잠겼다. 욕실 손잡이를 계속 놔둬야 할 것 같았다.

그녀가 바닥에 쓰러지면 누가 발견하게 될까? 전화를 걸었을 때 투덜대지 않고 도와줄 사람이 아무도 없었다. 주님 말고 누가 곁에 있을까?

————,

널 볼 수 있으면 좋을 텐데 조금만 더 기다려보자 조금만 더 기다려보자 조금만 더 기다려보자 조금만 더 기다려보자 조금만 더 기다려보자 조금만 더 기다려보자 조금만 더 기다려보자 조금만 더 기다려보자 조금만 더 기다려보자 조금만 더 기다려보자 조금만 더 기다려보자 기다리자 기다려 기다려 기다려 기다려 기다려 기다려 기다려 기다려 기다려 기다려 기다려 기다려 기다려 기다려 기다려 기다려 기다려 조금만 더 기다려보자 조금만 더 기다려보자 조금만 더 기다려보자 조금만 더 기다려보자 조금만 더 기다려보자 조금만 더 기다려보자 조금만 더 기다려보자 조금만 더 기다려보자 조금만 더 기다려보자 조금만 더 기다려보자 조금만 더 기다려보자 조금만 더 기다려보자 내가 너 없이 이렇게 살고 있다

제 자

    대리석 커피 탁자와 흰색 가죽 소파가 놓인 널찍한 거실 위에 샹들리에가 달려 있다. 제이컵은 돌바닥, 나무 기둥, 기와지붕에 둘러싸인 안뜰을 상상했다. 택시는 그의 아파트에서 한 시간 남짓 떨어진 일산의 어느 집 앞에 그를 내려주었다. 그 집에는 강화 마루가 깔려 있었고 냉수기와 인스턴트커피 머신도 있었다. 제이컵은 긴장됐고 괜히 왔나 싶었다. 평면 스크린에는 과일과 떡이 차려진 제사상, 밝은색 옷이 걸린 옷걸이, 소복을 입고 칼을 든 채 빙빙 돌며 굿을 하는 무당의 흐릿한 형체를 포착한 사진이 슬라이드 쇼로 계속 돌아가며 나왔다. 제이컵은 기다리는 동안 빙의, 무당의 몸에 사는 신, 돼지 피와 목을 자른 닭에 대한 글을 읽었다. 벌써 아침이 밝아오고 있었고 제이컵은 기진맥진한 한편, 이 시간에 무당의 집이 상담을 위해 열려 있다는 데에 놀랐다. 그는 여전히 얼굴 주변에 감각이 없었고, 저린 증상이 광대뼈에서 빙빙 돌다가 목에서 잠깐 사라졌다가 다시 팔과 허리까지 퍼졌다. 백 할아버지가 얼마나 빨리 그를 찾을지, 그때 할아버지는 얼마나 화가 나 있을지 궁금했다.

대문에서 제이컵을 맞아주었던 조수가 상담실로 들어오라고 불렀다. 그녀는 제이컵에게 작은 나무 탁자 앞에 앉으라고 손짓했다. 탁자 위에는 무당이 놓아둔 타로카드 더미가 있었고 그 옆에는 싱잉볼과 무당방울이 있었다. 그가 앉자마자 무당이 들어왔다. 그녀는 발목을 끈으로 묶는 통 넓은 검은색 바지와 흰색 긴팔 셔츠와 파란색 조끼를 입고 목에는 검정 구슬 목걸이를 걸고 있었다. 그녀는 인사를 하더니 제이컵에게 영어로 환영 인사를 건넸다.

"난 각계각층의 손님들을 도와주지. 미국 교환학생이나 학원 선생님이겠군. 태어난 곳에 오랜만에 왔어."

무당은 제이컵의 불편함을 알아차렸다. 그녀는 영적인 조언을 해줄 테고, 바라건대 그의 나쁜 에너지를 생명력으로 바꾸는 데 도움을 주어 그를 더 나은 미래로 이끄는 파트너가 될 것이다. 제이컵은 사악하고 강력한 혼령에게 괴롭힘 당하고 있었다.

"할아버지에게서 완전히 벗어나지 못했군. 아직 함께 있어."

"저는 당장 도움이 필요해요. 몸이 좋지 않아요."

"대부분 죽은 자들은 편하게 있어. 하지만 그렇지 못할 때는 우리에게 뭔가를 요구하고 그들이 이루지 못한 무언가를 이루려고 우리 삶을 이끌려고 하지. 많은 사람들의 경우 그건 부자가 되는 것이었어. 그래서 우리가 소원을 들어줄 수 없었던 적이 많았지."

그녀는 잠시 말을 멈추더니 손바닥을 보이며 양손을 내밀었다. "우리 중 누군가는 다른 사람보다 더 잘 들어. 무슨 말인지 알아듣지?"

제이컵은 고개를 끄덕였다.

"손 줘봐." 그녀는 탁자 너머로 손을 뻗었다. 제이컵에게 손이 닿자마자 무당은 손을 떼고 고통스러워하며 얼굴을 찡그렸다. 제이컵의 손은 불에 타는 듯했다.

"생각보다 안 좋은데."

그녀는 제이컵에게 자주 아팠는지 물었고, 제이컵은 맨 처음 할아버지의 혼령을 마주친 일과 그 뒤로 일어난 일을 설명했다. 간단히 말해서 백 할아버지와 타협한 뒤로 몸 상태가 점점 나아졌지만 할아버지가 그를 완전히 장악할까 봐 걱정된다는 내용이었다.

"계속 얼굴을 만지는군. 저리는 모양이야."

"얼굴이 타는 것 같아요. 사실 여기 들어온 직후부터 그랬어요."

"음, 그 병이 틀림없어."

무당은 그의 할아버지가 엄청난 고통에 시달리고 있다고, 이 고통은 제이컵을 도구로 이용할 힘을 주기도 했다고 말했다. 제이컵도 이미 알고 있는 사실이었다. 다만, 그가 앓고 있는 병은 영적인 경험으로 인한 결과가 아니라 원인이라고 했다.

그건 부름이라고.

"떨고 있군. 알아. 걱정되겠지. 그럼 자네에게 어떤 선택지가 있는지 보자고. 어느 하나가 나머지보다 좋은 결과를 가져오지 않을 수도 있어. 할아버지의 혼령을 쫓아내는 굿을 할 수도 있고. 이 굿의 성공 여부는 장담할 수 없지만, 살풀이를 하고 나면 할아버지가 더 고통스러워질 게야. 자네는 며칠, 몇 주 동안 몸 상태가 좋아진다고 느낄 수 있지만 할아버지가 더 화가 나서 무자비해져 돌아올 가능성도 있어. 오늘 상담 비용은 10만 원인데, 굿을 하게 되면 시간이 얼마나 걸리느냐에 따라 비용이 달라져. 굿이 끝나고 나서 봐야지."

"다른 선택지는 없나요?"

"난 오랫동안 무당 일을 했어." 무당이 몸을 숙였다. "그래서 장담하는데 자네는 무당의 세계로 부름을 받고 있어."

"그 말 못 믿겠는데요."

"믿으라고 하는 말이 아니라 진실을 마주하라고 하는 말이야."

"뭐가 진실이죠?"

"자네 손을 만지자마자 신병이라고 의심했어. 신내림을 거부하는 사람들은 대부분 죽음을 맞이하지."

제이컵은 터져 나오는 웃음을 참으려고 입술을 오므렸다. 이런 곳에 오는 실수를 저지르다니.

무당은 한숨을 쉬었다. "사실, 자네를 이곳으로 이끈 사람은 요양원에 있는 자네 할머니야. 자네는 상처받았고 영혼이 아파. 박수가 되어 이 일에 생을 바치면 병이 치유되고 남을 도우며 살 수 있어. 이건 중대한 결정이지."

제이컵은 하와이를 떠나지 말았어야 했다. 하와이에 계속 있었다면 이런 일은 일어나지 않았을 것이다.

"자책할 필요는 없어."

"부탁인데 그만하시면 안 될까요?"

"알겠어. 말했듯이 무당으로 살아가는 건 결코 쉬운 일이 아니야. 내 밑에는 굿과 준비 작업과 웹사이트 관리와 소셜미디어 업무를 도와주는 제자들이 있어. 내림굿을 받으려면 폭넓은 수련을 시작해야 할 테고 이에 대한 비용을 지불해야 할 거야."

"혹시 손을 베어서 피를 내라고 요구하시는 거라면 전 안 할 거예요."

"그런 건 아니야. 천만 원만 내."

"그 정도 돈은 없어요."

"무속신앙은 멸시당하는 경우가 많지. 내림굿을 받기로 마음먹은 사람은 다들 어떻게든 돈을 모을 방법을 찾아. 자네 가족이 이해는 못 할지라도 도움은 줄지도 모르고. 목숨을 구하는 것치고는 적은 비용이잖아."

뒷마당에는 자갈이 깔려 있었고 돌이 깔린 길은 연못과 분수로 이어졌다. 그들은 제이컵을 중앙에 세우고 집을 등진 채 산을 마주 보게 했다. 무당에게는 제자들이 많았는데, 그중에는 무당이었던 친척이 죽고 나서 사후 세계의 부름에 응하라고 이끈 사람들도 있었다. 고등학교를 졸업하고 살던 마을의 경찰 수사를 도와줘서 유명해진 제자도 있었다. 그들은 저마다 악기를 들고 제이컵을 둘러싸고 앉았다. 그리고 그에게 천천히 숨 쉬며 평정을 유지하는 데 집중하라고 했다. 제이컵은 택시를 타고 오는 동안에만 겨우 잠을 잤기 때문에 언제가 됐든 틀림없이 잠들 것 같았다.

소매가 날개처럼 펼쳐지는 붉은 옷을 입은 무당이 그의 앞에 섰다. 갈비뼈 언저리에는 알록달록한 술이 매달려 있었다. 옷의 뒷면에는 학과 분홍색 카네이션이 수놓여 있었다. 무당은 종이꽃이 달린 긴 모자를 썼고 올린 머리에 금색 나비 헤어핀을 꽂았다. 그녀는 빠르게 달라졌다.

제자들이 악기를 연주하기 시작했다. 장구가 규칙적인 리듬으로 울렸고 꽹과리와 징이 계속 쨍쨍거렸고 방울이 짤랑짤랑 소리를 냈다. 무당은 위아래로 펄쩍펄쩍 뛰었다. 그녀는 모든 악기의 리듬과 조우하여 그 리듬이 몸을 통과해 흐르게 하려는 듯이, 공간과 시간을 통해 바다와 하늘과 산에서 동원한 힘을 그녀 안에 충분히 불러와서 제이컵을 쫓는 혼령을 물리치는 데 도움을 주려는 듯이, 양팔을 흔들고 빙빙 돌았다. 무당은 중얼대다가 소리를 내질렀는데, 한국말과 비슷하지만 하늘과 땅과 그 안에 있는 사람들을 모두 아우르는, 완전히 새로운 그들만의 언어였다.

무당의 소맷자락에서 칼이 나왔다. 그녀는 칼을 하늘로 던졌다가 잡았다. 손목을 비틀고 고개를 위로 젖혀 흔들며 눈을 감은 채였다. 무당이 돌을 발로 차자 옷자락이 흩날리는 주변에 먼지가 구름처럼 피어올랐다. 무당의 동작은 제이컵을 혼란스럽게 하는 소리와 겨루다가 그 에너지와 강렬함을 압도했다. 악기는 저마다 제이컵을 결박하는 것 같았고, 그는 비트가 울릴 때마다 관자놀이에 길고 가는 바늘로 찌르는 듯한 날카로운 통증을 느꼈다.

　제이컵은 귀를 막고 머리를 감쌌다. 어지러워서 몸을 굽혔고 힘이 하나도 없었다. 시끄러운 소리에 뼈가 느슨하게 풀리는 것 같았고, 뼈는 언제라도 무너져서 무더기로 쌓일 것 같았다. 무당은 제이컵에게 다가와 칼로 찌르는 시늉을 하기 시작했다. 그녀는 칼이 제이컵의 몸에 실제로 닿기 직전에 멈췄고 등 전체를 그렇게 했다. 제이컵은 고개를 저었다. 아무 생각도 할 수 없었지만 하지 말라는 말은 간신히 속삭일 수 있었다. 그는 온몸이 떨렸고 목을 조여오는 듯한 소리가 들리자 몹시 화가 났다. 무당은 그의 목과 머리 주변을 찔렀다. 그의 눈에서 빛이 났고 그 밝은 빛은 주위의 벽에 부딪쳤다. 제이컵은 무당이 몸을 찌를 때마다 움츠러들었다. 그는 몸을 앞으로 굽혔다.

　무당은 그가 잘 지내는 것과 가장 관련이 깊은 가슴 쪽을 깨끗하게 하려고 그의 앞으로 갔다. 그리고 가슴팍을 겨누고 제이컵이 똑바로 앉도록 어깨를 살짝 밀었다. 하지만 그는 꼼짝도 하지 않았다.

제이컵은 손과 무릎으로 바닥을 짚으며 앞으로 고꾸라졌다. 그는 무당 앞에서 절을 했다. 공기를 마시려고 쌕쌕거렸다.

제자들은 연주를 멈추었다. 제이컵은 무당의 발을 잡으려고 손을 뻗었다. 무당은 칼을 옆에 내려놓고 몸을 숙여 양손으로 제이컵의 얼굴을 감쌌다. 그의 눈은 충혈되어 있었고 얼굴은 벌겋고 뜨거웠다.

"당신이 절 아프게 하고 있어요." 그가 말했다.

"그건 네 고통이 아니야. 하지만 느끼는 게 당연하지."

"이거 못 하겠어요."

"견뎌야 해."

"이 시끄러운 소리." 제이컵은 신음했다. "이것 때문에 전부 다 안 좋아지고 있다고요."

"그의 고통이자 네 자신의 고통이지."

"하고 싶지 않아요."

"그럼 그냥 죽을 거야?"

"아니요. 할아버지는 원하는 걸 해주면 절 내버려둘 거예요."

"아가야." 무당은 한숨을 쉬며 말했다. "네가 견디지 못하리라는 건 무당이 아니어도 알겠군."

제이컵은 숨을 고르고 무당이 달라는 돈을 주었다. 무당은 상담료를 받자 그를 놓아주었고, 무슨 일이 있더라도 잘못된 길로 가기 전에 마음을 바꿔 먹고 돌아오면 제자로 받아주겠다고 다시 한번 알려주었다. 무당은 그에게 돈이 없어도 돌아오라고 충고했다.

제이컵은 더 이상 할아버지가 자신을 장악하도록 하지 않을 작정이었다.

계속 알아보고 한국을 떠날 방법을 찾을 생각이었다. 그는 문을 닫고 무당 집을 나섰다.

"저 안에서 벌어진 야단법석은 다 뭐였지?"

태우가 앞에 불쑥 뛰어드는 바람에 깜짝 놀란 제이컵은 문손잡이를 잡으려 손을 뻗었다. 그는 무당에게 다시 들여보내 달라고 소리 질렀다.

누나

삼촌은 서랍장 위에 19인치 텔레비전을 설치했다. 그들은 조 할아버지가 잠든, 사방에 커튼이 쳐진 침대 옆에 서로 마주 보고 서 있었다. 삼촌은 그레이스에게 할아버지를 더 좋은 요양원에 모셨어야 한다고 말했다. 처음에 그레이스는 삼촌이 그녀의 부모님을 탓하는 줄 알았는데, 알고 보니 건강보험 관계자를 탓하는 말이었다. 조 할아버지는 이마를 꿰맸고 뇌진탕과 가벼운 발작 증상을 보였다. 그가 집으로 돌아갈 방법은 없었다. 그레이스의 할머니가 그를 돌볼 수도 없었다.

조 할아버지는 다른 환자 두 명과 병실을 함께 썼는데, 할아버지 양옆에는 자오 씨와 딘 씨가 있었다. 문틀 바깥쪽에는 종이에 인쇄한 환자들의 사진을 잘라서 나란히 붙여놓았다. 엄마는 매일 그레이스에게 할아버지가 얼마나 외롭겠느냐면서, 그레이스가 할아버지 같은 처지라면 주기적으로 누가 찾아오기를 바라지 않겠느냐고 물었다. 할아버지가 가족들이 그를 쓰레기처럼 버렸다고, 그를 잊었다고 생각하는 건 원치 않았다. 그레이스는 적어도 가끔은 할아버지를 보러 갈 수 있었다.

커튼을 쳐서 환자 세 명의 구역을 각각 구분해놓았음에도 한쪽에는 자오 씨의 휠체어가 쑥 나와 있었고, 맞은편에는 딘 씨가 오른쪽으로 밀어놓은 탁자가 나와 있었다. 딘 씨는 가족이 면회 올 때까지 안 먹겠다면서 음식을 밀어낸다고 했다. 조 할아버지는 바닥에 테이프를 붙여서 선으로 그의 구역을 정확히 표시해야 한다고 고집부렸다.

"별걱정을 다 하셔." 삼촌이 얇은 면 이불 위로 조 할아버지의 다리에 손을 얹은 채 말했다. 삼촌은 냉방이 너무 춥다고 불평한 뒤 조 할아버지의 담당 간호사에게 이불을 하나 더 달라고 요청했다. 삼촌은 그레이스의 아빠보다 몇 살 많았고, 이미 탈모가 진행 중이라 뒤통수 부분만 머리카락이 감싸고 있었다. 그레이스는 삼촌에게 하는 일은 어떤지 물었다. 늘 똑같지 뭐. 그는 지나치게 비싼 버거와 스테이크가 포함된 단조로운 메뉴에 18달러짜리 칵테일을 판다고 했다. 햇볕에 탄 백인들은 그를 재키 찬(성룡)이나 브루스 리(이소룡)라고 불렀고, 최근에는 도니 옌(견자단)이라고 부르기도 했다.

"그래도 그 손님들은 요즘 배우를 얘기했네요." 그레이스가 말했다.

"한국인 커플이 아주 많아져서 내 역할이 더 중요해졌어. 그나저나 네가 아빠 엄마와 일하는 걸 좋아한다는 건 상상이 안 되는데."

"제 마음속에 들어갔다 나오셨나 봐요."

삼촌은 킥킥대며 웃었다. "네 아빠는 여기 이분과 일하는 걸 좋아했을 것 같아? 아빠는 주어진 상황에 최선을 다하는 거야. 네 엄마도 그렇고."

"'주어진'이라는 말이 적합하지 않은 것 같은데요."

"언젠가는 너도 식당을 맡게 될 거야."

그레이스는 코웃음을 쳤다. "윽, 싫어요. 해충 방역 업체에서 벌레를 박멸한 뒤에 가게를 다시 열고 기적적으로 정상으로 돌아간다고 해도 절대 안 할 거예요."

"말이 그렇다는 거야." 삼촌은 어깨를 으쓱했다. "너한테 식당을 물려주거나 돈을 많이 벌어서 너희 둘 명의로 집 한 채씩 사주는 게 계획이었다고."

"무슨 말인지 모르겠어요."

삼촌은 한숨을 쉬었다. "너랑 네 오빠 말이야. 유산을 물려준다고. 물론 네 아빠, 엄마는 네가 지금 이름으로 식당을 계속 운영하기를 바라겠지만, 네가 식당을 운영할 만한 다른 사람에게 팔 수도 있겠지. 그리고 네 아빠, 엄마가 매년 살 거라고 말하는 그 집을 진짜 사면, 네게 가정을 꾸릴 곳이 생기는 거야. 다른 사람들에게 세를 줘도 되고. 결정은 너와 오빠에게 달려 있어. 그 집에서 둘이 같이 살 수도 있고 식당을 함께 운영할 수도 있고."

조 할아버지가 잠에서 깬 삼촌과 그레이스 쪽으로 고개를 돌리며 그레이스의 손을 잡으려고 팔을 뻗었다.

"그레이스. 우리 그레이스니?" 할아버지는 미소 지었다. 할아버지의 치아는 대부분 빠졌거나 은니였다.

"네, 할아버지, 저예요. 오늘은 좀 어떠세요?"

할아버지는 병실을 둘러보았다. "곧 죽을 것 같구나."

"아버지." 삼촌이 말했다. "그런 말씀 마세요."

할아버지 입장에서는 추측이 아니라 잠에서 깰 때마다 자신이 집에 있는 침대가 아니라 요양원에 있다는 걸 깨닫고 내린 자기 상황에 대한 평가였다. 그레이스는 할아버지가 텔레비전만 보고 지내도 심심하지 않은지 궁금했다. 할아버지가 안쓰러웠고 겁이 나기도 했다. 이야기를 들어보니 조 할아버지는 잠만 잤다. 그레이스는 베개로 일을 신속하게 처리할 수도 있었다. 나중에 그녀가 할아버지 같은 처지가 되면 그렇게 해주기를 원할 것이다. 그렇기는 해도 그레이스는 심계항진이나 이따금 느껴지는 찌릿한 가슴 통증이 재발한 뒤로 자신이 죽어가고 있는 건 아닌지 끊임없이 걱정했고, 그날의 두 번째 마테차를 벌컥벌컥 마셨다.

"네 오빠는 어디 있어?" 조 할아버지는 발작적으로 기침을 했다. "한국에서 돌아왔어?"

"곧 와요."

"한국군에 입대해야 했던 게야?" 조 할아버지는 깨어 있는 것이 고통스럽기라도 한 듯이 떨리는 눈을 떴다가 감았다. "너도 알다시피 난 길거리에 있다가 끌려갔다."

"또 시작이시네." 삼촌이 말했다.

"난 빨갱이들이 우릴 죽이기 전에 그들을 죽여야 했어. 하지만 그 사람들도 한국 사람들일 뿐이었지. 우리와 같은 한국 사람."

"저 화장실에 다녀올게요." 그레이스가 말했다.

그레이스는 수도꼭지를 틀었다. 그리고 변기 덮개를 내리고 그 위에 앉아서 전자 담배를 길게 빨아들였다. 연기는 셔츠 속으로 내뿜었고 조금이라도 새어 나오는 것은 재빨리 손으로 부채질을 했다. 그레이스는 오일 카트리지가 눈에 덜 띄고 폐에도 더 좋다고 중얼거렸다. 그녀는 보이지 않는 엘리베이터에 갇힌 것 같았다. 마리화나를 피울 때마다 엘리베이터 벽이 윙윙 울렸고 각 층의 높이는 생각보다 훨씬 높았다. 엘리베이터는 천천히 내려가다가 언제나 바닥에서 몇 센티미터 떨어진 곳에서 멈췄다. 그레이스는 마리화나를 줄이려고 노력하며 하루 동안 끊어본 적도 있었지만 소용없었고, 약 기운에 취하지 않으면 잠자고 집중하고 먹는 일이 점점 힘들어졌다. 이 이야기를 데이비드에게 할까 생각했다. 늘 약에 취해 있으려고 하는 그녀와, 늘 술에 취하려 했기 때문에 결국 지금 이곳에 오게 된 조 할아버지는 다를 바가 없었다. 지금 그녀는 약에 취했는지, 피곤한지, 더 나쁘게는 계속 약에 취한 상태로 뼈만 붙어 있는 허깨비처럼 지내는 것이 지겨워진 것인지 구분할 수 없는 지경에 이르렀다.

손을 내저어 연기를 쫓으면서 생각도 쫓아버렸다. 변기 물을 내리고 엘리베이터, 방문객 등록 데스크, 병실 입구에서 거품이 나는 손 소독제를 사용했음에도 불구하고 손을 씻었다. 그동안 면회 온 사람은 조 할머니뿐이었다. 방명록에는 할머니 이름이 줄줄이 적혀 있었다.

그레이스가 들어가자 딘 씨가 그녀를 향해 손을 흔들었다. 그레이스도 손을 흔들었다. 요양원에는 가족들만 면회를 왔다. 그레이스는 그들이 가족과만 이야기를 나눠서 틀림없이 지루할 거라고 생각했다.

그녀가 조 할아버지 옆에 가서 서는 동안 할아버지의 고개는 그녀를 쫓아왔다. "그레이스. 우리 그레이스니?"

"네, 할아버지. 화장실에 다녀왔어요. 기억하시죠?"

할아버지는 고개를 끄덕였다. "그럼. 뭐 좀 먹었어?"

"네, 학교에서 먹었어요." 그레이스는 단어 하나하나를 길게 말했다. "할아버지는 뭐 좀 드셨어요?"

"부탁 하나 하자. 벽장에서 뭘 좀 꺼내다오."

삼촌은 조 할아버지의 팔다리를 계속 주물렀다. 그레이스는 텔레비전 옆의 벽장을 열었다. 옷걸이에 셔츠가 가득 걸려 있었고 헤인즈Hanes의 세 개짜리 티셔츠 묶음이 있었다. 조 할아버지는 그레이스에게 바지 주머니에서 지갑을 꺼내달라고 했다.

"돈 필요해? 지갑에서 좀 꺼내 가라."

그레이스는 웃음을 터뜨렸다. "괜찮아요. 돈 필요 없어요. 이건 왜 여기 있어요?"

크롬 손잡이가 달린 지팡이였다. 그레이스는 지팡이를 살짝 던져서 반대쪽 손으로 잡으며 탭댄스 추는 흉내를 낸 다음 제자리에 내려놓았다.

"왜 전부 다 벽장에 들어가 있어요?"

"네 할머니가 할아버지가 원하는 걸 갖다 놓으셨어." 삼촌이 설명했다.

조 할아버지는 그레이스에게 셔츠 뒤에 있는 큰 서류 봉투를 가져오라고 했다. 그레이스는 꺅 소리를 질렀다. 기념주화를 넣는 홈이 있는, 수집가들이 모으는 미국 지도였다. 어릴 때 그레이스는 지도의 기념주화 홈을 모두 채우는 놀이를 했다. 어느 날 할아버지는 그녀에게 언젠가 이 지도가 귀해질 것이라고 했다. 큰돈이 될 거라고. 그레이스는 세이프웨이Safeway에서 동전 교환기가 동전을 토해내기를 기다렸다. 부모님이 빨래방에서 쓰려고 동전을 모아둔 빨간 입술 모양 지갑을 뒤지기도 했다. 제이컵이 자기 돼지저금통의 동전을 빼는 그레이스를 잡은 적도 있었다. 그레이스가 저금통을 흔들어서 꺼낸 동전이 제이컵의 침대에 널려 있었다. 그레이스의 이런 노력과 별개로, 조 할아버지는 반짝이는 새 동전을 손가락 사이에 끼우고 얼굴 앞에 내밀며 그레이스가 동전 디자인을 자세히 보게 한 다음, 어느 주의 동전을 이미 넣었는지 퀴즈를 냈다. 그녀는 조지아주와 복숭아, 버몬트주와 단풍나무, 미시시피주와 목련, 애리조나주와 그랜드캐니언을 연관 짓는 방법을 이런 식으로 배웠다. 할아버지는 동전을 그녀의 손바닥에 내려놓고 지도의 홈에 동전을 넣으라고 했다. 지도는 하와이가 추가될 때까지 천천히 채워졌다.

그레이스는 지도를 할아버지의 무릎에 내려놓았다. 그리고 삼촌과 한쪽씩 끝을 잡고 지도를 펼쳤다. 조 할아버지는 지도를 어루만졌다. 그레이스는 지도에 있는 모든 곳을 할아버지와 함께 가보고 싶었다.

할아버지는 그레이스에게 지도를 가지라고 했다. 이 지도는 언제나 그녀의 것이었다. 결국 할아버지가 지도를 가지고 있어봤자 쓸모가 없어졌으니까.

～

조 할아버지는 그레이스가 찾아와서 기뻤다. 손녀의 이목구비를 보자 누나가 떠올랐다.

그는 누나가 어떻게 사는지 궁금했다. 누나는 뉴저지주에 살았고 할아버지는 누나를 다시 볼 수 있을지 알 수 없었다.

누나는 그를 자주 업어주었다.

그레이스는 자기 차 안에서 지도 가격이 얼마인지 검색해보았다. 홈에 끼운 25센트짜리 동전을 다 합친 정도의 가격인 12달러 50센트였다.

제이컵

제이컵은 굿을 끝까지 견뎠다면 태우가 얼마나 더 오랫동안 자신에게 영향력을 행사했을지 궁금했다. 그는 상황이 심각해지도록 방관했다.

처음에 제이컵은 태우가 스스로 주장하는 그런 사람이 맞는지 의심했다. DMZ에 갔을 때를 다시 생각해보았다. 얻어맞고서 뭔가 조금이라도 달라졌다면 둘의 연결고리는 약하다고 볼 수 있었다. 따라서 그 고리는 깨질 수 있다.

제이컵은 더 이상 자기 목소리가 들리지 않았고 태우의 생각을 자기 생각으로 착각했다. 그는 어느새 태우의 삶을 살고 있었다. 어린 소녀를 보았을 때에는 머리가 곱실거리고 윗입술이 'M' 자 같다는 이유만으로 그레이스라고 착각한 적이 있었다. 소녀는 제이컵을 향해 아빠, 아빠 하고 외쳤다. 알고 보니 소녀는 자신의 엄마였다.

엄마는 아버지를 부르며 안아달라고 했다. 그리고 정 할머니가 포대기로 쓰던 이불을 끌고 왔다. 엄마는 아버지에게 안겨 그가 가는 모든 곳에 따라가고 싶어 했다. 아버지가 영원히 떠나리라는 것을 몰랐다.

기억은 깊이 묻혀 있었다.

그레이스도 제이컵에게 업혀서 빠르게 달리는 걸 좋아했는데, 그럴 때면 둘 다 제이컵이 우주선이라고 상상했다. 부모님은 이런 식으로 제이컵과 놀아준 적이 없었다. 제이컵은 그레이스를 즐겁게 해주는 일을 중요하게 생각했다. 재미있는 오빠가 되고 싶었다. 재미있는 가족의 일원이 되고 싶었고, 기도해서 형제자매를 얻게 되면 같은 성별이 아니더라도 가족과 함께 있을 땐 외롭지 않다는 것을 알려주고 싶었다. 처음으로 부모님 없이 둘만 알라모아나 센터에 갔을 때, 그들은 정글 펀Jungle Fun까지 걸어갔고 그레이스는 완충 장치를 설치해 위에 매달아놓은 놀이터에서 뛰어다니다가 마지막에는 미끄럼틀을 탔다. 제이컵은 놀이터에서 놀기에는 자기 나이가 많다고 생각했기 때문에 그레이스가 스스로 알아서 놀기를 기다렸다가 아래쪽에서 따라갔다. 그는 그레이스가 다칠까 봐, 발을 헛디뎌 그물망 사이로 떨어질까 봐 걱정했다. 그레이스가 계속 뛰는 바람에 그물망이 흔들려서 다른 사람들이 지나가기 힘들어했다. 나중에는 둘이 같이 오토바이도 타고 테이블 하키도 했다. 악어 머리를 때리는 게임도 했는데, 파란색 뽕 망치로 때리던 그레이스에게 도움이 필요해지자 제이컵이 손으로 함께 때렸다. 그들은 정글 편에서 너무 빨리 나와버렸다. 입구에서 그레이스는 하마 입속에 앉아서 잡아먹히는 시늉을 했다.

쇼핑몰을 돌아다니던 중, 그레이스가 힘들다고 제이컵의 티셔츠를 잡아끌며 업어달라고 했다. 제이컵은 안 된다고 잘랐다. 업어주기에는 너무 무거웠다.

그레이스는 고집을 부렸다. '그래도 오빠, 오빠.' 제이컵은 다시 그녀를 조용히 시켰고 결국 그레이스는 울기 시작했다.

이때가 남매의 첫 번째 다툼이었다. 그레이스가 처음으로 오빠가 싫다고 한 날이기도 했다.

시간이 지나 제이컵은 마음이 누그러졌다. 그레이스는 잠들었다.

차를 타고 집으로 가는 길에 그레이스가 지나가는 구급차를 보고 응원하기 시작했다.

가라, 구급차! 할 수 있다!

제이컵이 왜 응원하는지 묻자 그레이스는 구급차가 시간에 맞게 도착해서 누군지는 몰라도 도움이 필요한 사람들을 구하면 좋겠다고 말했다.

태우가 DMZ를 건넌다면 제이컵이 집으로 돌아갈 수 있다 하더라도 시간이 오래 걸릴 것이다. 제이컵은 너무 오랫동안 집을 떠나있었는데, 그동안 한국에 있었다는 느낌이 들지 않았다. 그는 내내 이용당했다. 더 이상은 안 된다.

제이컵은 백 할아버지가 끌고 다니기에 너무 무거운 몸을 만들기로 했다. 모든 생각을 발에 집중한 채 땅을 디뎠다. 그리고 영어로, 평생 축적하며 사용했던 영어로 생각하기 시작했고 생각이 넘쳐흐르게 두었다.

마음 한구석에서는 다 놓고 싶어 했다. 북쪽으로 이끄는 힘에 굴복하고 싶어 했다.

신발이 앞쪽으로 미끄러졌다.

제이컵은 손을 들어 자기 얼굴을 때렸다.

~

당신은 자갈 위로 미끄러졌다. 넘어져서 남한과 북한을 나누는 바닥 경계석 바로 위에 얼굴을 부딪쳤다.

당신의 양손이 서로 다른 쪽에서 달랑거렸다. 그 순간, 당신은 청년의 몸에서 기어 나와 벽을 건넌다. 벽은 아주 잠깐 열렸지만 입구는 머리가 간신히 들어갈 정도의 크기였다.

당신이 머리를 밀어 넣자 벽이 정수리 언저리에서 톱처럼 날카롭게 진동한다. 벽 전체를 누비던 소음이 모두 당신을 공격한다. 무시무시한 비명, 케이팝 노래와 선전용 확성기에서 나오는 희미한 연설이 한데 섞여 울리는 소리, 이 소리 위에 겹쳐지는 수많은 사람들의 목소리. 그들은 잃어버린 사람을 불렀고, 그들의 울음은 벽을 가로질러 증폭되었다. 그러는 내내 전쟁은 맹위를 떨쳤고, 땅과 뼈를 가르는 폭탄 소리가 후렴구처럼 계속 들렸다. 벽은 입을 벌리고 당신의 귀에 대고 으르렁댄다. 당신이 조금씩 앞으로 나아가자 소음은 점점 줄어들어 정적과 고요함이 바스락대는 소리만 남았고 눈앞에 하얗게 타오르는 것이 보였다.

⁓

아무것도 존재하지 않았다. 당신은 잠시 동안 어디에 있는지도 잊었다. 당신은 잊히고 소멸되었다. 이곳은 벽의 심장부였다. 그리고 잠시 후 기억이 돌아왔다. 소음이 다시 나타나서 당신을 갈기갈기 찢어놓자 아팠다.

반대편으로 가야 했다.

당신은 구멍을 더 크게 벌려서 몸의 나머지 부분도 밀어 넣으려 했다. 총이 발사되었다. 그는 고통스러워서 울부짖었다.

당신은 간신히 손을 뺐지만, 한국 군인들이 이미 그를 잡아갔다. 그들은 그의 어깨를 잡고 움직이기 시작했다.

벽은 당신의 목과 팔 앞부분 언저리에서 꽉 닫혔다. 당신은 몸을 빼서 통과할 수 있으리라고 확신하고 움직이려고 안간힘을 쓴다. 당신의 머리는 북한에 있다. 몸은 남한에 있다. 당신은 해냈지만 기대와 같지는 않았다.

당신은 갇혔다. 혼자 힘으로 빠져나올 길은 없었다.

저들은 당신이 거기 있다는 걸 느낄까? 노력하면 저들이 당신 소리를 들을 수 있을까? 바보 왕은 꼼짝없이 잡혔다.

당신은 아내와 아들의 이름을 외쳤다.

~

제이컵은 원래의 몸으로 돌아와 끌려가면서 벽에 끼어 안간힘을 쓰는 태우를 보았다. 그는 한국을 나누고 있는 벽에서 빠져나올 수 있기라도 한 듯이 끝없이 추락하는 것처럼 몸부림치며 구름을 향해 발길질하고 있었다.

3부

윌 슨

그들은 식기를 쌓아둔 곳 근처의, 그리스식 기둥으로 둘러싸인 등받이가 높은 부스에 앉았다. 아까 데이비드는 지피스까지 자기가 운전하겠다고 했다. 음주운전 단속을 아슬아슬하게 피한 걸로 치면 자신은 열 번째 생을 사는 고양이일 거라고 그레이스가 자주 투덜댔기 때문이다. 그들은 그레이스가 혼자 마리화나를 피우기 시작한 뒤로 자주 만나지 못했다. 데이비드는 그레이스가 최근에 자기 공연을 보러 오지 않아서 화가 났지만 인스타그램에서 본 제빵사에게서 마리화나 브라우니를 구입해서 그녀를 놀라게 해주었다. 그레이스는 이미 약 기운이 올랐기 때문에 거절했다. 데이비드는 합법적으로 만들어졌고 20달러밖에 안 한다면서, 하나를 둘이 나눠 먹는 것보다 돈 좀 써서 각자 하나씩 사기로 했다고, 자기가 이렇게 좋은 친구라고 우겼다. 브라우니를 찾으러 갔을 때 이미 취해 있어서 브라우니 한 개에 THC*가 몇 밀리그램이나 들어 있는지는 잊었지만, 데이비드는 그레이스에게 둘이 같이 브라우니를 먹어야 한다고 단호하게 말했다.

그레이스는 가급적 지피스에 가지 않았다. 이런저런 음식을 파는 동네 식당 지피스는, 특별한 날에 지피스에서 식사하는 가정에서 자라 자신의 가정을 꾸린 사람들을 환영했고, 공항을 출발하거나 공항에 도착해서 '*어디 가서 뭐 먹지?*'라는 의문이 들 때 늘 기본적인 답을 줄 수 있는 곳으로, 하와이주 전역에 지점이 24개 있었다. 하지만 그레이스는 그 어느 때보다 배가 고팠다. 하루 종일 먹은 것이라고는 브라우니뿐이었다. 그레이스는 집 팩Zip Pac과 사이드 메뉴로 프렌치프라이, 어니언링, 칠리 1인분, 젤로 파르페를 주문했다. 머리가 멍하고 몸이 무거워서 의자에 깊숙이 기대앉았다. 안구가 얼얼했다.

종업원은 데이비드에게 좀 더 생각해보겠느냐고 물었다. 우선 사이드 메뉴 주문부터 넣으면 된다면서. 데이비드는 한국식 치킨을 주문했다.

종업원은 다른 곳으로 가려다가 말고 그레이스에게 시선을 옮겼다. "실례지만 혹시 우리 아들과 아는 사이예요?"

● 테트라히드로칸나비놀Tetrahydrocannabinol. 마리화나의 주성분.

그레이스는 눈을 가늘게 뜨고 종업원을 보았다. "누구요? 저요?"

"우리 아들 피터 말이야. 조씨네 딸 맞구나."

그레이스는 몸을 앞으로 숙이고 손을 모았다. 몸을 둥글게 말고 이대로 사라지고 싶었다. "네."

피터의 엄마 비에르네스 부인은 들고 있던 메모지를 한 손으로 두드리며 손뼉을 쳤다. 그 바람에 펜이 식탁 위로 날아갔고 그레이스는 뒷자리 손님들을 성가시게 해가며 부스 뒤로 기어 들어가 펜을 찾았다.

"고맙구나. 피터에게 얘기 많이 들었어."

"그게…… 피터는 잘 지내나요?"

"아, 그럼, 잘 지내지. 잘 지내고말고. 조만간 등을 다치지 않을까 걱정이야. 일자리를 새로 구했거든. 이삿짐센터에."

그레이스는 이 꼴로 있는 모습을 다른 사람이 또 볼까 걱정하며 당황했다.

"주문한 것 갖다줄게."

비에르네스 부인이 멀어지자 그레이스는 신음하며 식탁에 머리를 기댔다.

"알았을 거야."

"아마도." 데이비드가 말했다.

데이비드는 그레이스가 하와이언 브라이언스Hawaiian Brian's의 힙합 공연과 마카하 출신 래퍼 푸나헬레Punahele를 볼 기회를 놓쳤다고 알려주었다. 데이비드는 공연 녹화 영상을 보여주려고 휴대폰을 꺼내서 소리를 높이고 식탁 가운데로 팔을 뻗었다.

"하와이 최고의 래퍼야." 데이비드가 말했다. "그리고, 너의 그 남자도 우연히 마주쳤어."

"누구?"

"집에서 재배하는 사람 말이야. 네가 카트리지 몇 갑 사고 나서 반 갑 더 사 갔다던데. 쟁여둔 것만 갖고도 빨리 가겠는데?"

"아, 음. 알잖아." 그레이스가 말했다. "오빠 일에, 식당 일에, 이제 할아버지 일까지."

"그래서 어쩌려고?"

"뭘?"

"아니다." 데이비드는 휴대폰을 주머니에 넣었다.

"그래, 알았어. 좋은 거 줄게. 다음에."

"좋아."

그레이스는 위장이 반으로 접히는 느낌이 들었다. 배 속으로 빨려 들어가 반죽처럼 접고 또 접힐 것만 같아서 식탁 모서리를 꽉 잡아야 했다. 브라우니를 한 개 다 먹지 말았어야 했는지도 모른다. 어쩌면 아무리 가족들에게서 벗어나고 싶어도 이사하지 말고 이곳에 정착해야 할지도 모른다. 지금 너무 배가 고프니까 먹고 나면 상황이 나아질지도 모를 일이다.

"윽, 빌어먹을, 왜 이렇게 오래 걸리지?"

이 말이 들릴 정도로 가까이 와 있던 비에르네스 부인은 식탁에 공간이 충분한지 확인하면서 재빨리 접시를 내려놓았다. 그레이스는 하나씩 내려오는 접시를 멍하니 바라보았다. 식당 지붕에서 비둘기가 날아올랐다. 비에르네스 부인은 매니저가 손님과 대화를 나누라고 계속 알려줬음에도 불구하고 말없이 가버렸다.

그레이스는 주문한 음식에 함께 나온 홀스래디시 그릇과 케첩에 타바스코 소스를 들이부은 다음, 다른 음식에도 조금씩 뿌렸다. 시야가 좁아지더니 포크 끝의 갈라진 부분만 보였고 얼굴과 온몸이 따뜻해졌다. 그녀는 한 입 먹고 다른 접시의 음식을 먹기까지 걸리는 시간을 줄이기 위해 접시 가까이 몸을 숙였다. 그레이스와 데이비드는 몸 안의 허기라는 악귀를 내쫓는, 마약 복용자들이 침묵 속에서 명상에 잠겨 행하는 신성한 의식 속에서 표류하고 있었다. 이 의식은 너무 많이 먹어서 포기할 때까지 계속되었다.

그레이스가 트림을 너무 크게 하는 바람에 식당 전체가 조용해졌고, 트림의 진원지에서 가장 가까운 부스에서 고개를 돌려 그녀를 쳐다보았다. 데이비드는 프렌치프라이에 어니언링을 끼워서 빙빙 돌렸다. 어니언링이 날아가 그레이스의 물컵에 빠졌다.

"일부러 그런 건 아니야. 그런데 가끔 밖에도 나가고 그래."

"망할 이곳에서 나가야겠어."

"식당 말이야?"

"이 좁아터진 섬에서. 여기 있으면 윌슨 급으로 고립된 기분이야. 넌 여길 떠나려고 생각해본 적 없어?"

"딱히."

"어떻게 그럴 수가 있어?"

"난 여기서 태어났잖아."

"나도 마찬가지야."

"그런데도 그래?"

"여긴 할 게 별로 없어. 별다른 사건도 없고." 그레이스는 목이 젤리처럼 흐늘흐늘해지는 바람에 머리가 앞으로 고꾸라졌다. 깜짝 놀라서 똑바로 앉으려 했지만 부스 등받이에 기대지 않고는 머리를 들 수 없었다. 온몸이 저리고 얼얼했다. "그런 느낌 안 들어?"

"어떤?"

"갇힌 느낌." 그레이스는 몸을 앞으로 숙였다. 눈이 반쯤 감겼다. "지금 내가 그래."

"여긴 고향이야."

"지피스 말이야?"

"아니, 이 *좁아터진* 섬 말이야." 데이비드는 한숨을 쉬었다. "아무튼 그냥 해본 소리야. 이번 주말에 칼리히 밸리Kalihi Valley에서 지역사회 봉사활동이 있어. 내가 몇 주 전에 문자로 알려줬잖아."

"아, 맞다. 까먹고 있었어."

"쉽게 추가 학점을 딸 수 있어. 나가는 게 좋을 거야."

"아니 그게, 땀 흘리면서 더러워지려고 그렇게 일찍 일어날 필요가 있을까? 지금 내 접시 위에 감당할 수 없는 게 하나 더 생긴 것 같네."

"거의 다 먹었으면서 뭘."

"뭐라고? 아, 이런. 브라우니에 뭔가 다른 게 더 들어간 것 같아."

"그래, 그 접시 얘기 좀 해보자. 넌 짜증 나고 기분 처질 때 한 대 피우고 나한테 문자 보내는 것밖에 안 하잖아."

그레이스는 젤로 파르페를 너무 빨리 먹는 바람에 가뜩이나 약에 취해 있는데 아이스크림 두통까지 밀려왔다. 머리가 번쩍 빛을 내며 폭발해서 붉은 덩어리로 산산조각 날 것 같았다.

"상상이 돼? 내가 큰 집에서 우리 가족과 함께 사는 거 말이야. 이게 아빠가 원하는 전부야."

"여기 집을 사고 싶어 하지 않는 사람이 누가 있겠어? 사실 다들 원하지."

"나. 그게 핵심이야."

"사람들이 밀고 들어와서 자기 것도 아닌 땅을 차지하고 집값만 올려놓다니, 이건 옳지 않아."

"아직 우리 가족 이야기 하고 있는 거 맞지?" 그레이스는 트림을 하더니 파르페를 마저 먹고 숟가락을 내려놓았다.

"맞아."

"백인들 얘기 한 거 아니고?"

"그러니까 내 말은, 뭐가 어찌 됐든 간에 하고 싶은 말은……."

"내가 그 자연 봉사활동인지 뭔지에 가면 나를 쫓아내지 않겠다고 약속할 수 있어?"

"뭐라고?"

"*너희* 백인들 말이야. 내가 거기 가면." 그레이스는 트림을 했고 뭔가 시큼한 것이 올라왔다. "그 사람들한테 나 좀 있게 해주라고 말해줘. 독립인지 뭔지 그런 말도 있었잖아. 그렇게 되면 난 정말 갈 곳이 없어."

그레이스의 얼굴에서 미소가 사라졌다. 그녀는 데이비드의 손을 잡았다.

"농담이야."

데이비드는 손을 뿌리쳤다. "나쁜 년."

"네가 맨날 내 눈이 사팔뜨기 같고 약에 절어 있다고 말하는 거랑 이게 뭐가 달라?"

"그거야 너무 취해 보이지 않는지 네가 물어보니까 한 말이지. 이것과는 전혀 달라."

데이비드는 포크를 내려놓고 숨을 깊이 들이마셨다. 그리고 고개를 숙이고 눈을 천천히 깜빡였다. 그레이스는 모든 소리가 느려지기 시작해서 데이비드의 말을 다 알아듣지는 못했지만, 나타나서 기본만 하라고, 적어도 공짜 점심은 먹을 수 있다는 말은 들렸다.

데이비드는 가려고 일어섰다. 그는 지폐 몇 장을 접어서 빈 컵 아래에 끼워 넣었다.

"부탁이야, 데이비드. 가지 마."

처음에 그레이스는 자기가 직접 마리화나를 구한 뒤로 둘이 시간을 많이 보내지 않아서 데이비드가 화난 줄 알았다. 그레이스는 혼자 남고 싶지 않았다. 게다가 데이비드가 그녀를 태워줘야 했다. 그레이스는 데이비드의 앞을 막아서고 멈추라고 말하고 싶었지만 몸이 무거워서 움직일 수 없었다. 식사하러 온 손님들이 수군댔다. 현지인들이 많았다. 그레이스는 입이 말랐고 기침이 나왔다. 데이비드가 걸음을 멈추고 뒤돌아 보았으나 그레이스는 뭐라고 말을 할 수 없었다.

식당이 빙빙 도는 바람에 그녀는 같은 방향으로 머리를 돌려서 회전을 멈추려 했다. 하지만 상황은 더 나빠지기만 했다. 오랫동안 품고 있던 혼란스러움에 뿌리를 둔 현기증 때문에 몸이 뒤틀린 그레이스는 하와이에 자기만의 장소가 있기나 한지, 어떤 미래를 위해 살고 있는지, 누구를 위해 살고 있는지, 자신이 아니라면 가족을 위해 사는지, 멜팅 팟melting pot•을 계속 끓이면 무엇이 남는지 이해할 수 없었다. 아빠는 조씨네가 현지 식당이라는 말을 자주 했다. 누군가가 처음으로 엄마를 '앤티 조Aunty Cho'라고 불렀을 때, 아빠는 가족들을 현지 한국인이라고 칭하기도 했다. 부모님은 그레이스에게 그녀가 한국인이 아니라 현지인이라는 말도 자주 했다.

• '용광로'라는 뜻으로, 다양한 문화의 사람들이 섞여 하나의 문화를 만드는 현상.

저도 그런 것 같아요. 그레이스는 지피스에 있는 모든 사람들이 이해하기를 바랐다. 나를 관광객으로 오해하지 말아요. 난 관광객이 아니라 현지인이니까. 난 당신들과 같은 사람이에요.

나한테 신경 써줘요. *어떻게 지내요?*

날 보살펴줘요. 오랜만이군요.

가족의 안부를 물어봐줘요. 할아버지 소식은 안타까워.

우리를 졸업 파티에 초대해줘요. *몇 년도에 졸업했지?*

그레이스는 일어나려고 식탁을 밀었다. 주변에 집중할 수가 없었다. 심한 두통이 있을 때 그러듯이 욱신거리면서 시야가 요동쳤다. *한때 인기 있었던 현지 식당이 무기한으로 문을 닫았다.* 그녀는 눈을 감았다. 파란색 프랙털 패턴이 눈앞에서 번쩍거리면서 뇌에 구멍을 뚫는 것 같아서 이대로 죽겠구나 하는 확신이 들었다. 탁탁거리는 큰 소리가 들려 귀가 타들어가는 것 같았다. 어떤 힘이 목언저리를 조였다.

그레이스는 식탁 위에 토했다. 위장이 꿈틀거렸다. 구토가 멈추지 않았다. 조금도 참을 수 없었다. 몇 주 동안 먹은 온갖 나쁜 것들이 쏟아져 나왔다. 아직 나올 것이 많았다.

비에르네스 부인은 그레이스가 사방에, 그리고 옷에 계속 토하지 않도록 쓰레기통을 들고 달려왔다. 부인은 휴대폰을 꺼내 든 사람들이 신경 쓰였는지 그레이스에게 같이 화장실로 가자고 했다.

그레이스는 움직일 수 없었다. 위장에서 통증이 뒤틀리며 타올랐고, 위장이 격하게 요동치는 바람에 몸이 불타고 접히며 반으로 톱질 당하는 것 같았다. 손님들은 하나둘씩 일어나서 휴대폰을 꺼냈고 플래시가 번쩍였다. 그레이스는 주위를 둘러보았다. 창밖으로 빛나는 별이 보였다.

그레이스는 하와이에 정착했거나 살아본 모든 사람들이 한 번쯤, 아니 계속하는 생각을 말로 내뱉었다. "내가 여기 계속 있어도 괜찮은 거 맞겠지."

사람들의 목소리는 그레이스를 휘감았다. 그들이 가까이 오자 그레이스는 귀를 막았다.

현 지 인

우리는 각자 다른 나라에서 하와이로 와서 착취를 일삼는 농장에서 일했다. 우리는 사진만 보고 중매결혼을 한 신부나, 농장 노동자로 이곳에 왔다. 혼자 온 남자도, 가족과 함께 온 사람도 있었다. 우리 대부분은 이 문제에 있어 선택권이 없다고 생각했다. 우리는 고향의 식민 통치에서 벗어나기 위해 왔다. 선교사들은 우리에게 떠나라고 권했고 정직한 임금을 꼬박꼬박 받을 수 있다고, 우리가 지은 교회에서 하나님을 중심으로 모여서 자신과 조국을 위해 기도할 수 있다고 했다. 사탕수수 농장에서 그들은 우리를 일본인, 중국인, 푸에르토리코인, 필리핀인, 포르투갈인, 스페인인, 흑인 노동자들이 모여 있는 앨라배마 캠프에 집어넣었다. 진주만 폭격 이후에는 일본인, 오키나와인, 타이완인, 한국인, 이탈리아인, 독일인이 모여 있는 호노울리울리 수용소캠프, 샌드아일랜드 수용소캠프, 미국 이민자센터, 호놀룰루 경찰서, 섬 전역의 감옥과 군부대에 우리를 집어넣었다. 우리는 스스로를, 그리고 미국에 대한 충성을 증명하기 위해 2차 세계대전에서 용감하게 싸웠다. 입대한 사람들은 전역군인지원법GI Bill을 통해 학위를 받았고, 우리는 일류 시민이 되기를 그 무엇보다 원했기 때문에, 죽고 나서 나라를 위해 싸운 영웅으로 대접받고 싶었기 때문에, 시간이 지나 언젠가 이곳에 공항이 생길 수 있는 권한을 원했기 때문에 하와이가 주의 지위를 얻길 바랐다.

우리는 하와이가 주로 승격되는 것을 보고 싶었다. 우리의 삶은 이곳에 있었고 조국으로 돌아가지 않을 생각이었다. 우리는 모두 투자를 했는데, 특히 우리 것이 아닌 땅에 투자했다. 어쨌든 우리는 애국자였고 우리의 가치와 귀중한 것들을 모두 지켰다. 우리 중에는 군인이 되어 허리를 꼿꼿이 세우고 가슴을 펴고 당당하게 서서 무전기로 통신하듯이 말하거나, 몸이 근질근질해지는 것만 같은 비즈니스용 정장을 입고 정치계에 한자리 차지한 사람들도 있었다. 보잘것없는 자동차 선팅과 수리부터 꽃가게까지, 크랙시드 가게, 채소 피클 회사, 빙수 가게부터 도시락과 플레이트 런치를 파는 식당까지, 은행가부터 투자 자문까지, 교사부터 변호사, 그리고 연방 정부에서 주 정부에 이르는 의원들까지, 우리는 떳떳하게 일해왔고 이는 곧 우리에게 돌봐야 할 가족이, 안전하게 잘 지내도록 지켜야 할 가족이 있다는 뜻이었다. 가끔 섬의 열기가 한바탕 몰려오기도 했지만, 중앙 냉방이 가능하고 태양광 패널을 설치해 비용을 절감할 수 있었기 때문에 문제가 되지 않았다.

우리 가족들은 창고에 접이식 탁자를 펼쳐놓고, 주립 공원의 천막 아래에서, 파란색 방수포를 신축성 있는 고무 끈으로 달아놓은 곳 아래에서, 먹을 수 있는 음식을 모두 모았다. 삶은 땅콩, 타코 포케, 어포, 간장에 조린 풋콩, 와사비 콩, 해바라기 씨 몇 줌을 안주 삼아 계속 술을 마시는 걸 좋아하는 사람들도 있었다. 또 어떤 사람들은 매달 가족 행사에 참석했는데, 주로 생일, 베이비샤워, 졸업식, 은퇴기념식, 장례식이었고 결혼식은 가장 큰 행사였다. 우리는 누군가가 식당 직원에게 휴대폰을 건넨 다음에야 비로소 가족사진을 찍어서 단체 문자로 전송하는 그런 가족이었다. 이때 찍은 사진들은 우리가 서로의 곁에 일상적으로 머물지 못할 정도로 배고팠다는 증거였다. 우리는 마지막 때에 이른 할머니(타갈로그어로는 롤라, 중국어로는 포포, 일본어로는 오바짱)의 곁을 늘 지키고 싶었다. 이에 할머니는 마지막 때가 아니라 '*한창때*'라고 응수했다. 우리는 트렁크로 가서 휠체어를 꺼내 손잡이를 펼치고 좌석을 탁탁 두드려 노인들이 앉을 준비를 마쳤다. 우리는 식당에서 사진을 찍었다. 언제가 마지막이 될지 모르기 때문이다. 사진을 찍을 때에는 가까이 붙어야 한다는 걸 기억해야 한다. 그리고 카메라를 쳐다보면 사진이 찍힌다. 이렇게 하지 않으면 사진에서 잘릴 수 있다.

응급실에 안 갈 거라고? 당신은 그보다 강하다.

우리들과 마찬가지로 당신도 이곳에서 어떻게 먹고살지 걱정했다. 우리는 하루 벌어 하루 먹고살면서 이 문제를 곰곰이 생각했다. 부모님이 나이 들면 어떻게 돌볼 것인가? 우리가 아파트나 괜찮은 콘도에 살았다면 세이프웨이 계산원에게 '지금 모노폴리 하는 줄 알아요?'라는 말을 듣기 전에 계산을 했을 텐데. 우리는 트레이더 조Trader Joe의 슬리퍼를 여행 가방에 챙겨 넣는 사람이 부러웠고, 다른 곳에서 살면 돈이 얼마나 덜 들까 생각했다. 우리는 약간의 위험을 감수하고 계약금을 지불했고 숨을 깊이 들이마신 뒤에 무거운 펜을 들고 서명했다. 우리는 번 돈을 저축하거나 대출금을 갚았다. 매달 잔디 깎는 기계를 꺼냈고 마당에 심어놓은, 조심하지 않으면 가시에 찔리는 부겐빌레아를 다듬었다. 그렇게 하지 않으면 집에서 나갈 때마다 뺨에 재빨리 입맞춤하듯이 자동차 앞 범퍼가 차고 진입로를 긁었기 때문이다. 또한 일을 마치고 돌아오게 될 집을, 머물기 위해 일하고 같은 상태를 유지하기 위해 일하는 집을 막힌 데 없이 보고 싶었기 때문이다.

조부모가 된 우리는 손주들에게 투자했는데, 시작은 25센트짜리 동전이었고 그다음은 악수를 하면서 몰래 접은 지폐를 건네는 것이었다. 그러다가 빳빳한 100달러짜리 지폐를 빨간 봉투에 넣어주었고 신탁 자금을 넣어두고 우리가 흔히 본토라고 부르는 곳에 있는 대학에 갈 비행기표를 사주었다. 우리는 하와이에서 태어나기로 선택하지는 않았지만 여기에 있다. 우리는 부모님을 통해서밖에 모르는 조국에 대해 상반된 감정을 느꼈다. 우리가 집에서 영어가 아닌 언어를 사용하든 그 언어를 전혀 모르든 마찬가지였다. 고등학교 때 조국의 문화를 익히려고 어학 수업을 들었음에도, 그래서 언젠가는 공원에서 사슴에게 먹이를 주고 벚꽃을 감상하며 햇볕을 쬐고 온천에서 목욕을 할 수 있게 되었음에도 마찬가지였다. 수업 시간에 우리가 쓰는 언어는 가르치지 않았던 것 같다.

자식들이 졸업하자 우리에게 하와이를 떠날 기회가 왔다. 우리는 가이 피에리의 프로그램을 보면서 드넓은 세상이 있다는 걸 알게 되었다. 이렇게 작은 곳에, 떠났다가 잠시 다니러 온 자식들에게는 더 작아 보일지 모를 곳에 사는 우리에게는 너무 큰 세계였다. 자식들은 자라는 동안 더 큰 미국 땅에, 어디든 그들이 여행하기로 한 세계 여러 나라에 어울리는 포부를 품게 되었다. 부모인 우리는 자식들을 태우기 위해 자동차 핸들을 톡톡 두드리며 대니얼 K. 이노우에 국제공항을 빙빙 돌 뿐이었다. 우리는 공항 게이트에서 자식들을 발견하고는 자리에서 벌떡 일어나 어서 오라고 인사한다. 키가 많이 컸구나.

우리 중에는 이민자의 자녀가 아니라 자기 의지로 이곳으로 이주한 미국 시민도 있었다. 모두 다정하고 친절했는데, 현지인들이 유독 그랬다. 하와이에서의 삶은 마카다미아 초콜릿 상자 같았다. 다만, 우리는 무엇을 얼마나 받게 될지 정확히 알고 있었는데, 만족할 만큼 받을 수 없었다. 우리는 자동차 창문 끄트머리에 팔꿈치를 댄 채 브레이크를 밟았다 뗐다 하면서 신음했고, 맺힌 커피 방울, 범퍼, 노트북 화면, 시계, 또다시 범퍼를 멍하니 바라보며 영원 같은 시간을 보냈다. 그러다가 액셀러레이터를 밟아 속력을 냈다. 최악의 교통 체증이 끝난 뒤에 코올라우-Ko'olaus를 총알처럼 지나서 비상 항공기 착륙과 군 물자 수송을 위해 만든 고속도로를 벗어나자 우리의 심장에는 아드레날린이 넘쳤다.

너는 스스로 일어나고 있어. 우리가 널 일으킬 거야. 우리는 이 모든 일을 견뎌낸 네가 자랑스러워.

넌 괜찮을 거야. 살아 있음에 감사하렴. 우리는 도로에서 차 사고의 잔해가 보이자 속도를 늦추고 바라보았다. 우리가 사고를 당했을 수도 있었다. 우리는 질주하는 구급차와 소방차가 방향을 돌려 우리가 차를 옆으로 빼고 서 있는 거리로 향하지 않자 안도의 한숨을 내쉰다. 우리는 술 취한 사람이 길가에 세워둔 차 옆을 지나갈 때 숨을 참는다. 묵상하고 기도하기 전에 먼 곳에 불난 집을 보며 휴대폰을 급히 꺼낸다. 우리는 재난이 피해 간 것에 감사해한다. 허리케인 시즌에는 최악의 상황에 대비해서 물과 스팸을 닥치는 대로 사들인다. 우리는 언제나 정말 운이 좋다고 생각한다. 하와이에서의 삶과 운이 관련되어 있기라도 한 듯이.

이곳에서 살 형편이 안 돼서 라스베이거스, 캘리포니아, 워싱턴, 오리건, 애리조나 같은 주로 이사한 친구들과 가족이 있었다. 우리

중에는 양손으로 세어도 모자랄 정도로 오래전 세대부터 계속 이 곳에 눌러살았던 이들도 있었다.

우리 대부분은 고국에 집이 없다는 것이 무엇을 의미하는지 몰 랐다.

우리가 원하는 것은 알라모아나 비치 파크에서 금요일 밤에 주 차할 자리를 찾는 것, 할 수만 있다면 식당에 자리를 잡거나 소풍을 가는 것, 아이들과 자전거를 타거나 해 질 무렵에 요가하는 사람들 틈에 합류하는 것 정도였다. 우리는 파도가 부서지는 바다를 바라 보며 자연에 감탄하는 동시에, 이렇게 우리끼리 시간을 보내기까지 얼마나 멀리 왔는지 떠올리며 놀란다. 우리는 언제 휴식을 취할 자 격이 있는지, 언제 돗자리에 누워 쉬거나 캠핑용 의자에 앉아서 맥 주 캔 홀더를 스트레스볼처럼 쥐고 여유를 부릴 수 있는지 알고 있 다. 우리는 금요일 밤에 힐튼 하와이안 빌리지에서 투숙객을 위해 진행하는 불꽃놀이를 맞은편의 알라와이 항구에서 어깨를 맞대고 본다. 이 항구는 우리가 갈 수 있는 곳 중 불꽃과 가장 가까운 곳이 고 실제로도 가깝다. 불꽃이 터질 때마다 시간이 멈추고 자동차 할 부금 납부, 신용카드 빚, 은퇴, 대학 등록금, 학자금 대출, 다음에 코 스트코에 가서 사야 할 것 등 내내 우리를 걱정하게 만드는 것에 대 한 생각도 멈춘다. 대신 우리는 잠시 잠깐일지라도 바로 눈앞에서 펼쳐지는 밝은 것들에 집중한다. 우리 눈은 빛나고 우리는 부모님 의 어깨에 올라타 저 시끄러운 별을 잡을 수 있을 정도로 가까이 다가가 날고 있는 듯한 가벼운 기분이다. 그리고 어린 나를 목마 태우기라도 하는 듯이 자식들을 목마 태웠을 때, 우리는 그들이 제 자식들에게 똑같이 해주면서 명절에만 불꽃놀이를 하는 게 아니라는 걸 알려주는 상상을 했다. 우리 가족은 마음만 먹으면 매주 불꽃을 즐길 수 있었고, 실제 명절에는 마음만 먹으면 우리 집 위 하늘에서 벌어지는 불법 공중 폭격 때문에 우리가 사는 거리에서 가장 시끄럽게 불꽃을 즐길 수 있었다. 그리고 우리는 그렇게 했다.

우리는 현지인이라는 말이 모든 것 중 최고를 의미하기라도 하는 듯이 '우리는 현지인'이라고 말한다. 이 현지인들이 모두 모인 덕분에 선택권이 생기고 갖가지 다양한 풍미를 제공하며, 모든 일을 파티의 구실로 삼을 수 있다. 우리는 배불러도 계속 먹기를 좋아하기 때문에 필요 이상의 음식을 식탁으로 가져온다. 두 번째와 세 번째로 먹을 음식들도 있다. 우리는 계속 너를 먹이고, 집에 가져가라고 그릇을 포일로 덮어 몇 주 동안 같은 음식을 먹게 한다. 그러고도 남은 음식은 밀폐 용기에 담겨 냉장고를 가득 채우고, 결국 우리는 음식에 물리고 전자레인지에 넣고 카운트다운이 끝나기를 기다리는 데 지치고 만다. 아니면 그냥 잊어버리고 지내다가 어느 날 우연히 몇 주 전 모임에서 먹고 남은 음식을 발견하고 아직 괜찮은지 확인하려고 뚜껑을 열었다가 결국 쓰레기통에 버리게 된다. 처음부터 버리려고 한 건 아니었다고 생각하면서.

이곳에 사는 사람들은 대부분 '올렐로 하와이Ōlelo Hawaiʻi'•를 말하지 않는다. 하와이왕국이 불법으로 전복되면서 한때 하와이어는 금지되었지만, 지금은 주의 공식 언어이고 하와이어 몰입 교육을 하는 학교가 있는 정도다. 우리는 카메하메하 학교에 하와이 아이들만 입학할 수 있다는 걸 알았지만, 섬이 제공하는 모든 것에 만족하며 이를 받아들인다. 우리가 가장 많이 하는 말은 살고 있는 거리 이름이었다. 우리는 자식들을 사립학교에 보냈다. 그들이 우리가 고향이라고 주장하는 동네를 떠나 대학에 가면, 하와이 클럽을 만들어서 학기 말에 열리는 루아우lūʻau••에서 훌라 춤을 추고 스팸무스비의 놀라운 맛을 공유할 수 있기를 바랐기 때문이다. 그러는 동안 우리는 집에 앉아서 우리가 고향으로 삼은 곳을 구경했다. 텔레비전에 출연한 진짜 하와이인은 자신들의 땅을 돌려받고 싶다거나 하와이 독립을 인정해달라거나 리조트 건설 현장에서 이위쿠푸나iwi kūpuna•••가 파헤쳐지고 있다는 내용의 표지판을 들고 있었다. 해군이 카우아이Kauaʻi 연안에 있는 태평양 미사일 사격훈련 지원소에서 미사일을 격추했다는 뉴스, 마우나케아에서 휠체어와 보행기에 탄 쿠푸나kūpuna••••들이 저지당했다는 뉴스도 보도되었다. 수도 앞에서 표

• 하와이어.
•• 하와이 전통 파티.
••• 조상들의 유골.
•••• '조상, 노인'을 뜻하는 하와이어.

지판과 하와이 깃발을 거꾸로 들고 흔드는 하와이인들도 볼 수 있었다. 그러다가 경고 사이렌에 깜짝 놀라기도 했다. 이 사이렌은 핵 위협이 발생할 경우 대피소로 가라고 경고하기 위해 만든 냉전시대의 유물이었다.

그나저나 실례지만 아줌마, 그레이스를 문까지 바래다주고 나서 포장 용기를 좀 얻을 수 있을까요?

서클

그날 저녁, 그레이스는 입이 말라서 숨 쉬기가 힘들어 자꾸 잠에서 깼다. 벗겨진 입술에서는 피가 났다. 그녀는 혼자 틀어박혀 있는 것에서 위로를 받았는데, 이는 누가 가까이 다가와서 그녀의 나날에 슬픔이 짙게 드리워 있다는 것을, 그녀의 두피에서조차 슬픔이 분수처럼 뿜어져 나온다는 것을 알아차릴까 봐 두려워서 경계하는 수단이었다. 그 슬픔은 모든 방을 채웠다. 콘크리트를 한 층 덧씌운 것처럼 땅을 가로질러 흘렀다. 그리하여 그레이스의 눈에는, 그녀가 사는 곳에는 온통 슬픔밖에 보이지 않았다.

칼리히는 그녀가 운전해서 간 가장 먼 곳으로, 부모님과 오빠가 남한을 떠나와서 처음 살았던 곳이었다. 부모님은 도시에서 더 가까운 쿠히오 파크 테라스Kuhio Park Terrace를 떠나 더 먼 곳으로 이사 간 뒤에는 칼리히에 살던 시절에 대해 거의 이야기하지 않았다. 계곡 깊숙이 들어간 그레이스는 차를 몰고 호울루 아이나Ho'oulu 'Āina 입구로 이어지는 다리를 건넜다. 약 40만 제곱미터 규모의 자연 보호구역인 이곳은 파파야와 울루 나무의 초록 잎과 정원에 둘러싸여 있었고, 자귀나무와 노픽 소나무가 급속히 퍼진 땅에는 코아아카시아 숲이 조금씩 뻗어가고 있었다.

그레이스는 등록할 시간도, 참석 포기 서류를 작성할 시간도 없었다. 알람을 세 번 끄는 동안 지역사회 봉사활동에 참여할까 말까 고민하느라 조금 늦었다. 그녀는 모여 있던 자원봉사자와 직원 무리에 황급히 합류했다. 야외로 나가 많은 사람들 틈에 있는 것은 오랜만이었다. 적어도 50명은 되어 보이는 사람들이 들판에 둥글게 서서 손을 잡고 있었다. 그레이스는 가까이 다가갔다. 모임 인솔자들이 어서 오라고 부르지 않았더라면, 사람들이 자리를 내어주지 않았더라면, 그레이스는 그 원 밖에 있었을 것이다. 그녀는 손이 축축해졌다. 들판 아래쪽 돌계단 바로 아래에는 집이 한 채 있었는데 그곳에 화장실과 주방 시설이 있다고 했다. 점심 식사를 한 뒤에 접시를 설거지하라고도 했다. 그 집 바로 옆에는 지역에서 가꾸는 정원이 있었다.

따가운 햇살이 그레이스의 목에 닿았고 청바지를 입은 다리가 익는 것 같았다. 틀림없이 햇볕에 타겠지만 그건 당연한 이치였다. 데이비드는 그녀가 보낸 문자메시지에 답을 하지 않았고, 그레이스는 호울루 아이나에 와서 진지하게 일하는 것이 데이비드를 아끼는 마음을 보여주는 것이라고 생각했다. 하품이 나는 걸 참느라 최선을 다했다. 호울루 *아이나*는 '땅을 자라게 하고 땅 덕분에 자란다'는 뜻이었다. 그녀는 앞장서서 일하러 가기를 주저하며 주위를 둘러보았다. 계곡에 너무 퍼져서 생태계를 파괴하는 식물과 잡초를 제거하는 일, 공동 정원을 가꾸는 일, 지금 다 같이 서 있는 들판 바로 아래의 집에서 주방 일을 돕는 것 중 하나를 선택할 수 있었다. 모임 인솔자는 땅의 숨결은 사람들의 생명이라고 말했다. 그는 모여 있는 사람들에게 자기 이름, 자신이 고향이라고 부르는 곳 또는 어젯밤에 잠잔 곳의 이름, 오늘 기억하고 싶은 사람 이름(예를 들어 돌아가신 쿠푸나를 비롯한 조상, 친척, 사랑하는 사람 등) 이렇게 세 가지 이름을 공유하라고 했다. 팔롤로, 와이마날로, 카할루우, 카후쿠를 비롯해 섬 전역에서 온 자원봉사자들, 일본이 집이라고 한 휴가 중인 가족, 이스트-웨스트 센터 캠퍼스에서 온 교환학생들, 케이바이브 **KVIBE**에서 자전거를 수리하다가 친해진 칼리히에서 온 젊은이들, 통가와 아오테아로아 **Aotearoa**•에서 온 대학원생들이 있었고, 그제야 그레이스는 괌 출신 피터가 형을 기억하러 왔다는 것을 알았다.

그레이스는 말할 차례가 다가올수록 점점 긴장되기 시작했지만 사람들이 나누는 정보를 듣자 한결 기분이 가벼워졌다. 그녀는 인

• 뉴질랜드를 가리키는 마오리어.

솔자가 말하는 동안 사람들의 이름을 기억하려고 되뇌면서 계곡을 둘러싼 산을 흘끔 바라보았다. 오른쪽에는 라니홀리산, 왼쪽에는 킬로하나산이 있는 이곳은 파파하나우모쿠Papahānaumoku•와 와케아Wākea••가 조상 대대로 살던 고향이었다. 그레이스는 눈을 감고 숨을 깊이 들이마셨다. 그러다가 자기 침에 사레가 들려 기침을 했다. 사람들은 잠시 조용해졌다. 이제 그녀가 말할 차례였다. 그녀는 데이비드를 바라보았지만 그는 시선을 피했다. 그레이스는 데이비드를 졸졸 쫓아다니며 말 걸 기회를 잡으려 했다. 데이비드는 그레이스가 사람들에게 자기소개를 하는데도 쳐다보지 않았다. 그레이스에 대해서는 알 만큼 알고 있었다. 데이비드는 숙취에 시달리고 있었다. 어젯밤에 스칼렛Scarlet에 잠깐 들렀다가 카메하메하에서 온 사람들을 오랜만에 만나서 가게 밖에서 담배까지 피우고 새벽 3시에 헤어진 탓이었다. 평소라면 그레이스는 데이비드를 따라 스칼렛에 갔을 것이다. 그리고 둘이 여전히 친하다는 것을 확인시켜 주려고 그의 어깨에 양손을 올리고 기차놀이를 하듯이 인파 속으로 들어갔을 것이다. 그레이스는 카이무키가 고향이라고 말하면서 약간 망설였다가, 잠깐, 아니라고, 한국이라고 말했다가 다시 말을 멈춘 뒤에 할아버지와 오빠를 기억하고 싶다고 했다. 데이비드는 그레이

• 고대 하와이 신화에 등장하는 대지의 어머니이자 여신.
•• 하와이 신화 속 하늘의 아버지. 파파하나우모쿠와 결혼했다.

스가 힘든 시간을 보내고 있다는 걸 알았고, 그녀가 지피스에서 만신창이가 된 영상이 입소문을 타는 바람에 그 영상을 보고 미안한 감정이 들던 참이었다. 어쩌면 그가 최악의 상황이 벌어지는 걸 막을 수 있었을지도 모른다는 생각이 들었지만 그레이스의 일이 그의 책임은 아니었다.

모인 사람들은 계곡, 공동 정원, 주방 중 한 곳에 자원해 일할 수 있었다. 그레이스는 피터에게 다가갔고 두 사람은 포옹하며 따로 만날 약속을 잡았다. 피터는 연초부터 땀을 흘리며 노력 중이었는데, 이제야 주방에서 일할 수 있는 길을 찾은 것 같다고 했다. 그래서 그는 들떠 있었다.

"스팸달걀밥을 먹던 시절부터 먼 길을 왔네." 피터는 웃으며 이렇게 말했고, 그레이스가 열심히 일하면 식욕이 돋아서 점심 식사를 망치는 일은 없을 것이라고 장담했다.

계곡으로 걸어 올라간 사람들은 원예용 낫으로 토종 식물들을 베어내며 몇 시간 동안 말없이 일했다. 그레이스 옆에서 일하던 사람이 그녀가 한국 이야기를 한 것을 기억했다.

"저, 그 김정은이라는 사람은 왜 저러는 거예요?"

"모르겠어요." 그레이스가 말했다. "저는 엉클 샘Uncle Sam•이 더

• 미국을 의인화한 캐릭터.

걱정되는데요."

그들은 뿌리 끝에 매달린 흙덩어리를 털어내고 잡초를 뽑아 나중에 통에 담아서 돼지에게 갖다줄 수 있도록 뒤에 쌓아놓았다. 그레이스는 데이비드에게 손을 흔들며 인사했지만 그가 보았는지는 알 수 없었다.

그레이스는 자외선차단제를 빌려서 이마와 턱에 조금 발랐다. 데이비드는 그레이스가 헉헉대고 끙끙대는 소리를 들었다. 그녀는 호울루 아이나 직원 아이제이아에게 잡초를 제대로 뽑고 있는지 확인받고 올레나'olena°를 뽑지 않도록 주의하면서 조심스럽게 잡초를 뽑고 있었다. 아이제이아는 그녀가 그 일대를 말끔하게 치우는 데 정말 큰 도움을 주었다고 말했다. 그리고 올레나에는 약효가 있어서 차로 끓여 마셨으며 암 치료에 도움이 된다고 말해주었다. 그는 식물을 한 포기 캐서 몇 조각 잘라내 주머니칼에 꽂은 다음, 데이비드에게 와서 같이 먹어보라고 했다. 그리고 최근에 정원에서 수확한 작물을 식사 시간에 먹어볼 수 있고 필요한 만큼 집으로 가져가서 지역사회와 나눌 수도 있다고 말했다.

"할아버지 좀 가져다드려." 데이비드가 말했다.

그레이스는 고개를 끄덕였다. "그래야겠다. 그거 좋겠네."

데이비드는 그녀에게 물을 주었다. 사람들은 일을 마치고 다시

● 하와이의 강황과 식물.

원형으로 모여서 계곡에서 무엇을 배웠는지 생각했고, 돌아가면서 그날을 한 단어로 표현해보기로 했다.

"평화?" 그레이스가 말했다.

사람들은 다시 들판으로 돌아갔고 그곳에 다 같이 둘러앉아서 모두 참여해줘서 고맙다고 감사 인사를 나누고 점심을 먹으러 갔다. 음식을 가지러 줄을 서 있는 동안 그레이스는 데이비드에게 이곳에 다시 오고 싶다고 말했다. 손을 써서 일하며 잡초를 뽑아 새로운 작물이 자랄 수 있도록 자리를 마련해주고 새로운 사람들도 알게 되어 보람 있었다. 함께 말없이 일하며 땅과 서로를 돌보고 이따금 대화를 나누는 것이 좋았다. 그레이스는 설날에 부모님 앞에서 하듯이 절을 했고, 연장자인 땅은 그녀를 축복하고 건강을 기원하며 자연을 가꾸는 법을 가르쳐주었다. 그녀는 수호자 자연에게, 그리고 자기 자신에게 '그레이스(은혜)'라는 이름값을 하겠다고, 이곳에서 배운 존중과 사랑이라는 교훈을 실천하겠다고 약속하지는 못했다. 그들은 나이 든 사람들이 먼저 음식을 담아 자리 잡기를 기다렸다. 그레이스는 테두리를 토란으로 만든 피자, 카사바튀김, 토마토샐러드를 접시에 담았고 한쪽에는 깍둑썰기하여 양념한 자주색 참마, 작은 꽃으로 장식한 케일샐러드, 돼지고기스튜, 바나나브레드 머핀을 담았다. 그들은 각자 쟁반을 가지고 잔디 위에 앉아서 말없이 먹었다. 그레이스는 음식을 먹는 사이사이에 이따금 탄성이 새어 나왔다. 정신을 차리고 보니 그녀는 바나나브레드로 그릇에 묻은 스튜를 닦고 있었다. 데이비드는 그레이스가 맨 처음 마리화나를 구입했을 때 이후로 이렇게 행복해하는 모습을 처음으로 보았다. 물론 마리화나를 구입했을 때의 행복은 그리 오래가지 않았다.

그레이스는 먹는 속도를 늦추고 천천히 씹었다. 음식을 다 먹고 나자 한 입 한 입이 아득한 기억처럼 느껴졌다. 주방 봉사자들은 이 땅에서 나는 것으로 요리했다. 땅을 단순히 격자로 늘어선 집 뒤에 박혀 있는 40만 제곱미터의 계곡으로만 보지 않고 영구히 지속되면서 풍성하게 자라나는 곳으로 보는 모든 사람들을 먹였다. 조씨네 델리의 경우, 일관되게 요구를 충족하는 데에, 그러니까 손님의 편의에 따라 언제든지 내어줄 수 있는 음식을 일정량 준비하는 데에 관심을 두었다. 따라서 그들은 할당량을 요리하되 반찬 쪽에 무게를 실어 완벽한 균형을 유지하는 편의주의적 선택을 할 수밖에 없었다. 그레이스 부모님에게 성공이란 풍요에 대한 환상과 약속이었다. 그래서 그들은 식당에 오는 많은 사람들을 원하는 만큼 먹였다.

모든 사람이 줄을 서서 음식을 받은 뒤 피터가 그들 곁에 와서 앉았다.

"스튜 어때? 아직 많으니까 두 번 먹어도 돼."

"너 더 먹고 싶잖아." 데이비드가 몸을 뒤로 젖히고 잔디밭에 앉아 있던 그레이스에게 말했다.

그레이스는 배가 불렀고 이런 자신이 싫지 않았다. 새로운 기분이었다. 몸이 쑤시고 포만감을 느낀 그레이스는 피터가 내민 손을 잡지 않고 벌떡 일어났다. 그녀는 설거지를 하겠다고 나서며 접시를 모아 정원이 내다보이는 싱크대로 가져갔다.

조 할머니

    엄마는 만두를 백 개도 넘게 만들어서 봉지에 넣어 냉동해두고 저녁 식사 때 메인 메뉴로 구워 먹거나 멸치 육수에 넣고 끓여 먹었다. 이때는 상하기 직전의 남은 반찬이 함께 나왔다. 그레이스가 물병을 꺼낼 때마다 밀폐용기로 꽉꽉 들어찬 어수선한 냉장고가 얼굴에 차가운 절망을 내뿜었다. 요즘 그녀는 엄마가 누구라도 잡으려는 듯이 허공을 가르며 올가미 돌리는 소리가 들리면 집에 있지 않고 얼른 자리를 떴다. 변기 물이 파란색이 되면 엄마가 곧 광란의 청소를 시작한다는 뜻이었다. 엄마는 욕실부터 청소를 시작하기 때문이다. 그때 가까이 있으면 결국 올가미에 묶여 끌려 들어가고 만다. 그레이스는 혹시 몰라서 글래디스와 지퍼락을 넣어둔 단지를 치웠다. 지퍼락은 부스러진 가지와 부스러기만 가득할 뿐, 거의 비어 있었다. 그녀는 전자 담배로만 마리화나를 피웠다.

제이컵의 도착이 임박하자 식당을 닫은 것에 대한 불안감이 두 배로 커졌다. 엄마는 그레이스의 서랍장에서 낡은 옷을 정리해 바닥을 닦는 걸레로 만들고 그 어떤 진열대나 선반도 아들의 먼지 알레르기를 일으키지 않도록 확인하면서 스스로 불안을 잠재우려 했다. 그레이스는 왜 엄마를 돕지 않느냐는 질문을 받거나, 그녀가 퍼레이드를 이끌다가 끊어버리기라도 한 듯이 오빠가 돌아오는데도 신나 하는 것 같지 않다는 타박을 들을 때면, 싱크대에 더러운 접시를 잔뜩 내놓고 예전처럼 집을 더럽히는 사람이 돌아오는데 왜 신나야 하냐고, 왜 아빠는 청소를 돕지 않느냐고 큰 소리로 물었다.

아빠는 유일하게 문을 연 조씨네 3호점을 관리하고 있었는데, 이마저도 곧 문을 닫게 생겼다. 바퀴벌레가 우글거린다는 소식이 사람들의 귀에 퍼졌고, 그 바퀴벌레가 사람들의 뇌 주름에 알을 낳았는지 바퀴벌레를 직접 보았다거나 바퀴벌레까지는 아니지만 개미정도는 보았다는 오만 가지 상상이 탄생했다. 조씨네가 예전 같지 않다고, 한식을 파는 다른 식당으로 가는 게 낫겠다고 생각하는 사람들도 생겼다. 하와이에 사는 한국인들은 이곳에 정착한 지 아무리 오래되었어도 언제나 최근에 이민 온 사람들로 비춰졌으므로, 아들이 이상한 행동을 하자 사람들은 가족 전체가 이상하다고 생각하게 되었다.

아빠는 세차를 하고 차에 왁스칠을 해서 광을 냈다. 내부의 가죽

시트와 계기판까지 닦았다. 아빠는 식당에 대한 애정으로 계속 바쁘게 살았다. 그 애정은 음식에서도 느껴졌다. 누군가를 먹인다는 데에서, 먹일 수 있다는 데에서 비롯된 애정이었다. 음식 자체가 입맛에 딱 맞지 않더라도 애정을 담아 만든 음식이라는 것이 느껴져서 괜찮았고, 덕분에 음식이 좋아져서 손님들은 다시 식당을 찾았다. 하지만 이 애정은 두 배, 세 배로 커지는 식당 규모에서 비롯된 더 큰 사랑이 있어야 가능했다. 식당에 대한 애정은 곧 가족에 대한 애정으로 해석될 수 있는데, 명목상 두 가지 다 지탱할 수 있는 방법은 돈과 일을 향한 사랑을 통해서였기 때문이다. 온 가족이 일을 통해 애정을 보여주어야 할 때에는 특히 그랬다.

부모님 둘 다 조씨네는 끝장이라고 생각하고 있었기 때문에 당분간은 무슨 말을 해도 소용없었다. 그레이스는 논리적으로 설명하려 했다. 그들이 휴식다운 휴식을 마지막으로 취한 게 언제던가? 그레이스는 다 같이 찜질방에 가자고, 옷장에 주황색 수건이 가득한 걸 보면 예전에 찜질방에 얼마나 자주 갔는지 알 수 있지 않느냐고 했다. 아빠는 삼촌과 골프를 칠 수도 있었고 예전에 그랬듯이 아빠가 원하면 그레이스도 함께 갈 수 있었다.

부모님은 재미있게 논다는 것은 돈과 시간이라는 두 가지를 지불해야 한다는 의미라고 대답했다. 그레이스는 둘 중 어느 것도 조할머니와 충분히 써보지 못했다.

그레이스는 조 할머니 집에 저녁을 먹으러 갔다. 저녁에 또 만두를 먹지 않아도 되는 동시에 할머니도 만날 수 있는 기회였다. 할머니는 저소득층 가구를 위한 3층짜리 공공주택 단지에 살았는데, 그레이스가 태어났을 때 그녀의 가족들이 살던 곳이었다. 3층 건물들은 주차장에 둘러싸여 있었고, 조 할머니의 이웃 더그는 보안 요원을 자처했는데 아무래도 전생에 독수리였던 것 같았다. 그는 자기 아파트 꼭대기 층의 외부 난간에 기대서 대부분의 나날을 보냈다. 그레이스는 조 할머니에게 지정된 자리에 주차하고 할머니 집으로 걸어갈 때면 더그가 지켜보고 있다는 게 느껴졌다.

그레이스가 도착하자마자 조 할머니는 소파 옆 의자에 새로 구입해서 부착해둔 쿠션형 안마기를 자랑했다. 안마기가 새로 생겼다는 것과 소파에서 텔레비전을 보는 조 할아버지가 없다는 것만 빼면 아파트는 전과 똑같았다. 몇 년 전에 시어스 사진관에서 찍은 가족사진, 예수님 그림, 금색 한글로 성경 구절을 써놓은 돌 판이 거실 여기저기에 걸려 있었다.

"이거 읽을 수 있어?" 조 할머니가 돌 판을 가리키며 물었다.

"당연하죠."

"읽어보렴."

그레이스는 할머니의 말을 못 들은 체하고 앉았다. 조 할머니는 이미 멸치볶음, 김, 도자기 그릇에 담긴 달걀찜, 육개장, 쌀밥으로 상을 차려놓았다. 김이 모락모락 솟아올라 금방 식을 것 같아 보이지 않았는데도 할머니는 음식이 식기 전에 먹으라고 했다. 조 할아버지는 식탁에 앉아서 함께 저녁 식사를 하는 법이 없었고 언제나 몰래 보관해둔 통조림 음식을 꺼내 먹었다. 그는 다른 먹을 것이 하나도 없는 것처럼, 다른 먹고 싶은 것이 하나도 없는 것처럼 비엔나 소시지와 스튜, 파인애플 슬라이스와 밀감 통조림 같은 것들을 배급하듯이 나눠 주었는데, 그레이스 역시 어릴 때 조 할머니가 차려준 밥과 국보다 달고 짠 맛을 빠르게 채워주는 이 음식들을 더 좋아했다. 그레이스는 다음에 할아버지를 만나러 갈 때 무엇을 가져가야 할까 생각했다. 그녀는 집에 빨리 가야 하는 건 아니었지만 할머니와 너무 오래 있고 싶지도 않았다. 그레이스는 젓가락으로 김을 한 장 집었다.

조 할머니가 신문지로 덮은 접시를 가지고 왔다. 팔라마 슈퍼마켓에서 산 고등어를 구운 것이었다. 그레이스는 오는 길에 전자 담배를 피운 것이 좋지 않은 생각이었다는 것을 이미 깨달았는데, 생선 가시에 살해당하지 않기 위해 집중해야 하자 더 후회스러웠다. 그녀는 그릇 가장자리에서 달걀찜을 한 숟가락 떴다. 그리고 혀를 데었다.

조 할머니는 밥을 퍼 와서 같이 앉았더니 그레이스에게 기도했는지 물었다.

"눈 감고 '하나님 이 음식을 주셔서 감사합니다'라고 말하기만 하면 돼."

"할머니에게 감사해야 하는 거 아닌가?" 그레이스가 중얼댔다.

할머니는 함께 기도해야 한다고 했다. 조 할머니는 눈을 감고 식탁 위로 그레이스의 손을 잡았다. 무척 평온해 보였다.

"주여, 정말 감사합니다. 주님께서는 끝없는 사랑으로 저희에게 은혜를 내려주십니다. 저희는 앞에 둔 이 음식에, 언제나 음식을 주심에 감사하나이다. 저희는 모든 일에서 주님을 찾아야 한다는 걸 알고 있습니다. 우리 가족을 보호해주셔서 감사합니다. 우리 그레이스가 이렇게 자라서 졸업을 앞두고 있어 정말 자랑스럽고 행복합니다. 부디 이 아이가 대학원에 지원하도록 인도하소서. 우리 제이컵을 이끌어주시어 무사히 돌아오도록 해주소서. 저희는 이 어려운 시기에 주님께서 그 아이와 함께 계셨음에, 곧 우리 모두 함께하게 될 것임에 감사하나이다. 주님에 대한 믿음을 가지려고 평생 애써온 그레이스의 할아버지를 부디 살펴주소서. 그레이스의 부모와 그들의 식당도 살펴주소서. 그들은 어려운 시절을 견뎌왔습니다. 저희는 힘을 주시는 그리스도를 통해 무엇이든 할 수 있습니다. 그리고 언젠가 주님의 나라에 올랐을 때 우리 가족이 다시 한번 다 같이 모여 천국에서 당신의 영광을 찬양하게 하소서. 아멘."

조 할머니는 새벽 기도를 마치고 시내에 있는 24시간 헬스클럽에 간다는 이야기를 하며 그레이스에게 한동안 운동을 안 하지 않았느냐고 물었다. 그레이스는 두 사람이 먹을 몫보다 더 많은 음식이 눈앞에 놓여 있었기 때문에 다 먹어낼 길은 없었지만 골고루 먹으려 했다.

조 할머니는 후식으로 밀폐용기에 한 가득 썰어 담은 허니듀 멜론을 가져오더니 집에 가져가라고 했다. 그레이스는 냉장고에도, 그녀의 배 속에도 자리가 없다고 했다. 하지만 할머니를 기쁘게 하려고 몇 조각 먹고는 음식이 정말 맛있었다고, 부모님 요리보다 훨씬 훌륭하다고 말했다.

조 할머니는 흐뭇하게 웃었다. 그레이스는 식탁 치우는 걸 돕고 키친타월을 적셔서 식탁을 닦았다. 그리고 싱크대로 갔다. 조 할머니는 엉덩이로 그레이스를 밀어냈고 그레이스는 비집고 들어가려 했다. 그레이스가 그릇을 헹구어 식기 건조대에 정리하기로 했다. 그녀는 조 할머니를 끌어안고 저녁 식사에 감사 인사를 했다. 조 할머니는 그레이스가 언제 함께 교회에 갈지 궁금했다.

"아, 그게요. 신문을 일요일에 제작해서 갈 수가 없어요."

"자기 전에 기도하니?"

"음."

"가족을 위해 기도해야 해. 네 할아버지와 오빠를 위해서."

"할머니는요?"

"난 항상 가족들을 위해 기도한다. 그래서 기도를 도와달라고 부탁하는 거야. 안 그러면 어떻게 우리가 다 같이 천국에서 만나겠어?"

"아니, 제 말은요, 할머니를 위해서는 누가 기도하느냐고요?"

조 할머니는 대답이 없었다.

"제가 할게요." 그레이스가 말했다. 조 할머니는 미소 지었다. 그레이스는 진흙 묻은 샌들을 신었다.

그때 조 할머니가 안마기를 해보겠느냐고 물었다. 그레이스는 괜찮다고 했다.

보름달이 떴고 하늘은 짙은 남색이었다. 더그는 여전히 밤을 살펴보고 있었다. 그레이스는 차에 타고 나서야 할머니가 왜 안마기를 권했는지 깨달았다. 그레이스가 좀 더 오래 있기를 바랐던 것이다. 잠시 숨을 골랐다.

오빠가 집에 오다니 믿기지 않았다. 그레이스는 다시 올라가서 안마기를 했고 할머니와 엠넷을 함께 보며 멜론을 다 먹었다. 조 할머니는 기뻐했다.

생 쥐

그레이스는 그를 처음 보았을 때 더 화를 내고 싶었고 맞아도 싸다면서 빰을 한 대 때리고 싶었다. 가족들이 제이컵을 데리러 공항에 갔을 때, 그레이스는 아빠가 그의 가방을 싣는 동안 차에 기대 있었다. 엄마는 울면서 제이컵의 등을 문질렀고 모습이 형편없다고, 비참한 대접을 받은 게 틀림없다고 말했다. 그러는 내내 제이컵은 못 알아보겠다는 듯이 그레이스를 바라보았다. 그는 말할 때 그레이스를, 아니 누가 됐든 얼굴을 보는 법이 없었다. 제이컵은 눈물을 흘렸고 그레이스는 고개를 저으며 그에게 빌어먹을 얼간이라고 했다. 그리고 남매는 평생 처음으로 포옹했다. 짐을 들고 근처에서 기다리던 사람들이 조씨네 가족이 있는 쪽을 흘끔대기 시작했다. 그들은 수군대며 휴대폰으로 사진을 찍었다. 그레이스는 차로 돌아가면서 그들에게 양쪽 가운뎃손가락을 들어 보였다. 집에 가는 동안 그녀는 제이컵에게 상처를 보여달라고 했다.

제이컵은 화장실에 갈 때를 제외하고 자기 방에서 거의 나오지 않았다. 침대 시트와 조 할머니가 일하다가 남은 자투리 천으로 만든 자주색 벨벳 베개 커버를 빼면 방은 떠날 때와 똑같았다. 그는 가족들을 마주할 수 없었다. DMZ에서 잡힌 뒤로 얼마나 오랫동안 억류되어 있었는지 정확히 기억나지 않을 정도로 약을 투여받았다는 사실도 말할 수 없었다. 그 사람들은 약을 아주 많이 주었는데 우울, 불안, 수면, 통증에 필요한 약이었다. 제이컵은 자신을 없애고 싶었다. 할아버지에게 이끌려 사는 동안 자신이 사라지고 대체된 삶을 즐겼다고 인정할 수 없었다. 카테터 때문에 너무 성가시다고 우기자 그들은 그가 혼자 화장실을 쓸 수 있게 해주었다. 그때 그는 미끄러진 척하며 침대 옆의 바퀴 달린 탁자를 넘어뜨렸고, 한쪽 다리에 체중을 많이 실을 수 없었기에 균형을 잡으려고 비틀대며 서랍장으로 갔다. 서랍장 위에는 그들이 실수로 두고 간 약이 있었다. 물 한 잔이 쏟아졌다. 간호사가 컵을 줍고 탁자를 일으키려고 몸을 숙인 사이에 제이컵은 약병을 잡고 침대에 기대 이불 깊숙한 곳에 약병을 묻었다.

그가 침대로 돌아오자 간호사는 그를 움직이지 못하게 했다. 간호사가 나가고 나서 그는 약병 뚜껑을 열려고 애썼다. 하지만 뚜껑은 헐거워지지 않았다. 뚜껑이 열리자 내용물이 침대에 쏟아졌다.

알약 하나를 집어서 손가락 사이로 굴렸다. 무슨 약인지는 알 수 없었다. 입을 벌리고 알약을 던졌으나 놓쳤다. 약을 최대한 많이 먹어야 하는데. 알약은 이마에 부딪친 다음 어깨에 내려앉았다. 그는 혀로 간신히 알약을 집었다. 알약은 그의 눈과 코에 부딪쳤다가 어찌 된 노릇인지 입으로 흘러들어갔다. 알약은 목구멍 뒤쪽에 붙었고 이제 그는 바다사자나 물고기처럼 요령을 터득했다. 언젠가 조 할머니가 가르쳐준 대로 만나가 하늘에서 떨어진 것은 하나님의 사람들에게 필요했기 때문이었다. 머릿속에서 울리는 비명 소리를 멈추기 위해서라면 그는 뭐든 할 수 있었다.

그들은 위장에서 알약을 빼냈다.

병원은 그가 더 이상 이렇게 하지 못하게 했고 전문가를 데려왔다. 전문가는 제이컵이 아닌 병원의 편에서 기록했다. 제이컵이 집에 갈 때가 오기까지 이런 과정이 계속되었다.

제이컵은 말한 것보다 훨씬 빨리 풀려났고 엄마가 아는 것보다 더 오래 정 이모 집에 있었다. 정 이모는 그가 불안해한다고 생각했다. 이모는 그렇게 말했다. 혼령과는 상관없었다.

가족과 함께 집에 돌아와서 처음으로 샤워할 때 제이컵은 물줄기를 향해 두 팔을 들어 올리고 손으로 천천히 물줄기를 느꼈다. 그는 제 손등에 입 맞췄다. 어깨를 양손으로 잡았다가 허벅지를 꽉 눌러보고 몸을 숙여 발을 만졌다. 그는 물의 무게와 제 몸을 느끼며 자신을 꼭 안았다.

제이컵은 평범한 삶을 살아가야 하고 부모님이 식당을 다시 열도록 도와야 했다. 하지만 목이 낀 채 발버둥을 치며, 제이컵에게도 보이는 벽의 갈라진 틈을 손으로 두드리던 백 할아버지의 비명 소리에 사로잡혀 잠을 잘 수 없었다.

제이컵은 우선 거실에 나가보기로 했다. 그레이스가 방에서 기침하는 소리가 들렸다. 자신이 먼저 말 걸어주기를 기다리는 게 아닐까 생각했다.

~

배터리가 작동하지 않았다. 충전하는 걸 잊은 모양이었다. 그레이스는 마리화나를 적당히 피우려고, 혼자는 덜 피우려고 노력 중이었다. 데이비드, 피터와 함께 영화를 보았는데 다시 외출해서 사람들과 어울리니 좋았다. 다른 사람들과 함께 있는 것이. 그녀는 가장 좋아하는 일을 하기 힘들어지자 인내심이 늘고 있었다. 스스로 인내심이 얼마나 강한지 시험해보려고 전자 담배를 꺼냈다. 처음으로, 친구가 있고 다른 사람의 마리화나를 피우던 시절로 돌아가고 싶었다. 하지만 저녁까지 기다리며 쉴 때나, 집에 가는 길에 신호등 빨간 불을 만날 때마다, 피우지 않고 주말까지 기다릴 때나, 학교나 욕실에 갈 때, 잠잘 때와 오후가 시작될 때는 혼자 감당하기 버거웠다. 그래서 볼을 채울 때면 멈출 수 없을 것 같아서 두려웠다. 너무 늦어버릴 때까지 모를까 봐. 그녀는 마른기침을 했다.

"이거 좋은데." 혼잣말을 했다.

그레이스는 방문 노크하는 소리에 깜짝 놀랐다. 제이컵이 괜찮
으냐고, 들어가도 되겠느냐고 물었다. 그레이스는 가서 문을 열었
다. 코에서 연기가 나왔다.

"너 용 같아." 제이컵이 말했다. 그레이스는 미국항공우주국 로고
가 박힌 티셔츠를 입고 있었고 머리는 바람에 날린 듯 산발이었다.

그녀는 제이컵에게 한 대 권했다. "난 다 했어."

제이컵은 전자 담배를 잡고 손가락 사이에서 굴렸다. "그래도
돼?"

"얼마든지."

그레이스는 귤의 윗부분을 찌른 다음 코에 갖다 댔다. 이제는 귤
을 사과처럼 베어 물지 않았다. 그녀는 알알이 터지는 알맹이를 즐
기고 질깃한 속껍질을 씹으며 귤을 한 쪽씩 먹었다. 손톱 밑에 귤껍
질이 끼었다. 마리화나를 피우고 나서 목이 탈 때 귤을 먹으면 아주
좋았다. 이제는 귤을 봉지째 먹지 않았다. 그녀는 제이컵에게 귤을
한 쪽 권했다.

"웬일이야?"

남매는 서로 주거니 받거니 했다. 전자 담배를 피우면 이야기가
잘 나왔고 이야기가 잘 나오면 전자 담배가 당겼다.

"그러니까, 심령술사가 되겠다고?"

"그런 말이 아니야. 돌아온 뒤로 나아졌다는 말이야."

"결국 〈오 나의 귀신님〉 같은 소릴 하는 거잖아. 오빠 아직 상태가 엉망인데."

"무슨 소릴 하는지 모르겠다. 아, 젠장. 엄마다." 제이컵은 스피커폰으로 엄마 전화를 받았다. 엄마는 집에 가면 바비큐 파티를 할 테니 전기 그릴을 꺼내놓으라고 했다. 전기 그릴은 기름이 별도의 팬으로 떨어져 모이는 것이 특징이었는데, 엄마는 몇 년 전에 그릴을 사자고 주장하면서 이것이야말로 고기를 구워 먹는 가장 건강한 방법이라고 단언했다. 하지만 그 뒤로 전기 그릴을 사용한 적은 없었다.

"엄마가 어떻게 이럴 수 있어?" 그레이스가 물었다.

"무신 말이야? 아, 그게 아니라 무슨 말이냐고. 밥 먹을 때가 됐잖아."

"우리 외식하러 어디 갈까 생각하고 있었잖아."

"아닌데. 대머리가 될 거라고 날 놀리고 있었잖아."

"아, 글쎄, 난 분명히 생각하고 있었다고."

"뭐 때문에 화가 났어?" 제이컵이 물었다.

"난 지금처럼 약에 취했을 때 어디 가서 먹고 싶은지, 정확히 뭘 주문하고 싶은지 결정하면서 내 행복을 가장 잘 통제하는 기분을 느낀단 말이야. 맙소사, 내가 졌네. 약에 취했다는 걸 먼저 인정하면 게임에서 지는 건데."

"뭐라는 거야? 뭐든 먹으면 좋은 거잖아."

"그게 중요한 게 아니잖아, 이 무식한 돼지야. 내 머릿속에 목록이 있단 말이야. 내가 두 번째로 고른 곳으로 가면 실망하지 않을 텐데. 어쨌든 나가서 먹고 좀 깨고 오면 좋잖아. 지금 우리 상태를 봤을 때 말이야. 엄마, 아빠랑 저녁 먹어서 좋을 것도 없고."

"이런." 제이컵이 말했다. "네 말이 맞네."

"무조건."

"네가 무조건 옳아."

"당연하지."

"이제 어쩌지?"

"몰라."

"지금 뭐 하는 거야!"

그레이스는 연기를 거세게 내뿜고 목을 가다듬었다. "앗, 습관이야. 그런데 우리가 뭐, 네 살이야? 우리가 취해서 나타나든 말든 누가 신경 쓰겠어?"

"넌 진짜 나보다 더 엉망이야."

"열네 살이냐고 말하려고 했어. 그리고 사실, 하루 종일 좀 엉망이었어."

"좀? 요즘 많이 그런 것 같던데."

"그 일 뒤로는 훨씬 더 그랬지. 뭔지 알잖아."

"아." 제이컵이 말했다. "그래."

"동네 산책이나 가자. 잠깐만. 오빠 갈 수 있겠어?"

"아니, 응. 가야지. 이젠 그렇게까지 아프진 않아."

그들은 아파트에서 나가 고속도로 쪽으로 갔다. 그레이스와 제이컵 둘 다 느긋하게 같이 걷고 있는 이 상황이 무척 어색하게 느껴졌다. 제이컵은 마리화나 때문에 경계가 풀렸다. 그는 그레이스에게 많은 이야기를 했다는 데에 놀랐고, 어른이 되어 이런 식으로 이렇게 많이 이야기를 나눈 적은 처음이 아닐까 싶었다. 인도를 걷는 사람은 그레이스와 제이컵뿐이었다. 그들은 무언가에 취했음을 암시하듯 건들건들 제멋대로 걷다가 이따금 어깨를 부딪치기도 했다.

그레이스는 제이컵에게 노인들이 걸어 다니는 걸 좋아하는 이유는 평생 집이라는 벙커를 떠나지 않은 걸 후회하고 그제야 주변을, 하루 중 주황색으로 빛나는 때를 감상할 시간이 나기 때문이라고 말했다. 노인들은 차를 타고 지나갈 때에만 잠깐 관심을 가졌던 바깥세상을 제대로 보지 못하고 보낸 평생에서 벗어나야 한다고. 그레이스는 제이컵에게 조 할머니의 이웃 더그를 기억하는지 물었다. 더그는 농구공에 바람 넣는 펌프가 있는 유일한 이웃이었고 제이컵과 친구들의 자전거 체인이 헐거워졌을 때 도움을 주기도 했다.

"정말 괴짜 같은 사람이야." 그레이스는 눈을 비비고 심하게 깜빡이며 말했다.

"아, 당연히 기억하지. 웨이트 트레이닝에 푹 빠져서 우리까지 끌어들이려고 했어. 로니 콜먼Ronnie Coleman 비디오테이프까지 보여 줬다니까."

"그건, 오빠가 아무것도 할 게 없어서 계속 보고 있어야 했던 거 아닐까. 그런데 이 동네에 사는 사람들이 집에서 우릴 의심스럽게 지켜보고 있는 게 틀림없어."

"무섭게 왜 그래." 제이컵은 누가 있는지 창문 안쪽을 들여다보 았다. 그들은 낡은 식민지 시대의 집들을 지나서 걸어갔다. 돌을 쌓 아 만든 돌담이나 낮은 덤불로 둘러싸인 집들은 대부분 나무로 만 들어졌고, 집 앞쪽의 방충망 친 문으로 이어지는 붉은색 보행로와 계단이 있었다. 바닥에서 스프링클러가 올라와 물을 뿌리는 바람에 제이컵은 깜짝 놀랐다.

"넌 왜 우리가 감시당한다고 확신해?"

"몰라. 그냥 사람들이 '저 북한 사람들이 음모를 꾸미고 있어'라 고 하는 것 같아서. '저 사람들이 동네 지리에 대한 정보를 캐고 있 어'라든지. 내가 다 들었어."

"하나도 안 웃겨."

"미안. 집을 가진 사람들은 가진 걸 지켜야 하기 때문에 경계해." 그레이스는 양손을 들었다. "바깥세상에 있는 모든 게 위협인 거야. 가족이 아닌 사람이나 가족으로 끌어들이지 못한 사람들도."

그레이스는 전자 담배를 꺼냈지만 입으로 가져가기 전에 제이컵이 낚아챘다.

"이걸 가져왔어?" 그는 자기 티셔츠 주머니에 전자 담배를 넣었다. "깨려고 나온 줄 알았는데."

"맞아! 하지만 난 지금 너무 말짱해. 그리고 난 항상 이걸 가지고 다닌다고." 그레이스는 자기 주머니를 두드렸다. "휴대폰. 열쇠. 지갑. 전자 담배."

"그러니까 네 말은 우리가 이 동네에 사는 모든 사람에게 위협이 된다는 거구나."

"그 사람들은 우리가 아무 생각 없이 걷고 있다는 걸 아주 잘 알걸."

"난 지금 너무 취했어."

"이번엔 오빠가 게임에서 진 거야."

"뭐?"

"그걸 인정하면 자동으로 지는 거라니까."

"대체 이 게임인지 뭔지에서 어떻게 해야 이길 수 있는 건데?"

"나오니까 좋다. 우리 노인 같아. 피할 수 없는 걸 피하는."

"끔찍한데."

그레이스는 웃음을 터뜨렸다. "집에 가자는 얘기였는데. 하지만 좀 그러네."

제이컵은 고를 수 있다면 이 중 어느 집에 살겠느냐고 그레이스에게 물었다. 그레이스는 이곳의 집들이 모두 시대에 뒤떨어졌다고 생각했다. 드문드문 미국 국기를 걸어놓은 집도 있었다. 저마다 이상적인 집이나 집이 응당 갖추어야 할 모습을 얻으려고 애쓰며 피어 1 임포츠Pier 1 Imports● 나 로우스Lowe's●● 에서 취향에 맞는 것들을 골라 집을 개조하고 수리했다. 그 때문에 집들은 서로 부딪치는 미학적인 요소가 한데 섞여 있는 끔찍한 모습이었다.

"저기 하늘색으로 칠한 집. 하지만 애들이 그린 그림처럼 집이 각졌어. 기발함을 보여주려고 한 건지도 모르지. 저 집은 높이 올린 이유가 뭘까? 맨 아래층은 온갖 변태적인 물건을 놓아둔 섹스 던전일지도 몰라. 그리고 저기 저 집은 발코니와 큰 창문이 되게 인상적이네. 누가 튀어나와서 난간으로 달려가 연인이 오고 있는지, 아니면 밤에 무사히 빠져나갔는지 볼 것만 같아."

"이제 알겠다." 제이컵이 턱을 만지며 말했다. "아무도 집을 소유하지 않아."

"집이 사람들을 소유하는 거지!" 그레이스는 그의 얼굴을 손가락으로 가리켰다.

"아니, 그게 아니라 맞아. 내가 무슨 말을 하려고 했더라……. 잊어버렸어."

● 가구나 인테리어 소품 등을 판매하는 업체.
●● 주택 수리 용품을 판매하는 업체.

"제기랄. 아, 미안." 그레이스는 손으로 입을 막았다. "세상에. 저 집 좀 봐."

모퉁이를 돌자마자 침실 다섯 개와 욕실 여러 개가 있을 법한 2층 짜리 집이 나왔다. 외관은 밝은 주황색으로 칠했고 문과 창틀은 모두 그보다 어두운 주황색으로 칠했다.

"주황색에 또 주황색이라니, 누구 생각이었을까?" 제이컵이 양 손을 올리며 말했다. "무엇보다 애당초 주황색을 선택한 게 잘못이야."

"집이 비명을 지르는 것 같잖아. '우릴 좀 봐요. 이 별난 색상 취향을 좀 보라고요.' 하지만 사실 '안녕하세요, 여러분. 우리에겐 취향이라는 게 없어요'라고 말하는 거잖아."

"치즈 덩어리 같아." 제이컵이 말했다. "집 안에 생쥐가 들끓을 것 같아."

"생쥐 인간이네."

"하지만 네가 생쥐라면 치즈로 만든 집에 살겠어?"

"곰팡이가 필 텐데." 그레이스가 말했다. "그럼 집을 먹어치워야 하거나 다른 생쥐가 와서 먹어치우겠지. 그렇게 되면 결국 그 자리에 다른 생쥐들이 치즈 집을 지을 수 있도록 떠나야 하고."

"미로에서 일해서 얻은 치즈로 집을 짓는 거야."

"젠장." 그레이스가 말했다. "지금 날 은유로 이기려는 거야?"

해가 저물고 있었다. 그레이스는 엄마의 전화를 받지 못했고, 엄마는 어디에 있느냐는 음성메시지를 남겼다. 둘이 함께 걸으니 이상했다. 그들에게는 서로 적극적으로 함께할 필요성이나 기회가 없었다. 둘 사이에 거리가 생긴 것은 자연스러운 현상이었다.

"거의 다 왔어." 그레이스가 푸우오 카이무키 공원으로 가는 오션뷰 드라이브Ocean View Drive 입구에서 말했다.

제이컵은 뒤처졌다. 그는 몸을 숙이고 손으로 무릎을 잡았다. "금방 따라갈게."

그들은 출입 금지 체인을 넘어 소방서 뒤로 난 자갈길을 따라 천천히 올라갔다. 야트막한 언덕을 오르자 카이무키와 호놀룰루, 다이아몬드헤드와 코올라우산맥의 풍경이 파노라마처럼 펼쳐진 탁 트인 들판이 나왔다. 들판 한가운데에는 깃대, 조명, 철사를 원뿔 모양으로 만든 조형물이 있어서, 고속도로에서 얼핏 보면 크리스마스트리가 떠 있는 것 같았다. 사람들은 이 트리를 보기 위해 '크리스마스트리 공원'이라고 불리는 이곳에 왔다. 전에는 이 자리에 물탱크가 있어서 저수지 공원Reservoir Park이라고 불렸다. 2차 세계대전 때 미군이 감시 임무를 수행한 곳이라서 벙커 힐Bunker Hill이라고도 알려졌다. 하와이 대학교에서 천문대를 지은 곳도 바로 이곳이었는데, 훗날 이 천문대는 수평선에 다가오는 배를 발견하면 부두에 알려주는 곳으로 활용되었다. 또한 메네후네*가 카이무키를 중심지

● 하와이 신화 속 난쟁이족.

365

로 삼고 신성한 나무 티 플랜트를 태울 화덕을 만들었다는 이야기가 떠오른다는 이유로 '메네후네 언덕'이라고 불리기도 했다.

남매는 하늘이 어둑해지는 가운데 들판 끄트머리에 서 있었다. 제이컵은 이 공원에서 처음 담배를 피웠다고 실토했다. 그레이스에게 이곳은 처음으로 술을 마신 곳이었다. 플라스크에 힙노틱을 따라 마시고 공원을 빙빙 돌며 달렸다.

"엄마랑 아빠 생각해본 적 있어?"

"무슨 질문이 그래?"

"난 생각이 안 끝났어." 제이컵이 말했다. "그러니까, 언젠가 두 분 다 돌아가실 거 아니야. 그러면 우리에겐 서로밖에 안 남아."

그레이스는 코웃음을 쳤다. "그래. 엄마는 내가 오빠한테 더 잘해줘야 한다고 생각할 때마다 항상 그 말을 하지." 그레이스는 말을 잠시 멈추었다. "이제 가야겠다."

두 사람은 말없이 걸었다. 언덕을 거의 다 내려왔을 때 그레이스는 미끄러져서 발목이 돌아갔다. 제이컵은 손을 내밀어 그녀가 일어나도록 도와주었다.

"젠장. 못 걸을 것 같아." 그레이스가 말했다.

"진짜?"

"나 빼고 먼저 가." 그레이스가 인상을 쓰며 말했다. "가서 차 가지고 데리러 와."

"우리 이미 늦었는데."

제이컵이 쪼그려 앉으며 마음 바뀌기 전에 서두르라고 말하자 그레이스는 머뭇거렸다.

"아야." 제이컵이 외쳤다. "왜 그렇게 뛰어드는 건데. 생각보단 안 무겁네."

"내 샴푸 썼어?"

그들은 걸었고 그레이스는 제이컵에게 더 빨리 가라고 했다. 업혀가는 데 익숙해지자 발목을 앞뒤로 움직여보았다. 딱딱 소리가 났지만 통증이 차츰 사라졌다. 그들은 집까지 반쯤 갔을 때 멈춰 섰다. 제이컵이 지치자 그레이스는 남은 길은 걸어갈 수 있다고 큰소리쳤다.

"널 두고 떠나서 미안해. 그렇게 됐다." 제이컵이 말했다. "내 입장에서는 서서히 떠난 거였어."

그레이스는 인상을 썼다. 제이컵은 정 할머니와 할머니의 언니를 떠올렸다. 가장 아끼는 사람들과 헤어진 할머니의 심정이 어땠을지 상상조차 할 수 없었다.

"괜찮아, 이 바보야."

"기분이 묘할 거야. 그렇지?"

"뭐가?" 그레이스가 손가락 끝으로 눈가를 닦으며 물었다.

"나이가 아주 많이 든다는 게 어떨지 상상이 안 돼."

"난 그렇게까지 오래 살고 싶지는 않아."

"나도." 제이컵이 말했다. "하지만 우리 둘 다 오래 살 거야."

"오빠가 늙어가는 걸 보라고? 윽. 오빠 묻어주는 건 또 얼마나 귀찮을까."

제이컵은 킥킥댔다. "직접 땅이라도 파는 것처럼 그러시네."

"오빠의 그 큰 머리가 들어가려면 널찍하게 파야 할 텐데."

둘 다 숨을 헐떡였고 배에서 꼬르륵 소리가 났다. 제이컵은 집 문을 열고 잡고 있었다. 그들은 무사히 돌아왔다. 그레이스는 그의 손을 잡고 들어 올린 다음 승리를 기뻐하는 듯이 허공에 흔들었다.

가족

엄마는 삼겹살은 한 번만 뒤집어야 한다고 아빠에게 소리쳤다.
가족들 앞에는 저마다 쌈장, 그리고 소금과 후추를 넣은 기름장이
담긴 소스 그릇이 놓여 있었다. 전기 그릴을 식탁에 올리고 나머지
것들을 전부 그 주변에 늘어놓았다. 상추와 깻잎과 풋고추가 담긴
바구니, 조 할머니의 김치, 만두 한 판, 감자조림, 뚜껑이 열린 고추
장 용기, 김이 나는 쌀밥이 모두 놓였다. 그레이스와 제이컵은 서로
쳐다보며 천천히 자리에 앉았다. 산책은 도움이 되지 않았다. 그레
이스는 눈이 건조해서 계속 깜빡거렸다. 삼겹살 연기도 도움이 되
지 않았다. 제이컵이 자꾸 킥킥대며 코를 벌름거리는 것도 그레이
스를 신경 쓰이게 했다. 그녀는 식탁 아래에서 발톱으로 제이컵의
정강이를 할퀴었다. 제이컵이 비명을 질렀다.

"왜 그래?" 엄마가 물었다.

제이컵은 뭐라고 대답할까 생각하느라 머뭇거렸다. "기름이 눈에 튀었어요."

아빠는 그릴에 달라붙은 삼겹살을 계속 잘랐다. 자른 삼겹살을 가족들 각자가 먹기 편한 쪽으로 옮겨주었지만 자기 쪽에 놓지는 않았다. 나머지 삼겹살은 해동 중이라 연한 갈색이 나도록 익히려면 기다려야 했다.

"더 있어야 해." 엄마가 말했다. "아직 너무 흐늘거리잖니. 제이컵, 넌 바싹 익힌 걸 좋아하잖아?"

제이컵은 상추쌈 싸는 데 계속 집중하려 했다. "아, 맞아요."

"아빠가 아직은 요리할 줄 아는 모양이야." 엄마는 뒤에 있는 아빠를 향해 고갯짓하며 말했다. "이젠 식당에서 일하지도 않는데 말이야."

아빠는 집게를 내려놓았지만 집게는 뒤집히면서 바닥에 떨어졌다. 그레이스는 집게를 주우려고 몸을 숙였다. 머리에 피가 몰리자 눈이 금방이라도 터질 것 같았다.

"음." 그레이스에게서 집게를 받아 든 아빠가 말했다. "부탄가스를 넣어서 쓰는 평범한 그릴을 샀어야 해. 그게 가격도 더 싸고, 잘 쓰지도 않는데 화력도 약하고 비싼 이 그릴보다 나아. 상자 안에만 놔둬서 그런가 그릴이 더 안 좋아진 것 같네."

"지금 쓰고 있잖아요."

엄마가 아빠에게 우설은 더 빨리 익으니까 너무 익지 않게 하라고 알려주는 동안 그레이스는 손을 꼭두각시 인형처럼 움직이며 장난을 쳤다. 제이컵은 불만스러운 듯 입술을 오므리고 고개를 저었다. 그는 지금처럼 터무니없는 말다툼이 벌어지는 동안에는 특히 끼어들지 않았다. 엄마는 그레이스에게 뭐 하는 거냐고, 왜 안 먹느냐고 물었다.

"고기가 바싹 익을 때까지 기다리는 중이에요."

"네 쪽에 있는 우설은 죄다 너무 익고 있어."

"전 이거 싫어요."

"왜? 혀가 뭘 잘못했다고?"

"누구 혀냐에 따라 다르겠죠."

제이컵은 기침을 했다. 엄마는 그레이스에게 어서 먹어야 한다고 계속 말했는데, 제이컵이 이미 상추쌈을 세 개나 먹고 난 터라 더욱 재촉했다. 그레이스는 풋고추를 집어 들어 고추장을 찍은 다음 벅스 버니처럼 요란하게 베어 물었다. 그녀는 턱 전체를 원을 그리듯이 돌리며 씹었다.

제이컵은 의자에 앉은 채 몸을 앞뒤로 흔들었다. 그레이스는 콧방귀를 뀌었는데 그 바람에 더 크게 웃게 되었다. 두 사람은 제이컵의 주머니에서 전자 담배가 떨어진 것을 뒤늦게 발견하자 하던 것을 동시에 멈추었다. 전자 담배는 불길한 징조를 알리듯 제이컵의 밥공기에 똑바로 꽂혔다.

"이건 뭐냐?" 아빠가 팔을 뻗어 전자 담배를 뽑아낸 다음 밥풀을 떼어내며 물었다.

남매는 정신이 아득해졌다. 이대로 기차를 타고 떠날 수도 없었다. 아직 야단법석은 벌어지지 않았다. 그들에게는 방으로 올라가 필요한 걸 닥치는 대로 낚아채서 차를 몰고 나가 바다에 빠져 죽은 척한 다음에 이름을 바꾸고 완전히 새로운 삶을 시작할 시간이 있었다.

"이게 뭐냐고 묻잖아."

제이컵은 그레이스를 쳐다보며 답을 구했다. 그레이스가 즉시 노려보았다. 제이컵이 전자 담배를 가져가지 않았더라면 이런 일은 일어나지 않았을 것이다. 그레이스는 분명 배터리와 카트리지를 분리해서 자기 주머니에 넣어두었다.

"전자 담배예요." 제이컵이 말했다. "그러니까…… 스트레스 받아서…… 사용하고 있었어요."

엄마는 인상을 썼다. "괜찮아. 다 이해해."

"정말요?" 그레이스가 말했다.

아빠는 전자 담배를 유심히 보더니 앞뒤로 기울였다. "그러니까, 이게 담배 같은 건데 몸에는 더 낫다는 건가?"

제이컵이 가져오려고 손을 뻗었다. "아니요, 딱히 그렇지도 않아요. 잠깐 피웠는데 끊으려고 생각했어요."

"잘 생각했다." 엄마가 말했다.

"그래, 잘 생각했네." 그레이스가 말했다.

"이게 참 궁금했단 말이지." 아빠가 말했다.

"고기 뒤집어야 해요." 제이컵이 말했다.

"한번 피워보지 그러세요?" 그레이스가 씩 웃으며 말했다.

"아니, 안 돼요."

"그래야 마음이 드는지 알 수 있잖아요."

제이컵은 전자 담배를 입 가까이 가져가는 아빠를 기겁하며 지켜보았다.

"이게 작동하는지 어떻게 알아?"

"그냥 버튼 누르고 빨아들이면 돼요." 그레이스가 말했다. "깜빡거릴 때까지 기다리세요."

"하지 마세요." 제이컵이 말했다. "제발요."

아빠가 기침을 하며 내뱉은 큰 연기구름이 그릴 연기와 섞였다. 아빠는 얼굴이 새빨개지도록 기침을 했다.

"어머." 엄마가 말했다. "왜 이러지? 왜 이렇게 요상한 냄새가 나지?"

아빠는 물을 마시고 다시 고기를 구웠다. 그레이스는 입을 벌린 채 소리 내지 않고 웃었다. 아빠는 전자 담배를 엄마에게 건넸다. 엄마가 받아 들자 그레이스는 고개를 끄덕였고 제이컵은 고개를 저었다. 엄마는 전자 담배를 약간 빨아들이더니 입술을 찰싹 때렸다.

"이거 담배 아니네!" 엄마는 전자 담배로 그레이스와 제이컵을 가리켰다. "둘 다 했니?"

남매는 웃음이 터졌다.

"이거 마약이잖아!"

엄마는 제이컵에게 왜 이런 걸 하냐고, 엄마가 원하지도 않았는데 어떻게 그냥 하게 둘 수 있냐고 따지며 제이컵을 야단쳤다.

"자기야, 궁금해하는 것 같던데." 아빠가 말했다.

그레이스는 내용물을 넘치도록 싼 상추쌈을 입에 넣은 채 말했다. "주변의 압력에 굴복하신 것 같은데요, 엄마."

"이리 줘봐." 엄마에게서 전자 담배를 받아 든 아빠는 다시 한 모금 빨아들였다. 그레이스는 손뼉을 치기 시작했다. "그렇게까지 나쁘진 않네! 어쨌든 요샌 다들 이런 거 피우잖아. 우리 아들도 돌아왔고."

엄마와 아빠는 다시 말다툼하기 시작했다. 이번에는 아빠가 엄마보다 잘하는 게 있다는 것을 보여줘야 한다면서 이를 증명하기 위해 엄마에게 전자 담배를 다시 달라고 했다. 두 사람은 계속 이렇게 말다툼을 했고 결국 그레이스가 전자 담배를 가져와 제이컵과 함께 피웠다. 아빠는 느닷없이 낄낄대기 시작했다. 그레이스는 밥풀과 돼지비계가 튀어나오도록 웃었다. 제이컵과 엄마는 이런 그녀를 보고 웃었고 아빠는 발작하듯이 기침을 했다. 엄마가 아빠의 등을 두드리자 텅텅 소리가 크게 났다.

가족이 모두 함께 모인 걸 보니 이상했다. 그들은 저마다 외모나 태도가 눈에 띄게 또는 미세하게 달라졌다. 그레이스는 진짜라고 인정하면서도 거부하는 자신의 모습을 왜곡하기도 하고 그대로 보여주기도 하는 펀 하우스**funhouse***에 간 것 같았다. 그레이스는 이 사람들과 진정한 관계를 맺고 있었다. 이러한 관계는 그들이 음식을 함께 먹고 아파트 벽에 바싹 붙어서 전자 담배를 나눠 피우고 웃음소리가 연기와 함께 피어오르는 동안 계속되었다. 그들은 평소 조용했던 가족이 만들어낸 갑작스러운 소음에 마음이 활짝 열렸다.

● 관람객이 재미있거나 놀랍거나 과제를 주는 장치를 체험하게 만든 놀이공원 시설.

그레이스와 제이컵

"이게 도움이 되는 것 같아." 제이컵은 그레이스의 침대 가장자리에 널브러져서 방 곳곳에 테이프로 붙여놓은 LED 조명의 색상을 모두 살펴본 뒤에 파란색으로 설정했다. "기분이 훨씬 차분해진 것 같아. 그래도 아직은 꽤 안 좋지만."

"뭐가 도움이 되는데?"

"듣는 거. 내 몸으로 돌아와서."

"그 얘기 좀 해봐." 그레이스가 말했다. "지금 오빠 꼴 좀 보라고."

제이컵은 배를 내밀더니 손으로 잡았다. "너무 많이 먹었어."

"그래서 마리화나가 도움이 된다고 한 거야! 그런데 우리 후식도 안 먹었어. 후식 먹을 배에 음식을 더 집어넣는 흔한 실수를 저질렀군."

"난 안 먹을래."

"메로나 있어. 엄마가 코스트코에서 버라이어티 팩 사 왔어."

"음."

"난 그거 다 먹을 거야. 코코넛 맛은 빼고. 망고는 그다지 나쁘지 않아."

"수족관에 들어와 있는 기분인데. 아니면 클럽이나."

"수족관 클럽이라고 하자." 그레이스가 말했다.

그녀는 아이스크림을 가지러 가려고 의자에서 일어났다. 제이컵은 배 위에서 손가락을 깍지 낀 채 눈을 감았다. 침대 끄트머리에 아슬아슬하게 누워 잠이 들려고 했다. 어릴 때 그레이스는 오빠와 함께 더 놀고 싶어 했지만 먼저 잠들었다. 그레이스는 오빠가 자기 방에 이렇게 오래 있었던 적이 없었다는 것을 깨달았다. 지금까지 그들은 서로의 방 문간에서 보초를 서듯 이야기를 나누었다.

그레이스는 까치발을 들고 침대로 가서 이불 끝을 살며시 당겨 제이컵에게 덮어주었다. 그러다가 그의 몸을 밀어서 이불이 돌돌 말리도록 굴리자 제이컵이 깨서 뭐 하는 짓이냐고 외쳤다. 그는 침대 헤드까지 굴러갔다.

"오빠 거대 마리화나 같아." 그레이스가 킥킥대며 말했다. "뭔지 알지? 〈무서운 영화 2〉에 나오는."

"비슷하네."

"오빠가 돌아왔어."

"그래."

"그렇게 긴 시간이 흐른 뒤에야."

태 우

태우는 손이 닿지 않는 눈가가 가렵기 시작했다.

그는 시도하는 내내 벽에서 빠져나갈 수만 있다면 그동안의 고생을 모두 보상받는다고 생각했다. 그러면서도 위험은 빨리 잊고 말았다. 마지막에 미끄러지기는 했지만 성공할 뻔했다. 하지만 그가 저지른 죄악은 목과 팔 앞쪽을 잡고서 바이스처럼 태우를 꽉 조이고 놓아주지 않았다. 태우는 벽이 목을 치거나 몸을 분리할 거라고 생각했다. 농담이 지나치다고? 일어날 가능성이 높은 일이었다.

벽의 일부가 된 태우는 사방에서 그를 향해 다가오는 진동과 연결된 느낌이었다. 노래하듯 윙윙대는 소리가 땅을 가로질러 뻗어나가는 낮은 신음처럼 꾸준하게 그의 팔과 목을 타고 천천히 올라왔다. 거기서 그는 벽 한가운데에 끼인 채 신음하고 있었다. 계속 어깨가 아프고 허리가 욱신거렸고, 땅에 끌리는 무릎은 그가 실패했다는 사실을, 결국 나락으로 떨어져 더 이상 갈 곳이 없다는 사실을 떠올리게 했다.

그는 상황이 달라질 수 있기나 한 듯이 얼마나 오래 이대로 있어야 할까를 생각하는 자신이 더 바보처럼 느껴졌다. 윙윙대는 소리가 한반도 지도를 가르며 흔적을 남긴 점선만큼이나 긴 바늘을 더 날카롭게 만드는 한, 그를 계속 찌르는 한, 달라질 것은 없었다. 그 바늘은 태우의 눈물 고인 눈가를 찌르고 귀 뒤를 더 깊이 찔렀다가 다시 코를 찌르고 태우의 마음을 찔러 상처를 냈다. 결국 남은 것이라고는 모든 것이 지랄 맞게 가렵다는 것뿐이었다. 정말 끔찍하게 가려웠다.

태우는 몇 주 동안 비명을 지르고 침을 흘렸다. 더 이상 고통마저 느껴지지 않자 그의 울음은 웃음으로 바뀌었다. 태우는 몸이 아프도록 웃었고, 울다가 기침하다가 다시 웃는 과정을 반복했다. 벽에 끼어 있으니 누가 간지럼을 태우는 것 같았고, 이쯤 되니 이 우스꽝스러운 상황에 제법 빠져들게 되었기 때문에 목청껏 소리 내어 웃었다.

이 소동은 이웃 마을 대성동에 있는 죽은 자들을 괴롭히기 시작했다. 그 마을은 북한과 가깝기 때문에 뜀뛰기 축제를 지켜본 많은 혼령이 그곳에 정착했다. 마을에 사는 혼령들은 소음의 출처를 잘못 알고 있었다. 처음에 그들은 깡통 속 담배꽁초를 먹는다고 알려진 수탉이 내는 소리라고 생각했다. 그들은 울부짖는 소리의 출처를 찾아가다가 태우의 뒷모습을 보게 되었고, 보이지 않는 벽에 가까이 가고 나서야 그 소리가 태우가 내는 것임을 확인했다. 그중 몇몇은 뜀뛰기 축제라는 우스꽝스러운 사건 이후 벽에 가장 가까이 가본 것이었다. 벽을 오르고 싶어 했던 모든 사람이 우연한 기회에 자신들의 모습이 좋아 보이지 않는다는 것을 깨닫자 축제는 더 이상 재미있는 행사가 아니었다.

혼령들은 태우를 비웃었고 그의 엉덩이를 번갈아 때리며 누가 때렸을 때 가장 큰 비명이 들리는지 구경했다.

마을에 사는 죽은 자들은 바보 왕 축제가 다시 열린다고, 이번에는 모두 함께할 것이라고 말하며 혼령을 더 많이 끌어들였다. 엉덩이 때리기는 처음 몇 달 동안은 아주 빈번했고 주말에 가장 인기가 많았지만 차츰 찾는 자들이 줄었다.

축제는 색다른 맛을 잃었고 태우의 불행을 함께 비웃던 자들은 흩어졌다. 이 일은 혼령들에게 일상의 일부가 되었다. 그들은 습관처럼 있는 힘껏 태우의 엉덩이를 때리며 좌절감을 풀었다.

어떤 사람들은 바보 왕 축제를 면회 시간으로 삼아 길고 긴 이야기로 태우를 지루하게 했다. 그중 최악은 엉덩이 때리는 것 말고 다른 것은 하지 않기로 한 규칙을 어기는 혼령들이었는데, 그들은 아무도 안 볼 때 몰래 똥침을 놓았다.

그나마 가려움증은 사라졌다. 그렇게 소리를 질러대는데도 북에서 내려온 혼령은 아무도 오지 않았고 이에 태우는 놀랐다.

~

이 남자에 대해 뭐라고 말해야 할까? 정말 드라마 같았다. 그들은 뜀뛰기 축제를 응원하고 싶지 않았기에 멀리에서 바라보기만 했다. 물론 축제는 재미있었다. 그들은 벽을 뛰어넘으려고 여러 번 시도했고 성공할 수 없으리라는 것을 이미 알고 있었기 때문이다. 하지만 그들은 어쩌다 그랬는지는 몰라도 벽에 낀 남자를 알고 있었고, 그 남자는 몇 명인지도 모를 그들의 이름을 계속 불렀다. 그들이 정확히 아는 이름은 없었다. 그들은 그 남자의 비명을 들었고 얼마나 더 해야 멈출까 궁금해했다.

남자는 자신의 어리석음 때문에 꼼짝 못 하게 됐다. 그는 자기 이름을, 부모와 조부모의 이름을 외쳤다.

그녀의 이름과 그녀의 부모와 조부모의 이름도 외쳤다.

그는 가슴에서 우러나오는 노래를 부르듯이 고향 마을 이름을 읊조렸다.

마치 자장가 같았다.

민정은 화난 동시에 들뜬 기분으로 이 소동이 뭔지 알아보려고 혼자 갔다. 죽은 자들은 이 가족에게 프라이버시를 지킬 수 있을 정도의 공간을 내어주려 신경 쓰며 양옆에서 지켜보았다.

　　태우는 판문각의 넓은 계단을 천천히 올라오는 그녀를 보았다. 운 좋은 사람들만 경험할 수 있는 찰나의 만남을 소중히 여기는 듯이 둘 다 그대로 얼어붙었다. 평생을 기다려온 뒤늦은 재회였다.

　　민정은 태우의 뺨을 때리고 가버렸다. 태우가 가족들에게 돌아오지 않았다는 사실을 일깨워주고 싶었다.

　　태우는 민정이 그랬던 것처럼 의문을 품은 채 기다려야 했다.

◠

　　엉덩이 때리기가 시들해진 뒤로 몇 주 동안, 태우는 누구도 감당할 수 없을 정도로 긴 시간 동안 울면서 사과했다.

　　죽은 자들은 민정에게 제발 돌아와서 태우의 입을 막아달라고 애원했다.

결국 민정은 돌아왔다. 그녀는 쭈그리고 앉아서 태우의 손을 잡았다. 그의 얼굴을 감쌌다. 태우는 그들의 아들이 어디에 있는지 물었다. 민정은 아들이 아직 살아 있다고 했다. 그들의 자식이 두 사람을 모두 기억하고 있다고. 그래서 둘이 만날 수 있었다. 그래서 태우가 그렇게 오랫동안 이승에 머물 수 있었다.

보이지 않는 벽에 막혀 듣기가 어려웠지만 태우는 많은 이야기를 들었다. 남쪽의 죽은 자들은 태우와 그의 수다스러운 입을 마이크로 이용해 남쪽에서 북쪽을 어떻게 기억하고 있는지 매일 신호를 보냈다.

이산가족들은 벽에서 만났고 태우는 전쟁 이후 처음으로 만나는 그 가족들의 탁자 역할을 했다. 그들이 손을 갖다 대자 벽은 흥분으로 울렸다. 그들은 모든 것이 자기 탓인 양 서로 용서를 구했다. 나이 든 부모를 돌보지 못한 일, 재혼한 일, 너무 오래 떠나 있었던 일 모두. 남쪽으로 힘겹게 내려가다가 자식과 남편을 잃은 어머니도 있었다. 서로 얼굴조차 제대로 기억하지 못하는 형제도 있었는데, 이들 형제 중 한 사람은 아버지를 따라 여행을 떠났고 며칠만 헤어져 있으면 되는 줄 알았다. 너무 나이가 많아서 아들, 손주 들과 함께 떠나지 못한 할아버지도 있었다. 부모들은 자식들에게 자녀가 몇이나 있는지, 잘 대접받고 있는지 물었다. 그들은 서로 얼마나 그리워했는지 거듭 말했다. 한 번도 잊은 적이 없다고.

　더 자주 볼 수 있으면 좋겠다고.

　난 이렇게 살았다…….

너희들 없이 내가 이 땅을 이렇게 떠돌았다…….

그리고 이렇게 죽었다.

태우는 이들이 만나는 동안 가만히 있으려고 애썼지만 함께 눈
물을 흘리지 않을 수 없었다.

그는 남쪽에 있는 아내를 생각했다. 그날이 오면 아내를 기다리
고 아내 언니의 이름을 부르겠다고. 그가 해줄 수 있는 건 이 정도
였다.

태우는 그들의 이야기를 잘 알았다.

그레이스와 제이컵이 휴대전화로 탄도 미사일 위협 경보를 받기 몇 분 전, 조 할아버지는 그들을 봐서 기쁘다고 말했다. 엄마와 아빠는 할아버지 침대 옆에 서 있었다. 그들은 그레이스가 리뷰 기사를 작성해야 하는 식당에 가는 길에 요양원이 있으니 잠시 들르자고 했다. 그레이스는 졸업 후에 《롤릭 하와이Rollick Hawaii》에서 꽤 괜찮은 급여를 받으며 인턴으로 일하게 되었다. 온라인 잡지인 이 매체는, 낮에 돈을 벌고 저녁이면 음식과 밤 문화를 경험할 여유가 있는 사람들을 위해 맛집과 유흥거리를 다룬다. 그레이스는 이런 매체에서 글을 쓰는 것이 뭔가 잘못하는 것 같아서 부끄러웠지만, 여러 대학원에 원서를 낸 뒤에 빈털터리가 되어서, 입학 허가 회신을 받을 때까지 인턴으로 일할 수밖에 없었다.

그레이스는 조 할아버지가 이렇게 기분 좋은 모습을 본 건 처음이었다. 그는 요전에 그레이스가 끓여 온 올레나차를 홀짝이며 고개를 끄덕였다. 그레이스는 할아버지를 요양원에서 데리고 나가서 함께 영화를 보고 싶었다. 할아버지에게 무엇을 먹고 싶은지, 다음에 올 때 무엇을 가져올지 물었지만 할아버지는 아무것도 필요 없다고 말했다. 그는 짐이 되고 싶지 않았다.

"이제 돌아온 게야?" 조 할아버지는 제이컵의 손을 꼭 잡았다. "밥은 잘 먹고 다녀?"

"네." 제이컵이 대답했다.

그들의 휴대폰에서 날카로운 경보음이 울렸다. 요양원 직원 중 누군가가 "안 돼, 안 돼" 하고 외치면서 문을 지나 달려갔다. 그레이스는 휴대폰을 확인했다. 하와이 미사일 공격에 대한 알림이 반복해서 공유되고 있었다. 이는 곧 스크린 숏으로 퍼질 것이다. 이건 실수였다. 누군가가 바보짓을 했다. 그레이스는 이 알림이 사실이라고 믿을 수 없었다. 그녀는 조 할아버지 다리 너머로 제이컵에게 알림을 보여주었다.

조 할아버지는 텔레비전을 켰다. 화면에 요란한 발표 장면이 나왔다. 조 할아버지는 침대에서 몸을 들썩거리며 움직였다. 일어나고 싶어 했다.

그는 온몸을 떨었다. 엄마가 무슨 일이냐고 물었다. 엄마는 차에 휴대폰을 놓고 왔기에 복도로 나가 누군가의 주의를 끌어보려 했다.

할아버지 담당 간호사인 레이나가 프런트 데스크 근처에서 이리 저리 왔다 갔다 하고 있었다. 엄마는 그쪽을 향해 무슨 일이냐고 큰 소리로 물었다.

"북한이래요." 누군가가 대답했다.

레이나는 휴대폰 화면을 스크롤하며 요즘은 다들 '어니'라고 부르는 그녀의 아들 어네스토에게서 온 문자메시지와 음성메시지를 확인했다. 어니와 며느리 조이스는 얼마 전에 딸을 낳았는데, 1년 전에 세상을 떠난 레이나의 어머니 이름을 따서 앤젤리카라고 이름을 지었다. 레이나는 갓 부모가 된 자식들이 쉴 수 있도록 주말 동안 아기를 봐줄 예정이었고, 부부는 카폴레이에 새로 생긴 극장에서 함께 리암 니슨의 최신 영화를 볼 계획이었다. 레이나는 앤젤리카를 처음 안았을 때 아기의 눈에서 자기 어머니의 모습을 보았다. 어네스토는 출근해서 빈야드 스트리트의 아파트로 케이블 방송과 인터넷을 설치하러 가는 길에 라디오에서 경보를 들었다. 그는 음성메시지를 남겼으나 레이나는 그가 하는 말을 다 알아듣지는 못했다. 그의 목소리에는 두려움이 가득했다. 그는 레이나에게 사랑한다고, 미안하다고 말했다. 그리고 차를 돌려 조이스와 앤젤리카가 있는 집으로 간다는 식의 말을 했다. 그리고 미안하다고. 사람들이 차를 세우고 다급하게 내리고 있다고 했다. 또 미안하다고. 그는 맨홀 뚜껑을 열고 가족들에게 안으로 들어가라고 하는 사람을 보았다.

사람들은 길거리에 서서 그들의 두려움만큼이나 광활한 하늘을 올려다보았는데, 이들 대부분은 닥쳐올 일을 믿고 나서야 두려워하고 있었다는 것을 깨달았다.

그레이스와 제이컵은 할아버지에게 괜찮은지 물어보고 그를 진정시키려 했다. 그들은 할아버지의 팔과 어깨를 문질렀다. 조 할아버지는 호흡이 가빠졌고 볼을 부풀려 숨을 내뱉어가며 심호흡을 했다.

"괜찮아요. 저희가 있잖아요." 그레이스가 말했다.

그들은 할아버지의 심장마비가 재발할까 봐 걱정했다. 휴대폰 알림음이 계속 울렸는데, 이번에는 친구들에게 온 연락이었다. 그레이스는 굳이 확인하지 않았다. 누군가가 실수를 했다. 그게 아니라면 사이렌이 울렸을 것이다. 정부에서는 이미 매달 사이렌을 시험하고 있었다. 그레이스는 자기 생각이 맞기를 바랐다.

그녀는 상황을 파악하고 진짜가 아니라고 확인해서 알려준 피터의 메시지를 보지 못했다. 북한이 이런 짓을 할 리 없었다. 그건 자살 행위니까. 북한이 절대 괌을 공격할 수 없는 이유이기도 했다. 다른 국가들이 한반도에 가져올 수 있는 공포와 파괴를 북한도 가져올 수 있다는 것은 모두 말뿐이었다. 말로는 소식을 듣자 트럭을 길 옆에 세웠다. 그는 피터에게 그의 말이 옳다면 모든 상황이 진정될 때까지 담배나 피우면서 쉬는 편이 낫겠다고 했다. 이와 반대로 비에르네스 부인을 비롯한 지피스의 직원들은 모두 냉동 창고에 옹기종기 모여 있었고, 부인은 소리 내서 기도하며 하나님에게 보호를 청했다. 데이비드는 대실패로 끝난 이 난리가 벌어지는 내내 잠을 잤고, 나중에 알고 나서 몹시 흥분했다.

호텔 식당 종업원들은 손님들에게 나가라고 안내하고 모든 사람들을 따라 로비로 갔다. 관광객 대부분이 객실에 머무는 동안, 호텔 직원들은 더 안전할 것이라고 생각한 주차장으로 다른 사람들을 안내했다. 제리 앤더슨은 아내 마사와 두 딸 애슐리와 레이철을 데리고 차고로 뛰어갔다. 마사는 그에게 실제 상황인지 계속 물었다. 그럴 리 없었다. 막내 레이철이 발을 헛디뎌 앞으로 고꾸라졌다. 제리는 레이철을 안고 차고로 향했다. 레이철은 벗겨진 샌들을 두고 와서 울음이 터졌다. 시간이 없었다. 그는 가족을 안전하게 지켜야 했고 가족은 함께 있어야 했다. 북한이 공격하기 전에 미국 대통령이 먼저 공격해야 했는데. 제리는 북한이 이렇게 과감하게 보복하다니 이상하다고 생각했지만, 그렇게 하도록 국민을 세뇌한 김정뭐시기라면 충분히 가능하다고 보았다. 제리는 그들에게 무슨 일이 일어나든 조국이 승리하리라는 것을 알았다. 이를 증명하기 위해 그의 나라는 6천 개에 달하는 핵탄두를 비축하고 있었다. 미국은 자유롭고 용감한 자들의 땅이었는데, 이는 결과나 낙오에 대한 두려움 없이 원하는 대로 자유롭게 할 수 있다는 뜻이었다. 미국은 그들에게 보여줄 것이다. 일본에게 보여주었듯이. 미국은 마셜제도에서 훈련이라는 명목으로 비키니 환초Bikini Atoll를 목표물로 삼았듯이, 그 후에 카호올라웨에서 세일러 햇Sailor Hat이라고 부른 폭파 실험으로 TNT 500톤을 떨어뜨려 핵폭발의 효과를 모의실험 했듯이, 더 큰 폭탄을 떨어뜨릴 수 있었다. 이런 식으로 미국은 그들의 시야와 진로에 놓인 모든 것을 독자적인 방식으로 깨부술 수 있다는 것을 증명했다. 오직 미국만이 어떤 대가를 치르더라도 전쟁이라는 이름으로 할 수 있는 일이었다.

어느 가족은 돈을 모으고 쉴 자격이 있다고 생각해 휴가를 얻었다. 휴가 동안 그들은 일상에서 받던 스트레스, 일을 해야 한다는 의무, 한 지붕 아래에 가족이 함께 모여 잘 살아야 한다는 의무감에서 벗어나 호젓하고 느긋하게 쉴 수 있었다. 하와이에서 온 하늘과 바다를 가질 수 있었고, 운이 좋아서 새로운 무언가를 우연히 발견했다고 생각한 제임스 쿡 선장처럼 바다에 나가 파도에 몸을 맡기고 감탄하며 해안을 돌아보았다. 그들은 땅을 바라보는 것만으로도 온전히 자신들의 것이 될 수 있다고 생각했다. 그들은 서핑용 반바지나 비키니를 입고 해변에서 수평선을 바라보며 시간을 보냈고, 계단을 오르고 하이킹을 떠나 많은 사람들이 천국이 있다고 믿는 구름을 향해 두둥실 떠오르는 기분을 느꼈다. 이렇게 지상 낙원에 있던 그들의 하루는 죽을지도 모른다는 알림과 공포로 뒤집혔다. 그들은 미국이 만드는 천국에서 영원히 살 수 있다고 믿는 사람들에 속해 있었는데도.

요양원 로비에서 조준호는 동생 정엽과 제수 정하윤이 전화를 받지 않자 조카에게 전화를 걸었다. 가족들은 아버지 창우와 함께 요양원에 있었다. 준호는 제이컵에게 김정은은 절대 공격하지 않을 것이라고 말했다. 그들의 무력한 미사일은 절대 우리를 맞출 수 없다고. 하지만 그의 말이 틀렸다면? 준호는 생각했다. 이제 회의적인 입장을 취할 때인가?

창우는 빨갱이들이 싫었다. 그들을 싫어하라고 배웠기 때문에 싫었고 이렇게 배우는 것이 살아남는 길이었다. 빨갱이를 충분히 싫어하지 않으면 그들이 그를 죽일 것이다. 따라서 그는 대한민국의 명령에 귀 기울였고, 그 결과 미국에게 싸우는 법과 미워하는 법을 배웠다. 그가 처음 죽인 남자는 그와 무척 닮았다. 아니, 그가 빨갱이처럼 생긴 것일까? 그런 오해를 받지 않으려고 남쪽을 위해 싸웠지만, 미군들이 그에게 무기를 겨누고 그가 대한민국이라고 거듭 외치는데도 무기를 내리지 않은 적이 많았다. 그들은 이런 식으로 우리 편을 알아내는 것이라고 농담을 했지만 그건 우리에게 질문을 하는 것과 마찬가지였다.

아니, 그는 빨갱이가 아니야. 아니, 그는 어른이 아니라 전쟁에 나가기에는 너무 어리고 너무 멍청한, 겁에 질린 아이일 뿐이야. 아니, 사실은 그의 모습일까? 창우는 그 소년에게 미안했고 하필 그 자리에 나타나서 그를 어쩔 수 없게 만든 소년이 미웠다. 그는 소년을 죽여야 했기 때문에 그 소년이 미웠다. 바보. 바보 같은 녀석. 그는 자신이 죽인 소년이었고 소년은 그였다. 그가 소년을 죽였을 때

393

소년은 그의 손을, 과거 어린 창우의 손을 잡았다. 그들은 함께 손을 잡고 서로 친구가 될 수 있는, 어른이 되기 위해 방아쇠를 당길 필요가 없는 삶으로 달려갔다.

조씨 가족은 창우가 계속 편안할 수 있도록 그에게 손을 얹었다. 그가 죽인 소년이 창우를 향해 다가오고 있었다. 긴 세월이 지난 뒤에 미사일을 타고 오고 있었다.

미사일 위협 오보 때문에 공포에 휩싸인 가운데, 대대로 하와이에 살았던 가문들, 이를테면 사토, 이노우에, 아베, 나카가와, 우에하라, 사이토, 노무라, 다마모토, 모리하라, 도나이, 혼고, 우에다, 야마모토, 후, 시마바쿠로, 미야시로, 정, 아카다, 마수노, 아다치, 하라다, 미시마, 이토, 전, 도쿠다, 캄, 나카무라, 고야, 이케하라, 다니구치, 기타, 시오이, 이시무라, 기노자, 산토세, 리앙, 마에다, 이세리, 히다노, 럼, 백, 오캄포, 소노무라, 요시무라, 하야시, 찬, 토레스, 후지모토, 이와시타, 가기모토, 다무라, 라모세, 수에다, 이, 바티스타, 루, 장, 모리키, 고토, 류, 팡길리안, 우라베, 요시다, 크루즈, 당, 히가, 숀, 라우, 레예스, 한, 시시도, 박, 퐁, 수에히로, 칭, 라우, 착, 니시하라, 후지타, 첸, 가네시로, 다나카, 럼, 시미즈, 야마구치, 구라시게, 마나고, 렁, 사쓰마, 김, 고바야시, 그리고 ■ 같은 가문들은 자신들의 힘으로 일군 재산을 걱정했고, 늘 그러듯 가족과 살아남을 수 있을지 걱정했다. 또한 자식들을 고향으로 돌아오게 할 무언가가, 그들이 돌아와 물려받아야 할 무언가가 있을지 걱정했다.

육지에서 온 사람들의 후손이자 섬 전역에 퍼져 사는 카나카 마올리Kanaka Maoli●는 조상의 이름을 하나하나 꼽을 수 있었다. 하와이섬 출신으로는 카마호아호아, 아이아칼라, 케오키, 라아케아, 쿠아후이아, 모쿠, 아펠라, 말라에아, 키노, 포히나, 페네쿠, 하노하노, 로히아우, 키케오나, 후올라파, 케알로하, 와일리일리, 알라파이, 아나칼레아, 말레카, 칼라우쿠아, 아키우, 칼리코가 있었다. 마우이섬 출신으로는 마카코아, 알루, 하에하에, 카아하누이, 마카하나로아, 날리마, 아케아, 파이나할라, 나오네, 알로나, 포하쿠, 카마카히키, 하울로에, 카이아누아, 날레일레후아, 칼라니, 카울라헤아, 나이, 카와하네, 밀리아마, 피피, 오피오가 있었다. 몰로카이섬 출신으로는 마이카알로아, 렐레아우나, 케아모홀리, 후알라니, 카울릴리, 칼릴리카네, 아우아카이, 펠라펠라, 페아히, 나히누이가 있었다. 오아후섬 출신으로는 알로나, 푸아아이키, 말라누이, 파아하오, 모모나, 카와히, 마누호아, 풀레, 쿠카히코, 카나코누이, 릴리칼라니, 카헬레, 키놀라우, 마니카이, 카말루, 카마이엘루아, 카웰로, 파이아, 아이아나, 케아웨카후, 필라, 이오쿠아, 나호알렐루아, 아카우, 와일루아, 리마누이, 모쿠아히가 있었다. 카우아이섬 출신으로는 카홀라, 모코누이, 키모, 마칼라, 할라올레, 푸파히, 카홀레, 파누이, 카헤아나, 마울리올라, 파피오홀리, 칼레후아, 마카니, 아이아마누가 있었다.

● 하와이 원주민을 뜻하는 하와이어.

하와이를 미국에 합병하는 데 반대하는 〈쿠에 탄원서Kūʻē Petitions〉[*]
에 서명한 4만 명에 달하는 사람들 중에는 하와이의 마지막 군주
릴리우오칼라니 여왕도 있었다. 여왕은 하와이를 불법으로 전복하
고 군사적으로 점유하는 데 반대했으나 군대를 맞닥뜨리자 목숨을
잃지 않기 위해 자신의 권한을 넘겨주었다. 카나카 마올리는 군함
이 도착하는 장면, 자신들의 땅이 울타리와 철조망으로 단절된 모
습, 신성한 장소의 이름이 전쟁터, 참전 용사, 대통령의 이름으로 빠
르게 바뀌는 것을 목격했다. 이들은 폭탄과 공습 경보 사이렌 소리
를 기억하지만, 또 다른 계엄령하에서 충실한 미국인으로 군 복무
에 파견될 거라는 기대를 받았다. 이들은 미국이 자신들의 섬을 목
표물로 삼고 아이나ʻāina[**]와 그들의 삶의 방식을 위협했다는 걸 알
았다. 따라서 미국이 먼저 공격당하지는 않을 것이다. 그럼에도 카
나카 마올리는 쿠푸나를 기리며 과거에 뿌리를 둔 채, 풍요로운 미
래를 위해 지금도 소유하고 있으며 앞으로도 소유하게 될 땅을 지
키고 그 땅과 결속한다.

- '쿠에'는 하와이어로 '반대'라는 뜻.
-- '땅'을 뜻하는 하와이어.

모기의 조상은 1826년에 하와이에 유입되었고, 그 뒤로 수많은 꿀먹이새를 죽이고 집 주변에 놓은 초록색 코일 모양의 모기향 연기를 피해 다니며 빙빙 돌다가 죽음을 맞이했다. 몽구스의 조상은 1883년에 들어와 사탕수수 농장의 쥐를 뿌리 뽑는 데 도움이 되었고, 계속 여기저기 숨어 있다가 쏜살같이 달리며 토종 새의 새끼를 잡아 먹거나 거북 알을 먹는다. 루알루알레이 계곡 위를 날아다니는 엘레파이오‘elepaio●는 미 해군이 잠수함과 교신할 때 사용하던 457미터 높이의 VLF 무선 송신탑에 앉아서 휴식을 취한다. 이 갈색 새는 날아오르기 전에 두통을 떨쳐내듯이 머리를 흔든다. 비둘기는 스티로폼에서 나와 쓰레기통을 쪼아댔다. 야생 고양이는 인간이 남긴 음식 무더기를 먹고 뜨거운 오전을 보낼 그늘이 필요해 자동차 밑에서 잠을 잔다. 휴메인 소사이어티Humane Society●●의 개는 누구라도 자신을 입양해 가지 않을까 궁금해하며 울타리 뒤에 갇혀 있다. 셔우드 숲에서는 늙은이박쥐가 둥지 근처에 주차된 불도저를 보며 이제 어디로 가야 할까 생각한다. 멧돼지들은 사냥꾼을 피해 산에서 내려와 주에서 지정한 하이킹 코스를 가로질러 달리고, 군 훈련장과 빼앗

● 하와이 토종 새.

●● 미국 동물 보호 단체.

긴 땅을 통과해 달린다. 마을로 내려온 돼지는 호놀룰루 컨트리클럽으로 들어가 골프 코스에서 몰려다닌다. 푸에오pueo•는 마쿠아 밸리를 날아다니다가, 죽은 키아웨kiawe 나무에 내려앉는다. 나무는 군이 이틀에 걸쳐 놓은 불이 걷잡을 수 없이 번지는 바람에 오랫동안 불에 탔다. 하올레 코아haole koa 나무를 지나 키아웨 나무에서 멀지 않은 곳에서는 하와이 도마뱀 모오mo'o•• 한 마리가 아후'ahu••에 쌓아놓은 돌 사이를 기어가다가 그곳에 공물로 바친 꽃, 호오쿠푸ho'okupu•••를 감상한다.

해안으로 내려가보니, 이미 새끼를 열 마리 낳은 몽크바다표범 '로키Rocky'가 엄청난 감시와 언론의 주목에 시달린 뒤에 온전히 혼자 있고 싶어 한다. 아직 먹히거나 펜던트가 되지 않은, 몇 안 남은 오피히'opihi••••는 칼로 뜯겨 나간 가족들은 어떻게 되었을지 궁금해하며 바위를 기어 해조류를 뜯어 먹는다. 와이마날로 해안에는 라피아를 엮어서 레이를 만들 때 사용하는 리무limu•••••가 바위 주변에 붙어 있다. 리무는 도움의 손길 덕분에 물속으로 들어가 포자를 방출해 새로운 리무 층이 자라도록 씨앗을 뿌린다. 산호초가 하

• 하와이 토종 올빼미.
•• 폴리네시아인이 묘비나 기념비로 쓰는 돌무더기.
••• '공물, 제물'을 뜻하는 하와이어.
•••• 하와이 삿갓조개.
••••• '해초'를 뜻하는 하와이어.

얇게 변해 죽어가는 백화현상이 가속화되어 많은 종이 멸종 위협에 직면해 있음에도, 몬티포라 카피타타Montipora capitata와 포리테스 콤프레사Porites compressa 같은 일부 종은 기후가 추워지고 바람이 잦아들어 관광객이 전처럼 많지 않고 낮 동안 일조량이 적어질 때 신진대사를 줄여 성장을 늦추며 휴식을 취한다. 수풀처럼 우거져 섬을 둘러싼 콜리플라워 산호는 이미 위기에 처한 채, 사촌인 엘크혼 산호와 스태그혼 산호처럼 멸종위기종으로 분류되기를 바라면서 자기 차례를 기다린다. 푸른바다거북은 섬유유두종에 뒤덮인 채 유출된 화학물질과 오염물질 때문에 질소 농도가 높아서 종양을 유발하는 해조류를 계속 먹는다. 그리고 이들은 관광객들이 발목에 새긴 미키마우스 귀 모양의 아울라니 디즈니 리조트 방문 기념 타투 옆에 함께 새겨져 하와이 방문을 기념할 것이다.

바다 깊은 곳에서는 상어가 전기 신호와 해안에서 우르릉대는 무시무시한 진동을 감지한다. 이를 감지하지 못한 사람들은 바다 자체가 위협인 양 물 밖으로 나간다. 사람들은 상어보다 더 위협적이고 폭력적일 수 있는 무언가를 두려워했다. 상어들은 하와이가 주로 승격되기 몇 달 전에 그들이 당한 위협을, 최대 100달러의 포상금 때문에 살해되었던 것을 기억했다. 상어는 몇십 년 뒤에도 계속 악마 취급을 받을 텐데, 이는 나쁜 영화 때문이 아니라 매년 여름에 진행하는 환태평양 합동연습RIMPAC 기간 동안 전 세계 국가들이 무기를 시험하고 바다 위나 속으로 미사일을 쏘아대는 바람에 미사일처럼 위험한 것으로 오해받기 때문이다. 바닷속에 상어의 검은 윤곽이 보이면 엄청나게 공포스럽지만, 상어 입장에서는 자신들의 바다를 가로질러 항해하는, 태양도 가려질 정도의 항공모함만큼 위협적인 게 없다.

다시 육지로 돌아가보자. 산, 숲, 식물, 돌은 그들을 향해 미사일이 오면 무엇을 잃게 될지 생각하지 않는다. 그들은 원래의 모습으로 살아가고 숨 쉬며 계속 생존할 뿐이다.

와이아홀레 계곡, 마우나월리, 푸날루, 할레이와, 헤에이아, 하이쿠, 카네와이, 와이아나에의 계단식 논에는 로이칼로loʻikalo●가 자란다. 이들은 물을 함께 나누고 바람에 나부끼며 서로를 반긴다.

~

포위되었거나 마지막으로 모인 가족들은 38분 동안 무엇을 잃게 될지 걱정했다. 다른 사람들과 마찬가지로 그레이스도 걱정했다.

잠시 동안 그녀는 최악의 상황이 벌어진다고 믿었다. 마리화나에 몹시 취해서 그것이 죽음과 가장 비슷한 느낌일지 궁금해하며 비틀대던 모든 순간에도 그랬다. 그레이스는 자신이 최악의 상황에 처할 수 있다고 생각한 적이 많았고 평소 생각해둔 대로 죽고 싶었

● 습지에서 자라는 토란.

다. 그리고 이것이 그녀에게 일어날 수 있는 최고의 사건이라고 생각했다. 하지만 최근에는, 특히 지금은 이런 일을 벌일 정도로 약에 취해본 적이 없다는 생각이 들었다.

그녀는 죽고 싶지 않았다.

그리고 아무 일도 일어나지 않았다.

～

사람들은 오랜 시간이 흘러 한국의 두 지도자가 DMZ를 가로질러 백태우의 몸 바로 위에서 악수하는 걸 보게 된다. 김정은이 군사분계선을 넘으면 벽의 구멍이 아주 잠깐 열려서, 태우는 벽에서 빠져나가 재빨리 반대쪽으로 건너갈 수 있다. 사람들은 오랜 시간이 흘러 두 한국이 몇 번이나 다시 만나서 평화와 통일을 위한 조건에 합의하는 장면을 보게 된다. 그러면 벽에는 구멍이 많아질 테고 언젠가는 벽이 완전히 사라질 것이다. 제이컵의 할아버지이자 조정엽의 아버지 조창우는 한국전쟁이 공식적으로 끝나는 것을 볼 수 있을 정도로 오래 살지는 못하지만 안식을 찾는다.

그레이스의 외할머니이자 정하윤의 어머니 정현자는 언니 정지현을 볼 수 있을 정도로 오래 살지는 못한다. 정지현은 정현자보다 훨씬 오래전에, 한국 사람들이 원하던 대로 도보나 기차로 왕래할 수 있게 되기 훨씬 오래전에 사망했지만, 그들은 건너가서 서로를 찾게 된다. 그리고 막내 정효리가 먼저 중앙에 자리 잡고 내내 양쪽을 살피며 그들을 찾고 있을 것이다.

정하윤은 어머니가 사망했을 때 일주일 동안 애도하며 언니 정서현을 잠깐 만나지만 그 후에는 언니와 떨어진 채로 아주 오래, 지나칠 정도로 오래 산다. 다행히 하윤은 자식들을 장례에 데려갈 수 있지만, 처음에 제이컵은 페르소나 논 그라타 personanongrata• 자격으로는 한국에 돌아가지 않겠다고 한다.

정엽은 오랜 시간이 흘러 은퇴한 뒤에 아들 제이컵이 식당을 물려받고 동성 배우자와 함께 집을 구입하는 것을 보게 된다. 또한 로스앤젤레스로 오래 떠나 있던 딸이 독립을 이룬 하와이로 돌아와서 사는 모습을 보게 된다. 그는 이들이 모두 모인 가운데 세상을 떠나고 왜 그의 아버지가 가족들에게 둘러싸여서 그렇게 행복해했는지 이해하게 된다. 그리고 이기적이지만 하윤보다 먼저 죽어서 다행이라고 생각한다.

정엽의 어머니이자 그레이스와 제이컵의 할머니 현세진은 오랜 시간이 흘러 마침내 온 가족이 함께 교회에 나가는 모습을 보게 된다. 그녀가 오래 살다가 하나님을 만나고 나면, 온 가족이 액자에 든 그녀 사진 옆에 서서 조문객을 맞이하고 이것이 그들의 마지막 예배가 된다. 오랜 시간이 흘러 단골손님들은 조씨네 델리가 '조씨

• '환영받지 못하는 사람'이라는 뜻의 라틴어. 입국을 불허하는 블랙리스트와 유사한 개념.

네 비비큐'가 된 것을 두고 투덜댄다. 테이크아웃이 안 되는 조씨네 비비큐는 사실상 같은 메뉴를 제공하지만 고기 부위를 선택해 부스에서 직접 구워 먹을 수 있다. 조씨네는 옆집의 빈 땅을 사서 벽을 허물고 좌석을 새로 확장했다.

오랜 시간이 흘러 그레이스와 제이컵은 몇 달 만에 이것저것 전부 다 조금씩 넣은 플레이트 런치 메뉴를 만든다. 김치, 감자조림, 마카로니샐러드, 김, 잡채, 오이김치, 콩나물, 시금치, 갈비, 닭구이, 제육볶음, 육전으로 만든 플레이트 런치를 그들의 가족에게, 정현자와 그 바보 같은 백태우를 비롯해 가깝고 먼 조상들에게, 이제 막 알게 되었거나 이름조차 모르는 조상들에게 바친다. 이름을 모른다고 해도 그들이 바치는 음식은 살아 있는 자들이 죽은 자들을 잊지 않았다는 신호가 될 것이다.

모두 경보가 잘못됐다는 알림을 받았다.

살아 있는 사람들은 한숨을 내쉬고 욕조에서 나와 가족을 꼭 끌어안고 눈물을 훔친 다음 물을 마시고 담배를 한 대 더 피웠다. 아껴둔 비싼 술을 꺼내온 사람들은 하루 종일 숙취에 시달리게 생겼다며 후회했다.

살아 있는 사람들은 미사일을 튕겨내는 기도라도 되는 듯이 죽음에 대한 생각에 몰두했다가 갑자기 아무 일도 일어나지 않았다는 사실을 알고 나자 자신들이 안전하다는 것을 깨달았고, 원래의 삶으로 어떻게 돌아가야 하나 생각하느라 멍하니 말이 없었다. 이들 대부분은 하와이에서 사는 것을 다시 행운으로 여기며 감사해했다.

그레이스에게 소식을 전해 들은 조씨 가족은 말없이 서 있었다. 그레이스는 창밖으로 휴대폰을 내던지고 싶었다. 창우는 안정을 찾았고 가슴팍이 천천히 올라갔다. 제이컵은 하윤의 어깨에 손을 올렸다.

그때 파리가 마이크 앞에서 연설이라도 하는 듯한 소리를 내며 정엽이 방귀를 뀌었다. 방귀는 뒤로 슬그머니 퍼져나가 주변을 감싸고 맴돌았고 가족들을 의문에 빠졌다. 그레이스는 입술을 오므리고 눈썹을 치켜올렸다가 빵 터졌고, 이 때문에 제이컵도 터지고 창우도 킬킬댔다. 하윤은 정엽의 가슴팍을 찰싹 때렸다.

"아이구. 냄새야, 냄새!" 하윤은 미소 지으며 터지는 웃음을 애써 참았다. "왜 그러는데?"

"앗, 아무것도 아니야!"

"그렇게 무서웠어? 내내 참고 있을 정도로? 세상에!"

"아니야." 정엽이 말했다. "무섭긴 뭐가!"

"정말? 방귀만 나온 냄새가 아니던데. 가서 확인해봐!"

하윤은 정엽의 팬티 허리 부분에 손가락을 걸고 당겼다. 정엽은

꽥 소리를 지르더니 창우의 침대를 돌아 도망가려 하며 킥킥 웃었다. 하윤이 손을 뻗어서 잡자 정엽은 방귀를 또 뀌었는데 이번에는 소리가 달랐다.

그레이스와 제이컵은 둘 다 허리를 숙인 채 요란하게 웃었다. 요동치는 달리기 선수의 심장처럼 격렬하게 몸부림치며 배를 잡고 웃는 그들의 눈에 눈물이 고였다. 그들은 고통과 안도를 오갔다. 웃음을 멈추고 싶기도, 더 웃고 싶기도 했다.

내 소설이 나를 대신해 한국으로 돌아가 이렇게 독자들을 만나게 되었다니 인생의 큰 목표가 이루어졌다. 나는 우리가 대대로 전시 상황에 살고 있다는 맥락을 공유하고 있다는 전제하에 이 글을 쓴다.

나는 삶의 대부분을 하와이에서 보낸 한국인 디아스포라로서, 여러분과 멀리 떨어져 있다. 내가 교육받은 언어인 영어로 이 글을 씀으로써 나와 여러분, 여러분의 이야기, 우리 역사 사이의 거리는 더 멀어졌고, 이로 인해 우리 사이에는 장벽이 생겼다. 여러분의 삶에는 내가 알 수 없는 기쁨과 두려움이 가득할 테고, 그 감정은 건널 수 없을 것만 같은 우리 사이의 공간에 얽혀 있을 것이다. 반대의 경우도 마찬가지라고 할 수 있을 듯하다. 한국인 디아스포라에 대해 여러분이 알지 못하는 것들도 많다. 내 입장에서 보자면, 이 장벽은 내 가족이 살아남고 견뎌온 이야기를 비밀로 간직했기 때문에 유지되었다. 그리고 나는 이 때문에 뭔가 막힌 듯한 느낌과 뭐라고 이름 붙일 수 없는 불안에 지속적으로 휩쓸려 있다.

바로 이 지점에서 이 소설을 쓰기 시작했으니, 우리가 서로 알아가기 위한 물꼬를 텄다고 할 수 있을지도 모르겠다. 이 글을 쓰고 있는 하와이에서는 매일 미군이 전쟁 예행연습을 한다. 이들은 하와이 원주민의 땅에서 훈련하고 이 땅을 공격 목표로 삼아 연습하는데, 그 과정에서 우리는 물론이고 미래 세대의 건강까지 해칠 정도로 천연자원을 오염하고 훼손한다. 미국은 군사 작전을 위한 전략기지로 하와이를 점유하고 있으며, 더 나아가 한국도 같은 목적으로 차지하려고 한다. 전쟁 산업을 영구히 지속하기 위해 우리 민족이 300만 명 희생되었고 수없이 많은 이산가족이 생겨났으며 한반도가 둘로 나뉘었다. 이는 우리의 기억과 상상 속에 언제나 불변의 사실로 남아 있다.

삶에 존재하는 이 이름 붙일 수 없는 힘, 뭔가에 사로잡힌 듯한 이 느낌을 이해하기 위해, 나는 시와 디아스포라 한국 소설과 학문에 눈을 돌렸다. 한반도가 여전히 전쟁터이자 무덤인 상황에서, 그 땅의 절반은 갈 수도 없고 존중해서도 안 되는 상황에서, 우리가 알고 있어야 하는데도 잃어버린 이야기가 얼마나 많을까 궁금했다.

우리는 한반도만 나뉜 것이 아니라 세계에서 분리당했다.

이 글을 쓰고 있는 지금도 미국은 남한에 핵잠수함을 배치하고, 이익에 이끌려 우리를 전쟁에 더 가까이 내몰려 하고 있다. 주한 미군은 경상남도 창원에서 사격장 개선 공사를 시행하여 지역 주민들이 안전을 우려하게 만들었다. 지난 1년 사이에 미군은 실탄 포격 훈련을 통해 미사일 방어 시스템을 시험했다. 우리가 자유롭게 살기를 원하더라도, 전쟁의 위험성이 증가함에 따라 우리는 죽음의 편으로 징집되고 있다.

나는 언제 우리가 평화롭다고 느낄지, 그렇게 느낄 수 있기나 할지 궁금하다. 꼭 우리 자신을 위해서가 아니더라도, 평화롭게 죽지 못한 사람들에게 어떻게 해야 평화를 줄 수 있을지 궁금하다. 우리가 당한 폭력은 모든 세대를 아울러 반향을 일으켰고, 그 폭력 때문에 우리는 서로는 물론이고 자신에게서도 멀어졌다. 이제 그 폭력은 이산가족이 상봉하고 북한에 있는 고향 마을로 돌아가고 미군이 훔쳐가 더럽힌 땅을 돌려받는 등, 평화를 약속하는 일을 향한 냉소와 무관심이라는 형태로 나타난다. 전쟁은 우리의 유산이 되었고 일상다반사이자 바탕에 깔린 일이 되었다. 미국에서 교육받고 자란 나는 한국전쟁이 정당하다고 믿도록 배웠다. 우리 조상들이 무엇을 견뎌야 했는지는, 즉 그들이 사랑하는 사람과 이웃과 친구를 위해 얼마나 많이 슬퍼했고 얼마나 많은 이들을 잃었고 다시는 볼 수 없었는지는 헤아릴 수 없었다.

우리의 죽음이 역사를 가로질러 미래에 반복되고 전쟁이 우리 모두에게 다가옴에 따라, 우리는 할 수 있는 한 살아 있는 기록이 되어야 한다. 미래 세대는 평화의 시대에 태어나기를 바란다.

전쟁은 너무 오랫동안 우리 삶을 규정했다. 이산가족의 이별은 이 책을 쓰게 된 출발점이 되었지만, 이 책을 쓰는 동안 그 이별을 애당초 불가능하게 만들 방법을 찾고 싶었다. 이 소설은 상당한 비약으로 시작하는데, 그와 마찬가지로 나 역시 어느샌가 벼랑 끝에 뛰어올라가, 시공간을 가로질러 우리가 함께 웃고 울고 교감할 수 있는 곳을 찾게 되기를 기다리고 있었다. 우리가 느낀 기쁨과 우리가 서로 돌보는 과정에서 만들어낸 안전을 기억하면서.

나와 소설 속 인물들은 우리를 계속 갈라놓는 장벽을 향해 손을 뻗고 달리고 이를 통해 말하려고 하고 있다. 이 책을 쓰면서 사랑하는 사람에게 돌아가기 위해 어떤 일도 서슴지 않고 그들과 다시 만나기 위해 온갖 위험을 무릅쓴다는 것이 어떤 의미인지 알게 되었다. 내 가족을 보고 싶은 그리움을 담아 글을 쓰기도 했다.

우리가 서로 곁에 없고 떨어져 있는 시간 동안, 여러분에게 돌아갈 길을 찾고자 이 책을 썼다.

나는 평화를 믿는다. 그리고 여러분과 함께 있을 때, 고국 한국에서 같은 민족들 사이에 있을 때, 디아스포라 중에서도 한국인들과 함께 있을 때 평화를 가장 크게 느낀다. 이 책은 치료제이자 다리이다. 이번 생에서 우리가 서로를 찾게 될 기회는 스쳐 지나갈지 모르지만, 다음 생에는 더 쉽게 찾을 수 있기를 바란다. 소설에서 시사하듯이, 장벽이 지속될지라도 우리 모두의 결의는 그보다 오래 지속되어 언젠가 그 벽을 넘기를 바란다. 우리는 함께일 때 언제나 더 강하고 충만하고 자유로웠으니까.

이 책을 발견해준 여러분에게 감사를 전한다.

2023년 5월
한요섭

| 감사의 말 |

이 책은 카나카 마올리의 땅에서 썼다. 그곳은 내가 어릴 때 가족과 함께 남한에서 이민 와 살았던 곳이다. 우리 가족이 시민권을 얻고 내가 '미국인'이 될 수 있었던 건, 하와이 왕국의 불법 점유와 전복을 바탕에 깔고 있다. 먼저, 지역 자원봉사자들을 환영해준 호울루 아이나와 직원들에게 감사를 전한다. 마쿠아 밸리 문화 탐방을 안내해준 말라마 마쿠아, 그리고 쿠푸나 스파키 로드리게스와 리네트 크루즈에게도, 하와이 해안의 생태계 복원을 위해 힘쓰는 와이마날로 리무 후이Waimānalo Limu Hui 단체에게도. 이 땅에서 살고 이 땅에 대해 배우면서 나는 한국이 하나가 되는 것과 같은 평화와 통일이 있기 위해서는 하와이의 독립과 자유가 있어야 한다는 것을 깨달았다.

이 책을 누이 줄리에게 바친다. 우리는 너무 긴 세월 동안, 거의 평생을 떨어져 지냈지. 난 매일 널 그리워한단다. 어머니 한세진과 아버지 한승진도 마찬가지다. 두 분의 사랑과 응원에 늘 감사드립니다. 가족이 남한을 떠난 뒤로 저를 키워 주신 조부모 한현자와 한창열에게도 감사를 전합니다. 삼촌과 숙모인 영과 신디는 친부모나 마찬가지였다. 몇 년 전에 두 분을 인터뷰하게 해주셔서 감사합니다. 그리고 신디 숙모, 저를 믿고 부모님이신 이용선과 고 이인봉의 이야기를 쓸 수 있게 해주셔서 고맙습니다. 사촌 사라, 노아, 한나에게도 고맙다고 말하고 싶다. 너희들이 미래다.

훌륭한 편집자 제니 올튼과 카운터포인트 출판사의 모든 팀에게 감사드린다. 소설을 발췌하여 실어준《플레이아데스》의 소설 담당 편집자 제니퍼 마리차 맥컬리와 이 책의 핵심이 된 에세이를 실어준《엔트로피》의 편집장 재니스 리에게도.

하와이 대학교 영어과, 위원회 회원들, 지난 몇 년 동안 멘토가 되어준 제이 하트웰, 제임스 곤서, 로드니 모랄레스, 사라 앨런, 박영아, 로렐 판타우초, 그레이그 산토스 페레즈에게도 감사를 전한다. 나를 학생으로 받아준 제프리 트립에게도. DMZ에 대한 당신의 연구와 독서 지도는 대단히 큰 영향을 주었습니다. 여러 가지 일로 집을 개방해준 애나 퓨어스타인과 잭 테일러에게도 감사드린다. 여러분의 친절과 본보기는 무한한 힘을 주었습니다. 통일과 정착민으로서 알로하 아이나 aloha ʻāina를 깊이 있게 이해하도록 이끌어준 캔디스 후지카네에게 다시 한번, 그리고 언제나 감사합니다. 내 가장 큰 지지자이자 인생의 멘토 샤와나 양 라이언에게 고마움을 전한다. 지난 몇 년 동안 제가 가르친 학생들에게도. 끝으로, 언제나 문을 활짝 열고 이야기를 들려준 폴 라이언스(1958~2018)에게 감사를 전한다. 당신은 제게 더 나은 선생님과 작가가 되는 것이 무엇을 의미하는지 가르쳐 주었습니다.

친구들과 동네 주민들인 에이미 베거스, 카페나 란드그라프, 레인 라이트, 윌리엄 누투푸 자일스, 그레고리 포마이카이 구시켄, 티나 토가파우, 브리트니 프란체스, 스코트 카알렐레, 로렌 나시무라, 제이 통, 매트 포머, 저스틴 퀠케벡, 셰일 B. 마쓰다, 테일러 시몬느, 소피 연희 김, CJ 기, 앤졸리 로이, D. 케알리 맥켄지, 리즈 소토, 꾸잉 보, 에밀리 벤튼, 스펜서 케알라마키아에게 고맙다고 말하고 싶다. 남한에 있는 동안 저를 보살펴준 패트릭 톰슨, 제크 소아카이, 조지프 김에게도, 집에 기꺼이 초대해준 신디와 매트 이케하라에게도 감사를 전한다.

틴하우스 서머워크숍, 인디아 다운스 르 귄, 랜스 클리랜드도 고마웠다. 소설 워크숍을 통해 이 책에 대한 구상을 다듬는 데 도움을 준 애너비아 타이브, 에밀리 앳킨슨, 푸자 바티아 아가르월, 샬럿 와이어트, 릭키 페인, 미미 웡, 캐리 빈드샤들러, 애나 헬드, 이스마일

● '땅에 대한 사랑'이라는 뜻. 하와이 원주민들의 사고와 문화의 중심이 되는 사상.

무함마드에게도 고맙다. 워크숍 리더 R. O. 권에게도. 당신과 함께 일한 시간은 정말 소중했습니다. 신의를 지키는 법을 가르쳐주어서 고맙습니다.

친절하게도 소설의 초고를 읽어준, 내가 늘 바라던 독자이자 친구인 심혜진에게 고마움을 전한다. 당신을 만나고 호박HOBAK•과 인연이 닿으면서 인생이 바뀌었습니다. 사랑에 대해 이야기할 공간을 마련해준 스테이시 박 밀번(1987~2020).

시간을 내서 소설을 읽고 격려해준 재닛 그레이엄, J. 베라 이, E. J. 고에게, 모닥불가에서 친교를 쌓아준 조슈아 라자루스에게도 고마움을 표한다.

오랜 시간 동안 형제나 다름없었던 로비 문, 새비온 브래킨, 조지프 마레코에게도 감사를 전하고 싶다.

라지브 모하비르, 늘 믿어줘서 고맙습니다.

날 단단히 잡아주고 계속 지지해준 그린 스콰드런, 해리슨 토지아, 리 카바에게 고맙다고 말하고 싶다.

이 모든 일을 가능하게 해준 나의 에이전트 다니엘 부코스키에게 감사드린다.

기쁨과 웃음을 준 샘 이케하라와 줄리언에게 감사를 전한다.

• Hella Organized Bay Area Koreans. 샌프란시스코 지역의 한인 2세 단체.

핵가족

초판 1쇄 인쇄 2023년 7월 11일
초판 1쇄 발행 2023년 7월 19일

지은이 한요셉
옮긴이 박지선
펴낸이 이승현

출판2 본부장 박태근
스토리 독자 팀장 김소연
편집 조은혜
디자인 김준영

펴낸곳 ㈜위즈덤하우스 **출판등록** 2000년 5월 23일 제13-1071호
주소 서울특별시 마포구 양화로 19 합정오피스빌딩 17층
전화 02) 2179-5600 **홈페이지** www.wisdomhouse.co.kr

ISBN 979-11-6812-677-0 03840